PIERO SORIA

Das französische Mädchen

Buch

Es ist der 1. Mai, Tag der Arbeit, und wie in ganz Italien sind auch in Turin alle Läden geschlossen. Im Ägyptischen Museum beendet der Wärter Michele seinen letzten Kontrollgang, bevor auch er endlich nach Hause gehen kann. Doch plötzlich sieht er etwas, das ihn erstarren lässt: Zu Füßen einer Statue der Göttin Isis liegt ein grausam zugerichteter Mann. Commissario Lupo, verärgert darüber, dass er nicht einmal am Feiertag bei seiner Frau und seinen Söhnen bleiben kann, findet am Tatort weder Hinweise auf die Art des Todes noch mögliche Spuren des Mörders. Nur eines scheint klar: Der Mann wurde Isis geopfert. Immerhin gelingt es Lupo, binnen kürzester Zeit die Identität des Toten ausfindig zu machen. Es handelt sich um einen gewissen Manuel Hibanez, der seinen Wohnsitz in Südfrankreich in der Nähe von Béziers gemeldet hat. Da ihn seine Nachforschungen nicht einen Schritt näher an die Lösung des Falls bringen, beschließt Lupo, nach Béziers zu fahren, um die Ermittlungen dort weiterzuführen. Ihm wird eine französische Kollegin zur Seite gestellt, eine junge Frau namens Thérèse Brualla, die allerdings einige Eigenheiten hat, die Lupo mehr als nur verwirren. Ihre Reize, die sie offenkundig zur Schau trägt, lassen ihn vermuten, dass sich hinter ihrer offenherzigen Art dunkle Geheimnisse verbergen. Und als er einen ihrer Freunde kennen lernt, einen selbst ernannten Propheten und Wächter des Heiligen Grals, ahnt Lupo, dass Thérèse mehr mit dem Mord an Manuel Hibanez zu tun hat, als sie zugibt …

Autor

Piero Soria wurde 1944 in Turin geboren und arbeitet seit mehr als dreißig Jahren als Journalist bei der Tageszeitung »La Stampa«. Seit 1990 erscheinen bei Mondadori seine Kriminalromane. Mit »Tod in Turin« startete der erste Band der Serie mit Commissario Lupo bei Goldmann und für den Piero Soria mit dem renommiertesten italienischen Krimipreis, dem »Premio Giorgio Scerbanenco«, nominiert wurde.

Die *Commissario Lupo Romane* von Piero Soria
in chronologischer Reihenfolge als Goldmann Taschenbuch:

Tod in Turin. (45332)
Solo für eine Tote. (45331)
Das französische Mädchen (46279)

Piero Soria

Das französische Mädchen

Roman

Aus dem Italienischen
von Birgitta Höpken

GOLDMANN

Die italienische Originalausgabe erschien 2005
unter dem Titel »La ragazza francese«
bei Arnoldo Mondadori Editore S.P.A., Milano

FSC
Mix
Produktgruppe aus vorbildlich
bewirtschafteten Wäldern und
anderen kontrollierten Herkünften

Zert.-Nr. SGS-COC-1940
www.fsc.org
© 1996 Forest Stewardship Council

Verlagsgruppe Random House FSC-DEU-0100
Das FSC-zertifizierte Papier *München Super* für Taschenbücher
aus dem Goldmann Verlag liefert Mochenwangen Papier.

1. Auflage
Taschenbuchausgabe Februar 2007

Umschlaggestaltung: Design Team München
Umschlagmotiv: Getty Images/David Madison
Redaktion: Doris Bampi-Hautmann
Satz: Uhl + Massopust, Aalen
Druck und Bindung: GGP Media GmbH, Pößneck
KvD · Herstellung: Str.
Printed in Germany
ISBN: 978-3-442-46279-7

www.goldmann-verlag.de

Für Cicci und Sara

Dank der ganzen Clique aus Sérignan
und besonders Cau
für seine Geduld und seine Ratschläge

Personen

Lupo Lupo	Commissario aus Turin
Thérèse Brualla	Kommissarin der Polizei von Béziers
Jean-Luc Amat	der Katharer
Michele Ferrero	Aufseher im Ägyptischen Museum
Manuel Hibanez	das Opfer
Corrado Ferro	Polizeipräsident
Costanza Ferro	seine Frau
Francesca Caccia	Direktorin des Ägyptischen Museums
Arlette Lonjon	Marionettenspielerin
Nathalie Sebe	Oma Duck, katharische Häresie
Rosie Rodriguez	Feuermund, ägyptische Götterwelt
Alain Robinet	Froschgesicht, Gral
François Lapalou	der Uhu, Templer
Bernard Muguet	der Schüchterne, Okkultes
Patrice Boyer	der Dackel, Kreuzzüge
Boubou Hibanez	katharischer *Perfectus*, vermeintlicher Vater Manuels
Tonton Haboudiffa	Chef von Thérèse
Hassan Fenumi	Polizist in Béziers
Michele Salvini	Direktor des Centro di Moncalieri
Thierry Brualla	Vater von Thérèse
Marius Da Costa	Handlanger im Dienste Manuels
Louis Ongaretto	weiterer Handlanger Manuels
Coronet	Notar in Schwierigkeiten

Dave Éco	Besitzer des *Bistrot des Halles*
Didier Garcia	früherer Besitzer des *Bistrot des Halles*
Elsie und Betty	zwei Witwen auf einem Boot
Muhammad Davi	Handlanger Manuels in Moncalieri
Greta	Ehefrau Lupos
De Mattia	Stellvertreter Lupos

1

Lupo wusste nicht, wohin er schauen sollte.

Thérèse lächelte. Ganz offensichtlich genoss sie die Situation. Und hatte nicht die geringste Absicht, ihm aus seiner Verlegenheit herauszuhelfen. Im Gegenteil. In ihren Augen glitzerte eine ungebändigte Boshaftigkeit. Und so hielt sie sich nicht zurück, sondern schürte sein Unbehagen auch noch.

»Verwirren Sie meine Brüste? Vergessen Sie's! Reiben Sie sich die Augen. Schauen Sie sie sich genau an, überlegen Sie sich, wie schwer sie wohl sind, und dann hören Sie endlich mit diesem Augenzwinkern auf. Seien Sie doch nicht so infantil. Der Katharer erwartet uns.«

Lupo seufzte.

Diese Frau irritierte ihn wirklich. Es war schwer, mit ihr umzugehen. Er wusste nicht, was er von ihr halten sollte. Sie war gewiss keine Schönheit, sondern ein harter Typ mit markanten Gesichtszügen, breiten Schultern und einem eher männlichen Gang wie ein Rowdy. Scharfe Zunge und verächtliche Miene.

Doch hinter dieser Maske konnte man eine reizvolle, leidenschaftliche Weiblichkeit erahnen, die Vorgeplänkel verabscheute und nicht zögerte, sich einen Mann einfach zu nehmen, wenn sie ihn haben wollte. Volle Lippen, funkelnde Augen, ein Körper, dessen Rundungen vielleicht etwas zu ausgeprägt waren, und die – Lupo fiel kein anderes Wort ein – durchaus fulminant waren.

»Fertig!«

»Fertig womit?«

»Mit dem Reiben der Augen.«

»Und zu welchem Ergebnis sind Sie gekommen?«

»Nun ja, gutes Material. Aber das gibt es auch bei uns in Turin.«

Dann trank er ungerührt sein Bier aus, das in der milden Maisonne langsam warm wurde. Und er fragte sich zum hundertsten Mal, wie zum Teufel er auf einem Nudisten-Campingplatz gelandet war, wo er sich von einer unbekleideten französischen Kommissarin quälen lassen musste.

Alles hatte natürlich mit einer Leiche begonnen.

Am ersten Mai.

Im Ägyptischen Museum.

Zu Füßen der Isis-Statue.

Ein geschniegelter Herr mittleren Alters mit professoralem Aussehen, Goldrandbrille, sorgfältig getrimmtem Schnurrbart, grauer Weste und einer roten Rose aus Blut mitten auf der Brust. Identität unbekannt, bis zu dem Moment, als er von einem zu Tode erschrockenen Wärter entdeckt wurde, der den Kopf verlor und vor Empörung schnaufend sogleich seine Taschen durchsuchte, um zumindest irgendetwas zu finden, das ihm den Namen dieses unverschämten Barbaren verraten würde, dieses Barbaren, der es gewagt hatte, die Heiligkeit dieses Ortes mit seinem schmächtigen, ungehörigen Leichnam zu besudeln.

Er hatte sich mit einem Führerschein zufrieden geben müssen, der auf einen gewissen Manuel Hibanez, siebenundvierzig Jahre alt, wohnhaft in Béziers, 17 rue de Cambon, ausgestellt war. Danach war er zur Toilette gegangen, um sich zu übergeben. Und um nachzudenken. Die Museumsdirektorin machte sich ein schönes langes Wochenende in den Langhe. So blieb ihm keine andere Alternative als das abgegriffene Kärtchen, auf dem die Notfallnummern notiert waren.

Wenigstens handelte es sich um einen richtigen Toten. Und nicht um den üblichen vermeintlichen »Fluch der Mumie«, über den sich die Zeitungen so ausführlich ausließen, sobald eine Klasse von Jugendlichen mit beeinflussbarer Psyche Schwindelanfälle vorgab, die ihn dazu zwangen, umgehend den Sanitäter zu rufen.

Lupo stand auf.

Und warf seine Pelforth-Dose in den Abfalleimer.

Thérèse ließ ihn nicht einen Moment aus den Augen.

Ein gut aussehender Mann, dachte sie für sich.

Sie verbarg ihre Bewunderung nicht. Doch dem Commissario war dieses subtile Spiel mittlerweile vertraut.

Und er lächelte nun seinerseits.

»Täusche ich mich oder werde ich jetzt einer Musterung unterzogen?«

»Ist das schlimm? Ich tue es ja nicht heimlich. Oder sind Sie einer von denen, die glauben, dass es ein ausschließlich männliches Vorrecht ist, einem schönen Hintern hinterherzupfeifen?«

»Um Himmels willen. Lassen Sie's gut sein. Inzwischen wundert mich gar nichts mehr.«

Und das stimmte.

In den letzten drei Tagen hatte er alles Mögliche erlebt.

Angefangen mit dem wütenden Anruf des Museumswärters …

»Endlich! Hören Sie, junger Mann: Seit einer halben Stunde hänge ich an diesem verfluchten Telefonhörer, und die Zentrale stellt mich andauernd zu verwaisten Büros durch. Was ist denn da los? Ist bei Ihnen eine Choleraepidemie ausgebrochen? Tanzen die Leichenträger Jubeltänze und hören das Läuten nicht?«

»Ehrlich gesagt ... es ist der erste Mai ...«

»Da ist mein Mörder aber sehr unaufmerksam gewesen! Dass er aber auch gar nicht daran gedacht hat, dass man heute niemanden um die Ecke bringen sollte, damit diese Faulpelze von Polizei und Gewerkschaften nicht gestört werden. Wirklich ein unverschämter Kerl. Also, kommen Sie jetzt oder müssen Sie auch zum Demonstrationszug auf die Piazza Rossa zu den Bolschewiken und Kolchosbauern?«

»Wer sind Sie denn überhaupt?«

»Es reicht, dass Sie wissen, dass ich Sie in einer Viertelstunde vor dem Ägyptischen Museum erwarte. Ich versichere Ihnen, Sie werden mich erkennen. Ich bin nämlich der ohne Binden und ohne Loch im Bauch. Ah, ich vergaß – das Opfer ist Franzose. Bringen Sie Maigret mit.«

Lupo hatte gelächelt.

Es war ihm nicht gelungen, auch nur einen halben Satz zu sagen.

Doch trotz dieses Wortschwalls, der sich gerade über ihn ergossen hatte, atmete er erleichtert auf. Man hatte ihm soeben einen guten Grund serviert, um sein tristes Büro mit den kränklich grünen Wänden verlassen zu können, und er hatte die Erlaubnis erhalten, sich in diesen jubilierenden Tag voller Wind und Licht zu werfen. Jegliche Erinnerung an jede noch so hartnäckige Wolke war vom Himmel gefegt worden.

Es war kurz nach Mittag.

Und er war der Einzige, der in einem fast vollständig verlassenen Polizeirevier Dienst schob. Fast alle Männer waren damit beschäftigt, lustlos die von der Sonne beschienenen Demonstrationszüge in der Innenstadt zu eskortieren.

Dieser Winter mit all seinem Kohlendioxyd, Feinstaub und zähem Husten hatte es zur Bekämpfung der Luftverschmutzung erforderlich gemacht, an zwei Tagen der Woche nur jeweils der Hälfte der Autos das Fahren zu erlauben (je nachdem, ob das Autokennzeichen mit einer geraden oder ungeraden Zahl endete) und an unzähligen Wochenenden das Fahren ganz zu verbieten. Also hatte Lupo es sich angewöhnt, mit dem Fahrrad zu fahren.

Vor Monaten schon hatte er sich ein altes, quietschendes Rad der Marke Olmo angeschafft, und er schämte sich nicht, es mit seinem riesigen glänzenden Vorhängeschloss an jedem Pfosten der Stadt anzuschließen, der ihm dafür geeignet erschien. Das Fahrrad war ihm zum ständigen Begleiter geworden.

Auch bei den kompliziertesten Ermittlungen.

An diesem Tag machte er keine Ausnahme.

Nur dass er sich zum Anketten seines Gefährtes den beeindruckenden Bronzegriff der Eingangstür des Museums aussuchte und die Kette so straff zog, dass das Vorderrad in der Luft hing und der Griff des Lenkers sich im Briefkasten zu verhaken schien.

Der Aufseher fing sofort an zu zetern.

»Das kannst du da nicht lassen, du Idiot. Nimm sofort diesen Schrott dort weg, wenn du nicht willst, dass ich dich bei der Polizei anzeige!«

Lupo hob die Augen zum Himmel.

Schon wieder … und immer wieder …

Warum kümmerten sich die Leute eigentlich nicht um ihre eigenen Angelegenheiten?

Was ging diesen alten Nörgler sein Parkplatz an?

Im Grunde hatte er seine so heiß geliebte Straßenbahn auch deswegen aufgegeben: Mit dem Fahrrad hatte er viel mehr Spaß. Er traf mehr Leute, und seine Tage waren ganz plötzlich voller unerwarteter Gespräche mit den unglaublichsten Menschen aus den verschiedensten sozialen Schichten.

Die aber stets mit den ordentlichsten savoyischen Schnörkeln versehen waren.

In der steten Bereitschaft, ihm verbal den Hintern zu versohlen, indem man ihn mit derselben kaum verhohlenen moralischen und intellektuellen Überheblichkeit, die man sonst nur einem Penner und seiner unerhörten Gleichgültigkeit allen Regeln gegenüber anwandte, mit »du« ansprach.

Als sei ein alter rostiger Drahtesel so wenig wert wie ein Paar Schuhe, aus denen die Zehen hervorschauen.

»Hast du mich verstanden, du Komiker?«

»Ja, ich habe Sie sehr gut verstanden, Signore, aber schauen Sie, es ist nämlich so, dass ich die Polizei bin. Die, nach der Sie so dringend verlangt haben, wenn ich mich nicht irre.«

Dem Aufseher verschlug es die Sprache.

Ungläubig.

Und er sah sich um und hielt Ausschau nach den Streifenwagen mit ihren Sirenen und nach den blau-weißen Blinklichtern auf den Autodächern der Alfa Romeos, nach den atemlosen Ermittlern mit ihren Köfferchen für die Fingerabdrücke. Nach dem ganzen szenischen Equipment also, von dem er glaubte, dass es den epischen Rahmen für ein Verbrechen abgeben musste.

Stattdessen stand vor ihm nur ein Mann, der Klammern an den Hosenbeinen hatte, um diese davor zu bewahren, in die Fahrradkette zu geraten.

»Es ist alles sehr schön hier. Die Sonne scheint angenehm warm. Die Straßen sind leergefegt. Die Geranien bilden Knospen. Aber was hielten Sie nun davon, den Mund zu schließen und voranzugehen? War hier nicht irgendwo eine Leiche?«

Das war der Beginn dieser Ermittlung gewesen.

Vielleicht war er sie ein wenig locker angegangen.

Mit diesem vagen Gefühl der Befreiung, weil sie ihn irgendwie aus dem Gefängnis der Feiertagsschicht und vor der grauen Routine errettet hatte, von der sich jede Polizeistation nährte. Doch bald konfrontierte das schon so oft verspürte Grauen vor einem furchtbaren Tod Lupo jäh mit den Schmerzen dieser Welt.

Auch dem Aufseher schien ganz plötzlich seine ganze Empörung über die Welt und insbesondere über diesen Eindringling, der in so unangemessener Weise die unveränderlichen Gesetze seines Universums geschmäht hatte, abhanden gekommen zu sein.

Manuel Hibanez sah älter aus als seine siebenundvierzig Jahre.

Er hatte schütteres stumpfes Haar, das ein bizarrer Akt des Mörders zum tragischen Detail gemacht hatte. Indem er nämlich die Perücke herumgedreht und wie ein Käppi drapiert hatte, war dem persönlichen Ausdruck des Toten endgültig jegliche Intimität genommen. Eine lange und wohl gestaltete Schmalzlocke schmiegte sich in seinen Nacken, während die Stirn bis zu den Augenbrauen von militärisch kurzen Stoppelhaaren bedeckt war.

»Haben Sie ihn so gefunden?«

»Ja, ja ...«

»Sind Sie sicher? Haben Sie nicht vielleicht die Perücke verschoben, während Sie seine Taschen nach Papieren durchsucht haben?«

Der Museumswärter fuhr bei diesen Fragen des Commissario zusammen. Erst jetzt wurde ihm bewusst, dass er diesem armen Teufel nicht einmal ins Gesicht gesehen hatte. Und dass er diese seltsame Frisur nicht bemerkt hatte. So sehr war er in seiner Abscheu gefangen gewesen.

»Ich weiß es nicht. Ehrlich gesagt, erinnere ich mich nicht mehr.«

»Wo hatte er seine Brieftasche.«

»In der Innentasche der Jacke.«

»Also haben Sie ihn nicht herumgedreht, um danach zu suchen. Er lag doch nicht etwa auf dem Bauch?«

»Nein, nein. Da bin ich ganz sicher. Er lag so da, gegen die Isis-Statue gelehnt. Hinter der Absperrung.«

»Und die Hand?«

»Was meinen Sie damit?«

»Schauen Sie gut hin. Sehen Sie, dass seine linke Hand unter dem Schenkel liegt, das ist nicht normal. Er wurde hierhergeschleift. Also wäre es natürlich, dass sie seitlich liegt, wie die andere auch. Daher: Entweder hat der Mörder sie dort hingeschoben. Oder ...«

»Nein, nein. Ich habe nichts dergleichen getan. Das schwöre ich Ihnen.«

»Beruhigen Sie sich, ich versuche ja nur, das Ganze zu verstehen. Niemand beschuldigt Sie, irgendetwas getan zu haben.«

Der Aufseher hatte das dringende Bedürfnis, noch einmal ganz von vorne anzufangen. Das Verhältnis zu diesem vielleicht etwas extravaganten, aber doch freundlichen Polizisten zu korrigieren – dieser entsprach seinem Bild vom üblichen arroganten und besserwisserischen Bullen so gar nicht. Deshalb streckte er ihm, ohne darüber nachzudenken, die rechte Hand mit einer zaghaften und zugleich stolzen Geste entgegen.

»Michele Ferrero. Wie der von Nutella.«

Lupo nahm dieses unerwartete Einlenken mit einem Lächeln an. Und beeilte sich, sich seinerseits vorzustellen.

»Commissario Lupo. Lupo wie der Wolf oder wie der aus dem Fernsehen. Rex oder Rin Tin Tin, wie Sie wollen. Nur dass ich nicht belle und nicht beiße. Also, nur mit der Ruhe.«

Das war nicht gerade die schlagfertigste Entgegnung.

Doch sie erfüllte ihren Zweck umgehend. Sie befreite Ferrero aus seiner Verlegenheit und ließ Lupo wie einen Freund erscheinen, der Hilfe braucht. Es war offensichtlich, dass Ferrero nichts mit der Sache zu tun hatte. Und Lupo hatte ein großes Interesse daran, dass er zugänglich und kooperativ blieb.

»Ich wollte sagen: Ich habe ein seltsames Gefühl. So als habe der Mörder uns eine Nachricht hinterlassen wollen. Als ob die Hand unter dem Schenkel etwas bedeuten müsse. Wie auch die Statue der Isis und die Position des Körpers und der Sitz der Perücke.«

Ferrero nickte.

Er verfolgte plötzlich seine eigenen Gedanken.

»Oh, Commissario, Sie können sich gar nicht vorstellen … Das ist eine Ansammlung voller Verrückter, diese Ägypten-Fanatiker. Und dann die Franzosen … Sie halten sich alle für kleine Champollions und sind immer auf der Suche nach ihrem ganz persönlichen Stein von Rosetta. Unglaublich …«

»Sie wollen mir also sagen, dass sehr viele Menschen hierherkommen und dass es sich dabei nicht nur um einfache Touristen handelt?«

»Genau. Es gibt kein noch so verlassenes Nest in Frankreich, in dem es nicht zumindest eine Vereinigung von Sonntagspharaonen gibt. Sie haben diesen ganzen Blödsinn von Christian Jacq gelesen, und dort, in diesen Seiten, in denen es von Fehlern wimmelt, haben sie ihren Glauben gefunden. Sie treffen sich, diskutieren, verseuchen das Internet, organisieren Busse, um sich mit stundenlangen Fahrten zu martern, auf denen sie kein Auge zukriegen, nur um nach Turin zu kommen. Die allerfrömmsten Anhänger gönnen sich mindestens einmal in ihrem Leben einen Charterflug nach Kairo.«

»Das ist wie Mekka für einen Moslem.«

»Nun, wir hier sind zwar nur Medina, aber wir sind in Reichweite. Und so schwirren sie wie die Bienen um eine Blume. Sie sind die Arbeiterinnen, die Masse. Doch ab und zu findet sich auch mal eine Königin.«

»Und dieser Hibanez könnte eine von ihnen sein?«

»Wer weiß das schon so genau? Menschen wie er gehören oft richtigen mystischen Sekten an. Mit Riten, Priestern, Geheimnissen, Symbolen, Neid und Hass. Sie wären sogar fähig, Frau und Kinder zu verkaufen – für eine Entdeckung, für den eigenen Namen über einem Aufsatz, ganz zu schweigen von einem Gedenkstein.«

»Wären sie auch fähig, dafür zu töten?«

»Vielleicht ...«

Lupo seufzte.

Kaum etwas verabscheute er so sehr wie die Esoterik und ihre verschiedenen Schulen mit all ihren Adepten, bei denen die Irrationalität der Ausgangspunkt für jede ihrer Spekulationen war, die allein auf Gutgläubigkeit basierten. Menschen, die bereit waren, alles zu glauben, ohne je die Notwendigkeit für eine objektive Bestätigung, eine logische Erklärung oder für etwas Handfestes, das man anfassen konnte, zu sehen.

Er schaute sich lange um.

Er trauerte schon diesem realen nassen Fleck in seinem

Büro nach, von dem es auch im Sommer heruntertropfte: Zumindest war dies eine Wunde, die dermaßen blutete, dass es fast schon beruhigend war.

Während im Gegensatz dazu in der priesterlichen und machtvollen Atmosphäre dieses Saals die ersten geheimnisvollen und fremdartigen Töne emporstiegen: der vieldeutige und faszinierende Gesang einer unerreichbaren Sirene, die mit dem Atem der Jahrhunderte eine unglaubliche Anzahl von Menschen verführen konnte, die in ihrer allzu grauen Gegenwart keine Befriedigung fanden.

»War das wirklich eine Pistole?«

Jetzt schrak Lupo zusammen.

Er war so völlig in seinen Gedanken versunken gewesen, dass er den beachtlichen roten Fleck auf der Brust einfach hingenommen und nicht weiter darüber nachgedacht hatte. Er hatte es als gegeben angesehen, dass zumindest ein Projektil in dieser Leiche steckte. Er näherte sich auf wenige Zentimeter, zog das Hemd ein wenig auseinander. Doch er fand kein Eintrittsloch.

»Verflucht noch mal, wie kann das sein?«

Er blickte dem Toten fast wütend ins Gesicht. Als fordere er von diesem eine unmögliche Erklärung. Erst dann bemerkte er ein Detail, das ihm vollkommen entgangen war, vielleicht weil ihn diese so surreale Perücke abgelenkt hatte.

Beide Nasenlöcher waren voll von getrocknetem Blut.

Und die kleine Delle auf dem Nasenrücken rührte sicher nicht von der Brille.

Sondern von einem brutalen Schlag.

Die ganze Nase war geschwollen. Das Aussehen der Leiche war nicht etwa ihren grobschlächtigen Gesichtszügen zu verdanken, wie es zuerst den Anschein gehabt hatte, sondern einem mit Wucht ausgeführten Schlag mit einem stumpfen Gegenstand, der die Nasenscheidewand zermalmt und die Knorpel völlig zerschmettert hatte.

Ferrero hatte sich keine seiner Bewegungen entgehen lassen.

Und auch er begriff schließlich.

Lupo ließ einen Seufzer vernehmen.

»Das ändert jedoch nichts. So ein armer Teufel bleibt immer ein armer Teufel, egal auf welche Weise er getötet wird. Er ist also nicht erschossen worden. Ein ordentlicher Schlag und tschüs. Der Kopf fällt nach vorn, und das Blut tropft aus der Nase auf die Brust…«

Aber irgendetwas stimmte trotzdem nicht.

Es gab zu wenig Blut.

Kaum mehr als ein dunkelroter Fleck war zu sehen.

Lupo schüttelte den Kopf.

Nachdenklich.

»Nein. Dieser Hibanez war schon tot, als man ihm den Schlag verpasst hat. Das Herz hat schon eine Weile kein Blut mehr gepumpt. Sonst hätten wir hier nicht nur ein paar elende Tropfen, sondern einen ganzen See.«

Doch die Überraschungen nahmen kein Ende.

Lupo begriff, dass dies kein typischer Mord war, verübt aus einem der klassischen Motive – Zorn, Rache, Sex oder Geld.

Nein, dahinter steckte etwas wesentlich Ausgefeilteres.

Es war, als würde der Mörder mit ihm spielen, indem er ihn in ein verästeltes Labyrinth von Illusionen schickte, um den wahren Trick, die Schlussszene, vor ihm zu verbergen. Er war eine Art Zauberer, der ein Theaterstück mit mehreren Kulissen entworfen hatte, um zu verhindern, dass Lupo wusste, wo sie sich befanden.

Die Perücke, das Projektil im Herzen und die zertrümmerte Nase, das waren lediglich die ersten drei Ablenkungsmanöver. Doch würde sich hinter dem x-ten Spiegel noch die x-te falsche Fährte finden?

Lupo hatte begriffen, dass dies erst der Anfang der Provokation war.

Er begann, laut nachzudenken.

»Warum gerade Isis? Welche Bedeutung hat diese Statue, die die von, sagen wir, Ramses II. oder von Tutanchamun, nicht hat?«

Ferrero zuckte die Achseln.

Dann kratzte er sich ausgiebig am Ohr.

Er sah Lupo von der Seite an und murmelte seltsame Sätze, wobei sich unter sein bescheidenes Italienisch mit dem kraftvollen Akzent eines Bauern aus der Gegend von Asti die hochtrabenden Formulierungen mischten, die er in all den vielen Jahren von den Lcitern des Museums übernommen hatte.

Vor lauter Erregung hatte er gewissermaßen seine eigene Ausdrucksweise eingebüßt.

»Ich weiß, dass Sie nicht begeistert sein werden – wenn ich Ihren *Topos* richtig verstanden habe.«

»Wie?«

»Irre ich mich mit meiner Vermutung, dass die anfänglichen Theorien nicht gerade Ihren Begriff von Glück treffen?«

»Hören Sie, Ferrero … kommen Sie wieder auf den Boden. Bringen Sie's auf den Punkt.«

Ferrero war ein wenig gekränkt. So war es immer mit diesen Uneingeweihten.

»Nun, wenn Sie so wollen … Na gut … Wir alle, die wir Ägyptenfans sind, wissen, dass Isis eine ganz konkrete Beziehung zu Turin hat. Nach Eusebius von Cäsarea war es ihr Sohn Phaeton, auch Eridanus genannt (wie es der Zufall will, der alte Name des Po), der im Jahr 1529 vor Christus die Stadt gegründet hat. Und das, was heute die Basilika Gran Madre ist, ist eben auf den Überresten des alten Tempels der Göttin gebaut worden. Genügt Ihnen das?«

Lupo seufzte.

»Eine Legende wie jede andere auch. Ein bisschen wenig für den rationalen Geist eines Commissario.«

»Genug jedenfalls für einen Mörder, der sich vielleicht an Mysterien ergötzt. Andererseits führt man schon einmal die Gran Madre im Mund, dann ist der nächste Schritt schon fast zwingend: der Heilige Gral, der Kelch, in dem Joseph von Arimathäa das Blut Christi …«

Lupo konnte nicht an sich halten und machte eine Geste, die seinen Ärger ausdrückte.

Er streckte seinen Finger aus und drohte mit strenger Miene.

»Ich will diesen ganzen Unsinn nicht hören. Das magische Turin. Turin an der Spitze des esoterischen Dreiecks mit Prag und Lyon …«

»Wenn wir schon dabei sind, dann auch das mit London und San Francisco.«

»Zwingen Sie mich nicht zu lachen. Wo soll denn da der Unterschied sein?«

»Mit dem ersten beherrschen wir das Reich der weißen Magie. Mit dem zweiten das der schwarzen Magie. Und was den Gral angeht …«

»Verschonen Sie mich damit, ich bitte Sie.«

»Nur noch eine Sache, dann wird mein Mund versiegelt sein. Ich schwöre es Ihnen.«

»Dann reden Sie schon.«

»Es heißt, der Kelch sei irgendwo in der Nähe der Gran Madre verborgen. Auf dem Platz davor befindet sich eine Statue, *La Fede,* der Glaube. Neben ihr steht ein Engel. In der rechten Hand hält sie ein offenes Buch, mit der linken hebt sie einen Kelch zum Himmel. Die Tradition will, dass ihr Blick genau auf das Versteck gerichtet ist.«

»Und warum hat es dann noch niemand gefunden?«

»Weil *La Fede* blind ist, sie hat keine Pupillen. Ihre Augen bestehen aus nichts als der weißen Fläche ihrer Seele und des Marmors.«

Dann, noch mehr Überraschungen.

Lupo, der immer noch über die Ausführungen des Alten verärgert war, trat erneut näher an die Leiche heran, um sich wieder mit der tragischen Realität dieses Todes zu befassen und um nicht mehr in den Absurditäten des Irrealen wühlen zu müssen. Der Krawattenknoten erregte seine Aufmerksamkeit. Ein klassischer Windsorknoten. Aber so fest gezogen, dass er kaum größer als ein Wachtelei war.

Er beugte sich hinunter, berührte ihn, und ein neues Szenario entwickelte sich vor seinen Augen: Hibanez war erdrosselt worden. Mit seiner eigenen Krawatte. Er überprüfte seine Vermutung: Die Krawatte war bis zum Äußersten gespannt. Er brauchte sie nicht einmal unter dem Kragen hervorzuziehen.

Er seufzte.

Unschlüssig, ob er diese neue Hypothese in Betracht ziehen sollte.

Vom Zweifel geplagt, dass es sich wieder um einen Köder handeln könnte.

Eines war offensichtlich: Die Augen des Opfers waren nicht aus ihren Höhlen getreten und die Zunge nicht aus den Mundwinkeln gequollen. Also mochte Hibanez besinnungslos gewesen sein, als der Mörder ihn erdrosselt hatte.

Doch hatte Lupo nicht schon entschieden, dass ihm der Schlag auf die Nase verpasst worden war, als er schon tot war? Und wenn es sich doch nicht so abgespielt hatte? Warum hatte Hibanez dann nicht einmal beim verzweifelten Versuch, dem Erstickungstod zu entrinnen, das Bewusstsein wiedererlangt? Es wäre doch eine fast automatische Reaktion gewesen, wenn er, aus der Vorhölle emporgestiegen, sich voller Panik gewehrt hätte, um wieder Luft zu bekommen und um zu versuchen, sich aus der Schlinge zu befreien, die ihn zu ersticken drohte … Doch sein Körper war zu »ordentlich«, wenn man das so ausdrücken konnte.

Hier gab Lupo auf.

Nur eine Autopsie würde ihm Gewissheit verschaffen können.

Dann drehte er den Leichnam ein wenig, um sicherzugehen, dass sich auf der Rückseite nicht noch weitere aufschlussreiche Indizien verbargen.

Nichts.

Doch führte diese kleine Bewegung dazu, dass die Hand unter dem Bein hervorrutschte. In der zur Faust geballten Hand steckte ein völlig zerknittertes Stück Papier.

Ferrero lächelte.

Und der Commissario hatte das Bedürfnis zu schreien. Es war unglaublich, aber der Wärter hatte mehr Intuition bewiesen als er. Am Ende hatte er wohl Recht behalten: In dieser Geschichte würde er wohl Blindekuh mit den Magiern des Okkulten spielen müssen …

Der Zettel enthielt in der Tat eine deutliche Mitteilung.

Le chemin du Graal de Montségur à Turin
Instructions: trouvez-vous ce soir
après la fermeture du musée
à côté de la statue d'Isis:
la Grande Mère est prête à vous offrir son cœur.

N'oubliez pas la donation obligatoire de 30 000 euros.
Si non…

Der Weg des Grals von Montségur nach Turin.
Anweisungen: Findet Euch heute Abend
nach Schließung des Museums
an der Statue der Isis ein:
Die Große Mutter ist bereit, Euch ihr Herz zu öffnen.
Vergesst nicht die obligatorische Spende von
30 000 Euro.
Sonst…

Schließlich kamen die Streifenwagen, der Gerichtsmediziner und die Ambulanz. Zur großen Befriedigung von Ferrero, der sich somit endlich an dem ganzen Zirkus freuen konnte, den Lupo ihm zuvor vorenthalten hatte.

Der Commissario hingegen schwang sich auf sein Fahrrad, nachdem er die Untersuchung einem Inspektor übergeben hatte, den er kaum kannte, und fuhr langsam zum Präsidium zurück. Hier war nichts mehr für ihn zu tun.

Denn der herbeieilende Staatsanwalt würde wohl der übliche Neuling sein, den die alten Füchse am ersten Mai zur Bewachung des Hausmeisters in der Staatsanwaltschaft gelassen hatten. Und dem sie die Untersuchung sofort wieder aus den Händen reißen würden, sobald am nächsten Tag auf den Titelblättern der Zeitungen die gewohnten schrillen Schlagzeilen erscheinen würden.

Mysterium: Grausamer Mord im Ägyptischen Museum
DER MORD DER ISIS
Gral, magisches Turin, das Opfer ein Franzose

Überraschungen, Überraschungen und nochmals Überraschungen.

Der Wachmann, der am Seiteneingang in der Via Grattoni Wache schob, stellte sich plötzlich mitten in die Einfahrt und zwang Lupo damit zu einem abrupten Bremsmanöver, um ihn nicht über den Haufen zu fahren. Der junge Mann machte eine vage Geste der Entschuldigung, doch seine Augen konnten ein geheimnisvolles und vergnügtes Glitzern nicht verbergen. Er griff nach dem Lenker, klemmte das Vorderrad zwischen seine Beine und flüsterte ihm kumpelhaft ins Ohr.

»Sie wartet in Ihrem Büro. Beeilen Sie sich, eine Dame, *gran bella signora*...«

Lupo hätte ihn am liebsten erwürgt.

»Bist du verrückt geworden? Du hättest mich ja beinahe zu Fall gebracht.«

Doch der andere grinste ihn nur dümmlich an.

»*Gran bella signora*, wirklich... Echte Klasse...«

Lupo drehte ihm den Rücken zu und schickte sich an, sein Fahrrad an dem Schild festzuketten, das die Polizeiwagen anwies, nicht schneller als fünf Stundenkilometer zu fahren. Auch dieser Parkplatz hatte zu einigem Spott und offiziellen Protestschreiben in dreifacher Ausfertigung geführt, die sich auf verschiedene Schreibtische verteilten.

In diesem Hof hielt sich stets ein ziemlich buntes Völkchen auf, das immer um irgendetwas Schlange stand: vom Antrag für einen Pass bis hin zu einer Aufenthaltsgenehmigung. Und sein Olmo-Fahrrad mochte ja vielleicht die Begierde eines Bauern aus Obervolta erregen, wenn man berücksichtigte, dass ein anderer Afrikaner ja schon einmal nicht nur das Reserverad eines Alfa Romeo geklaut hatte, sondern noch einmal zurückgekehrt war, um auch das Radio mitzunehmen.

Lupo stieg mit wachsender Neugierde die letzten Stufen hinauf.

Auf alles war er gefasst gewesen.

Außer auf Costanza Ferro, die Ehefrau des Polizeipräsidenten.

Sie saß in jenem Teil der Raums, der De Mattia gehörte, seinem Stellvertreter, mit dem er sich die Zelle teilte. Er blickte sie lange und schweigend an, beinahe als sähe er sie das erste Mal. Und nicht wie eine liebgewordene Vertraute, der er in gegenseitiger Sympathie begegnete.

Costanza war nicht unbedingt schön zu nennen.

Doch sie war eine jener Frauen, die immer leuchteten.

Und die mit ihrer bloßen Anwesenheit alle anderen in den Schatten stellte.

Sie war gebildet, intelligent, ironisch, unberechenbar. Sie umgab sich gerne mit Künstlern und Scharlatanen. Trotz ihrer außergewöhnlichen Extrovertiertheit besaß sie eine faszinierende Strenge, die Befangenheit hervorrief. Sie brachte einen Mann dazu, sofort um ihre Anerkennung zu buhlen, indem er alles, was sie dachte und sagte, im alleinigen Bedürfnis aufsog, sich ihr gewachsen zu zeigen.

Lupo hatte sich in der Vergangenheit oft gefragt, wie eine Angehörige der alten Turiner Aristokratie sich in einen Polizisten hatte verlieben können. Dann, mit der Zeit, hatte er Ferro schätzen gelernt – mehr als er sich hatte vorstellen können. Er war sich bewusst, dass die beiden Pole dieser Ehe in einer fast perfekten Spannung zueinander standen. Er mit seiner absolut rationalen Art und sie mit ihrer intuitiven Irrationalität.

Costanza lächelte ihn an.

Sie fegte damit sofort den Schatten der Besorgnis von seiner Stirn, den ihr unerklärlicher Besuch hervorgerufen hatte. Sie bat ihn, sich zu setzen.

Sie kam ohne lange Vorreden sogleich zum Kern der Sache.

»Ich komme mit einem etwas heiklen Ansinnen zu Ihnen. Deswegen habe ich mich selbst auf den Weg gemacht. Ich bin sicher, dass mein Mann nicht damit einverstanden wäre.«

Lupo seufzte.

Sie hatte von Anfang an gewusst, dass er alles tun würde, um ihre Bitte zu erfüllen.

Zumindest um sich für die Hilfe zu revanchieren, die sie ihm bei einigen Gelegenheiten erwiesen hatte. Doch es sah so aus, als würde es dieses Mal nicht der Polizeipräsident sein, der ihn bat, sie zu einer Ermittlung hinzuzuziehen, um vom unendlichen Universum ihrer Bekanntschaften zu profitieren. Im Gegenteil, über ihre kleine bevorstehende Verschwörung würde man ihm gegenüber Stillschweigen bewahren müssen.

»Ich habe den Eindruck, dass ich mich in Schwierigkeiten bringe, wenn ich Ihnen zuhöre.«

Costanza nickte mit einem belustigten Schimmern in den Augen.

»Sagen Sie mir bloß nicht, dass Sie sich auf einmal auf Linientreue verlegt haben und der Faszination entsagen können, ein klein wenig von der festgesetzten Ordnung abzuweichen.«

»Lassen Sie hören … Wenn Sie hier sind, dann nur, weil Sie mich zu gut kennen.«

Die Geschichte war einfach.

Der erste Mai war für Ferro ein Tag voller Verpflichtungen.

Repräsentationstermine, gemeinsam mit dem Präfekten.

Eine echt savoyische Tradition, die bis in die Zeiten von

Cavour und Rattazzi zurückreichte, dem Manne, der das erste Polizeipräsidium gegründet hatte. Das hatte nichts mit dem Tag der Arbeit zu tun, der in jener Zeit noch nicht erfunden worden war.

Selbstverständlich kein Umzug mit Fahnen und Gesängen.

Sondern nur der Jahrestag einer Unterzeichnung, der im kleinen Kreis ohne großes Aufsehen allein in Turin begangen wurde: der Gründungsakt einer effizienteren und zentralisierten Polizei, nach dem Eklat und den Kritiken von Seiten des Innenministeriums, weil niemand die blutigen Wahnsinnstaten Pisacanes vorausgesehen hatte.

Also im Grunde so etwas wie erzwungene Ferien für Costanza.

Ein Tag, von dem sie seit Jahren schon wusste, dass sie ihn einer ihrer extravaganten Aktivitäten widmen konnte. Zum Beispiel waren ihr die lautstarken Wiedersehen mit fünf oder sechs alten Freundinnen aus dem Liceo Gioberti mittlerweile zu einer fröhlichen Gewohnheit geworden. Diese hatten aus dem einen oder anderen Grunde nie geheiratet oder nach einer bitteren Erfahrung ihren Mädchennamen wieder angenommen.

»Glauben Sie mir das, Lupo? Ich bin die Einzige, die einen Mann ›besitzt‹. Und wenn Sie bedenken, dass von allen ich diejenige war, die das Joch der Ehe am meisten verteufelt hat. Keine hätte auch nur einen Cent darauf gewettet, dass es einem Mann gelingen könnte, mich so lange zu halten.«

An jenem Tag war Francesca Caccia an der Reihe gewesen, die anderen bei sich in der alten Familienvilla in Bossolasco zu empfangen.

Abgesehen von der Tatsache, dass sie eine abenteuerlustige Archäologin war, die von den Quellen des Nils bis zum Euphrat Löcher gegraben und sich damit bei den Kameradinnen den Spitznamen »Miss Livingstone« eingehandelt hatte, war Francesca Caccia auch die Direktorin des Ägyptischen Museums.

Eine Rolle, die sie akzeptiert hatte, nachdem ihrer grenzenlosen Reise- und Abenteuerlust – schon mit fünfzehn Jahren war sie alleine per Anhalter durch Afghanistan gereist – durch einen Unfall ein Ende gesetzt worden war. Seitdem hinkte sie und war auf einen Stock angewiesen.

»Sie wird Ihnen gefallen, das versichere ich Ihnen. Sie wartet unten darauf, dass wir sie heraufbitten …«

Der Commissario seufzte.

Offenbar war der Museumsaufseher weniger naiv, als er angenommen hatte.

Dass die beiden genug Zeit gehabt hatten, um von den Hügeln der Langhe nach Turin zu fahren und jetzt schon da zu sein, hieß, dass Costanza irgendwie erfahren haben musste, dass er Dienst hatte. Und dass sie die Gelegenheit beim Schopfe ergriffen hatte, ohne lange zu überlegen.

Lupo bedachte sie mit einem grimmigen Blick.

»Lassen Sie hören: Um wieviel Uhr hat Ferrero angerufen?«

Costanza versuchte, ihn mit ihrem Blick zu besänftigen.

»Ist ja schon gut. Zuerst hat er Francesca angerufen. Und danach Sie. Ich bekenne mich schuldig, ich habe das in Gang gesetzt. Und das ist auch einer der Gründe, warum mein Mann nichts wissen darf. Er würde mir das nie verzeihen.«

Die Geschichte hatte sich so abgespielt:

Ferrero hatte die Leiche um halb zehn entdeckt.

Costanza war in Bossolasco angekommen, gerade kurz bevor das Telefon geklingelt hatte. Ein Gefühl der Hilflosigkeit hatte sich eingestellt, als sie mitansehen musste, wie sich auf dem Gesicht ihrer Freundin der Schrecken ausbreitete.

Das hatte sie berührt.

Francesca war hart wie Stahl.

Mutig bis zur Tollkühnheit.

Und Costanza sah nun, wie sie zitterte und stammelte.

Ihren bangen Worten hatte sie sofort entnommen, dass es sich um Mord handeln musste.

Doch da war etwas, was noch besorgniserregender war: Dieser Mord war weit mehr als ein einfacher – wenn auch grausamer – Tötungsakt an einem Fremden. Also hatte sie Francesca mit Gesten zu verstehen gegeben, dass sie Zeit gewinnen und Ferrero veranlassen solle, zunächst einmal stillzuhalten und keine Initiative zu ergreifen.

Für zehn Minuten.

Die Zeit zum Nachdenken.

Sie würden zurückrufen …

Instinktiv hatte Costanza begriffen, dass Francesca hier persönlich betroffen war. Und sie hatte Recht gehabt. Francesca erhielt seit einigen Wochen Drohungen. Zu jeder Tages- und Nachtzeit. Über das Handy, von einer metallisch verzerrten Stimme. Und wenn sie nicht abnahm, dann gab es makabre Nachrichten auf dem Anrufbeantworter oder SMS der übelsten Sorte.

»Verschwinde, oder Isis wird dich unter Leichen begraben, bevor du selbst an der Reihe bist.«

Francesca hatte zunächst an einen schlechten Scherz geglaubt. An einen Versuch, ihre Hartnäckigkeit zu untergraben, mit der sie die Renovierung des Museums und die Umorganisation seiner unzähligen »Lieferanten« betrieb.

Jetzt nicht mehr.

Jetzt hatte sie wirklich Angst …

Sie war klein.

Ein Vögelchen mit weißem Schopf.

Ihr sehr kurz geschnittenes und vorzeitig weiß gewordenes Haar war nach vorn über die Stirn und die Schläfen gekämmt, so wie es die zur Guillotine verdammten Bürger der Französischen Revolution auf zeitgenössischen Drucken trugen.

Doch sie besaß auch die Kraft, sich wieder zu fangen.

Aus ihren schieferfarbenen Augen blitzte der Zorn darüber, dass sie sich hatte einschüchtern lassen. Sie ergriff Lupos Hand und drückte sie kräftig. Ein fester, männlicher Druck. Sie dankte ihm mit ihrer vom Rauchen rauen Stimme, die jedoch durch ihr kehliges französisches *R* einen weicheren Klang bekam und alles Strenge und Ernste abmilderte.

»Es tut mir leid, dass ich Sie stören muss. Doch Sie kennen Costanza ja, sie ist eine Straßenwalze, unmöglich, sie zu stoppen, wenn sie sich etwas in den Kopf gesetzt hat…«

Lupo nickte.

Francesca sprach weiter, ohne ihm mehr als diese kleine Geste zuzugestehen.

»Das heißt, dass ich Ihnen jetzt nicht noch mehr Zeit stehle und Ihnen einfach alles sage, was ich weiß, was ich denke und was ich mir vorstelle. Bitte unterbrechen Sie mich, wenn ich mich nicht klar genug ausdrücke oder wenn Sie glauben, dass ich vom Thema abkomme. Bitte…«

Sie gingen ins Büro des Polizeipräsidenten hinüber.

Den Wachmann überließen sie seiner Verdrossenheit. Er hatte sich darauf beschränkt, dieser kleinen Prozession nachzuschauen, ohne etwas zu sagen, denn er wusste, er hatte es hier mit Lupo zu tun. Und dies hier war wohl wieder eine seiner wunderlichen Aktionen.

Er war auch nicht besonders erstaunt, dass die Tür, kaum

war sie geschlossen worden, wieder aufging, der Commissario seinen Kopf hinausstreckte und ihn ganz selbstverständlich darum bat, drei Tässchen Kaffee und eine Flasche Mineralwasser zu besorgen.

Dann setzten er und Costanza sich auf die roten Sessel. Francesca bevorzugte es, mit ihren kleinen hinkenden Schritten im Zimmer auf und ab zu gehen, wobei sie sich in fast feierlicher Manier zu konzentrieren versuchte. Was sie durch die weit ausholenden Stöße ihres Stocks unterstrich.

»Ich möchte voranstellen, dass ich mir im ganzen letzten Jahr, seit ich ernannt worden bin, nur Feinde gemacht habe. Vielleicht ist das für Sie schwer vorstellbar, doch um ein Museum wie das unsrige – nur das von Kairo ist noch größer – streunen ganze Rudel von Schakalen herum. Die Subventionen sind beachtlich, und jeder versucht, seinen Anteil an der Beute zu ergattern. Mit Zähnen und Klauen reißen sie das Fleisch von ihrem Opfer, und dies tun sie mit dem Gestus der Wohlanständigkeit der wissenschaftlichen Gemeinschaft, der Gelehrsamkeit, der Politik und des kulturellen Austauschs. Nun, ich habe da einmal ordentlich aufgeräumt. Wir hatten uns zu etwas Ähnlichem wie einem multinationalen Pharmakonzern entwickelt, der einer Unzahl von Beratern, Forschern und Mysterienerfindern Prämienreisen mit der Geliebten finanziert hatte.«

»Das hat Ihre Beliebtheit gewiss nicht gesteigert …«

»Das können Sie glauben. Ich kann einzig und allein auf Ferrero vertrauen. Er hat zwar nur fünf Schuljahre absolviert, aber er weiß mehr als die ganzen Wissenschaftler, die das große Reinemachen überlebt haben. Keine Frau, keine Kinder. Ein schlechter Charakter, aber eine fast schon lästige Rechtschaffenheit. Eine einzige große Liebe im Leben: die Mumien. Ein absoluter Autodidakt, der niemals aufgehört hat zu lernen, zu forschen, weiterzumachen. Er war schon Aufseher, als ich noch Archäologie studiert habe. Ich kenne ihn von früher. Weil er zu brummig war und zu viel Gewissen besaß, hat man ihn weggejagt, er störte das Geschäft. Er war wie tot. Ich habe ihn wieder zum Leben erweckt, indem ich ihm eine Aufgabe und seine Würde wiedergegeben habe. Er ist praktisch mein persönlicher Assistent. Eigenartig, finden Sie nicht?«

Lupo hatte keine Zeit zu antworten.

Der Wachmann war mit dem Kaffee und dem Mineralwasser erschienen, und nach dem ersten Schluck nahm Francesca Caccia den Faden wieder auf, als wären sie nie unterbrochen worden.

»Eine andere Sache sind die Verrückten. Das alte Ägypten ist ein Honigtopf, der Fanatiker jeglicher Art anzieht: Okkultisten, Mystiker, satanische Sekten, Menschen mit einer Geisteshaltung, die primitiver ist als eine Hieroglyphe. Ich glaube, dass Manuel Hibanez genau zu dieser Sorte Fauna gehörte.«

Als der Commissario den Namen des Opfers hörte, ließ er deutliche Anzeichen von Ärger erkennen. Es war eine Sache, sich auf ein Spiel subtiler Komplizenschaft einzulassen. Eine ganz andere, sich benutzt zu fühlen.

Jetzt war es klar: Ferrero hatte Francesca Caccia die ganze Zeit auf dem Laufenden gehalten. Wahrscheinlich war das Handy auf dem Weg von Bossolasco bis nach Turin auf Empfang geschaltet gewesen. Und sie hatten jede Aktion bis in die Einzelheiten geplant: was gesagt und was verschwiegen werden sollte. Welche Saiten angezupft werden würden und welche man ausließ.

Er seufzte.

Und sah Costanza scharf an.

Doch die versuchte nicht etwa, ihn zu besänftigen. Im Gegenteil.

»Was haben Sie erwartet? Dass wir untätig bleiben würden? Keine Angst, wir verheimlichen Ihnen nichts. Francesca hat es deutlich gesagt: Das ist nur das Vorwort.«

»Dann wage ich nicht, mir vorzustellen, was da noch kommen wird.«

»Ich fürchte, es wird Ihnen nicht gefallen. Aber bedenken Sie eines: Wären wir in diesem Moment nicht hier, um Ihnen alles zu erzählen, Sie wären niemals alleine darauf gekommen.«

»Na toll, jetzt soll ich Ihnen auch noch danken.«

»In gewisser Weise ...«

Dann verschwand die Anspannung wieder.

So schnell, wie sie gekommen war.

Vielleicht dank eines entmutigten Lächelns oder eines verzweifelten Blicks.

In diesem Moment hörte Lupo zum ersten Mal die beiden Namen.

Thérèse Brualla, *la flic*.

Und Jean-Luc Amat, der Katharer.

Als er nun schweigend in die Windungen dieser eigenartigen Geschichte eintauchte, ertappte er sich selbst dabei, wie er die beiden Freundinnen genau studierte. Fasziniert von ihrer Kleidung, von der Art sich zu geben, von den Gesten und Gefühlen, die er im anfänglichen Klima der Spannung nicht hatte bemerken können.

Sie waren völlig verschieden.

Die Gesichtsfarbe, die Form ihres Mundes, ihre Augen.

Die Caccia trug eine unförmige militärgrüne Hose, die überall Taschen hatte. Und ein Sweatshirt mit dem Porträt Jim Morrisons unter einer Jacke aus braunem Samt, deren Taschen schwer herunterhingen, weil dort alles verstaut war, was eine Frau sonst in einer Handtasche hat.

Ephebische, knabenhafte Brüste.

Eine blasse, kantige Magerkeit, mit der sie trotz des verletzten Beins flink wirkte. Sie war unaufhörlich in Bewegung, und der Gesichtsausdruck wechselte immerzu. Ihr Körper verharrte nie länger in derselben Haltung.

Costanza war genau das Gegenteil.

Bei ihr drang die Sinnlichkeit aus allen Poren. Auch sie trug unförmige Hosen, doch diese waren überall ausgefüllt. Und der dünne indische Mantel, der vorne lässig offen stand, betonte ihre Formen eher, als dass er sie verbarg.

»Anfang April habe ich einen ziemlich merkwürdigen Anruf erhalten. Von einem völlig unerwarteten Ort, auf halber Strecke zwischen Montpellier und Perpignan: Béziers …«

Lupo, der einen Augenblick durch seine Betrachtungen abgelenkt gewesen war, richtete seine Aufmerksamkeit sofort wieder auf Francesca, die immer noch auf und ab ging.

Er machte ihr ein Zeichen weiterzusprechen.

»Eine Kommissarin der französischen Polizei. Sehr sympathisch und mitteilsam. Sie sprach ein äußerst farbiges Französisch mit einem starken Akzent aus dem Süden, und sie hatte ein überraschendes Anliegen:

»Ich heiße Thérèse Brualla. Ich weiß, dass Sie keine Zeit zu verschenken haben. Deshalb *pas de papotages*, kein Vorgeplänkel. Ich habe gerade eine meiner Dummheiten gemacht, und meine Chefs sind mir auf den Fersen. Sie können es kaum abwarten, ihre Zähne hineinzuschlagen. Doch ich habe Brot in den Händen, damit sie was zum Fressen haben, wenn Sie mir helfen.«

»Und was könnte ich dabei tun, hier von Turin aus?«

»Oh, wenn man ›unsere Freundschaft‹ wegen ›unserer‹ gemeinsamen Begeisterung für Ägypten in Betracht zieht …«

»Meinen Sie nicht, Sie übertreiben ein wenig?«

»Doch. Mir würde aber eine nette E-Mail genügen, in der Sie mich bitten, mich einer bestimmten Gruppe anzuschließen, die alle zwei Monate pünktlich wie die Gasrechnung von Béziers aus Ihr Museum besucht.«

»Diese Gruppe, für die es nur Isis und den Gral gibt?«

»Genau die. Sie teilen mir mit, dass Sie das Gefühl haben, dass in dieser Gruppe irgendetwas Eigenartiges ausgebrütet wird. Ganz besonders verdächtigen Sie einen gewissen Manuel Hibanez.«

»Sagen Sie, ist das nicht der …«

»Der aussieht wie ein Typ aus der Vogue für alte Leute. Ein Vorstrafenregister so lang wie Oskar, doch er hat immer nur wegen Kleinigkeiten gesessen, niemals so, wie er es verdiente. Nach dem, was man mir zugeflüstert hat, bietet sich dieses Mal eine gute Gelegenheit, um ihn endgültig hinter Gitter zu bringen.«

»Aber wenn ich Sie doch überhaupt nicht kenne …«

»Nun, dann schicken Sie mir die E-Mail, und binnen vier Tagen werden Sie das Vergnügen haben, mich kennen zu lernen. Sie werden sehen, wir werden großen Spaß haben. Sie scheinen mir ja eine ganz tolle Nummer zu sein, dem bisschen nach zu schließen, das ich über Sie gelesen habe …«

»Was soll das heißen?«

»Na, spielen Sie jetzt nicht die Bescheidene. Für die Archäologiefans sind Sie ein Star.«

»Schmeicheleien helfen Ihnen hier auch nicht weiter. Übrigens was verstehen Sie unter ›Ich habe gerade eine meiner Dummheiten gemacht‹?«

»In den Niederlanden habe ich einem Rotzlöffel, der mir den Hintern betatscht hat, einen Tritt verpasst. Das Problem war, dass es sich um den Sohn des Präfekten handelte, und *monsieur la merde* hat verlangt, dass ich nach Sète zum Zoll versetzt werde. Das ist, als würde man Sie nach Disneyland schicken, um dort die Fahrt auf dem Nil zu leiten. Also, sind Sie dabei?«

»Nun wirklich, ich …«

»Die Adresse ist brua.bezierpolice@wanadoo.fr. Vielen Dank jedenfalls, auch wenn Sie keine Lust darauf haben. *Au revoir* …«

Lupo nickte.

Mittlerweile war er neugierig, wie weit die beiden gegangen waren.

Er hatte Costanza bewusst ignoriert und sich ganz auf Francesca konzentriert.

»Ich denke, dass Sie schließlich darauf eingegangen sind …«

»Ja. Sie ist gekommen, ich habe sie kennen gelernt, sie hat mir gut gefallen, und wir haben sofort Freundschaft geschlossen. Doch nichts ist passiert.«

»Wie hat sich Hibanez verhalten?«

»Völlig normal. Wie immer. Er war mir aus einem einzigen Grund im Gedächtnis geblieben, weil er mich nämlich bei einer anderen Gelegenheit um eine Empfehlung für den Leiter des Stadtmuseums gebeten hatte. Er wollte, dass ich garantiere, dass er mir bekannt sei.«

Der Commissario war nun zum wiederholten Mal an diesem Tag erstaunt: Der Zettel, den er in der Hand der Leiche gefunden hatte, hatte ihn bei Hibanez an einen Menschen denken lassen, der auf gemeinste Weise erpresst wurde.

Und wenn nun er selbst der Erpresser gewesen war?

Vielleicht war er deswegen ermordet worden.

Weil sein Opfer die Summe von dreißigtausend Euro für

zu hoch gehalten hatte, um ihm zu erlauben, ihn weiterhin zu erpressen?

N'oubliez pas la donation obligatoire.
Si non…

Der Besuch im April hatte also nur einen einzigen Zweck gehabt, nämlich das Terrain zu sondieren. Herauszufinden, wie das Sicherheitssystem aussah und wann das Museum geschlossen war. Und sich zu vergewissern, ob es möglich sein würde, zu dieser Uhrzeit ein heimliches Treffen dort zu organisieren.

Aber warum?

War die Tatsache wichtig gewesen, dass sich am ersten Mai niemand in diesen Räumen aufhalten würde? Und dann: Welchen Sinn hatte eine so komplizierte Geldübergabe? Wäre es nicht einfacher gewesen, sich in einer Bar oder in einem Park zu treffen?

Es konnte nur zwei Gründe für ein so eigenartiges Vorgehen geben.

Erstens: Die Statue der Isis hatte eine ganz bestimmte Bedeutung.

Zweitens: Der Mörder musste sich nicht im Museum einschließen lassen, weil es selbstverständlich war, dass er sich auch nach der Schließung im Museum befand.

Im letzten Fall kam nur eine Person in Frage: Michele Ferrero.

Lupo seufzte tief.

Von den Motiven abgesehen wurde der Museumsaufseher langsam zu einer zentralen Figur in dieser Geschichte. Seine Treue und Loyalität Francesca Caccia gegenüber schienen eine unzweifelhafte Tatsache zu sein.

War also all das geschehen, um sie zu beschützen?

Ein edler Ritter, der sein Schwert gezogen hatte, um die Ehre und das Leben seiner Dame zu verteidigen.

Der Commissario versuchte zu Anfang seiner Ermittlungen ganz bewusst, sich nicht von der einen oder der anderen Hypothese verführen zu lassen. Er beschränkte sich darauf, Eindrücke zu sammeln, ohne sie in eine bestimmte Ordnung zu bringen, ganz wie ein Fischer, der sein Netz im Meer auswirft und darauf wartet, dass das Meer es füllt. Ohne wirklich darauf zu achten, was sich darin verfängt.

Erst nach einigen Tagen würde er dann beginnen, wirklich nachzudenken und seine Indizien zusammenzustellen, zu überlegen beginnen, wie sie sich kombinieren ließen und welches Bild sich abzeichnen könnte. Und so würde es auch dieses Mal sein.

Costanza, die ihn gut kannte, schwieg und bedeutete Francesca, es ihr gleichzutun, um ihm Zeit und Raum für seine Gedanken zu lassen.

Sie wusste, dass am Ende eine unerwartete Frage kommen würde. Ein Fragezeichen hinter einer Winzigkeit, die nur kurz aufgeblitzt war, hinter einem Detail im Ganzen, das einem immer wieder entglitt.

Wie vorhergesehen kam die Frage.

»Wenn ich mich nicht irre, hat alles mit einem Tipp angefangen, den Ihre französische Freundin erhalten hat. Hat sie Ihnen dann eigentlich erzählt, worum es dabei ging?«

Francesca warf Costanza einen flehentlichen Blick zu.

Und die kam ihr sogleich zu Hilfe.

Ihre Augen glitzerten belustigt und bösartig.

»Aus diesem Grund haben wir während der Rückfahrt von Bossolasco ein Treffen mit Thérèse für Sie organisiert. Sie wird Ihnen das zeigen, was wir für ihre Quelle halten. Eine Art Heiliger, der blind ist und einen interessanten Spitznamen hat: der Katharer. Sie werden sehen, Sie werden bestimmt Spaß haben. Doch packen Sie nicht allzu viel Kleidung ein.«

»Warum?«

»Sie leben in einer Nudistenanlage.«

Lupo war sprachlos.

Dann begann er zu lächeln.

Das Lächeln stieg ganz langsam in ihm auf …

Ganz plötzlich gefiel ihm die Idee, alleine zu verreisen. Wie früher in seiner Jugend. Auf eine Reise ganz mit sich allein zu gehen, für eine Weile pflicht- und selbstvergessen, um sich ausschließlich der Freude hinzugeben, sich treiben zu lassen und erst am Ende irgendwohin geführt zu werden.

Zwischendrin würde es tausend neue Landschaften geben.

Tausend vom Zufall erfundene Begegnungen.

Und eine kleine verzauberte Insel im flachen Meer der Routine.

Dies Greta mitzuteilen würde eigenartig sein. Seit sie verheiratet waren, war so etwas noch nie vorgekommen. Aber vielleicht hatte er auch noch nie eine so gute Ausrede gehabt: die Pflicht.

Oder vielleicht hatte er nur kein Bedürfnis nach einer ganz persönlichen Freiheit mehr verspürt, weil es eingeschlummert war, weil es ihnen gut zusammen ging, einig in allem, glücklich über ihre Söhne und über ihre Bestrebungen, zufrieden darüber, dass sie eine richtige Familie waren, in der man alles im Rudel tat und erlebte.

Es wurde ihm bewusst, dass Costanza ihm einen unwiderstehlichen Köder zugeworfen hatte.

Und dass sie, wer weiß warum, die Erste war, die das begriffen hatte.

Er überlegte gerade, wie er die Einladung annehmen und gleichzeitig den Schein wahren konnte, als der Polizeipräsident ganz unerwartet in sein Büro trat und dieses von einer merkwürdigen Gesellschaft okkupiert fand.

Seine Krawatte saß schief.

Und sein Haar war wirr.

Er hatte offenbar den einen oder anderen Trinkspruch zu viel ausgesprochen. In seinem Blick lag jene Leere, die die Grenze zwischen Bewusstsein und Schlaf kennzeichnet.

Er war so peinlich berührt, in einem solchen Zustand der Schwäche ertappt worden zu sein, dass er völlig vergaß, dass nicht er der eigentliche Eindringling war. Er wollte schon zu einer Entschuldigung ansetzen, als ihm Lupo, der das begriffen hatte, einen Rettungsanker zuwarf.

»Es hat einen Mord gegeben, und zufällig befand sich Ihre Frau in Begleitung von Dottoressa Caccia. Sie kennen sie doch, nicht wahr? Sie ist die Direktorin des Ägyptischen Museums. Der Mord ist ebendort passiert. Ich habe nur die Gelegenheit beim Schopf ergriffen … Die Anwesenheit Ihrer Frau und Ihr Büro.«

Ferro nickte mechanisch.

Erst in diesem Moment wurde ihm bewusst, dass die schöne Frau, die in dem roten Sessel saß, wirklich Costanza war. Er hauchte ihr einen flüchtigen Kuss auf die Wange.

Dann empfahl er sich Francesca mit einem ehrerbietigen »wie geht es Ihnen« und strafte Lupo mit scheinbar vorwurfsvollen Worten, die im Grunde aber seine Anerkennung ausdrückten.

»Ich hoffe, Sie haben wenigstens etwas zu trinken angeboten …«

»Wir haben Kaffee getrunken, mein Lieber.«

Jetzt wurde der Commissario wieder aktiv.

Er begann, die Fakten zusammenzufassen, wobei er den

wahren Sachverhalt ein wenig zurechtbog. Vor allem den Teil, der die beiden Frauen betraf. Er gab zu verstehen, dass er Francesca Caccia mit höchster Dringlichkeit hergebeten habe. Und dass die Gattin des Polizeipräsidenten nur als Unterstützung für ihre aufgeregte Freundin mitgekommen sei.

Indessen hatte Ferro ein wenig Farbe wiedergewonnen. Und seine gewohnte Selbstsicherheit.

»Ich vermute, dass Sie mich jetzt, wo Sie ja schon Kontakt mit dieser Brualla aufgenommen haben, um die Erlaubnis ersuchen, nach Béziers zu fahren …«

»Das scheint mir die einzig wirkliche Spur zu sein.«

»Sie vergessen die anonymen Drohanrufe, die Signora Caccia erhalten hat …«

»Dort werden wir rein gar nichts finden, auch wenn wir uns die Aufzeichnungen der Telefongesellschaft geben lassen. Angenommen, sie haben etwas mit dem Mord zu tun, dann wette ich, dass diese Anrufe von einer Telefonzelle aus geführt wurden. Derjenige, der sie getätigt hat, hatte sicherlich kein Interesse, aufgespürt zu werden.«

»Meinen Sie? Und was ist mit den SMS?«

»Genau dasselbe: Telefonzelle. Man braucht kein Handy mehr, um sie zu versenden, man kann sie auch von einem Festnetztelefon aus schicken. Solche Telefone gibt es jetzt überall. Am Bahnhof, in der Uni, in Kinos oder in Bars …«

Der Polizeipräsident nickte stumm.

Als guter Ermittler hatte er den deutlichen Eindruck, dass ihm hier etwas vorenthalten wurde. Doch er hatte es noch nie bereut, auf Lupo gehört zu haben. Und so gab er ihm grünes Licht und versprach ihm, dass er die notwendigen Schritte unternehmen würde, um eine internationale Kooperation in Gang zu setzen.

»Wenn ich das richtig sehe, könnte Thérèse Brualla disziplinarische Probleme haben…«

»Ach ja, der Sohn des Präfekten. Nun, ich werde darum bitten, dass Sie ihre Kontaktperson sind. Doch ich kann nicht verlangen, dass man ihr den Fall übergibt. Umso besser, falls es tatsächlich passiert. Lassen Sie sich die Fahrkarte reservieren, ich schreibe Ihnen sofort die Verfügung.«

Lupo zeigte keine Reaktion.

Als hätte er sich in ganz persönlichen Gedanken verloren.

Dann machte sich ein vorsichtiges Lächeln auf seinem Gesicht breit.

»Ich glaube, ich fahre mit dem Auto.«

Ferro war überrascht und sah ihn misstrauisch an. Als sei dies nun der offensichtliche Beweis, dass hier in diesem Zimmer etwas Sonderbares vor sich ging. Das Gefühl, dass eine Hand ihn in eine Richtung drängte, die er vielleicht niemals selbst eingeschlagen hätte. Als sei es Costanza und nicht Lupo, die bei diesem Tanz führte. Er kannte den Stil seiner Frau zu gut, um ihre Handschrift nicht zu erkennen.

Allerdings tat er nur mäßig erstaunt.

»Aber wo Sie doch Autos hassen… Zuerst die Straßenbahn. Und jetzt dieses segensreiche antike Stück, wegen dem sich die Beschwerden bei mir häufen.«

»Ich mag keine Autos in der Stadt. Aber für eine längere Fahrt…«

»Haben Sie denn vor, Ihren Vorkriegskäfer zu nehmen? Wir könnten Ihre Spur bereits am ersten Bahnübergang verlieren.«

Lupo nickte.

Mittlerweile völlig eingenommen von der verführerischen Aussicht auf einen so ungeplanten und unvorhergesehenen Ausflug, der die Erinnerung an die Reisen seiner Jugendjahre auffrischen würde, erlag er nun einer weiteren Phantasie: ein Alfa Spider mit heruntergelassenem Verdeck und den Wind im Gesicht, der ihn in seinem neuen Traum wach halten würde.

»Sie haben nicht ganz Unrecht. Nun, eine Möglichkeit gäbe es da schon...«

»So, meinen Sie?«

»Ja, die Beschlagnahme Cefalù: drei Mercedes, ein Nissan Terrano und ein alter, wunderschöner Fiat. Der Richter hat sie dem Fuhrpark der Polizei zugewiesen, aber mit einem dieser Stempel, die Sie dort auf dem Schreibtisch haben...«

»Seit wann interessieren Sie sich so für Autos?«

»Seit ich das Rot von diesem Fiat 124 Abarth America gesehen habe. Schließlich habe ich dadurch, dass ich dazu beigetragen habe, diesen schrecklichen Mafioso lebenslänglich einzubuchten, eine Art Vorkaufsrecht erworben, meinen Sie nicht auch?«

Ferros Staunen wuchs ins Unermessliche.

Die Metamorphose, die mit seinem Commissario vor sich ging, erregte allerdings eher seine Neugierde als seine Besorgnis. An dieser Geschichte war wirklich etwas, das er nicht zu fassen bekam. Andererseits hatte Lupo eben immer die Aufgabe, ihm bei den heikelsten Ermittlungen die Kastanien aus dem Feuer zu holen.

Und der vorliegende Fall mit diesem ausländischen Opfer gehörte ganz gewiss zu dieser Art von Ermittlungen.

Ganz gleich, ob der Mörder nun Franzose oder Italiener war – sie hatten keinen Anhaltspunkt.

Und Béziers schien der beste Ausgangspunkt zu sein.

Jedoch der Verdacht, dass Costanza nun ihre Hand hinter dem Rücken versteckte, nachdem sie einen Stein geworfen hatte, wuchs in dem Maße, in dem seine Benommenheit schwand und sein Geist die ruhige Klarheit wiedergewann. Die Augen seiner Ehefrau erwiderten jedoch keinen seiner drängenden und forschenden Blicke.

Er versuchte nun seine letzte Karte auszuspielen, bevor er gänzlich aufgab.

»Ihr habt mir erzählt, dass dieser Hibanez mit seiner großen Herde von Sonntags-Ägyptologen im Bus hierhergekommen ist. Wie kann es dann sein, dass keiner seine Abwesenheit bemerkt hat? Was sagen denn die anderen?«

Lupo fühlte sich bei einem Fehler ertappt.

Aus irgendeinem Grund hatte er einfach angenommen, dass die Gruppe sich in diesem Moment schon auf der Rückfahrt befände. Am nächsten Tag würde nach einem langen Wochenende ein Arbeitstag sein. Und er hatte keinerlei Überprüfung vorgenommen.

Er versuchte gerade, sich eine mehr oder minder plausible Entschuldigung zurechtzulegen, als ihm die rauchige Stimme von Francesca Caccia zu Hilfe kam.

»Das Erste, was ich nach dem Anruf des Aufsehers gemacht habe, war, im Hotel anzurufen, einem Best Western Hotel in der Nähe von Porta Susa. Sie waren alle schon abgereist. Alle außer einem: Manuel Hibanez. Ein Zimmer war auf seinen Namen bis zum vierten reserviert. Offenbar war geplant, dass sie sich trennen und er alleine zurückfahren würde.«

»Das lässt vermuten, dass er in Turin noch etwas zu erledigen hatte…«

»Wenn Sie wollen, kann ich Ihnen die Teilnehmerliste geben. Das läuft in diesen Fällen immer so: Sie setzen sich mit uns in Verbindung, um spezielle Ausweise zu bekommen, die den Gruppenleitern den Zutritt zu Bereichen gewährt, die ansonsten nicht zugänglich sind, wie die Bibliothek, die Restaurationswerkstatt, das Magazin …«

So hatte sich Lupo schleunigst auf den Weg gemacht.

Um zu vermeiden, dass sein Gewissen sich meldete, was es sicherlich pünktlich getan hätte, sobald er ein wenig gezögert hätte. Es hätte verhindert, dass er dieses kleine Stück Schicksal packte, das ihm Costanza auf einem silbernen Tablett serviert hatte.

Es war ihm nur allzu bewusst, dass er eine äußerst dürftige Ausgangslage für seine Ermittlung hatte. Mit so mageren Indizien, dass ihm jeder, der darüber nachdachte, Vorsicht in hoher Dosierung verschrieben hätte. Vor allem, weil die Annahme, dass der Mörder überhaupt kein Franzose war, sehr nahe lag.

Er ließ sich jedoch von dem Verlangen hinreißen, sich kopfüber in dieses Abenteuer zu stürzen. An alles andere, an die logischen Dinge, würde De Mattia denken, De Mattia, ein Gehirn, das so präzise und ordentlich arbeitete, De Mattia, der all diesen grauen Bürokraten, die sich immer um einen Fall scharen, den Kopf zurechtzurücken vermochte, ohne je seinen Schreibtisch zu verlassen.

Er war derjenige, der die ganzen Formulare, Befunde und Berichte der Staatsanwaltschaft, der Gerichtsmedizin und der Inspektoren sammeln würde, die herbeigelaufen kommen würden, um überall herumzuschnüffeln und herumzukramen. Angefangen beim Hotelzimmer und beim Gepäck des Toten.

Lupo hatte ihn angerufen.

Wobei er zunächst eine Hürde hatte überwinden müssen: De Mattias bösartige und griesgrämige Frau, die den Hörer mit der unvermeidlichen Klage abnahm: »Da sitzt man einmal in Ruhe zu Hause! Ist es denn nicht möglich, dass Sie unsere Privatsphäre respektieren? Wir sind hier schließlich kein Dienstleistungsbetrieb mit Öffnungszeiten rund um die Uhr.«

Als lebe De Mattia nicht in beständiger Erwartung irgendeines Ereignisses, das ihm einen Vorwand verschaffte, damit er das Weite suchen konnte. Und als betrachte er nicht die gesetzlichen Feiertage als Ausdruck göttlicher Ungerechtigkeit, wie ja auch der siebte Tag eine Sache war, die von oben kam.

Doch an diesem Tag war der erste Mai.

Mit dem hatte Gott nichts zu schaffen, und die Arbeiter hatten ihre Rechte. Daher beschränkte er sich darauf, seinen Chef zu beruhigen, wobei er seine Überraschung nicht verbarg.

»Lassen Sie mich nur machen, keine Sorge. Andererseits … Eine junge und schöne Kommissarin, die völlig nackt durch die Gegend läuft? Nun, da wäre ich vielleicht auch hingefahren. Nehmen Sie sich aber bloß ein Handy mit. Soweit ich weiß, gibt es im irdischen Paradies nicht gerade viele Telefonzellen …«

Und so war es gekommen.

Lupo war glücklich.

Sein Geist war wie ein Schwamm.

An diesem Ort außerhalb der Welt war alles neu und aufregend: die Menschen, die Gewohnheiten, die Denkweisen.

Es war, als läge ein zarter, gesunder Hauch von Verrücktheit in der Luft und als hätte die langweilige natürliche Ordnung der Dinge einige verführerische Neuauslegungen erfahren, voller phantastischer Unvorhersehbarkeiten.

Es war nicht direkt in Béziers.

Sondern am Meer.

Etwa zehn Kilometer entfernt.

Am östlichen Ende von Sérignan-Plage. An der Mündung des ruhig fließenden Orb und hinter dem schattigen und stillen Canal du Midi, der von gemütlichen Kähnen, *péniches*, befahren wird, die steile und rauschende Schleusen überwinden, um nach Agde hinunter oder hinauf in die Gegend von Carcassonne und zur schwarzen Erde des *foie gras* und der albigensischen Ketzerei schippern zu können.

Hinter einer Düne.

Zwischen niedrigem Wein und rosafarbenen Tamarisken.

Die knotigen Blätterbüschel des Duftsteinkrauts und die langen Zungen der roten Mittagsblume. Der leichte Duft der blühenden Oleanderbüsche, das intensive Gelb des Ginsters und das reine Weiß der Strandlilien. Den Himmel durchzogen Graureiher in schnellem Flug und Flamingos mit trägen Flügelschlägen, die auf der Suche nach einem der tausend quakenden Sumpflöcher waren, die das Heideland tüpfeln, über das sie im Gleitflug mit ihrer ganzen Eleganz hinwegschwebten.

Thérèse Brualla schien die Gefühle, die Lupo beherrschten, zu erraten.

Und sie lächelte ihn zufrieden an.

»Schön hier, nicht wahr?«

Lupo nickte schweigend.

Es war ungewöhnlich, es mit Menschen zu tun zu haben, die keinerlei soziale Unterscheidungsmerkmale aufwiesen.

Keine Uniformen.

Kein Flitter.

Keines jener Symbole also, die auf den ersten Blick Status, Geschmack, Neigungen, Geschichte verraten. Stattdessen musste man sich daran gewöhnen, die Artgenossen mit feinerem Maß zu messen. Nicht allein das Gesicht, die Hände, die Pflege der Nägel oder der Haarschnitt zählten hier.

Sondern auch eine geliftete Brust.

Eine ansonsten verborgene Tätowierung.

Sogar ein Leistenbruch oder eine Prostatanarbe.

Das heißt, die unzähligen Zeichen des Körpers, die gewöhnlich nur in der Intimität der Zweisamkeit sichtbar werden. Und die sich nun nicht hinter Kleidungsstücken verbergen lassen und so Zweideutigkeiten und Geheimnisse heraufbeschwören, vor allem in sexueller Hinsicht.

Ja, die Liebesdrüsen …

Sie sind die ersten, die ihre Bedeutung verlieren.

Ob groß, klein, rau, behaart, bisweilen ungewöhnlich oder sogar monströs: In diesem Augenblick werden sie zu eindeutigen, allgemein anerkannten Kennzeichen. Simples Unterscheidungsmerkmal einer Person, wie es auch die Form der Nase, der Schnitt des Mundes oder die Art zu lächeln sein können: nichts weiter als ein weiteres somatisches Kennzeichen, das vollkommen frei von jeglicher erotischer Aufladung ist. Fast wie ein Adjektiv vor einem Namen. Glut und Erregung erwachen nur zur gegebenen Zeit im vertrauten Raum der Leidenschaften.

Thérèse sah auf die Uhr und erhob sich.

»Gehen wir, der Katharer erwartet uns.«

Lupo schickte sich an, ihr zu folgen.

Sie hielt ihn zurück.

»Anstandsregel, die erste: Auf einem Nudistengelände ist es Pflicht, sich immer ein Sitzkissen mitzunehmen. Eine Frage der Hygiene und der guten Erziehung. Nicht alle Ärsche sind gleich.«

Lupo sah sich um.

»Meine Sachen sind im Auto. Ich weiß noch nicht einmal, wo ich schlafen werde …«

»Welche Frage! In meinem Mobilhome natürlich. Sie wollen sich doch nicht etwa in einem blöden Ibis an der Autobahnausfahrt einquartieren? Und, wo wir schon darüber reden, machen wir doch gleich einen Schlussstrich: Das ›Sie‹ verwende ich nur meinem Großvater gegenüber.«

»In Ordnung, Thérèse. Das scheint mir aber nicht angebracht. Es wird wohl sicher ein gutes, kleines Hotel in Sérignan geben …«

»Hör her, mein schöner Commissario, der du um meine Unschuld bangst, ich habe eine Pumpgun unter meinem Kopfkissen. Und dann gibt es ja immer noch dich, der mich beschützen kann.«

Lupo mochte nicht diskutieren.

Was auch immer er sagen würde, er würde der Unterlegene bleiben.

Es war schon lange her, dass er es mit einer solch spitzen Zunge zu tun gehabt hatte. Außerdem befand er sich nicht auf eigenem Terrain. Zumindest noch nicht. Er zweifelte nicht, dass er sich bald an alles gewöhnt haben würde. Doch im Augenblick fühlte er sich noch ein wenig verzagt und gehemmt.

»Hier, nimm diesen Pareo, Weißarsch. Betrachte ihn wie die Decke von Linus: Er wird diesem riesigen, weißen Abdruck deiner Badehose, den du wie ein Heiligenbild mit dir herumträgst, Sicherheit vermitteln.«

»Ich sehe, dass du dein Bestes tust, damit ich mich wohlfühle. Das weiß ich sehr zu schätzen. Ich glaube aber, dass du eine fixe Idee hast.«

»Welche denn?«

»Den Arsch. Du beschwörst ihn alle zehn Minuten.«

»Los, los, setz dich in Bewegung. Du wirst noch über ganz andere Dinge erstaunt sein.«

Sie schlugen einen Pfad ein, der auf die Düne hinaufführte.

Die Begegnung mit Le Monde Perdu war ein wenig traumatisch gewesen. Am Tor war er von einem Feldwebel mit dichtem Stoppelhaar und stahlglänzenden Zähnen durch ein Zeichen gestoppt worden.

Der Typ lümmelte sich auf einem Plastikstuhl, die Füße auf die Schranke gelegt, eine Mütze auf dem Kopf, Sonnenbrille auf der Nase und ein Radio auf dem Boden, aus dem Zigeunermusik jaulte.

In der Hand eine Dose Stella Artois.

In der anderen ein Gewirr von Fäden, die er geschickt bewegte.

Er hob nur einen Finger, ohne die Übung zu unterbrechen.

Und Lupo hielt an.

An den großen Brüsten, die bis zum Taillenband der kurzen Sporthose in einem scheußlichen, fleckigen Lila reichten, erkannte er, dass es sich um eine Frau handelte.

»Bist du der Italiener von Thérèse? Schönes Auto, Chef. Ich würde gerne eine Runde damit drehen.«

Lupo war sprachlos.

Und sie nickte.

»Ich bin Arlette, die Marionettenspielerin. Es ist gerade Siesta, deswegen ist der *acceuil* geschlossen, und du hörst keine Fliege in der Gegend. Was für eine Idee, gleich nach dem Mittagessen hierher zu kommen.«

»Nun, es ist aber eigentlich schon vier …«

»Und, was habe ich gesagt? Los, mach dieses Tor auf, dann bringe ich dich zu deiner Schönen. Dieses Auto ist zum Anbeißen. Los, gehen wir. Das Fahrrad hole ich später.«

Die Matrone machte es sich im Fiat bequem, der dabei verdächtig quietschte. Sie warf einen anerkennenden Blick auf das Armaturenbrett und auf das Leder der Sitze. Dann legte sie den Arm auf das Fenster und zeigte ihm den Weg.

»Los, treib die Pferde an, mein Ritter. Immer geradeaus. Nicht schneller als zehn Stundenkilometer. Hier sind lauter Kinder. Bist du schon jemals ohne Hosen herumgelaufen?«

Lupo sah sie an.

Er zwang sich, diese beiden Brustwarzen, die groß wie Feigen waren, zu ignorieren.

»Nein, noch nie.«

»Na ja, du wirst dich bald daran gewöhnen. Abgesehen davon, dass hier niemand von dir verlangen wird, das zu tun. Wenn du dich nicht traust, dann traust du dich eben nicht. Das kann ja jedem egal sein. Aber es ist deinetwegen. Du würdest dich wie ein Tier im Zirkus fühlen. Jetzt nach rechts …«

Es war ein Campingplatz mit allem Drum und Dran.

Doch etwas war anders als bei anderen, er hatte etwas Wildes, Primitives. Kleine Wege öffneten sich plötzlich auf die Quartiere der Bewohner, Menschen, die hier sechs, sieben Monate im Jahr lebten.

Mobilhomes und etliche feststehende Wohnwagen versanken geradezu in der Blüte der üppigen Gärten. Lauben, Weiden, spanische Kastanien mit ihren fleischigen Zapfen und ein verfilztes Gewirr von Efeu und Weißdorn bildeten ein Dach.

Und weiter: von Kakteen mit silbrigen Stacheln und niedrigen marokkanischen Palmen. Mit dem lieblichen Duft nach Basilikum, Salbei, Minze, Thymian und Schnittlauch, den die in der Sonne dösenden Gärten ausströmten.

Eine winzige Ranch neben der anderen.

Und keine glich der nächsten.

Jede war gestaltet mit Sinn für eine reizvolle ästhetische Unordnung, die sich in einem ganz individuellen Geschmack ausdrückte und in der Liebe zu Pflanzen, zu Formen und Farben. Kleine üppige grüne Oasen der Phantasie, die mit der dürren Ungerührtheit der trockenen und sandigen Umgebung kontrastierten. Ausgedörrt vom eiligen Vorübergehen der Touristen, die nur auf der Suche nach Meer und Bräune waren.

Lupo war begeistert.

Plötzlich kam eine alte Frau auf einem Herrenfahrrad aus einem Seitenweg. Sie reichte mit ihren Füßen kaum an die Pedale und musste sich sehr anstrengen, um das Gleichgewicht zu halten.

Ihr Gesäß schaukelte auf dem Sattel hin und her.

Das zu einer Pagenfrisur geschnittene Haar war weiß. Sie mochte bereits in den Siebzigern sein, machte aber einen gesunden und energischen Eindruck. Im Korb auf dem Gepäckträger konnte man eine kleine Wasserflasche und eine Tasche für Bocciakugeln erkennen.

Sie folgten ihr langsam und erreichten einen kleinen Platz.

Im Schatten der Maulbeerbäume standen die Tische eines kleinen Restaurants verlassen im Freien. Unter dem Vordach verbarg sich ein winziger Laden. Ein Kiosk mit einem riesigen Poster von Johnny Hallyday, der ein Mädchen aus Agde geheiratet hatte und damit auf einmal ein richtiges *enfant du pays* geworden war.

Und ein riesiges *pétanque*-Feld, auf dem eine lärmende Gruppe runzliger alter Leute mit ledriger Haut die Mannschaften bildeten, bei dem sie an Schnüren hängende Magnete benutzten, damit sie sich nicht allzu oft bücken mussten, um ihre glühenden Kugeln aufzuheben.

Lupo lächelte Arlette zu.

»Siestaverweigerer?«

Sie antwortete angewidert.

»Diese verfluchten Holländer… die leben hinter ihren Deichen versteckt und sehen nie die Sonne. Sie kommen hierher, um aufzutanken. Um sechs Uhr sind sie schon auf den Beinen, und bei Sonnenuntergang essen sie ihre grässlich riechenden Maggi-Suppen zum Abendessen. Um neun dann ab ins Bett. Den ganzen Tag nur Boule. Verkehrte Welt. Die klauen Melonen und Tomaten auf den Feldern, den Rest nehmen sie mit nach Hause. Sie würden ihre Euros nicht einmal herausrücken, wenn man sie foltert. Wir sind da.«

Sie zeigte auf eine kleine Zypresse.

Und auf einen engen mit Rosen bewachsenen Bogen, dem einzigen Durchgang durch ein dichtes Gebüsch aus dornigen Ranken, die alles bedeckten und ein weiteres kleines Häuschen nur erahnen ließen.

Sie gingen geduckt durch diesen Tunnel.

Dahinter tauchten sie in eine Art tropisches Gewächshaus ein. Ein kleiner Dschungel, der von einem riesigen, fast zwei Meter hohen Rosmarinbusch beherrscht wurde. Darunter war eine primitive Dusche angebracht, die aus einem Blechrohr und der umgedrehten Tülle einer Gießkanne bestand.

»Los, duschen Sie sich den Staub ab. Oder wollen Sie lieber das Bad drinnen benutzen? Kommen Sie, ich zeige es Ihnen. Sie haben eine Stunde Zeit, bis sie kommt. Dann zischen wir ein paar Helle…«

Lupo fühlte sich allmählich ein bisschen wie Alice im Wunderland. Er beobachtete alles mit vergnügtem Staunen. Er hatte mittlerweile beschlossen, sich einfach mitreißen zu lassen, neugierig auf diese eigenartige Lebensweise: wie die Zigeuner, jedoch mit allerlei Bequemlichkeiten.

Das Mobilhome war in der Tat eine nahezu luxuriöse Unterkunft.

Ein großer Wohnraum mit Fensterfronten, voller Sofas mit provenzalischen Bezügen und ebensolchen Vorhängen. Zwei schöne restaurierte Klapptische, die genau wie die Stühle von einem Antiquitätenhändler oder aus dem Keller der Großmutter stammten. Eine modern eingerichtete Küche und zwei Schlafzimmer, eine Toilette, ein Badezimmer und eine unglaubliche Anzahl an Nippesfiguren, die schier überall verteilt waren.

An den Wänden hingen große Poster von Stierkämpfen mit den Autogrammen der berühmtesten Toreros, die in den Arenen von Béziers gekämpft hatten.

»Drinnen ist das Wasser heiß, draußen *nature*. Machen Sie, was Sie wollen. Lassen Sie Ihre Sachen im vordersten Zimmer. Hier sind Handtücher.«

Dann ging Arlette hinaus.

Und Lupo stand vor dem Dilemma, das ihn die ganze Fahrt über geplagt hatte: Sollte er sich nun gleich ausziehen, oder sollte er es nach und nach machen? Am Ende war die Entscheidung einfach. Besser sich jetzt dieser Matrone stellen, die ihm alles andere als Befangenheit einflößte. Und sich der Brualla – eine, die Söhne von Präfekten gerne mit Fußtritten traktierte – als bereits mit den Gegebenheiten vertraut präsentieren.

Außerdem, so dachte er, wenn er sich mit Arlette gutstellte, würde ihm das in Zukunft eine Hilfe sein können. Daher zog er sich aus, holte tief Luft und ging zur Dusche im Freien, wobei er versuchte, so natürlich wie möglich zu gehen.

Und das war gut so.

Als Thérèse schließlich ankam, sah sie ihn nicht einmal an. Sie suchte Arlettes Blick, die lächelnd nickte. Erst dann gab sie ihm die Hand und drückte ihm die drei Küsse der südfranzösischen Gastfreundschaft auf die Wange.

»Sehr gut, es sieht aus, als hätten sie uns einen richtigen kleinen Mann aus Turin geschickt.«

Dann zog sie sich aus und duschte vor seinen Augen.

Lupo wohnte der Vorführung mit beherrschter Indifferenz bei.

Er versuchte jedoch, sie aus den Augenwinkeln zu betrachten, um Bestätigung für das zu finden, was er seiner Gastgeberin hatte entlocken können, während sie auf Thérèse gewartet hatten.

Das dabei entstandene Bild war zumindest einzigartig.

Und es war so außergewöhnlich, wie er es sich vorgestellt hatte.

Im rechten Winkel zu dem Mobilhome stand ein alter bemalter Wohnwagen, lodernde Sonnenblumen auf dunklem Grün. Dort lebte die Matrone und teilte sich mit Thérèse den Garten und die Hütte, die dazwischen stand. In Letzterer war eine zweite, offene Küche eingerichtet worden, die mit einem riesigen Kühlschrank, einem Spülbecken, einer Waschmaschine und einem Ventilator ausgestattet war. Die Regale waren gut bestückt mit *vins du pays* und großen Obstkörben.

Arlette hatte sich nicht bitten lassen.

Es war offensichtlich, dass sie gerne redete.

Und dieser unbekannte Commissario hatte ihre Prüfung mit der angemessenen Ungezwungenheit bestanden. Daher bewies sie ihm in ihrer derben und schlichten Art ihre Sympathie, wobei sie eine unglaubliche Anzahl an kleinen

Heineken 33 trank, die sie gekonnt aus einem Eimer mit Eis holte, wobei sie Lupo zwang, sie nie alleine trinken zu lassen.

Doch es war heiß.

Eine für Mai fast unnatürliche Hitze.

Der viele Alkohol ließ den Schweiß rinnen, und die Zunge löste sich.

»Nun, schöner Mann, gefällt es dir hier?«

»Sehr. Aber: Wie gerät eigentlich eine Polizistin hierher?«

»Interessiert es dich nicht, wie ich hierhergeraten bin?«

Lupo lächelte.

Er hob das Bier zum Zeichen des Friedens.

Und stieß mit ihr an.

»Natürlich.«

Arlette erzählte mit beißendem Sarkasmus.

»Früher einmal war ich schön, weißt du? Nicht diese Riesentitten, wegen denen ich so krumm herumlaufen muss. Ich hatte auch schönes Haar. Ich habe eine künstlerische Stripteasenummer aufgeführt. Eine der ersten, damals, als man nur die Titten zeigte und das Publikum wie verrückt schrie, weil in dem Moment, wenn der Slip fiel, auch die Lichter ausgingen. Eine wirkliche Pionierin …«

»Künstlerisch in welchem Sinne?«

»Nun, mein Vater war Bauchredner, er hat mich großgezogen, meine Mutter war unter einen Laster gekommen. Er hat mir früh beigebracht, wie man die Fäden einer Marionette zieht. Er war potthässlich, mit einem Gesicht, das einem Angst einjagen konnte. Wir haben als Paar in Nachtbars gearbeitet.«

»Das Monster und das kleine Mädchen.«

»Genau. So ging das einige Jahre. Dann hat auch er den Löffel abgegeben. Und ich hatte keine Stimme mehr für meine Marionetten. Es ist nicht so, dass man sich damit wirklich über Wasser halten kann, durch die Dörfer zu ziehen und kleine Kinder zu belustigen. Das ist eher, als würdest du betteln. Und wenn man mit sechzehn nur eines wirklich kann …«

»Das war sicher nicht leicht.«

»Darauf kannst du wetten.«

»Und dann?«

»Eines Abends gehe ich bei der *Cage à Perroquet* vorbei, oben an der Madeleine. Sie hatten es gerade renoviert, und bei der Einweihung sollten eine Menge von den Leuten aufkreuzen, mit denen ich vorher zusammengearbeitet hatte. Ich wollte sehen, ob auch für mich etwas heraussprang.«

»Und, sprang etwas dabei heraus?«

»Ja, aber mit einem Zusatz. Nur eine Marionette, mit Fingern zum Greifen. Sie musste Reißverschlüsse aufziehen und Knöpfe öffnen können: meine. So lange, bis ich nur noch mit meiner Haut bekleidet war. Nett, nicht wahr?«

»Zumindest originell.«

»Genau. Schau, mein Schöner, da ich ja an das Gewühl in manchen Garderoben gewöhnt war, wo sich auf wenigen Quadratmetern Tänzerinnen, Verwandlungskünstler, Zauberer, Assistentinnen von Zauberern und Sängerinnen drängten, war mein Schamgefühl dehnbarer als mein Büstenhalter. Ihn anzuhaben oder nicht, war für mich dasselbe.«

»Also haben Sie Ja gesagt.«

»Und bin über Nacht berühmt geworden. Schöne Zeiten … Leider habe ich mich in den falschen Typen verliebt, er hat mich geschwängert und hat sich dann davongemacht. Und ein dicker Bauch war nicht gerade das Ideale für die Nummer.«

»Und all das mit sechzehn Jahren?«

»Kaum älter. Aber das wusste niemand. Ich sah viel reifer aus.«

»Und das Kind?«

»Es war ein Mädchen, mein Lieber ... Sie ist nach drei Tagen im Krankenhaus an der aufgestoßenen Milch erstickt. Ich hatte gerade angefangen, sie zu stillen ...«

Lupo war auf eine so abrupte Wendung nicht vorbereitet.

Sie hatten sich locker, fast lachend miteinander unterhalten.

Und jetzt auf einmal der Schmerz.

Die Verzweiflung ...

Arlette weinte leise.

Und er konnte nur schweigend daneben sitzen.

Dann versiegten die Tränen so schnell wie sie gekommen waren. Die Monsterfrau lächelte, trank einen großen Schluck Bier und gab ihm einen Klaps auf den Schenkel.

»Nicht traurig sein, schöner Mann. Ich habe mich daran gewöhnt. Der Tod hat mich in meinem Leben von Anfang an begleitet, im Guten und im Schlechten. Das Gute war, dass die Stationsschwester mir über den Kopf und über meine entzündeten Brüste gestreichelt und mir gesagt hat, ich solle nicht verzweifeln. Da war ein anderes Neugeborenes, das seine Mutter bei der Geburt verloren hatte. Ob ich nicht dieses Kind die viele Milch saugen lassen wollte, die man mir ansonsten hätte abpumpen müssen? Ich habe Ja gesagt. Und ich habe es nie bereut. So haben Thérèse und ich uns kennen gelernt ...«

Eine Elster landete auf dem Tisch.

Ohne sich um die Menschen und ihr Gerede zu kümmern.

Arlette goss ein wenig Bier auf einen Teller.

Die Elster kam näher gehüpft und trank pickend mit raschen Schlucken. Dann sah sie Arlette einen Augenblick lang in die Augen, als wolle sie ihr danken, und flog schließlich unter großem Lärmen flügelschlagend auf einen Ast.

Arlette hatte diesen Zwischenfall nicht weiter beachtet, als wäre es eines der normalsten Dinge der Welt gewesen. Lupo war jedoch erstaunt. Vögel waren für ihn scheue und mysteriöse Wesen. Doch an diesem Ort scherte sich die Wirklichkeit wohl nicht um die vorgegebenen Regeln.

»So haben Sie dann Thérèse aufgezogen…«

»Notgedrungen. Ihr Vater hatte kurz zuvor einen Vertrag mit der EdF, *L'Electricité de France*, unterzeichnet. Sie hatten ihn nach Gabun geschickt, um dort einen Staudamm zu bauen. Und er hatte nicht einmal Urlaub bekommen, um bei der Geburt seiner Tochter dabei zu sein. Geschweige denn, um seine Frau zu begraben. Herzlose Menschen…«

»Und dann?«

»Dann kam er in den Tschad, nach Guadeloupe und Neu-Kaledonien. Kurz gesagt, er ist immer in Übersee und in den alten Kolonien herumgegondelt, in Afrika, in Ozeanien, in der Karibik. Aber wir haben uns oft geschrieben. Ich habe ihm Fotos geschickt und er mir Geld. So hat er sie aufwachsen sehen. All diese Post hat uns schließlich enger aneinander gebunden, als es in einer wirklichen Familie der Fall ist. Wir haben uns zu lieben begonnen und einmal ist er an Weihnachten zurückgekommen und hat mich geheiratet. Kapiert, schöner Mann?«

»Und wo ist er jetzt?«

»In Afrika. Sierra Leone. Doch es ist seine letzte Fahrt. Dann geht er in Rente, und wir können endlich zusammen sein. Und vielleicht eine schöne Hochzeitsreise machen.«

»Und wie seid ihr hierhergekommen?«

»Nun, dieser Ort war schon immer mein Zuhause. Wenn

du mit siebzehn arm wie eine Kirchenmaus bist, dann steckst du dein bisschen Geld nicht in eine Wohnung oder in Kleidung. Hier genügt dir ein Kleid, damit du ausgehen kannst. Und du gönnst dir höchstens ein neues, wenn sich dein Taillenumfang vergrößert, der, wie du siehst, seine eigenen Pläne hinsichtlich der Entwicklung und der Ausdehnung hat.«

Der Commissario lächelte.

Arlette wurde ihm immer sympathischer.

Es gab nur wenige Frauen, die gelassen und ironisch ihre Falten und drohende Fettleibigkeit kommentieren konnten. Außerdem verwies ihre farbige Ausdrucksweise all die wohlerzogenen und verhaltenen verbalen Schnörkel, die normalerweise die Begegnung zweier Unbekannter umrankten, ins Reich der Banalitäten.

Aber ihn interessierte Thérèse.

Er hatte das Gefühl, sich wappnen zu müssen, bevor er ihr begegnete.

Dies war der einzige Weg, mehr über sie zu erfahren.

Daher versuchte er, so elegant wie möglich das Gespräch in ihre Richtung zu lenken.

Doch er wurde sofort dabei ertappt.

»Ich komme schon noch auf sie zu sprechen, schöner Mann. Wenn meine Kleine heimkommt, wirst du alles von ihr wissen. Doch ich warne dich: Das wird dir nichts nützen. Sogar mich kann sie immer noch überraschen …«

Ihre Geschichte war sehr lehrreich und ließ Lupo wenig Hoffnung, Herr der Lage bleiben zu können.

»Ich sage dir nur eines, mein Lieber. Dieses Biest hat noch nie eine Windel getragen. Und das ist etwas, das dich prägt: Du wächst auf, wild wie eine Katze. Frei und herumstreunend. Stets bereit, die Krallen auszufahren oder zu schnurren, je nach Laune. Meer, Dünen, Strand und Heide sind deine Spielplätze. Mit der Nase im Wind lernst du jeden Geruch einschätzen, wenn ein Gewitter kommt oder die Jahreszeit wechselt.«

»Und ihr Vater?«

»Als sie vier war, hat er sie schon zum Fischen mitgenommen. Mit sechs Jahren hat er ihr ein Gewehr in die Hand gegeben, um Schnepfen zu schießen. Soll ich dir sein letztes Abenteuer erzählen?«

»Ich habe schon fast Angst, es zu hören.«

»Nun, er hat alleine drei *beurs* verprügelt, die im Begriff waren, seinen Tankwart zu zerstückeln. In der Nacht. Mit Messern. Für ein paar Euro.«

»Was ist ein *beur*?«

Arlette sah ihn an, als käme er vom Mond. Dann zuckte sie mit den Schultern, zog sich die Rugbyhosen aus und stellte sich unter die Dusche, wobei sie prustete und spritzte wie ein Schäferhund.

Danach benutzte sie die Hose, um sich das Gesicht abzutrocknen.

Und schüttelte, noch immer ungläubig, den Kopf.

»Teufel noch mal, ein *beur* ist einer von diesen Scheißarabern, die hier geboren sind, und denen der Staat nichts als Rechte gibt, auch das Recht, nicht zu arbeiten und von Geldzuweisungen zu leben. Während wir, die richtigen Franzosen, uns krumm legen müssen, um die Kolonien abzubezahlen. Verstehst du, warum Le Pen so beliebt ist?«

Lupo nickte.

Und er beeilte sich, das Gespräch wieder auf Thérèse zu lenken.

»Und wie ist sie dann eine *flic* geworden?«

»Sie war wie ein wilder Junge, sie hat immer alle verprügelt, egal, wie groß oder stark sie waren. Doch ihrem Vater gefiel das so. Und mir auch. Wir hatten die Wahl: Entweder würde aus ihr ein Straßenrowdy oder …«

»… oder ihr würdet dafür sorgen, dass sie ihre Fäuste für einen guten Zweck einsetzt.«

»Genau. Deshalb haben wir sie auf die Polizeischule in Marseille geschickt. Ein Triumph. Überall die besten Noten. Die Probleme kamen später. Mit dieser Horde von Bürokraten. Alles lief gut, solange sie noch ein Niemand war. Aber seit sie Kommissarin geworden ist …«

Es raschelte zwischen den Gräsern auf der Düne.

Und Thérèse zeigte ihm zwei Wildkaninchen beim Rammeln.

Lupo beobachtete sie ungläubig. Ein komplizierter Stadtjunge konfrontiert mit der elementaren Harmonie der Natur. Keine Flucht. Keine Angst. Nur die Prophezeiung einer neuen Brut. Im Schatten einer Tamariske. Im Rauschen der Wellen, die sich am Strand brachen.

Thérèse lächelte.

Dann schob sie sich durch einen dichten Dornenbusch, der den Pfad fast verdeckte, und kletterte das letzte steile Stück hinauf, wobei der Sand die Schritte und den Weg verschluckte. Schließlich gelangten sie an den höchsten Punkt.

Und auch das Staunen erreichte seinen Höhepunkt.

Weiter hinten sahen sie durch ein üppiges Gewirr aus Blättern, Lianen und Blüten einen von der Sonne erzeugten Lichtfleck. In der Mitte befand sich, wie für einen Stapellauf festgelascht, eine alte Zinkwanne, die rundum rosa angemalt war.

Und in dieser Wanne saß ein sehr alter nackter Mann, das Gesicht verborgen hinter einem dichten weißen Prophetenbart. Sein Blick der leere Blick eines Blinden. Doch die Augen lächelten, und die tropfnasse Hand deutete eine Begrüßung an.

»*Bonjour,* Papou.«

»Hallo, Kleine. Los, bleib nicht da stehen, zeig es ihm…«

Thérèse nickte.

Dann nahm sie Lupo bei der Hand, der starr vor Staunen hinter ihr stehen geblieben war. Sie zog ihn sanft bis zum Wannenrand, auf den der Alte lässig seine Ferse gelegt hatte.

Die große Zehe war mit dem Zeh daneben verwachsen.

Verbunden durch dichtes, glänzendes, knorpeliges Gewebe.

Und der Zeh bewegte sich zuckend, als hätte er ein Eigenleben, als tanze er im Rhythmus eines fernen Flamencos einer Zigeunergitarre, der aus dem mysteriösen Labyrinth dieser unentwirrbaren Macchia drang

»Das ist Jean-Luc Amat. Und dies ist ein wahrer katharischer Fuß, sein Ausweis…«

2

Lupo seufzte.

Es war wirklich schwierig …

Wie sollte er sich nur daran erinnern können, dass er ein Kommissar war, noch dazu auf einer Auslandsmission mit dem Auftrag, einen völlig verworrenen Fall zu lösen, wenn alle Beteiligten, er selbst mit inbegriffen, nackt waren?

Er fühlte sich durch tausend Empfindungen abgelenkt.

Und durch die Angst, ohne böse Absicht flegelhaft und ungehörig zu erscheinen.

Er verspürte also dieses lästige Unbehagen, das einen überkommt, wenn man mit einem schielenden Menschen spricht, weil man sich beständig fragt, an welches Auge man sich nun wenden soll. Hier war es genauso: Er wusste nie, wohin er schauen sollte. Vor allem, wenn ihm jemand vorgestellt wurde. Und wenn es weniger eine Person als vielmehr ein unbekannter Körper war, dem er sich zuwandte.

Ganz zu schweigen von einem Pferdefuß …

»Los, Kleine, gib mir die Hand, damit ich heraussteigen kann. Glaubst du, dass dein Freund sich bald wieder erholt?«

Thérèse zuckte die Schultern und half ihm aufzustehen.

Der Alte ließ sich geradezu von ihr hochziehen.

Als er schließlich aufrecht stand, die Füße noch im Wasser, ließ er sich von ihr wie ein Kind mit einem Frottierhandtuch abreiben. Eine Zärtlichkeit, die er genoss. Das Weiße seiner Pupillen zeigte gen Himmel.

»Hier, hier und hier. Du weißt, dass ich es nicht leiden kann, wenn ich irgendwo noch feucht bin.«

Seine Finger deuteten auf die gewünschten Stellen.

»Jetzt reicht es, Papou. Ich habe dich schon genug verwöhnt. Wir müssen reden …«

»Und der Puder?«

Thérèse stöhnte.

Doch sie wollte ihn nicht enttäuschen.

Sie half ihm, über den Wannenrand zu klettern.

Er machte ihre energischen Bewegungen, die ihre Verärgerung ausdrückten, mit und lächelte stumm.

Dann ließ er ihren Arm los und ging mit raschen und zielstrebigen Schritten auf einen alten Farbeimer zu, der schief zwischen den Wurzeln einer Agave stand. Dort stellte er sich breitbeinig und mit ausgestreckten Armen hin wie der Mann von Leonardo da Vincis Proportionenstudie.

Er nickte.

»Ich bin bereit.«

Thérèse tauchte den Pinsel in den Eimer und begann, ihn sorgfältig unter den Achseln, zwischen den Schenkeln und in der Gesäßfalte einzupinseln …

Erst dann trottete der Katharer auf ein Tischchen zu, das in der Mitte einer nach Geißblatt duftenden Veranda stand, setzte sich auf eine Bank und wandte sich Lupo zu.

»Achten Sie nicht darauf: kleine Schwächen eines verdorbenen Jünglings. Jetzt, wo der Leib zufrieden ist, können wir von der Seele sprechen. Vorausgesetzt, Manuel Hibanez hatte eine. Nehmen Sie sich einen Apfel, mein Freund, es ist eine lange Geschichte …«

Lupo verlor sich immer wieder.

An diesem Ort, bei diesen Menschen, herrschte ein ihm fremdes Zeitgefühl: Langsam, matt, fast träge floss die Zeit dahin. Ein schläfriger Bach, der sich mal hierhin, mal dorthin wand und der sich jetzt in einer von Reflexen und Verlockungen glitzernden Pfütze der Erinnerung verlor. Dann kam er wieder in der Gegenwart zum Vorschein, hinter einer schattigen Biegung, um dann wieder irgendwo zu verschwinden. Vielleicht einem fernen Meer, einem letzten Horizont, einer kaum vorstellbaren Zukunft entgegen.

Der Katharer spürte seine Ratlosigkeit.

»Keine Sorge, Sie werden sich daran gewöhnen. Bei uns sind alle langen Geschichten so. Wir kommen schon noch darauf, ja, ja, wir kommen schon noch auf Manuel Hibanez zu sprechen. Aber wie kann man einen Menschen kennen, ohne den Vater zu kennen? Und da sein Vater mein bester Freund ist, werden Sie auch mich kennen lernen müssen. Verstehen Sie? Fangen wir mit der Feststellung an, dass ich früher nicht blind war …«

Lupo sah Thérèse an.

Die aber kaute nur weiter an ihrem Apfel. Als könnten diese milchigen, lichtlosen Augen sogar das nicht vorhandene Geräusch eines Blickes auffangen.

Der Alte lächelte.

Und machte ihnen damit klar, dass ihm nichts entgangen war.

»Wissen Sie, wie alle hier bin ich in Montségur geboren …«

Als würde die bloße Nennung dieses Ortsnamens schon alles erklären. Nachdem er eine auf Puder versessene Fliege verjagt hatte, sprach er weiter.

»Boubou Hibanez war ein Mediävist. Sein Fachgebiet waren die Kreuzzüge. Vielmehr die *Nicht*-Kreuzzüge. Auch er ist in Montségur geboren. Wir sind zusammen aufgewachsen. Er ist schon vor einiger Zeit gestorben. Wir haben ihn auf dem Friedhof der *Perfecti* begraben.«

»Wer ist das?«

»Geduld, auch dazu kommen wir noch. In Ordnung? Essen Sie nur Ihren Apfel weiter, die Fruchtsäure steigert die Aufnahmefähigkeit, nicht wahr?«

Lupo nickte zögernd.

Er war mittlerweile überzeugt, dass der Katharer all seine Bewegungen und all seine Gedanken ergründen konnte. Jenseits aller Kleidung hatte er sich noch nie so nackt gefühlt. Er schielte zu Thérèse hinüber. Sie sah ihn spöttisch an und machte eine aufmunternde Geste.

Jean-Luc Amat fügte sogleich seinem Mosaik ein weiteres Teilchen hinzu.

»Sehen Sie, mein Freund, die heiligen Kreuzzüge sind ein riesengroßer Unsinn, eine Erfindung. Etwas, das nie existiert hat. Zumindest so, wie sie die normalen Leute verstehen. Sie haben nichts mit dem Verlangen der Gläubigen zu tun, das Heilige Grab von den fürchterlichen Muselmanen zu befreien. Verstehen Sie?«

Der Commissario ließ ein undeutliches Grunzen vernehmen.

Er begann langsam zu ahnen, was hier gespielt wurde.

Dieser alte Mann stellte ihn auf die Probe.

Er versuchte, ihn mit seiner unbestimmten Erzählung in die Irre zu führen, um sich zu vergewissern, ob er seiner Enthüllungen würdig sei. Lupo hatte, indem er zuhörte, schweigend die Herausforderung angenommen. Und er begann, langsam das Knäuel zu entwirren, das ihm sein Gegenüber anbot.

Der Katharer kicherte.

»Sehr gut. Ich sehe, dass Sie mir folgen.«

Dann wandte er sich väterlich an Thérèse.

»Mach du nur weiter. Du weißt, eine *Prüfung* ermüdet mich immer.«

»Wir haben keine Eile. Du kannst weitererzählen, wenn du wieder wach bist ..«

Danach rollte sich der Alte auf der Pritsche zusammen wie ein Embryo. Er deckte seine untere Rückenpartie mit einem kleinen Leinentuch zu und schlief ein. Nur ein leichtes Schnarchen begleitete seinen tiefen Schlaf und die völlige Loslösung vom Leben, das ihn umgab.

Sie gingen zu Thérèses Mobilhome zurück.

Arlette hatte sich wieder angezogen.

Sie trug nun ein langes T-Shirt, das ihre Sporthosen bedeckte und das mit leuchtenden Weinblättern bedruckt war.

Sie hatte einen Korb auf den Gepäckträger eines alten roten Motobécane geklemmt, dessen Felgen grün gestrichen waren, und band sich gerade ein Bandana um die Stirn. Ihre Füße waren nackt und ihre Haare ziemlich wirr. Als würde sie nicht erst aufbrechen, sondern hätte bereits längere Zeit im Fahrtwind auf ihrem heruntergekommenen Motorrad gesessen.

»Ich fahre zu Depardieu. Zu den Fischbecken. Austern, Garnelen, ein paar Stachelschnecken und dann einen Riesenberg Jakobsmuscheln. Was meint der Commissario dazu? Alles frisch gefangen. *Les confrères d'Isis* sind verrückt danach. Denn, auch wenn Sie es noch nicht wissen, heute Abend ist Versammlung. Na los, machen Sie nicht so ein Gesicht. Sie werden sehen, wir werden uns amüsieren …«

Lupo nickte düster.

Es sah so aus, als sollte jede Erklärung immer wieder

aufgeschoben werden. Zumindest auf den nächsten Tag. Er blickte Arlette nach, die in einer Rauchwolke davonfuhr, die nach Rizinusöl und Diesel roch. Dann ließ er sich mutlos auf einen Liegestuhl sinken und trommelte nervös mit den Fingern auf die Armlehne.

Und er ging auf Thérèse los.

»Na gut: Hier kommt man also nie zum Kern der Sache. Ich bin nur das neue Spielzeug, mit dem alle ein bisschen Spaß haben dürfen. Vielleicht sollte ich dich daran erinnern, dass es einen Mord gegeben hat. Und angesichts der Art, wie du mit dem Schwanz gewedelt hast, dachte ich, du würdest dich wenigstens ein bisschen betroffen fühlen. Warum willst du mir nicht sagen, warum du gegen Manuel Hibanez vorgegangen bist? Im Grunde hat dich dein höchstpersönlicher Katharer doch autorisiert, mir alles zu erzählen.«

Nicht nur beachtete Thérèse ihn zu seinem großen Erstaunen überhaupt nicht. Sondern sie begann auch noch, aus einem Kunststoffbeutel eine Unmenge an Schnüren zu ziehen. Dann steckte sie kleine Balsahölzer zusammen und befestigte kleine bunte Segel daran, bis schließlich der Kopf und der Körper eines riesigen Drachens zu erkennen waren.

Erst dann lächelte sie ihn an.

»Mein lieber Weißarsch, wir gehen jetzt an den Strand und lassen diesen Drachen steigen.«

Lupo war hingerissen.

Das Meer war rot vom Sonnenuntergang.

Und ein leichter Landwind hatte sich unvermittelt erhoben, während auf jedem Pfad über eine Strecke von Hunderten von Metern auf der ganzen Düne plötzlich Dutzende kleiner Gestalten mit zum Himmel erhobenen Händen zu sehen waren. Sie versuchten, spektakuläre Steil- und Sturzflüge zu vollführen, die von flatternden Abstürzen unterbrochen wurden, wenn jemand einen allzu gewagten Looping probiert hatte.

Es herrschte eine perfekte Stille.

Die nur vom Klatschen der Wellen und vom rauen Schwirren der Flügel unterbrochen war, wenn sie im Wind aufstiegen.

Sie blieben, bis die Sonne ganz untergegangen war.

Und bis die Schatten sich rasch über die Wasserlinie legten.

Dann, nachdem sie den Drachen zusammengelegt hatten, hakte sich Thérèse bei Lupo unter, und gemeinsam gingen sie langsam zurück.

»Du wirst sehen und spüren, dass morgen deine ganzen Befürchtungen verflogen sein werden. Heute warst du noch nicht so weit: zu viele Gifte der Hektik in deinem kleinen Städterhirn.«

Les confrères d'Isis …

Sie trafen einzeln ein.

Lächelnd, freundlich, neugierig.

Lupo sah sich sofort im Zentrum der Aufmerksamkeit.

Sie stellten sich nacheinander vor, mit großer Herzlichkeit. Ein fester Händedruck, ein freundschaftlicher Kuss, wenn es sich um eine Frau handelte, ein kumpelhafter Klaps auf die Schulter. Alle nackt selbstverständlich.

Mit dem unvermeidlichen kleinen Handtuch über dem Arm.

Die Verfroreneren hatten sich Pullover übergezogen, um sich den Oberkörper zu wärmen, da nun die Nacht rasch hereinbrach und der Wind zugenommen hatte. Doch der untere Teil des Körpers blieb streng unbedeckt.

Angesichts seiner angeborenen Unfähigkeit, diese lange Reihe unbekannter, meist französischer Namen in seinem Gehirn abzuspeichern, behalf sich Lupo, wie er es sonst auch tat. Er erfand zu jedem Gesicht einen Spitznamen.

So war er in Kürze nicht mehr von völlig Unbekannten umgeben.

Sondern da war »der Schüchterne«.

»Froschgesicht«.

»Feuermund«.

»Oma Duck«.

»Der Dackel«.

»Der Uhu«.

Und es war sofort klar, dass sie alle seinetwegen gekommen waren.

Voller Erwartungen, doch gleichzeitig zurückhaltend.

Während er und Thérèse den Drachen hatten steigen lassen, war Arlette auf ihrem Zweirad zurückgekehrt und hatte die ganzen Herrlichkeiten auf dem langen Tisch unter der Laube ausgebreitet. Sie hatte Dutzende von Kerzen angezündet, und aus den Büschen leuchtete halb versteckt ein starker Strahler und folgte den Launen des Windes.

Jetzt begannen alle, die Garnelen zu knacken, Austern aufzubrechen und Rosé aus einem Karton, der an einem Ast aufgehängt war, mit Hilfe eines Schlauchs zu zapfen. Alle trällerten leise vor sich hin und halfen ihren Nachbarn beim Säubern der Schalentiere. Keiner ließ es sich nehmen, Lupo immer wieder wohlwollende Blicke zuzuwerfen.

Gewissermaßen als Aufforderung, sich zu entspannen.

Tatsächlich saß der Commissario in diesem Dämmerlicht mit seinem zuckenden Widerschein auf glühenden Kohlen: Es war alles so neu und unerwartet. Und er fühlte sich wie ein Eindringling, der unverhofft auftaucht, das Fest durcheinander bringt und eine Stimmung tief verwurzelter Gemeinsamkeit stört.

Darüber hinaus war Thérèse irgendwohin verschwunden.

Und hatte ihn zurückgelassen wie einen Blinden, der sich ohne Stock zurechtfinden muss.

Plötzlich hörte man das Quietschen eines Rollstuhls, und alle schauten in Richtung Rosenbeet. In dem knospenden Bogen, der von einer bunten Lichterkette beleuchtet wurde, erschien das faltige Gesicht des Katharers, aus dem eine ironische Befriedigung über die tiefe Liebesbezeugung, mit der sein Kommen bedacht wurde, blitzte.

Thérèse schob ihn ans Kopfende des Tisches.

Auf eine Art Podest, das wohl extra für ihn angefertigt worden war und das ihm erlaubte, über der ganzen Mannschaft zu thronen, obgleich er wie ein kleines Vögelchen wirkte.

Daneben knisterte die Glut eines Kamins, über der von Arlette bewacht in einer robusten Paella-Pfanne ein ganzer Berg von Jacobsmuscheln schmorte. Der leckere Geruch von zerlassener Butter lag einladend in der Luft und vermischte sich mit dem Duft von Knoblauch, Petersilie und Senf.

Jean-Luc Amat nickte.

»Schön, Kinder, sehr schön. Es ist immer eine Freude, eure Gastfreundschaft zu genießen.«

Arlette Lonjon verließ für einen Augenblick das Feuer, um ihm zart über die Wange zu streicheln. Und er nahm dies mit einem genüsslichen Grunzen entgegen, wobei seine weißen Augäpfel unter den halb geschlossenen Lidern hervorblitzten.

Dann tastete der Katharer nach dem Brot, das er vor sich

stehen hatte, brach es in Stücke, wie ein alter Priester, der hier seine ganz besondere Messe feierte.

Sofort begaben sich alle zu Tisch.

Sie hockten auf den langen Bänken, die um den Tisch herum aufgestellt waren, und begannen, hier und da ein bisschen zu knabbern. Es war nicht wie bei einer richtigen Mahlzeit. Eher wie bei einem nicht enden wollenden Kaffeeklatsch, bei dem man den Körper in gleichem Maße wie den Geist stärkte.

Aus den Büschen kam unter lautem Geraschel der losen Blätter eine hungrige Igelfamilie hervor: Vater, Mutter und drei Junge im Gänsemarsch. Mit bebenden Näschen, die den unsichtbaren Pfad zum Futter erschnüffelten. Eine Wolke von Flöhen sprang aus ihren Stacheln, während sie sich auf das Schüsselchen mit Milch zubewegten, das immer für sie bereitstand.

Lupo ließ sich ganz von dieser Atmosphäre einfangen.

Er hatte mittlerweile jede Hast aus seinem Geist verbannt.

Und sein ganzer Schwung wich einer neuen inneren Ruhe.

Während die unbezähmbare Neugierde des Weltreisenden ihn immer empfänglicher für die Magie dieses Ortes machte.

Plötzlich wurde er von der rauen und respektlosen Stimme Jean-Luc Amats aus seinen Gedanken gerissen.

»Meine Freunde, unser Gast war ein Nervenbündel. Nun, er hatte ja auch einen Mord aufzuklären. Und dieser alte Verrückte mit den nackten Arschbacken hat ihm mit seinen Albernheiten seine Zeit gestohlen. Und jetzt? Seht ihn euch gut an: Ein halber Tag hat gereicht, um ihn zu einem fröhlichen und vernünftigen Menschen zu machen.«

Lupo seufzte.

Und er lächelte verlegen.

Alle Blicke waren auf ihn gerichtet.

Und der Katharer wartete einige Sekunden auf eine Antwort.

Seine Nase war nach oben gerichtet.

Seine Ohren lauschten gespannt, um zu sehen, wie der Commissario reagieren würde.

Als er begriff, dass dieser nicht anbeißen würde, warf er einen weiteren Köder aus.

»Er hat nichts zu erwidern, also ist unser italienischer Lupo nun ausreichend gezähmt. Jetzt können wir zu den ernsten Dingen des Lebens übergehen. Denn es muss klar sein, dass es eher uns als ihn interessiert, wer Manuel getötet hat. Wir danken also Thérèse, die ihn angelockt hat wie eine Blume die Biene.«

Lupo war sprachlos.

Er hatte von Anfang an gewusst, dass er manipuliert worden war.

Auf mehr oder weniger elegante Art.

Von Ferrero, von Francesca Caccia und von Costanza Ferro.

Doch er hätte nie gedacht, dass die Leine so lang sein würde.

Und dass auch sie, auf die eine oder andere Weise, Opfer eines wesentlich subtileren Drehbuchs gewesen waren.

Er beschränkte sich darauf zu nicken.

Dann nahm er eine Auster.

Er machte sie mit zwei Tropfen *vinaigrette d'échalotes* an. Und schlürfte sie genüsslich aus. Dann gönnte er sich einen Schluck Rosé und wandte sich schließlich an den Katharer.

»Ich denke, Sie werden mir alles erklären. In Ruhe, natürlich …«

Der Alte wurde plötzlich ernst.

»Schritt für Schritt, denn Sie brauchen Zeit, um zu verstehen. Danach werden sich die Dinge überstürzen, das garantiere ich Ihnen.«

Papou kraulte seinen weißen Bart.

Als bräuchte er Inspiration.

Dann begann er.

Mit seiner tiefen Stimme.

»Der erste Schritt betrifft die *confrères d'Isis*: Wir versammeln uns nicht unter ihrer Fahne, wie es eine Horde Fanatiker unter der Flagge des Teufels oder des Führers tut. In der ägyptischen Götterwelt ist Isis die Göttin der Erde und des Mondes, der Fruchtbarkeit und der Mütterlichkeit. Das heißt, die Göttin des Lebens und damit indirekt auch die Göttin der Erkenntnis. Daher ist jeder von uns ein Forscher auf einem bestimmten Gebiet, egal welches ...«

Der Alte hob einen Finger in die Luft.

Und beschrieb einen Kreis.

»Um aufgenommen zu werden, muss ein Kandidat uns zunächst etwas wirklich Besonderes erzählen. Etwas, das über das allgemeine Schulwissen hinausgeht. Wenn er oder sie die *lectio* überlebt und wir nicht vor Langeweile umgekommen sind, dann wird er oder sie in die Bruderschaft aufgenommen.«

Ohne dass man es merkte, ging die Mahlzeit unterdessen weiter.

Ohne Tischtuch, Besteck, Teller oder Tischordnung.

Nur mit einem großen Brotkorb in der Mitte.

Zwei riesige Platten, aus denen jeder hin und wieder etwas herausfischte. Und verschiedene Soßen, die vom intensiven Duft des Aioli beherrscht wurden.

Papou tunkte einen Krebs ein.

Er kaute mit Genuss.

Dann sprach er weiter.

»Es ist klar, dass unser gemeinsamer Nenner, das, was uns zusammenhält, Ägypten ist. Doch was überwiegt, ist der Wunsch, immer neue Pfade zu entdecken: Heute Abend zum Beispiel hätte Hannibal Buzet über die Inuit an der Beaufortsee gesprochen. Aber wir haben ihn gebeten, das zu verschieben, um Ihnen einen angemessenen Empfang bereiten zu können.«

Der Katharer hatte fast ohne Pause gesprochen.

Mit seiner Stimme aus Schmirgelpapier.

Keiner hatte gewagt, ihn zu unterbrechen.

Die Essenszeremonie schien ein integraler Bestandteil dieser Messe zu sein, die Jean-Luc Amat beging.

Und seine Getreuen genossen diese ungewöhnliche Liturgie. Weitere Erklärungen folgten. Der Alte schien jetzt doch Lupos Frage herauskitzeln zu wollen.

Die Andacht war vorüber.

»Die Menschen, die hier versammelt sind, haben eine doppelte Eigenschaft. Sie waren mit Manuel in Turin, und sie sind große Gelehrte. Jeder hat sein Spezialgebiet: Kreuzzüge, katharische Häresie, Gral, ägyptische Götterwelt, Templer, Okkultes.«

»Und welches Gebiet hatte Manuel?«

»Er wusste viel über jedes Thema, er hatte große geistige Fähigkeiten. Sicherlich größere als wir alle zusammen. Doch leider hat ihn die dunkle Seite der Dinge angezogen.«

»Was heißt das?«

»Am Wissen liebte er nur die Macht und das Geld, die er daraus gewinnen konnte. Zuletzt war Turin der Mittelpunkt seiner Studien. Für uns war er Seth, der Gott des Bösen. Sie wissen natürlich, wer Seth war …«

Lupo zuckte die Schultern.

Er war überrumpelt.

Daher übergab der Katharer mit einem leichten Lächeln Feuermund das Wort.

»Rosi Rodriguez ist unsere Expertin der ägyptischen Götterwelt. Sie wird es Ihnen erklären.«

Die Frau lächelte.

Und erhob sich von der Bank.

Sie sah aus wie eine fahrige, verblühende Hollywood-Schönheit, deren Diva-Gebaren von ihren blonden Haaren, die ihr lang über den Rücken fielen, noch hervorgehoben wurde. Von den vollen Lippen, die mit einem erstaunlich purpurroten Lippenstift bemalt waren. Und von zwei auffallend geschminkten Augen mit langen falschen Wimpern.

Sie mochte so um die sechzig sein, ihr Alter war nicht so genau bestimmbar.

Trotz alledem besaß sie eine gewisse zurückhaltende Anmut.

Diese wurde von einer kleinen Brille mit dicken Gläsern und einem Metallgestell unterstrichen, die ihr, gewissermaßen als Kontrast, ein intellektuelles Aussehen verlieh.

Sie schob sich die Brillenbügel sorgfältig hinter die Ohren.

Und begann mit ihrer kurzen, fast mit Flüsterstimme vorgetragenen Lektion.

»Ja, also… wie schon gesagt wurde, Isis… Aber vielleicht ist es besser, von Anfang an zu erzählen: Isis und Osiris waren verheiratet und Geschwister.«

Es gab darüber unzählige Legenden.

Doch im Kern ähnelten sie sich alle.

Parabeln von der Politik und von der Herrschaft über andere.

»Ich erzähle Ihnen die, die mir am besten gefällt. Die

beiden herrschten weise und gerecht über Ägypten, was ihnen durch die tiefe Ergebenheit des Volkes gedankt wurde. Doch es gab auch noch einen weiteren Bruder, Seth, der auf die Bewunderung, die Osiris bei allen hervorrief, eifersüchtig war. Sogar seine eigene – Seths – Frau Nephthys wollte sich fleischlich mit Osiris vereinigen, wurde von diesem jedoch entschieden zurückgewiesen. Der Hass Seths gegenüber Osiris wuchs daher ins Unermessliche, geschürt auch durch die Begierde, ihn in den Armen der Isis zu ersetzen.«

Rosie Feuermund holte Luft.

Mit einem tiefen Atemzug.

Das sah drollig aus.

Sie hatte eine zarte Stimme.

Fast ein wenig kindlich, mit einem jammernden Unterton.

Diese bildete einen krassen Widerspruch zu ihrer üppigen Gestalt.

Doch ihre Ausführungen waren deutlich.

»Es ist klar, dass die dortige Moral eine ganz andere als die unsere war: Nicht nur war die körperliche Vereinigung zwischen Blutsverwandten erlaubt, sondern es war sogar beleidigend, sich zu verweigern. Jedenfalls beschloss der wütende Seth, Osiris zu ermorden. Er ließ einen riesigen, mit kostbaren Steinen gearbeiteten Sarkophag anfertigen und verkündete, dass er diesen demjenigen zum Geschenk machen würde, der ganz hineinpasste. Osiris witterte die Falle nicht. Er gewann. Und wurde sofort von Seth in den Sarkophag eingeschlossen und in den Nil, der gerade Hochwasser führte, hineingeworfen. Die Strömung trug ihn nach Byblos in Phönizien, wo der Sarkophag am Fuße einer Akazie strandete und mit ihrem Stamm verwuchs.«

Lupo hörte schweigend zu.

Er war von Rosie fasziniert. Sie unterstrich auf theatralische Weise jeden Teil ihrer Erzählung mit erklärenden, ausdrucksstarken Gesten. Sie streckte ihre Brust heraus, als Nephthys verlangte, begehrt zu werden, sie versteifte sich, als Osiris sich in den Sarkophag zwängte, sie hob die Hände zum Himmel, um die Akazie abzubilden.

Und indessen sprach sie weiter.

Langsam.

»Der König von Byblos, der von der Schönheit dieser Pflanze angetan war, beschloss, den Baum zu fällen, um ihn für seinen Palast als Säule zu gewinnen. Die Nachricht erreichte Isis, und als sie davon Kenntnis erlangte, begab sie sich sofort zum Hof und ließ sich als Magd anstellen. Kaum war es ihr gelungen, des Schreins habhaft zu werden, öffnete sie ihn. Sie verwandelte sich in einen Falken, fächelte dem Leib des Osiris mit ihren Flügeln Luft zu, wurde von ihm befruchtet und empfing Horus.«

Rosie flog.

Sie machte Liebe.

Sie gebar in Schmerzen.

Und wiegte ein Kind …

»Dann versteckte sie den Leichnam. Doch Seth fand ihn wieder. Er zerstückelte ihn in vierzehn Teile und verstreute sie in ganz Ägypten. Isis gab nicht auf. Sie reiste überall hin, fand jedes Teil wieder außer dem männlichen Glied. An jedem Ort ließ sie Osiris zu Ehren einen Tempel errichten. Dann setzte sie mit der Hilfe von Anubis, dem schakalköpfigen Gott, der über die Seelen der Toten richtet, den Körper wieder zusammen. Als er wieder einem Menschen ähnlich sah, küsste Isis ihn leidenschaftlich und lange.«

Rosie sah um sich, sie suchte.

Alle männlichen *confrères* lächelten.

Und legten die Hände auf ihre Geschlechtsteile.

Dann boten sie ihr die Münder zum Kuss …

Sie nickte.

Und erzählte weiter.

»Gemeinsam balsamierten sie ihn ein. Sie brauchten siebzig Tage dafür. Sie wuschen ihn, rasierten ihn, wie es das Ritual wollte. Dann machte Anubis einen langen Schnitt auf der linken Seite des Unterleibs und holte Darm, Leber, Magen und Lungen heraus und legte sie in vier Kanopen, von denen jede einen Deckel mit dem Abbild des Schutzgottes des darin befindlichen Organs hatte: der Schakal, der Hund, der Falke und ein menschliches Gesicht. Er ließ nur das Herz an seinem Platz. Als zwei Monate vergangen waren, salbten sie ihn mit duftenden Ölen. Sie füllten die Hohlräume mit Kräutern und Sägemehl und klemmten ihm kleine Edelsteine unter die Lider, um den Eindruck zu vermitteln, dass er noch lebe. Schließlich wickelten sie ihn in Leinenbinden und bedeckten ihn mit einem Grabtuch.«

Unterdessen war die ganze Gesellschaft Teil der Geschichte geworden. Wie in einem Spiel hatten alle begonnen, Rosie nachzuahmen und jede Geste der Erzählung noch zu unterstreichen. Während sie sich ganz langsam zurücknahm und sich auf das Erzählen beschränkte.

»Die alten Ägypter glaubten, dass die Verstorbenen im Totenreich zwischen den Göttern weilten und dass sie den Kontakt zu den Lebenden nie vollständig verlören. Daher wurde Osiris nicht nur unter die Ersten der Unterwelt aufgenommen und wurde deren Herrscher. Sondern wegen seines nie wiedergefundenen Gliedes wurde er auch zum männlichen Schöpfungsprinzip der Natur und wurde mit der untergehenden Sonne gleichgesetzt. Seth wurde dann von Horus, dem Sohn der Isis und des Osiris, getötet. Und seit damals versinnbildlicht er das göttliche Prinzip der

Dunkelheit und des Bösen, des Chaos und der Gewalt, sogar die Verkörperung des Todes.«

Jetzt setzte sich Rosie wieder.

Erschöpft.

Und Papou wandte sich lächelnd an Lupo.

»Verstehen Sie jetzt, warum wir Manuel so nannten? Es musste früher oder später etwas Schreckliches passieren…«

Doch es war noch nicht zu Ende.

Rosie schien für ein letztes Mal hochzuzucken.

Sie trank ihren Kaffee aus, den Arlette in der Zwischenzeit zubereitet hatte.

Und deutete mit dem Finger auf Lupo.

»Noch etwas… Und das betrifft ganz besonders Ihre Stadt. Isis als Lebensspenderin ist ein universelles Symbol: Sie ist die Madonna des Christentums. In der Gruft der Gran Madre, die ja auf dem antiken Tempel erbaut ist – in jenem Turin, das von ihrem anderen Sohn, Phaeton, gegründet wurde –, befindet sich eine Statue der Schwarzen Madonna mit dem Kind auf dem Arm, die Isis sehr ähnelt. Gehen Sie hin und sehen Sie sie sich an: Sie erklärt alles…«

So ging es weiter.

Bis spät in die Nacht.

Jeder brachte sein Stückchen Wissen ein, das wie ein unendliches Band Turin unablässig mit dem Mord verknüpfte. Tausend Rinnsale. Von denen einige über weite Strecken unter der Erde verschwanden. Andere nährten sich von neuen Zuflüssen, während sie sich über immer unebener werdendes Gelände schlängelten. Schließlich floss aber jedes von ihnen auf mysteriöse Art und Weise in den großen savoyischen See.

Alles hatte mit dem ersten Kreuzzug begonnen.

Eine elende Konfusion.

Erfunden, um den Bauern Hoffnung zu geben, die sich voller Verzweiflung an die Bettlerinsignien von Peter dem Eremiten klammerten. Und ein ehrenvoller Ausweg für jene von Gottfried von Bouillon angeführten Glücksritter, die in Europa keine Kriege mehr fanden, die ihnen Lanzen und Schlachtrösser in Aussicht stellen konnten, um sich ihr tägliches Brot zu verdienen.

Auf der Straße von Byzanz waren sie mit der manichäischen Häresie der bulgarischen Bogomilen in Kontakt gekommen.

Eine Beeinflussung, die angesichts einer immer reicher werdenden und hemmungslos korrupten Kirche dazu führte, dass es nach der Rückkehr in die desolaten Ebenen des Languedoc zur Gründung der Sekte der Reinen kam. Vom griechischen Wort *katharòs*.

An diesem Punkt ergriff Patrice Boyer, der Dackel, das Wort.

Er war klein, zeigte jedoch Persönlichkeit.

Eine schallende Stimme, in der Arroganz mitschwang. Auf seiner rechten Wange hatte er ein großes Muttermal, aus dem ein Haarbüschel wuchs, das beständig die Aufmerksamkeit seiner Finger erregte. Als ob er es, wenn er die Borsten nur ein wenig lockte, zu einem wahren männlichen Schönheitsfleck erheben könnte.

Papou hatte ihm das Zeichen gegeben, dass er anfangen könne.

Und jetzt spielte er seine Rolle mit einem leicht gelangweilten Gesichtsausdruck.

»Passen Sie gut auf, Commissario: Die Katharer waren streng asketische Geistliche. Ihr Glaube schied das Universum in genau zwei Teile: das geistige, das vom Allmächtigen beherrscht wird, und das materielle, das von Satan gelenkt wird, der den Menschen nach seinem Bilde und ihm ähnlich geschaffen hatte. Können Sie mir folgen?«

»Ja, wenn der Mensch Sohn des Teufels und nicht der Gottes ist, dann ist das ja ganz etwas Neues …«

»Genau. Verstehen Sie, welche Konsequenzen das hat?«

»Ich bin sicher, dass Sie mir diese erläutern werden.«

Lupo hasste es, wenn ihn jemand so herablassend behandelte.

Und es gelang ihm nicht, seinen Ärger zu verbergen, sehr zur Erheiterung von Thérèse, die ihn bis zu diesem Moment nicht einen Augenblick aus den Augen gelassen hatte.

Der Dackel tat so, als merke er nichts.

Und provozierte ihn unbeirrt weiter.

»Hören Sie zu: Die einzig wahre Form der Erlösung für den Menschen, der durch diese Herkunft selbst gezeichnet war, waren also Armut und Enthaltsamkeit. Und die *Perfecti* wurden in kürzester Zeit zu Vorbildern, zu mystischen Modellen der Sittenstrenge und der Abstinenz. Sie vermochten nicht nur die Entrechteten anzuziehen, sondern auch den ganzen Adel des Südens.«

»Doch Rom reagierte auf die Verdorbenheit seines Klerus, indem es die beiden Bettelorden, die Franziskaner und die Dominikaner …«

Papou lachte herzlich.

Er amüsierte sich immer, wenn jemand Patrice und seiner Überheblichkeit die Stirn bot.

Dieser reagierte pikiert.

»Können Sie die Geschichte auch weitererzählen? Oder hört bei Ihnen alles bei *Der Name der Rose* auf.«

»Ich weiß, dass sie das Gegenteil zu den Benediktinern darstellen: Während diese ein Leben hinter den Mauern ihrer Klöster führten, wo sie studierten, Traktate kopierten und von ihren Gärten lebten, wanderten die anderen durch das Land, um Strenge, Enthaltsamkeit und Maßhalten vorzuleben.«

»Genau. Doch zu Ihrer Information sei gesagt, dass dies hier in der Gegend gar nichts nutzte. Die katharische Ketzerei existierte unbeirrt weiter. Also organisierte Innozenz III. einen Kreuzzug, einen wirklichen Kreuzzug, der in dreißig Jahren fürchterlichster Massaker – von dem von Béziers bis zu den Massenmorden auf den Scheiterhaufen von Montségur – schließlich der irdischen Geschichte der Reinen ein definitives Ende bereitete.«

Danach kauerte sich der Dackel wieder auf die Bank.

Wobei er Rosie einen giftigen Blick zuwarf, weil sie ihm nicht sofort Platz gemacht hatte.

Schon erhob sich ein weiterer *confrère*.

Der Uhu.

Und Lupo fühlte sich in einen jener düsteren Schauerromane versetzt, die er als Junge gelesen hatte. Wo sich die Ermittlungen in den bröckelnden Gemäuern eines englischen Schlosses abspielten.

Der Schlossherr hatte zehn Gäste eingeladen, die sich bis spät in die Nacht unterhielten. Zwischen Aperitif und Nachspeise wurden fast alle Anwesenden um die Ecke gebracht.

Bis man schließlich über der letzten Leiche den Mörder entlarvte: in der Regel das erste Opfer, das zufällig überlebt und sein vermeintliches Ableben nur inszeniert hatte, um ein Alibi zu haben.

Hier gab es kein Schloss.

Auch kein Kettengerassel, keine Schreie im Dunkeln.

Doch um Le Monde Perdu schien es wirklich einen Graben mit einer Zugbrücke zu geben, der die kleinen normalen Dinge des restlichen Planeten fernhielt.

Der Commissario wurde von Papou wieder in die Wirklichkeit zurückgeholt.

»Commissario, François Lapalou ist unser Experte für die Templer …«

Der Uhu hatte eine Nase in Form eines Schnabels.

Und sehr sanfte Augen.

Er wirkte affektiert: Eine Hand strich beständig übers Haar, er hatte die Finger voller Ringe und eine ausgreifende, übertriebene Gestik.

»Keine Bange, ich werde Sie nicht langweilen. Es gilt nur, Turin in dem ganzen Bild zu verorten. Wir befinden uns in der Zeit des zweiten Kreuzzuges. Die Muselmanen erobern Jerusalem zurück. Und der Orden der armen Ritterschaft Christi – bekannter als: die Ritterschaft vom Salomonischen Tempel – flieht und rettet den Kelch, in dem das Blut Christi aufbewahrt worden war, das heilige Grabtuch und eine Reliquie des Kreuzes. Grabtuch und Kreuz sind bekanntermaßen in Ihrer Stadt gelandet. Der Gral also …«

Lupo machte große Augen.

»Das Kreuz?«

»Wie Sie wissen, gibt es in den Gewölben der Basilica di Maria Ausiliatrice ein Exemplar, das aus dem ursprünglichen Holz des Kreuzes Christi nachgebildet wurde …«

Lupo war fassungslos.

Mit Ausnahme des Grabtuchs Christi war ihm alles unbekannt.

Das Turin, das er liebte, war ein römisches Festungsviereck, geradlinig und rechtwinklig wie seine Meinungen. Von einem wunderschönen Fluss durchflossen, auf dem er rudern ging, auf dem er seine Frau kennen gelernt und seine Söhne aufwachsen gesehen hatte.

Der einzige Kontakt mit der »dunklen Seite«, zu dem ihn sein Beruf gezwungen hatte, war eine unangenehme Geschichte um den Antichristen und schwarze Messen gewesen, die ihre Opfer gefordert hatte. Und die immer wieder Exorzisten und tragische Priesterfiguren in die Stadt geführt hatte, die ausgerüstet waren, um gegen das Böse zu kämpfen.

Um ihn herum gingen die Gespräche weiter.

Der Schüchterne, Oma Duck, Froschgesicht.

Doch obgleich er Aufmerksamkeit vorgab, hörte er ihnen nicht mehr zu.

Etwas Unfassbares wurde ihm gerade klar.

Für dieses Stück Frankreich gab es eine geliebte und in jedem Quadratzentimeter bekannte Stadt, die man mit einer Art gelassenem Fanatismus besuchte.

Die aber einem Turiner wie ihm völlig unbekannt war.

Obwohl er jeden Tag am Ägyptischen Museum vorbeikam, wenn er ins Präsidium fuhr.

Er hatte es auch zwei- oder dreimal besucht. Allein oder mit seinen Söhnen. Doch drinnen hatte er nichts weiter gefunden als unglaubliche Zeugnisse der Größe und der Intelligenz des Menschen.

Dasselbe galt für die Basilika Gran Madre.

Schön und riesenhaft herrschte sie von ihrer Freitreppe herab über den Po. Das savoyische Pantheon, das über den alten Waffenplatz, über die Passeggiata della Regina und den Palazzo Reale wachend über die Mole blinzelte.

Und jetzt auch Maria Ausiliatrice …

Diese seltsamen und freundlichen Menschen wollten ihm helfen, einen Mordfall aufzuklären. Doch sprachen sie von Dingen, von denen er nichts wusste und von denen er nichts wissen wollte. Sie sagten: Es ist notwendig, den Rahmen zu sehen, um das Bild beurteilen zu können.

Doch er war es gewohnt, nur seinen rationalen Geist zu benutzen.

Ein Indiz nach dem anderen.

Puzzlestücke, die sich zusammenfügten.

Oder einander widersprachen.

Am Ende war es jedoch allein die wiedergefundene Ordnung, die eine Antwort gab. Hier hingegen war alles vage, ohne Vernunft, an hauchdünne Empfindungen gebunden. Nichts, was man mit der Hand fassen konnte, nichts Konkretes, das zu riechen, zu erkennen, zu ertasten war.

Nur intellektueller Dunst.

Vielleicht faszinierend.

Aber Dunst…

Schließlich brachen alle wieder auf.

Einer nach dem anderen, so wie sie gekommen waren.

Jeder küsste den Katharer dreimal.

Dann brachte Thérèse den Alten in seinem Rollstuhl zurück. Arlette deckte den Tisch ab und überließ Lupo sich selbst und seiner schlechten Laune, damit er über den Abend nachdenken konnte.

Als Thérèse zurückkam, lächelte sie ihn an.

Doch er erwiderte das Lächeln nicht.

Im Gegenteil, er sah sie kalt an.

»Hier verlieren wir nur Zeit. Entweder legst du morgen deine Karten auf den Tisch und erklärst mir genau, warum Manuel Hibanez dein dicker Fisch war, oder ich reise auf der Stelle ab.«

Thérèse antwortete ihm eisig.

»Dies ist dein Bett. Mach es dir bequem. Wenn du morgen ein bisschen höflicher bist, dann reden wir darüber. Andernfalls kannst du gerne in dein Zuhälterauto steigen und verschwinden. Wir können hier keine hysterischen Weiber gebrauchen.«

Lupo zog sich beleidigt zurück.

Er schloss die Augen, kaum hatte er das Kissen berührt.

Aber er hatte einen unruhigen Schlaf.

Voller wispernder Stimmen.

»Sie wissen, dass über die Piazza Statuo der fünfundfünfzigste Breitengrad verläuft? Verstehen Sie, was das zu bedeuten hat? Nein? Schlecht, ganz schlecht. Wussten Sie, dass *monsieur* Baretti ein dramatisches Lied komponierte, das vom Sturz Phaetons in den Po inspiriert war? Und dass sogar Nietzsche von diesem Sturz ins Wasser so begeistert war, dass er ihm einen Gesang gewidmet hat, den seine Schwester Elisabeth schließlich vernichtete?«

Lupo wurde von einem eigenartigen Trommeln geweckt.

Er brauchte eine Weile, um sich bewusst zu werden, wo er war.

Er schmeckte sofort das Salz in der Luft.

Er erkannte das Tosen des Meeres, das über die Nacht lauter geworden war. Dann begriff er, dass es der Regen war, der heftig auf das Blechdach des Mobilhomes trommelte. Und plötzlich fühlte er sich glücklich.

»Schön, nicht wahr?«

Er konnte Thérèse nicht sehen. Doch er hörte, wie sie sich bewegte. Ihre Stimme kam aus der kleinen Küche, zusammen mit dem Duft von frischem Kaffee.

Lupo antwortete nicht.

Er wollte diesen Moment noch genießen.

Er wickelte sich fester in die Laken, so dass nichts als die Augen herausschauten. Und er lauschte. Von der kindlichen Freude an einem Hüttenerlebnis gepackt: draußen das Unbekannte, die Bedrohung. Drinnen die Unbeschwertheit und die Sicherheit. Wie von der Wärme des Mutterschoßes beschützt, der ihn für immer von jeglicher Gefahr fernhalten würde.

Ein heftiger Windstoß.

Und der Regen verwandelte sich in Hagel.

Und mitten in dieses Unwetter hinein klingelte ein Telefon.

Lupo rührte sich nicht. Er schwieg. Das Klingeln dauerte an, vom Donner unterbrochen. Dann hörte es ganz plötzlich auf, um sogleich wieder einzusetzen. Bis Thérèse mit ironischem Blick in der Tür erschien.

»Was hieltest du davon zu antworten? Hier bei uns ist das so Brauch.«

Lupo war überrascht.

Er war es nicht gewohnt, ein Handy dabeizuhaben. Und er brauchte eine Weile, bis er begriff, dass es seines war. Langsam kroch er aus seinem Nest, mit verdrossenem Blick. Noch nicht wirklich überzeugt, dass jemand ausgerechnet mit ihm sprechen wollte. Vor allem zu dieser frühen Stunde.

Er sah sich noch ganz verschlafen um.

»Ganz nebenbei, es ist Viertel nach zehn, mein Held.«

Verwirrt und ungläubig begann Lupo in seinen Sachen zu kramen, bis in einer Tasche ein brandneues Motorola-Handy zum Vorschein kam. Er drückte auf eine Taste und schaltete es zunächst einmal zielsicher aus.

Thérèse riss es ihm grob aus der Hand und schaltete es wieder ein.

Dann klingelte es erneut.

»Zum Sprechen muss man den Mund öffnen und mehr oder weniger sinnvolle Sätze bilden. Kriegst du das hin?«

Es war De Mattia.

»Großartig! Du hast es ja schon beim dritten Versuch geschafft…«

Lupo fühlte Ärger aufsteigen, er war es leid, von allen

verspottet zu werden. Doch seine schlechte Laune wurde sogleich durch Thérèses Lächeln und durch den Kaffee, den sie ihm ans Bett brachte, gemildert. Und durch die Tatsache, dass sie sich neugierig neben ihn kauerte.

»Du weißt, dass ich diese Dinger hasse. Es ist erst das zweite oder dritte Mal, dass ich so etwas in der Hand halte.«

»Wenn ich nicht wüsste, dass du sogar mit einer Fernbedienung Probleme hast, würde ich dir nicht glauben.«

»Gut, bist du jetzt fertig mit deinen Komplimenten ...?«

»Wie ist deine Kommissarin so? Auf dem Foto sieht sie gar nicht so schlecht aus, könnte man meinen. Aber wie kann man das wirklich sagen, bei all den Klamotten, die sie auf dem Leib trägt?«

Lupo warf Thérèse einen verlegenen Blick zu.

Aber diese schien nichts verstanden zu haben.

Sein schuldbewusster Ausdruck hatte jedoch alles verraten. Sie zuckte mit den Schultern und machte ihm ein Zeichen weiterzusprechen.

»Normalerweise gehst du eigentlich sehr sparsam mit deinen Worten um. Wie kommt es, dass du heute mit solchen Idiotien um dich wirfst?«

De Mattia lachte aus seinem Doppelkinn heraus.

Dann wurde er gleich wieder ernst.

»Punkt eins: Unser Hibanez ist nicht erdrosselt worden. Weder mit seiner Krawatte noch mit etwas anderem. Es war alles nur Show. Das Zungenbein ist intakt, und es gibt keine Anzeichen für Tod durch Erstickung. Was den Boxhieb auf die Nase betrifft, so hattest du Recht: Er ist ihm beigebracht worden, als er schon tot war.«

»Und weiter?«

»Alles in der Schwebe. Wir warten auf die toxikologischen Ergebnisse. Es gibt keine Einstiche, also keine tödliche Injektion. Da ist nur eine seltsame Abschürfung am Kopf, sieht aus wie eine Verbrennung. Vielleicht vom Klebstoff der Perücke. Das sehen wir dann morgen …«

»Der Schlag auf die Nase?«

»Auch der ist mysteriös. Keine Anzeichen für ein Handgemenge. Hast du die Stufe vor der Isis-Statue im Sinn? Sie ist der wahrscheinlichste ›stumpfe Gegenstand‹, als wäre er dort ohnmächtig geworden …«

Lupo fragte nichts weiter.

Und De Mattia ließ ihm die Zeit, die er brauchte. Er kannte ihn gut genug, um zu wissen, dass Lupo jetzt die Nachricht verarbeitete. Und dass er sich vorzustellen versuchte, was wirklich vorgefallen war. Nach einigen Sekunden sprach De Mattia weiter.

»Punkt zwei: In seinem Zimmer hat Modica …«

»Modica?«

»Ja, genau der. Was hast du erwartet? Es sieht sogar so aus, als habe unser heißgeliebter Herr Polizeipräsident ihn mit voller Absicht mit herangezogen. Lässt er dich vielleicht für etwas büßen?«

Lupo seufzte.

Natürlich ließ er ihn für etwas büßen.

Offenbar hatte er, wenn auch spät, alles begriffen.

Und da er sich nicht an seiner Frau rächen konnte, hatte er ein neidisches Hündchen auf ihn angesetzt, um ihn zu foltern.

Den farblosen Modica …

Der zerknautschte Inspektor.

Der Mann, der, obgleich er sich in Armani und Valentino kleidete, einen Anzug schon allein beim Anziehen zerknitterte. Eifersüchtig bis zum Gehtnichtmehr. Überzeugt, dass die guten Happen allein bei Lupo ankamen. Während für ihn nur die Handlangerdienste und undankbaren Aufgaben übrig blieben. Auf der anderen Seite besaß er einen eisernen Willen, und wenn er sich in einen Fall verbiss, dann ließ er nicht mehr los. Auch auf Kosten seines Privatlebens.

Kurz: unbezahlbar.

Wenn auch zutiefst missgünstig und unsympathisch.

Lupo schüttelte den Kopf.

»Na los schon, was hat er entdeckt?«

»Ich muss zugeben, dass er einen guten Fang gemacht hat. Auf dem Nachttisch lag ein Notizblock, weißt du so einer mit dem Logo des Hotels.«

»Weiter.«

»Er hat die erste Seite im Gegenlicht gelesen. Darauf befindet sich der Abdruck des Zettels, den du bei der Leiche gefunden hast. Doch das Interessanteste ist, dass sich auch einige Namen durchgedrückt haben.«

»Welche?«

»Der eines gewissen Michele Salvini. Modica versucht, ihn aufzutreiben. Die anderen sind Franzosen. Hast du etwas zu schreiben?«

Thérèse, die offensichtlich alles verstanden hatte, sprang vom Bett auf und kam mit einem Kugelschreiber und einem Notizblock zurück.

»Los, ich bin bereit.«

»Ich buchstabiere: Rosie Rodriguez ... Bernard Muguet ... François Lapalou ... Nathalie Sebe ... Patrice Boyer ... Dann zwei schlecht lesbare Namen, nur ein paar Buchstaben: ›Mar Daco ...‹ und ›Lo Ongar ...‹.«

Lupo warf Thérèse einen Seitenblick zu.

Und zum ersten Mal, seit er sie kennen gelernt hatte, sah er sie zutiefst erschüttert.

»Gibt es noch etwas?«

»Nein. Kein Telefonat aus dem Zimmer, keine Nachricht

in der Voicebox. In den Koffern das Übliche. Ungefähr tausend Euro im Waschbeutel, zusammen mit einer unglaublichen Menge an Antidepressiva und Amphetaminen. Ansonsten nichts zu vermelden. Außer den Schlagzeilen der Zeitungen, wie vorherzusehen war:

Mysterium: Grausamer Mord im Ägyptischen Museum
DER MORD DER ISIS
Gral, magisches Turin, das Opfer ein Franzose

»Modica hat nicht lange gebraucht, um zuzuschlagen …«

Thérèse war schweigsam.

Und Lupo begriff, dass sie endlich an einer Wende angekommen waren.

Er drängte sie nicht.

Obgleich er auf die Gründe ihres Unwohlseins neugierig war.

Er trank seinen Kaffee mit langsamen Schlucken, wobei er sie unentwegt ansah, als wolle er sie zwingen zu sprechen. Und plötzlich wurde ihm etwas anderes bewusst. Thérèse war nackt, wie gewöhnlich.

Und er hatte es nicht einmal bemerkt.

Vielleicht wurde er wirklich langsam einer von hier.

Er zeigte ihr die Liste.

»Du kennst sie fast alle.«

Lupo nickte.

Dann verriet er ihr sein kleines Geheimnis: das mit den Spitznamen.

»Sag mir bloß meinen nicht.«

»In Ordnung, Braunarsch.«

Thérèse gab ihm einen scherzhaften Knuff. Doch Lupo wurde gleich wieder ernst.

»Los, hilf mir, sie zusammenzubringen. Wenn ich sie mir aufschreibe, komme ich nicht mehr durcheinander.«

In kurzer Zeit war das Eselsbrücken-Schema vollständig:

Rosie Feuermund, Bernard der Schüchterne, François der Kauz, Nathalie Oma Duck und Patrice der Dackel.

Aber Froschgesicht fehlte beim Appell.

Lupo sah sie neugierig an.

Und sie nickte.

»Alain Robert fehlt.«

»Was heißt das?«

Therese schüttelte irritiert den Kopf.

»Ich weiß nicht… Jean-Luc, Rosie, Bernard, François, Nathalie, Patrice und Alain… Weißt du, wie sie sich gerne nennen? Die glorreichen Sieben. Sie streiten sich immerzu über alles. Aber wehe, wenn du dich gegen einen von ihnen stellst: Dann könnte es passieren, dass die anderen dich skalpieren…«

»Ist das mit Manuel geschehen?«

»Vielleicht… daher ist es beunruhigend, dass Alain nicht auf dieser Liste steht.«

Lupo überließ sie für eine Weile ihren Gedanken.

Dann kehrte er zu De Mattias Liste zurück.

»Und diese anderen beiden, Mar Daco und Lo Ongar, weißt du, wer sie sind?«

»Ja: Marius Da Costa und Louis Ongaretto. Zwei arme Teufel. Er brauchte sie für die Dreckarbeit.«

Lupo grübelte über die Informationen nach.

Er versuchte, sich ein Bild zu machen.

Doch es fehlten zu viele Einzelteile.

Im Augenblick waren dies nur Namen, die keine Geschichte hatten. Mit einer dünnen Kordel, die sie zusammenhielt, jedoch ohne jenes Knäuel an Leidenschaften und Gefühlen, die ein gemeinsames Schicksal hervorbringen.

Er ahnte nur, dass plötzlich etwas zerbrochen sein musste, was eine Reihe von Ereignissen ausgelöst hatte, die schließlich zu diesem Mord geführt hatten. Doch er konnte die Richtung noch nicht erkennen.

Er musste mehr wissen.

Über jeden von ihnen.

Und Thérèse schien mittlerweile an dem Punkt angelangt zu sein, an dem sie ihm einige Geheimnisse aufdecken würde.

Er sah sie lange an.

Dann fragte er das, weswegen er bis hierhergereist war.

Es war Zeit, wieder richtig zu arbeiten.

»Francesca Caccia hast du mitgeteilt, du hättest einen Tipp bekommen und dass dies der richtige Zeitpunkt sei, um Manuel endgültig zu fassen zu kriegen.«

»Genau …«

»Drei Fragen: Wer hat gesungen, was hat Hibanez auf dem Kerbholz, und welche Rolle haben die *confrères* und der Katharer wirklich? Meinst du nicht, dass jetzt der Moment ist, um darüber zu sprechen?«

Thérèse nickte.

»Zuerst muss ich dich aber zu meinem Chef bringen. Offiziell bin ich suspendiert und bin nur deinetwegen wieder eingesetzt. Er will dich kennen lernen.«

»Er wird warten müssen. Es gießt in Strömen. Du glaubst doch nicht etwa, dass ich Lust habe, jetzt auch nur einen Fuß vor die Tür zu setzen? Und außerdem habe ich genügend Entschuldigungen.«

Der Strom fiel aus.

Ein Windwirbel schüttelte die Pflanzen.

Und die Oleanderzweige bogen sich, bis sie abbrachen.

Mehrere Blitze zerrissen den nachtschwarzen Himmel,

um dann ins Meer zu stürzen. Ringsumher ein Trommelfeuer von weißen Hagelkörnern und ein Chaos von Blättern und Ästen.

Lupo und Thérèse standen nebeneinander am Fenster.

Völlig fasziniert von diesem Wüten.

Dann hörte alles ganz plötzlich auf.

Aus den Wolken stieg ein Regenbogen herab, die Vögel begannen aufs Neue zu singen, und der Strom war wieder da und ließ die roten Lämpchen der Zeitanzeigen auf dem Wecker und am Fernseher wieder aufleuchten.

»Los, lass uns rausgehen. Wir frühstücken bei der Schleuse. Wir reden dort.«

Sie kamen nach Villeneuve-les-Béziers.

Ein kleiner Ort.

Fest vertäut an der Brücke des Canal du Midi.

Einige Kähne schaukelten trübselig im Schatten einer Pappelallee, wobei ihnen Schlamm und Ranken von der Bordwand und von der Bilge tropften. Einige barfüßige Männer klammerten sich an große Reisigbesen, um die Überreste des Unwetters von der Brücke zu kehren.

Doch es herrschte eine freudige Stimmung.

Radio Nostalgie übertrug seine Lieder aus den sechziger Jahren.

Und man hatte bereits die Pastis-Flaschen hervorgeholt.

Thérèse führte Lupo zu einem riesigen Schleppkahn, der an den Pollern in der Schleuse festgemacht war. Die Schleusentore öffneten sich gerade mit einem lauten rostigen Quietschen, das gleich darauf vom Rauschen des Wassers übertönt wurde, das das Becken füllte, in dem zwei kleine Kähne mit ausgefransten Verdecken warteten.

Als der Wirt Thérèse mit ihrem üblichen forschen Schritt herankommen sah, verdrehte er im Scherz die Augen gen

Himmel. Er wischte mit einem feuchten Lappen über einen Tisch. Dann reichte er ihr zwei grüne Plastikstühle, die er von einem Stapel geholt hatte. Er stellte einen Aschenbecher mit der Aufschrift *Le Gardien de l'écluse* auf den Tisch und füllte ein Schälchen mit Oliven.

Dann küsste er sie auf die Wange.

Und rief seiner Frau in der Küche etwas zu.

»Plündere die Vorratskammer, Lemmy Caution ist mit ihrem neuen kleinen Freund gekommen.«

Lupo lächelte.

Die Vorstellung, dass man Thérèse den Stempel des von Eddie Constantine gespielten exaltierten amerikanischen Bullen aufgedrückt hatte, belustigte ihn. Ein französischer Mythos, den das rückständige Staatsfernsehen noch zu später Stunde in pathetisch veraltetem Schwarzweiß auftischte.

»Na, Tetè? Strafe abgebüßt? Schon wieder bereit, jemand anderem einen Tritt in die Eier zu verpassen? Wie wär's denn dieses Mal mit dem Präfekten höchstpersönlich?«

Thérèse deutete ein befriedigtes Grinsen an.

Im Grunde missfiel es ihr nicht, eine kleine Berühmtheit zu sein.

»Mein Partner hier ist Italiener. Ein Commissario wie er im Buche steht. Versuch nicht, wie üblich dein Schlechtestes zu geben. Er heißt Lupo, wie der Wolf. Er ist nicht gezähmt, also Vorsicht.«

»Ist er wegen Manuel hier?«

»Nein. Er ist hier, um sich dein beschissenes Frühstück einzuverleiben. Ich musste ihn mit Gewalt hierherschleppen, dein Ruhm als Giftmischer ist bis auf die andere Seite der Alpen vorgedrungen.«

»Glauben Sie ihr nicht, *monsieur*, meine Mimi macht die besten Crêpes im ganzen Languedoc, und die Croissants kommen direkt aus dem Ofen. Eier, Milch und *andouillettes* sind gerade frisch aus Lyon gekommen. Was halten Sie davon?«

»Was ist das denn?«

»Würstchen aus Kutteln, die wecken einen Toten wieder auf. Falls Sie ein wenig deprimiert sein sollten. Ich weiß, dass Thérèse diesen Effekt häufig auf Menschen hat, die nicht an sie gewöhnt sind.«

»Ich nehme das, was sie auch nimmt. Ich möchte immer wissen, welche Laster die Menschen haben, mit denen ich zu tun habe.«

Der Wirt brach in ein glucksendes Lachen aus.

Und er rief wieder Mimi in der Küche zu:

»Zweimal mit allem, Liebes: Thérèse hat offenbar endlich ihren Typ gefunden …«

Danach zog er sich zurück.

Verfolgt von einem bösen Blick, der keine Erwiderung zuließ.

Ein blasser Sonnenstrahl kam hervor, die beiden Kähne verließen die Schleuse und schipperten langsam Richtung Agde.

Lupo machte Druck.

»Du hast versprochen …«

Thérèse kaute auf einer Olive und nickte.

»Fangen wir bei Manuel an.«

Das Bild, das sich dabei ergab, war unglaublich.

Hibanez war so etwas wie ein Genie ohne einen Funken Moral gewesen.

Er hatte sich in seinem ganzen Leben nie gefragt, ob das, was er tat, gut oder böse war. Er war immer unwillentlich gleichermaßen zwischen diesen beiden Extremen hin und her gependelt, allein auf seine eigenen Bedürfnisse bedacht. Wenn diese mit dem rechten Weg übereinstimmten, war er zu außergewöhnlicher Großzügigkeit fähig, nicht nur auf intellektuellem Gebiet.

Und wenn sie davon abwichen, dann war es eben so.

Nichts konnte ihn aufhalten.

Oder auch nur bremsen.

Er setzte sich ein Ziel und erreichte es. Es machte ihm wenig aus, wenn dabei jemand zu Schaden kam. Doch in diesem anarchischen und armen Süden, der in erster Linie mit *pieds noirs* aus Algerien oder mit Emigranten aus Italien und Spanien bevölkert war, erregte seine völlige Gleichgültigkeit den Gesetzen gegenüber außerordentliche Bewunderung und verschaffte ihm ein dichtes Netz aus Verbündeten.

Wenn ein Gericht ihn zu einer Geldstrafe verurteilte, dann beschränkte er sich darauf, stolz einen Scheck seiner Gleichgültigkeit auszustellen. Und er hoffte, damit seine Schulden zu tilgen, um anschließend genau dort weiterzumachen, wo er aufgehört hatte. Was die Achtung, die er genoss, nur noch steigerte.

»Was hat er denn eigentlich angestellt?«

»Oh, alles. Betrug, Raubüberfälle, Drogenhandel. Er hat jedes Verbrechen begangen, das du dir vorstellen kannst. Außer zu töten: Er besaß keine Waffe, nicht einmal ein Taschenmesser. Er hasste Gewalt. Er war ein Intellektueller, und seine Verbrechen waren in einem gewissen Sinne einzigartig. Elegant …«

»Aber warum?«

»Der Gral … Eine fixe Idee, die ihn Unsummen gekostet hat. Er war der Auffassung, ein großartiger, aber verkannter Wissenschaftler zu sein.«

»Vielleicht hatte er Recht …«

»Vielleicht. Keine Institution hat ihn jedoch als solchen anerkannt. Im Gegenteil, alle lachten über seine Träumereien, alle behandelten ihn als Visionär. Niemand hat jemals einen Cent herausgerückt. Also hat er sich selbst geholfen. Im Grunde, so behauptete er, stahl er nur deshalb, um eine Idee zu finanzieren.«

»Und die Menschen haben ihm verziehen …«

»Mit Ausnahme der Polizei. Die immer durch seine Einfälle der Lächerlichkeit preisgegeben wurde. Die wenigen Male, die wir ihn schnappen konnten, haben wir es nur deshalb geschafft, weil wir die Gesetze ein bisschen zurechtgebogen haben. Indem es uns gelang, ihn durch irgendwelche Tricks in die Enge zu treiben.«

»Aber schließlich hast du den richtigen Wink bekommen …«

Thérèse nickte nur.

Mimi kam mit dem Frühstück.

Stampfend wie ein Dampfer in den Fluten.

Sie war eine korpulente Frau mit einem Busen, der das Tablett, auf dem sich alle möglichen Köstlichkeiten befanden, allein zu tragen schien.

Sie stellte die Teller mit äußerster Behutsamkeit auf den Tisch, wortlos und ganz auf ihre Aufgabe konzentriert. Am Ende trocknete sie sich die Hände an ihrer riesigen provenzalischen Schürze ab, die in der Taille aufgerollt war, beugte sich liebevoll über Thérèse und strich ihr über das Haar.

»Hallo, Kleine. Schön, dich wiederzusehen. Wie geht es Papou?«

»Stinkfaul wie immer. Mittlerweile lässt er sich ohne jeden Skrupel bedienen wie ein Kalif. Er nutzt alle auf schändliche Weise aus …«

Mimi warf einen Blick in Richtung ihres Mannes.

Und senkte die Stimme.

»Wie alle Männer … Nur zu, lasst euch das Frühstück schmecken. Das Ei ist von meiner Gans …«

Tonton Haboudiffa ...

Genannt »der Onkel«.

Der Chef von Thérèse.

Ein Algerier der dritten Generation.

Brille und ein freundliches Gesicht.

Pariser in jeglicher Hinsicht, mit einem zutiefst nasalen und geschliffenen Akzent. Seine Herkunft und das Misstrauen, die immer sein Leben bestimmt hatten, hatten ihn in den Süden getrieben. Doch die Atmosphäre rassistischer Intoleranz, die seine ganze Karriere begleitet hatte, schien seine gute Laune und seine Liebenswürdigkeit nicht beeinträchtigt zu haben.

Das Hauptpolizeirevier war ein Haus aus den Sechzigerjahren im Herzen Béziers, in der Avenue Clémenceau. Zwei Schritte von Les Allées Paul Riquet entfernt, der breiten Allee mit der schattigen Esplanade, die die Lebensader der Stadt bildete, an der entlang sich im Schutze der Platanen viele kleine Cafés niedergelassen hatten.

Der Blumenmarkt am Freitag.

Das Flanieren um die Mittagszeit.

Und die Treppen zum Theater mit ihren Feuerspuckern, Dichtern und Straßenmusikanten.

Tonton wurde von seinen Leuten geliebt.

Auch von Thérèse, die sich von ihm immer gut verteidigt fühlte.

Haboudiffa war durch leidvolle Erfahrungen am eigenen Leibe gegen den Rassismus der Macht unempfindlich geworden. Und der Präfekt war das echte Symbol jenes elitären und bornierten Frankreich, das sich für die gesellschaftliche Elite hält und das in der Abstammung die einzige Möglichkeit sieht, der Ausbreitung der Barbarei des Volkes Einhalt zu gebieten.

»Herzlich willkommen, Commissario. Ich hoffe, der

Empfang durch meinen liebsten Hitzkopf hat Sie nicht zu sehr aus der Bahn geworfen.«

Lupo seufzte.

»Wahrlich, Sie müssen gut gewappnet sein, um sie zu ertragen.«

Thérèse schnaubte.

Sie hasste diese Männer-unter-sich-Spielchen.

Und beschloss, diesem ärgerlichen Duett umgehend Einhalt zu gebieten. Sie stand auf und ging wutentbrannt zur Tür. Dort angekommen drehte sie sich um.

»Wenn ihr dann fertig seid mit euren blöden Sprüchen ... ich bin an meinem Schreibtisch.«

Sie sahen ihr nach, wie sie voller Verachtung den Raum verließ.

Im Sturmschritt.

Beide lächelten.

»Sie ist ein braves Biest. Vielleicht ein bisschen wild ... Ich habe die Anfrage Ihres Polizeipräsidenten vorliegen. Sie werden die größtmögliche Unterstützung erhalten, das garantiere ich.«

»Ich danke Ihnen.«

»Was Manuels Machenschaften anging, waren wir immer sehr empfindlich. Ein Nerv, der allzu lange offen lag.«

Dann wurde Haboudiffa ernster.

Und Lupo erkannte den Sinn und Zweck dieser Unterhaltung sofort. Es handelte sich nicht nur um ein Entgegenkommen: Er wollte ihn um etwas bitten.

»Seit Wochen erhalte ich über E-Mail oder SMS Drohungen. Ich weiß nicht, ob diese etwas mit unserem Fall zu tun haben. Aber eines ist sicher: Sie kommen aus Turin. Die Spur endet jedoch bei einer absolut untadeligen Person, bei einem gewissen Don Michele Salvini, Pastor in einer Kirche in Moncalieri. Können Sie damit etwas anfangen?«

Lupo erstarrte.

Genau dasselbe, was Francesca Caccia passiert war.

Und Salvini war der mysteriöse Name, der in Hibanez' Liste auftauchte. Der, nach dem Modica eifrig fahndete.

»Weiß Thérèse davon?«

Tonton nickte verlegen.

»Tadeln Sie sie nicht: Ich wollte es Ihnen selbst sagen. Das ist auch einer der Gründe, warum ich wollte, dass sie sich mit dem Ägyptischen Museum in Verbindung setzen und sich der Gruppe der Isis-Anhänger anschließen sollte.«

Lupo stand auf.

Er ging zum Fenster.

Dort blieb er stehen und blickte – ohne wirklich zu sehen – auf die vielen orangefarbenen Autobusse hinunter, die sich an der Endhaltestelle drängelten. Ein Polizist blies verbittert in seine Trillerpfeife, vor der Präfektur parkten Horden alter Damen völlig ungeniert ihre Autos in dritter Reihe und baten den Mann dann auch noch, ein Auge auf ihr Fahrzeug zu werfen.

Dies war der Süden.

Kaum anders als irgendein anderer Ort auf der Welt ...

Er wurde wieder in die Wirklichkeit zurückgeholt, als Haboudiffa ihn freundlich ansprach.

»Nicht aufregen, Commissario. So ist das Leben. Ich bin wirklich glücklich, jemanden wie Sie hier zu haben. Thérèse irrt sich in ihrem Urteil über Menschen nie.«

»Wollen Sie damit sagen, dass sie bereits über mich Bericht erstattet hat?«

»Nicht auf so schrecklich bürokratische Art. Sie hat einfach so ein bisschen erzählt. Heute Morgen, während Sie noch den Schlaf des Gerechten schliefen. Es ist selten, dass Thérèse sich so sehr von einem Fremden einnehmen lässt …«

Lupo wurde bewusst, wie geschickt der »Onkel« war.

Und wie elegant er die Dinge zu seinem Vorteil hinbog.

Doch Lupo schätzte wohlgesetzte Worte, auch wenn sie nur dazu dienten, seiner Eitelkeit zu schmeicheln. Er zuckte bloß mit den Schultern und ließ sich somit auf einen höflichen Waffenstillstand ein.

Dann kam er auf das zurück, was ihm das meiste Kopfzerbrechen bereitete.

Der mysteriöse Michele Salvini.

Haboudiffa musste mittlerweile wissen, dass der Pastor in irgendeiner Weise mit Manuel zu tun hatte. Warum hatte er ihn also als »untadelig« bezeichnet?

»Wie sind Sie auf ihn gekommen? Und warum haben Sie ihn ausgeschlossen?«

Tonton seufzte.

»Das ist eine lange Geschichte. Ich kenne ihn persönlich. Im Schatten seiner Kirche hat er ein großes Rehabilitationszentrum für ehemalige Drogenabhängige gebaut. Seine Methoden sind ziemlich originell: Er glaubt an den therapeutischen Wert der Arbeit, traut aber dem Hobel oder der Hacke nicht, die üblicherweise in solchen Fällen verwendet werden.«

»Und warum nicht?«

»Er nimmt sich vor allem der ganz Jungen an. Und er hat begriffen, dass diese Generation ein absolutes Faible für Computer hat. Wie es bei uns das Fahrrad war.«

»Erzählen Sie weiter.«

»Daher hat er eine Art elektronische Festung aufgebaut, in der alles gemacht wird, von schwierigeren Internet-Recherchen über das Herunterladen von Musik bis hin zur Kompilation von CDs. Sie erfinden Spiele und Programme und gestalten Internetseiten. Und sie überwachen eine Reihe von Providern und Callcentern, in eigener Regie oder im Auftrag: Telefongesellschaften und IT-Administratoren.«

»Er ersetzt die eine Droge durch eine andere Droge.«

»Dieser Ort ist eine Ansammlung kleiner Genies ...«

»Aber auch eine Ansammlung von Hackern. Ich bezweifle, dass Jugendliche, die an Raub und Diebstahl gewöhnt sind, um sich ihren Trip kaufen zu können, keine Rückfälle haben ...«

Haboudiffa nickte.

Lupo begann zu begreifen.

Und er war neugierig auf den Rest.

»Erzählen Sie weiter.«

»Ich habe Don Michele zufällig kennen gelernt. Jemand hatte einen jungen Marokkaner zu ihm gebracht, der keinen Namen und keine Erinnerung mehr hatte. Er hatte sich eine Überdosis gespritzt und war wie durch ein Wunder gerettet worden. Er schien keiner der üblichen Dealer zu sein. Er schien ziemlich gebildet zu sein und sprach perfekt Französisch.«

»Wie hat man herausbekommen, dass er kein Algerier oder Tunesier war?«

»Er hatte eine Handynummer in der Tasche: meine. Don Michele hat mich angerufen, und es klärte sich alles auf: Es handelte sich um Hassan Fenumi, einen meiner Leute.«

»Wie das denn?«

»Nun, ich hatte ihn bei einer der zahllosen Turin-Fahrten auf Manuels Fährte gesetzt. Genau wie ich es dann mit Thérèse gemacht habe.«

Lupo seufzte.

Bei dieser Geschichte war nie irgendetwas einfach und klar.

Hinter jeder Ecke verbarg sich ein Zweifel.

Und er wusste nie, was er glauben sollte.

Er konzentrierte sich wieder auf Haboudiffa.

»Das heißt, Sie verdächtigen Manuel, dass er ihm die Nadel gesetzt hat …«

»Nun, was hätten Sie denn gedacht?«

»Aber Thérèse hat gesagt, dass Manuel Gewalt verabscheute: Er sei zu einer so brutalen Tat nicht fähig gewesen.«

»Das ist wahr. Aber er hat nie gezögert, sich irgendwelcher willfähriger Handlanger zu bedienen, wenn es hart auf hart ging.«

»Er war also kein Mörder. Aber es könnte jemanden geben, der es an seiner Stelle gewesen ist.«

»Ich weiß es nicht. Bisher hat er nur Schläger losgeschickt. Leute, die anderen Arme und Beine brechen, wenn Worte nicht mehr ausreichen …«

Lupo war allein.

Haboudiffa war zum Präfekten gegangen.

Eiligst dorthin berufen.

Sicherlich hatte der große Herr erfahren, dass Thérèse wieder am Ball war. Und dass dieser Afrikaner, auf den ohnehin kein Verlass war, sich seinen Anweisungen widersetzt hatte. Nur zweihundert Meter voneinander entfernt zu arbeiten, war für die Geheimhaltung gewiss nicht förderlich.

Und diese Institutionen waren voller Neid, voller Rassisten und voller Spione.

Bevor er ging, hatte ihm Tonton noch zwei oder drei weitere Dinge anvertraut, die Lupo in noch größerer Ratlosigkeit zurückließen.

Es war Don Michele selbst gewesen, der Haboudiffa informiert hatte.

Die Drohungen kamen aus seinem Rehabilitationszentrum.

Es war nicht klar, wie der Geistliche das herausgefunden hatte. Doch irgendwie musste auf einem Server etwas zurückgeblieben sein. Und dieselbe Spur führte auch zum Handy von Francesca Caccia.

Dann kam eine Information, die sehr besorgniserregend war.

Zeitgleich mit dem Versuch, Hassan Fenumi aus dem Weg zu schaffen, hatte es einen anonymen Hinweis gegeben, dass Hibanez im Begriff war, einen seltenen mittelalterlichen, in Textura geschriebenen Kodex in seinen Besitz zu bringen. Und dieser Kodex war, welch ein Zufall, aus dem historischen Archiv in Moncalieri gestohlen worden.

Lupo wurde plötzlich von einem seltsamen Unwohlsein befallen.

Das Gespenst Hibanez spukte überall herum. Unübersehbar und lästig. Eine bösartige Spinne im Mittelpunkt einer jeden Geschichte, stets bereit, ein neues Opfer in seinem Netz zu fangen, um aus ihm Macht und Wissen zu saugen.

Es war klar, dass er in Moncalieri Komplizen gefunden hatte.

Doch genauso offensichtlich war, dass er zu einem bestimmten Zeitpunkt auf etwas gestoßen war, das größer gewesen war als er. Eine Situation, die er nicht mehr hatte kontrollieren können.

Ein Märtyrer seiner eigenen Überheblichkeit?

Lupo begann, im Büro hin und her zu gehen.

Das grundlegende Problem war, ein psychologisches Profil des Mörders zu erstellen.

War dieser ein aus Verzweiflung zum Äußersten getriebenes Opfer, das mit einem Schlag die Ursache seiner ganzen Leiden beseitigt hatte? Oder vielmehr jemand, der ahnte, dass Manuel einen Schritt von seinem Ziel entfernt war und der ihn nur deswegen aus dem Weg geschafft hatte, um dann seinen Platz einzunehmen und so die Früchte seiner Entdeckung zu ernten?

Beide Alternativen waren möglich.

Und sie passten sehr gut zu einem so ausgefeilten Verbrechen. Eine Tat, die auf einer langen Kette von Verweisen aufbaute und Zerrspiegel benutzte, um die Ermittlungen durch eine Unzahl falscher Spuren in die Irre zu führen.

Lupo setzte sich an Haboudiffas Schreibtisch.

Und er holte den Zettel heraus, den er bei der Leiche gefunden hatte.

Um im Lichte dessen, was er bisher erfahren hatte, zu versuchen, etwas zu entdecken, was er noch nicht bemerkt hatte.

Le chemin du Graal de Montségur à Turin
Instructions: trouvez-vous ce soir
après la fermeture du musée
à côté de la statue d'Isis:
la Grande Mère est prête à vous offrir son cœur.
N'oubliez pas la donation obligatoire de 30 000 euros.
Si non …

Nichts.

Also begann er wieder, mit großen Schritten durch das Büro zu gehen, das Blatt Papier in der Hand. Dieses Mal jedoch las er sich den Inhalt laut vor.

In diesem Augenblick kam Thérèse wieder herein.

Sie sah ihn und konnte nicht an sich halten.

»Unser Lupo ist verrückt geworden …«

Die Stiere weideten friedlich.

Inmitten der Regenpfeifer und Blässhühner.

Die zwischen ihren Beinen auf dem Boden herumpickten.

Ungeachtet der Hufe und ungeachtet der Tatsache, dass die Jungtiere, die lieber spielten als fraßen, plötzlich losstürmen konnten.

Miura, Santiago, Domecq, Martelillia und Cebada Gago …

Mittlerweile hatten die Züchter der wichtigsten *fazendas* Spanien mit seiner ausgedörrten Erde fast endgültig verlassen, wo es in den trockenen Sommern zu viel Sonne gab, die auch noch den letzten Grashalm verbrannte, um sich in dieser fetten Heidelandschaft niederzulassen.

Zwei Stunden von der Grenze entfernt.

In früheren Zeiten hatte gegen Ende Juni der muhende Viehtrieb auf der Suche nach Wasser und Futter begonnen, und Ende September ging es wieder zurück. Aber die Kosten waren enorm, und die Sommer wurden immer heißer. So war nach und nach niemand mehr nach Hause zurückgekehrt. Und damit wurde dieser Landstrich, in dem es ohnehin schon von Stierkampfarenen, Flamencos und *castañedas* wimmelte, immer spanischer.

Lupo hatte sich auf keine Diskussion einlassen wollen.

Er hasste es, nicht selbst über sein Tun und Lassen bestimmen zu können.

Und er hatte verlangt, sofort zu Froschgesicht gebracht zu werden. Dessen Name tauchte nicht auf der Liste von Manuel Hibanez auf, und Lupo wollte wissen, warum nicht.

Nicht, dass er sich von Alain Robert irgendwelche besonderen Offenbarungen versprochen hätte. Aber sein Gefühl hatte ihm gleich gesagt, dass das eine gute Spur war. Und er hatte sich schon immer auf seinen Instinkt verlassen, wenn die Logik ihn nicht mehr weiterbrachte.

Thérèse hätte ihm lieber ihre Aufzeichnungen gezeigt. Und für ihn das Leben von Hibanez unter dem misstrauischen Blickwinkel der Polizei noch einmal aufgerollt.

Doch Lupo war unbeugsam gewesen.

»Ich will Froschgesicht sehen, klar?«

Zuerst begriff Thérèse nicht.

Dann erinnerte sie sich an das Spiel mit den Spitznamen.

Und begann zu lachen.

Dabei dachte sie an die fette Wangenpartie von Alain. Und sie überlegte, warum ihr selbst niemals die Idee gekommen war, ihn *grenouille* zu nennen, an einem Ort, wo sonst doch niemandem eine Frotzelei erspart blieb.

Danach hatte sie sich auf die Rolle beschieden, ihm den Weg zu zeigen.

Kurve nach Kurve, Kreuzung nach Kreuzung.

Sie blieb stumm.

Seine Gedanken respektierend.

Doch immer öfter schielte sie von der Seite zu ihm hinüber. Während sie in diese Weidelandschaft hineinfuhren, die aufgrund der Berieselung entlang der Mündung der Aude eine scheckige Musterung aufwies. Dazwischen die Reihen der Austern- und Pfahlmuschelzuchten. Weit hinten der Kirchturm und die ockerfarbenen Dächer von Fleury d'Aude.

Inzwischen hatte auch sie sich in ihren Gedanken verloren.

Aber nicht über den Fall.

Über Lupo …

Er war wirklich ein attraktiver Typ.

Und es gab in der Tat wenige Männer, die es fertigbrachten, ihr Herz ein wenig schneller als üblich schlagen zu lassen: Er war einer davon. Sie kannte ihn nicht gut genug, um auszuschließen, dass er nicht auch all jene Defekte besaß, die den größten Teil der Männer so unerträglich machten.

Doch es begann vielversprechend …

Sie sah wieder auf die Straße.

»Jetzt fahr diesen Weg hinein. Pass auf die Ölwanne auf. Nach den Ginsterbüschen, wenn der Asphalt aufhört, kommt eine üble Bodenwelle.«

Dann nahm sie ihre Grübeleien wieder auf.

Er war faszinierend.

Wortkarg zwar, aber kein Spielverderber.

Sie hatte ihn auf dem Campingplatz auf jede erdenkliche Weise provoziert. Und gewiss hatte auch Arlette ihn nicht geschont. Doch er hatte sich sehr gut auf das Nacktsein eingelassen. Seinem eigenen und dem der anderen. Kein Unbehagen außer der normalen anfänglichen Verschämtheit. Und dann, nach dem Aufwachen, schien er den harten Aufschlag schon fast verdaut zu haben.

Es war schön gewesen, gemeinsam Kaffee zu trinken, dort auf dem Bett.

Vielleicht …

»Fahre ich dort hinein?«

»Wie bitte?«

Lupo sah sie an.

Er war froh, sie einmal mit gesenkten Waffen überrascht zu haben.

Glaubte sie wirklich, dass er nicht bemerkt hatte, wie sie ihn heimlich abschätzend betrachtete? Er gestand sich ein, dass er dabei eine gewisse Freude empfand. Seit Jahren schon war er auf keine andere Frau mehr neugierig gewesen als auf seine Ehefrau. Und ihr Interesse schmeichelte ihm.

Thérèse war eine jener Frauen, in deren Gegenwart man sich ganz selbstverständlich wohlfühlte.

Weil sie das Leben liebte und gerne lächelte.

Sogar ihre Angriffslust schien mehr dem alten Kampf der Geschlechter zuzuschreiben zu sein, und nicht ihrer wahren Natur. Manchmal ging sie zu weit, doch sie war nie wirklich unangenehm.

Er neckte sie.

»Diese Wirkung habe ich immer auf Frauen. Sie verlieren den Kopf.«

»Ich habe nur versucht, bei dir irgendwelche verborgenen Qualitäten zu entdecken. *Mission impossible* …«

Lupo musste über ihr Englisch mit der schweren französischen Betonung lachen.

»*Mischon ämpossible … Mais oui, inspecteur Clouseau! Alors*, fahre ich da hinein oder nicht?«

Alain war der Mann mit dem Kelch.

»Le chemin du Graal de Montségur à Turin …«

Damit hatte die Nachricht begonnen …

Und das musste der Ausgangspunkt von allem sein.

Daher drängte es Lupo so sehr danach, mit ihm zu sprechen. Er wusste auch nicht genau, warum, aber er spürte, dass Alains Rolle in der ganzen Geschichte vielleicht nicht unbedingt grundlegend war, dass er ihm aber vielleicht weiterhelfen konnte.

Sie fanden ihn in den Ställen.

Auch er besaß ein Mobilhome in Le Monde Perdu.

Aber er benutzte es hauptsächlich an Wochenenden und Feiertagen. Und in den langen Monaten, wenn die Saison vorüber war und die rosafarbenen Flamingos in die Wärme Afrikas zu fliegen begannen. Oder wenn sie zurückkamen und den Frühling ankündigten.

Das übrige Jahr lebte er hier.

In einem riesigen Holzhaus, das an dem Teich lag, an den die Stiere zum Trinken kamen. Inmitten einer vielköpfigen Familie mit Kindern, Enkeln, Großeltern und alten Tanten.

Ein Pferdepfleger mit einer großen roten Kokarde an der Brust kam ihnen entgegen und scheuchte sich dabei eine Wolke von Insekten aus dem Gesicht.

»*Bonjour*, Thérèse, Alain ist im Büro.«

Diese vier Holzwände mit zwei großen Fenstern konnte man kaum als Büro bezeichnen.

Es roch nach Pferd und nach Pastis.

In einer Futterraufe lagerten etliche Heuballen, die so fast ein Dach bildeten. Überall standen Regale, die sich unter dem Gewicht von Bergen von Akten, Bücherstapeln und großen gebundenen Folianten bogen.

Alains Kopf tauchte winzig klein aus diesem ganzen Chaos auf. Hinter einem Schreibtisch voller Beschläge und barocker Intarsien.

Das war seine kleine Oase. Mit jedem neuen Nachwuchs musste er weiter vom Haus abrücken, wenn er noch ein bisschen von seiner Ruhe behalten wollte.

Lupo erkannte ihn fast gar nicht mehr wieder.

Er hatte ihn zuvor nur flüchtig gesehen.

Im Licht der Fackeln.

Gerade lange genug, um ihm einen Spitznamen zu geben.

Dann war sein Gesicht schon in der Menge der anderen verschwunden.

Alain war der Einzige, mit dem Lupo noch nicht gesprochen hatte. Und jetzt kam er ihm ganz verändert vor. Er hatte immer noch diese großflächigen, fetten Wangen und die runden, hervorstehenden Augen. Aber mitten in diesem ganzen Wiehern schien er sich die wahre Würde eines *hidalgo* angeeignet zu haben.

Er stand auf.

Kam hinter seinen Büchern hervor, und man hörte ein leises Sporenklirren. Er gab Lupo mit einem festen, kraftvollen Druck die Hand.

»Ich hatte Ihren Besuch erwartet. Aber noch nicht so früh.«

Lupo sah ihn erstaunt an.

»Warum?«

»Ich dachte, Sie würden ein wenig länger brauchen, um zu entdecken, dass ich Manuel nicht fürchtete. Dass ich ihn an den Eiern hatte, nicht er mich.«

Lupo drehte sich sofort zu Thérèse um.

Gekränkt.

Als hätte sie ihm etwas vorenthalten.

Doch sie schüttelte heftig den Kopf.

Da lächelte Alain.

»Ich habe nichts zu verbergen. Ich werde Ihnen alles erzählen. Aber lasst uns hinausgehen, ich habe hier nicht einmal einen Schemel, auf den ihr euch setzen könnt.«

Lupo war nicht überzeugt.

Froschgesicht musste ganz im Gegensatz zu seinem freundlichen Auftreten ein harter Knochen sein. Er würde nur das sagen, was ihm gelegen käme. Und würde dabei Zeit gewinnen …

Sie gingen zu einer Gruppe Olivenbäume, die eine natürliche Laube bildeten. Darunter standen ein Tisch, zwei Bänke und ein Stativ, auf dem ein langes Fernrohr befestigt war.

Er bat sie, es sich bequem zu machen.

Dann wandte er sich an Lupo.

»Von hier aus behalte ich die Herde im Auge, und von

hier aus suche ich die Stiere aus, die ich zur Kuh bringe. Haben Sie schon jemals beim Decken zugesehen? Ich wollte gerade das Pferd satteln …«

»Nein.«

Alain sah Lupo abschätzend an.

Wie einen seiner Stiere.

Dann seufzte er.

»Es gibt keinen Grund, unhöflich zu sein.«

»Aber es gibt auch keinen Grund, allzu lange um den heißen Brei herumzureden.«

Thérèse sagte nichts.

Dieses Wortgefecht diente ihr als Test: Sie war neugierig, wie Lupos Denken funktionierte und wie er sich schlagen würde. Im Grunde war es das erste Mal, dass sie ihn in Aktion sah.

»Also?«

»Wie Sie wollen, Commissario. Beginnen wir mit einem Bonbon. Diese Viehzucht gehört zur Hälfte Manuel. Vielmehr: gehörte. Das Testament wird, wenn es eröffnet wird, offenbaren, dass sie mir jetzt ganz gehört.«

Lupo sah ihn jetzt noch aufmerksamer an.

Ein gefährlicher Gegner.

Der keine Angst hatte, sich weit hinauszuwagen.

Er musste unbedingt wissen, wieso.

»Ein gutes Motiv, würde ich sagen.«

»Es tut mir leid für Sie, aber im Großen und Ganzen hatten auch Rosie, Bernard, François, Patrice und halb Béziers ein solches Motiv.«

»Nicht erwähnt haben Sie den Namen von …«

Lupo warf Thérèse einen flehentlichen Blick zu: Er konnte sich nicht mehr an den Namen von Oma Duck erinnern. Und sie kam ihm zu Hilfe.

»Nathalie …«

»Nathalie ist Manuels Mutter. Sie ist der einzige Mensch, den er wirklich gern gehabt hat, auch wenn das schwer zu glauben ist. Und ihr sei Dank, dass sie ihn in Schach hielt.«

»Mit anderen Worten, Sie haben ihn erpresst?«

»Ihr Polizisten seid immer so vorhersehbar mit euren vorgefertigten Phrasen. Nein. Ich wusste nur um ein Geheimnis. Was gleichbedeutend ist mit Macht. Ich habe nur mich und meine Familie geschützt. Daher war Manuel nie in der Lage, mir zu schaden. Im Gegenteil.«

»Im Gegenteil was?«

Alain war nicht so ruhig, wie er sich den Anschein geben wollte.

Er war höflich.

Doch man konnte sehen, dass er seine ganze Energie aufbringen musste.

Aus der Ferne kam ein Muhen, auf das ein anderes antwortete, und innerhalb weniger Sekunden »sprach« die ganze Herde. So, als wolle sie ihrem Herrn beistehen.

Alain lächelte, als hätte er eine Nachricht erhalten.

Er streckte einen Finger in Richtung Horizont aus.

»Sehen Sie, ich habe hier angefangen, indem ich den Sommer über Weiden an die Spanier verpachtet habe. Dann habe ich beschlossen, etwas Eigenes hochzuziehen. Aber ich hatte kein Geld. Also habe ich mit Manuel einen Pakt abgeschlossen.«

»Sie haben sich in die Suche nach dem Gral gestürzt, und er hat sich um das Geld gekümmert.«

Froschgesicht war verblüfft.

Und Lupo begriff, dass er endlich gepunktet hatte.

Nicht, dass ihn das irgendwohin führte.

Aber der Wind hatte sich auf einmal gedreht.

Er hatte das Spiel wieder in der Hand.

Eine glückliche Eingebung, die den Respekt erhöhte. Und eine Bestätigung von Thérèse, die ihm einen bewundernden Blick zuwarf, während Alain bereits nickte.

»So etwas in der Art …«

Aber Lupo war noch nicht fertig.

»Um welches Geheimnis handelte es sich? Womit hatten Sie Manuel in der Hand?«

»Das müssen Sie allein herausfinden, mein Freund.«

»Genau das werde ich tun.«

Lupo stand auf.

Und schickte sich an zu gehen.

Dann gab er einen Schuss ins Blaue ab.

Soeben waren ihm einige Fragmente der Unterhaltung mit Papou in den Sinn gekommen. »Boubou Hibanez, der Vater Manuels, war mein bester Freund … Wir sind zusammen aufgewachsen … Wir haben ihn auf dem Friedhof der *Perfecti* begraben …«

Vielleicht war es ja nur eine verrückte Idee.

Die auf nichts begründet war.

Aber ganz gewiss würde sie irgendetwas aufrühren.

»Übrigens: Ich glaube, das Geheimnis betrifft den Vater Manuels. Nicht Boubou. Sondern den richtigen.«

»Was sagen Sie da? Sie sind ja völlig verrückt.«

»Vielleicht war es Jean-Luc Amat, der es ihm gesagt hat. Er ist der Anführer. Er weiß alles.«

»Und was soll das heißen?«

»Nehmen wir an, dass in jener Zeit auch Papou einer der *Perfecti* war. Und wenn er es gewesen ist, der sein Keuschheitsgelübde mit Nathalie gebrochen hat?«

»So ein Unsinn.«

»Meinen Sie? Im Grunde hat er Manuel erzogen, einen Sohn, den er vor der Welt nicht anerkennen konnte. Und seine Mutter … Was mir nicht klar ist: Warum sollte er ausgerechnet Ihnen dieses Geheimnis anvertrauen, das er so lange gehütet hat?«

Alain sah ihn an.

Mit gerunzelter Stirn.

»Warum fragen Sie ihn nicht selbst?«

Lupo hatte ihr das Steuer überlassen.

Und Thérèse fuhr langsam.

Als wolle sie die Begegnung so lange wie möglich hinauszögern.

Sie war völlig perplex über diese Offenbarungen.

Es schien ihr unmöglich, dass Papou je etwas zu verbergen gehabt haben sollte. Doch dieser Spalt, der sich so plötzlich aufgetan hatte, gab auch Raum für einige vage Erklärungsansätze, für Verhaltensweisen, die sie nie richtig verstanden hatte.

Jean-Luc und Manuel …

Jean-Luc und Nathalie …

Ihr Verhältnis zur Vergangenheit war wie eine stets offene Wunde.

Sie war glücklich und unbeschwert aufgewachsen. Geliebt.

Von tiefer, wenngleich geborgter Zuneigung umgeben.

Daher dachte sie an das, was hätte sein können und nicht gewesen war, immer mit einem leichten Schmerz. Das, was alle ihre Freundinnen gratis gehabt hatten. Und was nur die Dinge des Lebens, Trennungen oder Scheidungen, hatten ändern können.

Arlette war viel mehr für sie gewesen als jene Mutter, die sie nie gehabt hatte – und war es immer noch. Aber hatten dieses »Mehr« vereint mit dem »Viel«, das ihr Papou gegeben hatte, ausgereicht, um diesen immer abwesenden und immer erwarteten Vater zu ersetzen?

Die Abrechnung mit der Vergangenheit machte sie traurig.

Und jetzt war sie gezwungen, eine weitere Wunde zur Kenntnis zu nehmen.

Deren Existenz sie noch nicht einmal geahnt hatte.

Und die jedoch immer noch blutete.

Vielleicht viel mehr als die ihre.

Plötzlich hatte sie eine neue Perspektive, um sich diese seltsame und liebevolle Nachsicht Papous Manuel gegenüber zu erklären, der für sie doch bloß ein billiger Gauner gewesen war, den man in Handschellen legen musste.

Und Nathalie …

Jetzt begriff sie ihr tiefes und verborgenes Leiden.

Den verstörten Blick, den sie Papou zugeworfen hatte, als er ihr den Tod Manuels mitgeteilt hatte. Dieser unterdrückte Schrei, damit sie das nicht verriet, was die beiden fünfzig Jahre lang für sich behalten hatten. Zwei alte Menschen, die Herzen randvoll mit Schmerz.

Gepeinigt und gezwungen weiterzulügen …

Auch Lupo hatte sich in seinen Gedanken verloren.

Während draußen die Heidelandschaft vorbeiflog.

Kleine mentale Stichworte.

Widersprüchliche Randbemerkungen.

Zu viele Details, die ihm dauernd entglitten. Die einzelnen Geschichten neigten dazu, sich ineinander zu verwickeln, zu einem fast unauflöslichen Knäuel.

Er hatte einen Stein ins Wasser geworfen.

Doch er wusste ganz genau, dass er nichts Handfestes hatte, um seine Behauptung zu stützen, die er ja nur aus dem Stegreif aufgestellt hatte. Eigentlich mehr aus dem Grund, weil er eine Reaktion provozieren wollte.

Alains Entrüstung war ihm echt vorgekommen.

Doch dieser Ort glich einem Theater mit großartigen Schauspielern.

Vor allem aber hatte ihn die Reaktion von Thérèse neugierig gemacht.

Seit einer halben Stunde schon sprach sie kein Wort. Sie fuhr ganz mechanisch. Stellte ihm keine Fragen. Sie versuchte nicht, seine Argumente zu erfahren.

Er seufzte.

Und er beschloss, dass er so bald wie möglich De Mattia anrufen musste.

Damit er Modica zu fassen bekam.

Wenn es jemanden gab, der herausfinden konnte, welche Person hinter den Drohungen steckte, die Francesca Caccia und Haboudiffa erhalten hatten, dann war es Modica. Er seinerseits musste dringend der Frage nachgehen, welche Rolle die beiden Handlanger von Hibanez gespielt hatten: Marius Da Costa und Louis Ongaretto.

Es war offensichtlich.

Der Katharer hatte sie schon erwartet.

Froschgesicht hatte ihn vorgewarnt.

Er lächelte.

»Lieber Lupo, nicht alle in der Welt sind *Perfecti* …«

3

Der Katharer sah Thérèse an.

Mit Trauer in den Augen.

»Lass uns allein, Kleine. Papou muss eine lange Unterredung mit Lupo führen.«

Thérèse nickte.

Etwas erstaunt.

Es war das erste Mal, dass er sie aus seinem Vertrauen ausschloss. Sie waren gewohnt, alles zu teilen, auch die geringsten Gedanken. Und diese unerwartete Zurückweisung brannte in ihrem Innern. Doch sie begriff auch, wie sehr der Alte selbst unter dieser Entscheidung litt.

Er saß in seiner Wanne, wie immer.

An Sonnentagen verbrachte er dort viele Stunden.

Er aalte sich darin wie eine Echse.

Sie war für ihn zu einer Art Studierzimmer geworden. Ein Ort des Nachdenkens, der Meditation und Konzentration. Dort brauchte er niemanden. Mit der Zeit schienen sich seine knochigen Glieder den emaillierten Formen perfekt angepasst zu haben. Und der Rücken hatte genau die richtige Position, um seinen alten Knochen endlich Erleichterung zu bringen.

»Geh, Tetè. Wir haben noch alle Zeit der Welt, um hierüber zu sprechen.«

Lupo hörte schweigend zu.

Thérèses Enttäuschung schüchterte ihn fast ein wenig ein. Er sah ihr nach, während sie sich langsam entfernte.

Sie hatte einen Pareo um die Hüften geschlungen, der braun gebrannte Rücken war ein wenig gebeugt, als machte es ihr Mühe fortzugehen.

»Drinnen gibt es Eis und Limonade. Nimm dir einen Hocker und setz dich hier zu mir. Ich würde auch gerne eine Zigarette rauchen …«

Lupo gehorchte.

Jean-Luc Amat zündete sich eine Gitane an.

Er sog den Rauch tief ein und genoss den scharfen Geschmack. Er hob die Augen und schien die Formen, die der Wind den Rauchwolken gab, aufmerksam zu betrachten. So als läse er darin die Zukunft.

Dann sagte er etwas Verblüffendes.

»Ich bin froh, dass Thérèse dir gefällt. Und dass sie auch etwas für dich zu empfinden beginnt. Es ist gut, dass meine Kleine endlich einem Mann begegnet.«

Der Commissario wurde rot.

Er fühlte sich plötzlich wie ein Junge bei seiner ersten Einladung zur Vorstellung bei ihren Eltern, die sehen wollten, ob sie es für angebracht hielten, dass ihre Tochter mit ihm ausging.

»Warum sagen Sie das? Ich bin verheiratet und habe zwei Söhne …«

Der Katharer lächelte.

»Das Herz erzeugt Gefühle und ist Versuchungen ausgesetzt, die das Hirn nicht kontrolliert. Genau das ist mit Boubou Hibanez und Nathalie Sebe geschehen. Oft nimmt das Leben ungeahnte Wege …«

Lupo lächelte nun seinerseits.

Es war ihm bewusst, dass er den Köder gefressen hatte.

Und dass er eingeschüchtert und stotternd vor dem Alten und seiner dreisten Strategie gestanden hatte. Dieser hatte – teilweise zumindest – ins Schwarze getroffen.

Es war richtig: Thérèse verwirrte ihn.

»Guter Zug. Doch das bewahrt Sie nicht davor, die Wahrheit zu erzählen. Über alles …«

Papou nickte.

Mit einem bewundernden Leuchten in den Augen.

»Sie müssen einem alten Mann zugestehen, sich ein wenig zu amüsieren, wenn er endlich einmal einen hellen Kopf findet. Meine Freunde sind mittlerweile genauso abgewrackt wie ich. Wenn man sie neckt, sind sie beleidigt. Sie haben keinen Spaß daran, sich ein wenig zu kabbeln.«

»War Manuel auch ein heller Kopf?«

»Er ist nie jung gewesen. Er war ein hoffnungsloser Fall, schon als Kind. Er hatte immer schon viele Hürden zu überwinden. Die Unschuld des Kindes hat er nie kennen gelernt. Vielleicht durch meine Schuld.«

Der Katharer seufzte.

Und die Vergangenheit begann, wie ein Film vor seinen Augen abzulaufen.

Sie waren zwanzig Jahre alt.

In Montségur.

Er und Boubou.

Sie lagen ausgestreckt auf dem *Pratz dels Crematz*.

Unterhalb der Burgruinen.

Auf diesem Feld war im Jahr 1244 jener letzte und furchtbare Scheiterhaufen aufgeschichtet worden, der den Kreuzzug Innozenz' III. gegen die Katharer beendet hatte. Zweihundertfünf *Perfecti* waren in den Flammen verbrannt, und somit wurde endgültig, nach einem Jahr der Belagerung, die katharische Idee ausgelöscht, wonach der Mensch in sieben Tagen vom Teufel nach seinem Bild und Vorbild geschaffen worden war.

Oder von dem aus dem Himmel verjagten Engel, einem Sohn Gottes.

Womit von Anfang an die natürliche Unreinheit des Menschen festgelegt war.

Der alte Roger lag im Sterben.

Es gab kein Entrinnen.

Und es musste ein neuer *Perfectus* gefunden werden.

Am Abend zuvor hatten sich die Alten versammelt und einander angeschaut: War es denkbar, Anfang des zwanzigsten Jahrhunderts noch einen reinen und keuschen Mann zu finden, auf dessen Schultern die furchtbare Last der Perfektion gelegt werden konnte, nur um eine Tradition weiterleben zu lassen?

Die Frauen, die gar nicht zur Versammlung zugelassen waren, waren fast alle dagegen. Sie hatten lange auf ihre Männer und Brüder eingewirkt, im Verborgenen ihrer Heime, um sie zur Vernunft zu bringen.

Alle hatten Familie.

Andere sollten das Versprechen einlösen.

»Denkt darüber nach«, sagten sie. »Es bleiben doch nur unsere jungen Söhne. Wollt ihr wirklich, dass deren Leben ruiniert wird? Wir haben gerade einen Krieg hinter uns gebracht, haben wir nicht schon genug bezahlt? Die Welt hat sich verändert. Schaut euch an, auch ihr seid nicht mehr die, die ihr einmal wart. Wir brauchen sie, ihre Energie, ihre Wünsche. Opfert sie nicht für ein Ideal, das bereits im Dunkel der Jahrhunderte begraben liegt …«

Doch man hörte nicht auf sie.

Sie waren die letzten Albigenser.

Mitten in einer bäuerlichen und patriarchalen Gesellschaft.

Und die Frauen durften nur gute Mütter sein, sonst nichts. In Wahrheit hatten viele in die Herzen ihrer Ehemänner eine Bresche geschlagen. Die Männer würden es jedoch nie wagen, vor den anderen eine solche Schwäche zu zeigen.

Und somit hatten sie einen Entschluss gefasst.

Im Grunde gab es keine Wahl.

Es gab nur drei Jungen, die nicht an ein Heiratsversprechen gebunden waren: Jean-Luc Amat, Boubou Hibanez und Alain Robinet. Auf wen würde die Wahl fallen? Wer von ihnen pflegte die größte Enthaltsamkeit? Wer von ihnen hatte die Liebe noch nicht kennen gelernt?

Jean-Luc war in Perpignan bei einer Prostituierten gewesen.

Und auch Alain war nicht mehr unschuldig, wenn das als Sünde galt, was er mit der Hand im Dunkel seines Zimmers vollbracht hatte, während er an die großen Brüste Nathalies dachte.

Es blieb also nur noch Boubou.

Und jetzt waren sie hier, sie beide.

Nicht weit von dem Stein mit der Aufschrift: »Den Katharern, Märtyrer der reinen Liebe Christi«. Zwei Busenfreunde, die zusammen aufgewachsen waren und alles geteilt hatten.

Alles, außer einer Prostituierten.

Sie mussten über die Zukunft entscheiden.

Sie warteten auf Nathalie.

Es war üblich, dass der Auserwählte sich zwei Ratgeber suchte, bevor er seine endgültige Zustimmung gab. Der erste hatte die Aufgabe, ihm abzuraten, der zweite, ihn zu überzeugen, indem er ihn mit der Geschichte ihrer Wurzeln bestärkte.

Und Jean-Luc tat seine Pflicht mit melancholischer Leidenschaft.

Er wusste, dass es hoffnungslos war.

»Hör mir bitte zu, Boubou: Ich kenne dich gut. Du fluchst nicht, du trinkst nicht, du gehst nicht zu gefallenen Frauen, beim Fußballspielen bekommst du immer Tritte und entschuldigst deinen Gegner auch noch, anstatt zurückzutreten.«

»Du übertreibst.«

»Nein. Ich hasse das Wort ›fromm‹, mir scheint das ein Wort zu sein, das es nicht mehr gibt. Aber wenn es wirklich noch existiert, dann wäre es das Synonym für Arschloch. Es ist ja in Ordnung, gut zu sein, aber alles hat seine Grenzen. Und deine heißt Nathalie: Du liebst sie, willst es aber nicht zugeben.«

»Hör auf!«

»Siehst du? Du gestehst es dir ja nicht einmal selbst ein. Und das an sich ist schon Sünde. Aber ich weiß, wie die Dinge liegen. Gib's zu und lass die Finger von dieser absurden Sache.«

Boubou lächelte.

»Ich bewundere sie. Das ist etwas anderes.«

»Auch ich bewundere sie. Und reden wir nicht von Alain … Das ändert aber nichts daran, dass, wenn wir uns mit ihr in einem Heuschober vergnügen könnten, dies unsere Bewunderung noch ins Unendliche steigern würde.«

»Nathalie täte das nie.«

»Und was weißt du davon? Du weißt überhaupt nichts von Frauen.«

»Sie ist anders. Sie ist gebildet, ernst, sie denkt nach: Solche Gedanken hat sie nicht. Wenn sie ein Mann wäre, würde man sie zum *Perfectus* wählen. Niemand reicht an sie heran.«

»So ein Unsinn. Sie hat einen Hintern, der einen Eunuchen erregen würde.«

»Ich verbiete dir …«

»Und ein schönes Paar reife Birnen – eine Schande, die nicht zu pflücken.«

»Ich bitte dich …«

»Was glaubst du denn? Dass sie nicht sieht, wie ihr die Jungen nachschauen? Glaubst du wirklich, dass Nathalie niemals vor Verlangen bebt?«

»Hör mit diesem unanständigen Zeug auf.«

»Nein. Dreh und wende es, wie du willst, aber so liegen die Dinge. Du bist naiv: In unserem Alter finden die Triebe keine Ruhe. Das wäre gegen die Natur. Auch was sie betrifft.«

»Man kann immer widerstehen …«

»Aber man kann auch immer nachgeben. Und es wäre nicht einmal unmoralisch, das zu tun.«

Dann schwiegen sie plötzlich.

Nathalie kam unten auf dem Weg in Sicht.

Sie war wunderschön.

Sie kam langsam näher.

Mit einem nachdenklichen und düsteren Gesichtsausdruck.

Das machte sie noch begehrenswerter.

Sie studierte Geschichte in Béziers. Und tauchte nur auf, wenn sie sich während des Semesters auf Prüfungen vorbereiten musste oder wenn Ferien waren. Doch jedes Mal, wenn sie kam, war es, als würde es Frühling: Sie weckte bei den wenigen linkischen und pickeligen Jungen des Dorfes die Leidenschaften, die im Winterschlaf gelegen hatten. Und es gab nicht einen, der nicht sofort anfing, um sie herumzuschleichen, wie ein Bär um den Honigtopf.

Doch sie war ein unerreichbarer Traum.

Sie liebte alle.

Wie Brüder.

Und sie fanden sich damit ab, ihr nah zu sein und sie mit

Aufmerksamkeiten zu bedenken und kleine Dienste für sie zu erledigen, mehr wagten sie nicht. Auch Alain nicht, der der Dreisteste von allen war.

Ihre Eltern hätten sie lieber an die Universität von Toulouse geschickt, wo einige Verwandte der Mutter wohnten. Doch sie hatte auf ihrer Entscheidung bestanden.

Béziers war die Vergangenheit.

Mit all ihren Wurzeln.

Oft stellte sie sich diese wagemutigen und verrückten Bewohner vor, die sich im Jahr 1209, anstatt im sicheren Schutze ihrer Mauern zu bleiben, tollkühn dem immensen Heer des Albigenser-Kreuzzugs unter Simon IV. von Montfort entgegenstellten.

Um ohne jegliches Erbarmen niedergemetzelt zu werden.

Die Stadt fiel einer blut- und rachsüchtigen Soldateska in die Hände, die weder Frauen noch Kinder verschonte. Angespornt durch die visionären Worte des Mönchs und päpstlichen Legaten Arnaud Amaury, der auch gegen die Unschuldigen sein Kreuz erhob und wie ein vom Satan Besessener schrie: »Tötet sie alle, Gott wird die Seinen erkennen.«

Nein, Nathalie konnte nicht davon lassen.

Sie wollte jeden Tag die Orte dieses fürchterlichen Massenmordes sehen.

Place da la Madeleine.

Die Kathedrale.

Die Wiesen, wo jetzt das *Petit Casino* steht. Als die Fundamente ausgehoben wurden, spuckte die Erde die Knochen aus. Massengräber, ein übler Gestank nach Tod und Martyrium.

Zwanzigtausend Seelen.

Zwanzigtausend Gerechte.

Eine unglaubliche Zahl für dieses Mittelalter, das so entvölkert war, dass es einer Wüste glich. Dies war ihre Mission: nicht vergessen zu lassen, zumindest die Ihren nicht. Dem würde sie ihr Leben widmen…

Jean-Luc hatte Boubou in die Augen gesehen. Und hatte die Flamme gesehen, die dort loderte. Er hatte fast Mitleid mit ihm empfunden. Dann hatte Nathalie ihn lange umarmt. Gerührt. Und hatte endgültig über sein Schicksal entschieden.

»Wenn du wüsstest, wie glücklich du mich machst…«

Der Katharer schwieg.

Und richtete seine Augen wieder auf Lupo.

»Verstehen Sie? Es stand schon alles geschrieben. Nach kaum sechs Monaten war Nathalie schwanger. Ein unperfekter *Perfectus*: Heute wäre das kein Skandal mehr. Doch heute gibt es auch keine *Perfecti* mehr: Boubou war der letzte. Und diese Geschichte hätte nie beginnen dürfen. Es war nicht mehr möglich, in der Vergangenheit zu leben…«

Lupo nickte.

Ergriffen.

Auch wenn er mit seinen Ermittlungen keinen Deut weitergekommen war.

Papou hatte mit dieser Erzählung seine vage Vermutung über den wirklichen Vater Manuels zerstört. Und er war sich bewusst, dass, wenn dieses die Version des Katharers war, nichts in der Welt sie hätte ändern können.

Es war also völlig sinnlos, ihn mit diesem Thema zu provozieren.

Es blieb jedoch die dringende Notwendigkeit, eine Spur zu finden, die ihn zum Mörder führte. Er dachte an die nächste Frage.

»Ich bitte Sie, erzählen Sie mir jetzt alles.«

Doch der Katharer schüttelte den Kopf.

Stur.

»Nein. Es ist sinnlos, du würdest nichts verstehen.«

Lupo seufzte.

Doch er war nicht bereit nachzugeben.

»Also endet alles hier? Haben Sie nichts anzuzeigen? Wie beim Zoll?«

»Le Monde Perdu …«

»Le Monde Perdu, was?«

»Sehen Sie, Commissario, meine Schuld liegt darin, dass ich versucht habe, eine Welt zu schaffen, in der Gegenwart und Vergangenheit miteinander leben können. Na los, gehen wir weg von hier. Ich habe genug …«

Lupo reichte ihm die Hand.

Wie er es bei Thérèse gesehen hatte.

Doch der Katharer lehnte die Geste verächtlich ab.

Und kletterte aus der Wanne.

Dann setzte er sich rasch unter die Pergola. Vor einen großen Obstkorb. Er war so mager, dass die Haut wie Seidenpapier wirkte. Doch die Sonnenbräune verlieh ihm eine kraftvolle Ausstrahlung, die durch das weiße Haar und den weißen Bart noch unterstrichen wurde.

Er nahm eine Banane.

Er schälte sie.

Dann holte er aus und warf die Schale fort. Und er traf einen Abfalleimer, der mehr als zwei Meter entfernt stand. Als ob die Augen diesen genau anvisiert hätten und er diese Übung schon immer praktizierte.

Er lächelte.

»Gut gezielt, nicht wahr?«

Lupo wurde diese ganze großartige Komödie langsam zu bunt. Und dieses beständige Hin und Her zwischen dem

»Du« und dem »Sie«, als sei das eine psychologische Waffe, die der Alte wie ein Gaspedal benutzte, um je nachdem die Entfernung zwischen ihnen zu verringern oder zu vergrößern.

Papou musste das bemerkt haben.

Denn er nahm den Faden sogleich wieder auf.

»Schon gut, schon gut…, wovon hatten wir gesprochen?«

»Von Ihrer Schuld…«

»Nun, dann hören Sie zu: Wenn Ihnen eines Tages die Frau, in die Sie heimlich verliebt sind, erklärt, dass sie von Ihrem besten Freund ein Kind erwartet. Was würden Sie dann tun?«

Lupo schwieg.

»Ja, ich weiß, das ist eine rhetorische Frage und ich komme nicht so schnell voran, wie Sie das gerne hätten. Aber trösten Sie sich, wir kommen noch zum Ende.«

Lupo zuckte die Schultern.

Also sprach der Alte weiter.

»Um es kurz zu machen. Nathalie wollte das Kind behalten. Und sie verlangte, dass Boubou nichts davon erführe. Einfach, nicht wahr?«

»Und Sie, was haben Sie getan?«

»Ich kam nach Sérignan. Ich wanderte den Strand entlang, bis ich diesen Ort fand. In diesen Zeiten reichten die Weinberge bis zu den Dünen. Und das, was Sie dort sehen, war eine Bauernhütte. Es gab Wasser und, o Wunder, es gab auch Strom. Und vor allem eine Witwe, die es nicht abwarten konnte, ein Stück Land loszuwerden, auf dem sie sich für einen sandigen Wein zu Tode rackerte.«

»Aber warum gerade hier?«

»Weil es ganz in der Nähe von Béziers war. Nathalie studierte hier. Es war einfacher, ihre Schwangerschaft hinter Prüfungen und Forschungen zu verbergen. Aber wir hatten nicht einmal das wenige Geld, das die Witwe verlangte.«

»Und weiter?«

»Nun, du hast die *confrères* gesehen: Sie sind nicht mehr gerade die Frischesten. Rosie, der man ihr Alter sicherlich nicht ansieht, ist neunundsechzig. Sie ist die Jüngste von uns allen. Das hättest du nicht gedacht, nicht wahr? Auch Alain hält sich sehr gut. Nicht wie ich, der ich aussehe wie ein Wrack. Er aber hat auch keine fortschreitende Osteoporose. Zu viel Sonne, sagt der Arzt. Aber ohne das würde ich auch ...«

»Wir schweifen schon wieder ab.«

»Das ist eine schlechte Angewohnheit von mir... in Montségur wurden wir mit einem tiefen Familiensinn erzogen. Die Sippe. Eine Art *inner circle*, in den man nicht hineinkam.«

Der Katharer schwieg einige Sekunden lang.

Jetzt biss er in einen Apfel.

Als bräuchte er eine große Zuckerinjektion, um weiterzusprechen. Er kaute lange. Unterließ es aber, sich wie beim vorigen Mal zu produzieren.

Er warf das Kerngehäuse in ein steinernes Gefäß, das neben dem Tisch stand.

Sofort kam ein Vogel angeflogen und pickte daran.

Dann sprach Papou mit seiner rauen Stimme weiter.

»Ich brachte Nathalie hierher, und sie verliebte sich auf der Stelle in diesen Ort. Sie küsste mich, weinte, lief zum Meer, zog sich aus und sprang ins Wasser, als sei es ein reinigendes Bad, das ihre Sünden von ihr abwusch.«

»Und Sie?«

»Ich stand da und sah ihr zu, bestürzt über die Schönheit und Unschuld dieser Geste. Sie kehrte zum Strand zurück.

Sie wollte mich ganz nah haben. Und ließ mich das Ohr an ihren Bauch legen, damit ich dieses neue Leben hören konnte. Dann fragte ich sie um Erlaubnis, mit den anderen sprechen zu dürfen. Sie war einverstanden. Unter der Bedingung, dass ich ihr schwor, das Geheimnis vor Boubou zu wahren.«

»Und so ist es euch gelungen, das Geld zusammenzubekommen, das euch gefehlt hat.«

»Ja, nach und nach kamen alle her, um hier zu wohnen. Die Erste war Rosie: Wir brauchten eine Frau, um eine andere Frau zu entbinden. Als Manuel geboren wurde, waren wir alle zusammen. Es war ein großes Fest. Und die Männer versprachen Nathalie, dass sie ihm alle ein Vater sein würden. Dann zogen wir uns alle aus, genau wie sie am ersten Tag, und sprangen ins Meer. So hat es angefangen mit Le Monde Perdu. Wir beschlossen, nackt und rein in dieser neuen Welt zu sein.«

»Irgendetwas ging dann aber kaputt.«

»Genau. Aber noch heute weiß ich nicht, warum. Deswegen bist du hier: Nur ein Fremder kann das herausfinden.«

Der Katharer sah Lupo eindringlich an.

Dann stand er auf.

»Jetzt bin ich müde. Ich möchte, dass du mich alleine lässt. Thérèse wartet auf dich. Willst du ihr alles erzählen?«

»War nicht vielleicht Unterlassung eure Ursünde …?«

Lupo ging nicht sofort zurück.

Er spazierte noch lange am Strand entlang.

Er musste nachdenken, bevor er Thérèse gegenübertrat.

Er musste begreifen.

Vor allem musste er verstehen, auf welcher Seite sie stand.

Sie war danach gekommen.

Lange danach.

Arlette war aus schierer Not zu dieser Familie gestoßen.

Aber welche Beziehungen hatte sie vorher zu dieser *confrèrie* gehabt? War sie zufällig auf die Gruppe gestoßen, oder war sie bereits eine von ihnen gewesen? Hatte sie die Regeln und die Kultur akzeptieren müssen, oder, viel einfacher, hatte sie sie sich angeeignet, indem sie Tag für Tag in Le Monde Perdu lebte?

Und Thérèse?

Auf welche Weise war sie im Schatten von Papou aufgewachsen?

Die Sonne ging unter.

Und färbte einen Tag, der mit einem Unwetter angefangen hatte, orange.

Das Meer war ruhig.

Von weit her kam das Tuckern der Dieselmotoren zweier Fischerboote, die ihre Netze einholten.

Eigenartigerweise kam ihm in diesem Augenblick Hassan Fenumi in den Sinn, der Mann, den Haboudiffa auf Manuel angesetzt hatte. Ihn musste er so schnell wie möglich sprechen, dachte er. Wenn möglich alleine. Weit entfernt von den Ohren des Onkels.

Doch er würde sobald wie möglich auch mit den anderen sprechen müssen: mit Feuermund, mit dem Schüchternen, dem Uhu, dem Dackel und mit Oma Duck – Nathalie. Er ertappte sich dabei, dass er sich nicht einmal an ihr Gesicht erinnern konnte: Nur der Eindruck von einer Frau, die einmal sehr schön gewesen sein musste, war ihm geblieben.

Und die jetzt wie verwelkt war, von der Zeit verletzt.

Lupo fühlte sich schuldig.

Und er überraschte sich dabei, dass er eine Liste seiner Fehler machte.

Auch wenn erst eineinhalb Tage vergangen waren.

Es war alles die Schuld von Thérèse.

Und ihrer beständigen Provokation im doppeldeutigen Spiel mit der Nacktheit, unnahbar und aufregend zugleich. Sie hatte ihn von einer grundlegenden Pflicht abgehalten: von der Überprüfung der Alibis.

Es wurde dunkel.

Alle diese Leute hatten im selben Bus gesessen.

Sie hatten in denselben Zimmern geschlafen.

Und immer waren sie es gewesen, die Manuel bei seinen vorherigen Fahrten nach Turin begleitet hatten. Eine Gruppe Überlebender. Erzogen zu dem Versuch, die eigenen Wurzeln wiederzufinden.

Wem konnte er trauen?

Er hoffte, dass zumindest Modica in Moncalieri weiterkam. Sowohl in diesem Zentrum, von dem er noch nie gehört hatte. Als auch bei der Suche nach dem gestohlenen Kodex.

Aber auch das war ein sinnloser Ansatz.

Jenes winzige und abgelegene Stück Frankreich schien seine Stadt, deren Mysterien und dunklen Falten viel besser zu kennen als er, der er dort geboren war und dort lebte.

Er seufzte.

Und Thérèse erschien auf der Düne.

Er sah, wie sie langsam herabstieg. Sie kam ihm entgegen und nahm seine Hand.

»Ein schönes Bad, und alle Traurigkeit geht vorüber …«

Sie gingen zum Abendessen ins Ambassade.

Schweigend fuhren sie über Land.

Der jahrhundertealten Platanenallee folgend.

Sie ließen Weinberge und verschlafene Dörfchen hinter sich, in denen nur der große Platz immer taghell beleuchtet war, für jene endlosen Boule-Runden, bei denen insbesondere die Frauen hartnäckig versuchten, dicht an die Zielkugel heranzukommen und über die Punkte zu streiten.

Sie folgten dem Canal du Midi.

Sie wiegten sich in seinen trägen Windungen, bis sie den Hafen von Béziers erreichten. Dort schaukelten Dutzende von *péniches* kreischend an ihren Tauen. Es war noch nicht die Zeit der Touristen, und es herrschte fast kein Verkehr. Man hörte nur das Schnattern der Enten und der Gänse.

Sie gingen über den Kai bis zum alten Pont Canal.

Eine Art Wasser-Autobahn, die über unendlich viele Schrebergärtchen und unentwirrbare Straßenknoten hinwegführte, von wo aus es nach Narbonne, St. Pons und zu den letzten schwarzen Ausläufern des Massif Central ging. Die wenigen Boote darauf schienen durch das Nichts zu fahren.

Hoch oben auf dem Felsen leuchtete die Kathedrale von Saint-Nazaire, die von den Festungsmauern der früheren Stadt umgeben war und die die klare Nacht mit glitzernder Magie versah. Der Himmel war voller Sterne.

Sie sprachen wenig, nur das Nötigste.

Dann gingen sie durch die Unterführung am Bahnhof.

Untergehakt wie ein glückliches Paar.

Vor ihnen befand sich die fast unsichtbare Tür des Ambassade.

Verborgen in einem anonymen und heruntergekommenen Haus.

Doch drinnen herrschte eine zurückhaltende Eleganz.

Und Lupo war froh, dass er seinen Blazer angezogen hatte. Auch Thérèse war mit ihrer blauen Seidenhose ungewöhnlich chic. Und in ihrer Bluse mit dem züchtigen Dekolleté, das ihre Formen nur erahnen ließ und sie somit noch begehrenswerter machte.

Sie hatte sich sogar ein wenig geschminkt.

Und war kaum wiederzuerkennen.

Ihre arrogante Schönheit hatte sich in eine zurückhaltende, fast schüchterne Attraktivität gewandelt.

Lupo spürte, dass die Gefahr wuchs.

Und er versuchte, sich auf die beruflichen Gewissheiten zurückzuziehen.

»Ich muss sofort Oma Duck und Feuermund …«

Thérèse konnte ein Lächeln nicht zurückhalten.

»In Ordnung. Morgen fahre ich mit dir nach Disneyland. Wecken um sechs!«

Ihr Lachen war ansteckend.

Und so lachte jetzt auch er.

Und instinktiv schoben sich die Hände über den Tisch.

Streiften die mit duftendem Sauterne gefüllten Gläser. Und drückten sich.

Dann kam das *foie gras poêlé*, das auf einem hauchdünnen mit Rhabarber gefüllten Teig angerichtet war, und der Kellner zwang sie, sich wieder richtig hinzusetzen.

»Ich habe keinen Scherz gemacht …«

»Ich weiß. Aber du bist so spaßig mit deinen Spitznamen. Wie lautet meiner?«

»Ich habe noch nicht darüber nachgedacht.«

»Schläfst du heute Nacht bei mir?«

Lupo war sprachlos.

Seine Gabel verharrte in der Luft …

Er versuchte, sich aus der Umarmung zu befreien.

Doch Thérèse ließ ihn nicht gehen.

Sie wollte ihn noch einmal.

Lupo seufzte.

Er hatte noch nie ein Abenteuer gehabt.

Er liebte die ruhige Gewohnheit einer glücklichen Ehe. In der sich die Bewegungen daraus ergaben, dass man einander bis ins tiefste Innere kannte. Und die Zärtlichkeiten vor allem dazu dienten, die Lust des anderen zu befriedigen. Fast von der Angst begleitet, dass sich die Lust irgendwie ganz plötzlich auflösen könnte, sobald man etwas änderte.

Für ihn und Greta war die Liebe ein ruhiges Meer.

In das man sanft hineintauchte.

Aber nicht für Thérèse.

Für sie war es ein stürmisches Spiel.

Ein animalischer Trieb, der sofort befriedigt werden musste.

Ihre Haut glitzerte noch vom Schweiß.

Doch ihre Augen ließen keinen Widerspruch zu.

Sie ließ sich wieder auf ihn gleiten. Und ließ ihn nicht los, bis sie wieder befriedigt war. Erst dann kuschelte sie sich neben ihn und ließ sich fest in den Arm nehmen. Dann schlief sie ein.

Und ließ ihn mit seinem schlechten Gewissen allein.

Und mit der Freude, dass ihn eine solche Frau auserwählt hatte.

Sie weckte ihn früh.

Ohne Gutenmorgenkuss.

Ohne verliebtes Getue.

Nur die gute, alte Kumpelhaftigkeit.

Als wäre nichts geschehen.

»Los los, aus den Federn, Lupo. Es geht auf die Jagd.«

Er war ihr dankbar.

Er mochte gar nicht über die Folgen nachdenken.

Doch sie beruhigte ihn auch, was das anging.

»Wenn ein Mann und eine Frau aneinander Gefallen finden, dann nehmen sie sich. Das ist alles. Gar kein Grund, Verliebte zu spielen. Oder Familien kaputt zu machen. Ich hatte Lust, du auch. Punktum. Ob es ein nächstes Mal geben wird? Wer weiß ...«

Sie frühstückten wieder bei der Schleuse: Croissants und schwarzen Kaffee. Doch sie vermieden es, mit Mimi und ihrem Mann zu reden oder zu schäkern. Sie hatten es eilig: seltsamerweise Thérèse mehr als Lupo.

Um Punkt sieben Uhr standen sie vor einer Art Höllentor: am Pförtnerhaus des alten Gefängnisses von Saint-Nazaire. Die triste, mittelalterliche Festung, die an den Flanken des Felsmassivs klebte, war Teil des Komplexes der Kathedrale.

Dies war schon zur Zeit der Kreuzzüge und der Albigenser ein sicherer Kerker gewesen.

Jetzt schien es so etwas wie die Sträflingsinsel Cayenne zu sein, mit meterdicken feuchten und ungesunden Mauern, das keinen Unterschied zwischen den Verbrechen machte. Dort drinnen nahm man alles auf: vom Wassermelonendieb bis zum abgebrühtesten Kinderschänder. Vom Haschischdealer bis zum Mörder, der mit der Rechtfertigung, die Frauen seien ihm auf die Nerven gegangen, mit einem Hackbeil Frau, Kinder und Geliebte niedergemetzelt und dafür lebenslänglich bekommen hatte.

Der Wächter kam aus seinem Häuschen, er wirkte verschlafen.

»Hallo, Tetè, Da Costa und Ongaretto sind schon im Besucherraum. Was hast du mit dem Direktor angestellt, dass er sie ohne Zustimmung des Staatsanwalts aus ihren Zellen lässt?«

»Eine birmanische Massage. Aber behalt's für dich. Sonst

stehen sie alle Schlange, wenn ich wieder einmal eine Gefälligkeit brauche.«

»Mich kannst du um alles bitten. Sofort und gratis. Nicht mit drei Tagen Vorwarnung, so wie es der Chef braucht, um seinen Arsch in Sicherheit zu bringen.«

»Ich werde an dich denken, wenn ich mal einen gestohlenen Fernseher brauche.«

»Zum Teufel mit dir, Tetè.«

»Danke gleichfalls, Ange. Und grüß mir Odette.«

Lupo hatte geschwiegen.

Er war unsichtbar im Hintergrund geblieben.

Doch diese kurze Unterhaltung war sehr lehrreich gewesen, was die Methoden und die Mentalität der Gegend hier betraf. Es kam ihm vor, als sei er ganz aus Versehen im tiefsten und mafiösesten Süden Italiens gelandet. Wo man ohne ein Bestechungsgeld, ohne Beziehungen oder ohne die Empfehlung eines Mafioso gar nichts erreichte.

Es war ihm auch nicht entgangen, welche Rolle Thérèse dabei spielte.

Sie hatte diese Begegnung organisiert, ohne ihn darüber zu informieren.

Während er sich noch auf der Fahrt hierher befunden hatte.

Er speicherte diese Tatsache in seinem Gehirn ab unter der Rubrik »Misstrauen«. Zu einem unguten Gefühl gesellte sich nun ein zweites: Er hatte nicht mehr nur ein schlechtes Gewissen wegen dieser Liebesnacht; auch der Eindruck, manipuliert zu werden, ärgerte ihn immer mehr.

Er hatte jedoch keine Zeit, sich weiter den Kopf darüber zu zerbrechen.

Thérèse war losgestürmt.

Sie zerrte ihn durch eine ganze Reihe von Gittertüren, die mit riesigen Schlüsseln geöffnet und wieder zugesperrt wurden. Die Gesichter der Gefängniswärter sahen alle gleich aus: gespenstische Blässe mit riesigen geschweiften Schnurrbärten.

Ein düsteres Scheppern war zu hören …

Und von der Decke tropften Nässe und Angst.

Fast erwartete man, dass Abt Faria plötzlich erschiene und die riesige eiserne Kugel hinter sich herzöge.

Der Besucherraum war bestimmt nicht fröhlicher. Aber zumindest war er in helles Licht getaucht.

Zwei üble Gangster in Handschellen saßen, auf einer stabilen Metallbank angekettet, hinter einem Resopaltischchen, dessen Oberfläche völlig zerkratzt war.

Die beiden warfen sich feindselige Blicke zu, wobei sie versuchten, die größtmögliche Distanz zueinander zu wahren.

Vor ihnen waren die Stühle für Lupo und Thérèse aufgestellt.

Der Verhörleiter hieß Georges.

Er sah selbst aus wie ein Gefängnisinsasse.

Bis zur Taille trug er Uniform: Dienstjackett, Krawatte und Mütze. Die Hose war jedoch die eines rosafarbenen Schlafanzugs. Und an den Füßen hatte er Pantoffeln.

In den Händen schwang er drohend einen Schlagstock.

»Guten Tag, Thérèse. Ich war auf der Krankenstation, ein bisschen Bronchitis. Doch nichts würde mich davon abhalten, dich zu begrüßen.«

»Da muss es dieses Mal für dich beim Kartenspielen aber wirklich schlecht gelaufen sein. Du solltest damit aufhören, es wird dir niemals gelingen, Doktor Govou auszunehmen. Nicht einmal, wenn du drei Monate am Stück auf der Krankenstation liegst.«

»Wie üblich denkst du nur das Schlechteste. Doch ich

liebe dich trotzdem. Los, ihr beiden, sagt schön ›hallo‹ zu Tetè und dem italienischen Commissario.«

»Hallo.«

»Auch du, Da Costa, spiel hier nicht das Arschloch. Benimm dich so freundlich und wohlerzogen wie der Hurensohn Ongaretto. Sonst ziehe ich dir den Knüppel über.«

Thérèse seufzte.

Mit Georges war es immer dasselbe.

»Hör auf. Wie schaffen das schon alleine. Wir wollen die beiden aber einzeln und nacheinander sprechen. Lass Ongaretto da und spiel für ein halbes Stündchen Kindermädchen für Da Costa. In Ordnung?«

»Du weißt doch, dass ich für dich in die Aude springen würde.«

Auch Lupo seufzte.

Noch ein Hündchen an ihrer Leine …

Doch das war noch nicht alles.

»Wenn es dir hilft, kann ich ihn ein bisschen schlafen legen, diesen Scheißportugiesen. So dass er gefügiger wird. Ich liebe es, Menschen zu überzeugen …«

Thérèse warf ihm einen warnenden Blick zu.

Und Georges zuckte mit den Schultern.

Dann machte er Da Costa von der Bank los.

Und führte ihn vor sich hin brummend ab.

Sobald er draußen war, warf Ongaretto Thérèse einen dankbaren Blick zu. Es stimmte zwar, dass sie ihn eingebuchtet hatte. Doch mit ihr konnte man sprechen. Im Tausch gegen einige Informationen würde sie ein gutes Wort für ihn einlegen. Und sie hatte für ihn eine bessere Behandlung im Gefängnis herausgeschlagen.

»*Merci, inspectrice* Brualla …«

Lupo verstand zunächst nicht. Dann fiel ihm ein, dass es sich um den Nachnamen von Thérèse handelte.

Es war das erste Mal, dass er hörte, wie sie von jemandem so genannt wurde. Und dazu noch von einem Sträfling. Ein deutliches Zeichen von großem Respekt. Und von ebensolcher Angst …

»Los. Erzähl auch ihm alles …«

Eine schlimme Geschichte.

Voller Verbitterung und Groll.

Louis Ongaretto war der Sohn eines Maurers aus Friaul-Julisch-Venetien.

Dieser war 1927 emigriert und hatte eine Tunesierin geheiratet.

Er verstand sich auf ein ganz besonderes Handwerk.

Er konnte riesige Weinfässer aus Beton bauen. Gigantische Bottiche. Diese mussten einen ganz bestimmten Krümmungsradius und exakte Proportionen haben, damit die Trauben richtig vergoren und guten Most hervorbrachten.

Wie viele andere Italiener, die mit Ziegelsteinen und Maurerkelle umzugehen verstanden, hatte er es zu etwas gebracht. Es war ihm gelungen, ein kleines Bauunternehmen hochzuziehen, das ihm einen passablen Lebensunterhalt garantierte. Ohne größere finanzielle Sorgen.

Fatima war ihm eine gute Ehefrau.

Ihre Hautfarbe war besonders dunkel.

Doch sie hatte ihrer Religion abgeschworen und hatte sich noch am Tage ihrer Hochzeit in der Kirche taufen lassen. Ein wahrer Skandal für die ganze maghrebinische Gemeinde. Ihre Familie war gezwungen, sie zu verstoßen, wenn sie nicht von Freunden und Verwandten geächtet werden wollte.

Die Geburt von Louis hatte die Dinge nur noch verschlimmert.

Er hatte ein verunstaltetes Auge, dessen Augenlid immer nervös zuckte.

Er war nicht dafür gemacht, Liebe hervorzurufen.

Als er größer wurde, war er immer mehr zum lebenden Beweis der göttlichen Strafe geworden: Allah verzieh denjenigen nicht, die aus Egoismus und Leichtfertigkeit gegen die Traditionen verstoßen hatten.

Diese ganze Verachtung hatte seinen Charakter unvermeidlich geprägt.

Sie machte aus Louis einen Gestrauchelten.

Groß und kräftig wie er war, mit Händen wie Schaufeln, hatte er als Heranwachsender geglaubt, im Rugby Erlösung zu finden. Die einzige Aktivität, die in Béziers Schande und Makel wegwischen konnte.

Doch das Schicksal war wieder einmal gegen ihn gewesen.

Kaum hatte er es in die erste Liga geschafft, kurz bevor er zum Idol für jene Verrückten wurde, die ihre Besessenheit zwischen Rugbystadion und Stierarena aufteilten, zog er sich einen Kreuzbandriss zu.

Und so hatte er zu dem nervösen Auge auch noch ein kaputtes Knie.

So war er zum Schläger geworden.

Nicht wegen des Geldes: Das war das Einzige, woran sein Vater es ihm nie fehlen ließ, wenn er ihm schon keine Zuneigung entgegenbringen konnte. Sondern weil er sich irgendwie an den Menschen rächen wollte. Er glaubte, alle stünden in seiner Schuld, und er war überzeugt, dass er somit die eine oder andere Rechnung, die er mit dem Leben offen hatte, begleichen könne.

Er war kein Killer.

Er beschränkte sich darauf, anderen wehzutun.

Manuel Hibanez hatte sich innerhalb kürzester Zeit als

idealer Auftraggeber erwiesen. Für die, die seine Pläne durchkreuzten, forderte er in der Tat nur physische Gewalt. Ein paar gebrochene Knochen, eine zertrümmerte Nase.

Nichts weiter.

Und Louis hatte ihre Beziehung, die aus wenigen Worten bestand, fast freudig aufgenommen: eine Zielperson, die Bezahlung, keine Erklärung.

Das Warum und die Hintergründe interessierten ihn nicht.

Es war, als wolle er emotional nichts mit den Opfern zu tun haben, obgleich er ihnen die Knochen brach. Wenn er mehr von ihnen erführe, würden sich vielleicht eigenartige Mechanismen einstellen, zum Beispiel, dass er sich mit ihnen identifizierte.

Eine Schwäche, die er sich nicht erlauben konnte, da er die ganze Welt zum Feind hatte.

Beim letzten Auftrag jedoch war etwas Unerträgliches geschehen. Louis war trotz des Handwerks, das er ausübte, kein schlechter Mensch.

Aber Da Costa sehr wohl.

Ein richtiger Dreckskerl. Niederträchtig, brutal und rassistisch.

Manuel hatte verlangt, dass sie zusammenarbeiteten.

Aber nicht auf gleicher Höhe. Da Costa sollte die Befehle geben.

Er sollte die Zeiten bestimmen.

Die Art der Bestrafung auswählen.

Louis hatte versucht zu protestieren. Und als ihm bewusst geworden war, dass das sinnlos war, hatte er gesagt, er nähme den Auftrag nicht an. Doch Manuel, der niemals vergaß, sich mit den passenden Argumenten zu versehen, hatte ihm einige Fotos vor die Nase gehalten, die Louis in Aktion zeigten.

Und so war er wider Willen gezwungen gewesen zu gehorchen.

Doch das Ganze war in die Hose gegangen.

Wegen Da Costa, der, nachdem er von seinem Versuch, sich aus dem Staub zu machen, erfahren hatte, sofort beschloss, ihn das teuer bezahlen zu lassen: Er war nicht der Typ, der ein Vergehen einfach so auf sich beruhen ließ ...

Die Verabredung mit Hibanez sollte Punkt Mittag stattfinden.

Im *Bistrot des Halles*.

Dort, gerade hinter den Markthallen und nur ein paar Schritte vom Rathaus entfernt, hatte Manuel seit Jahren einen angestammten Tisch, an dem er seine malerische Armee von Bittstellern empfing.

Wie ein Feudalfürst vergangener Epochen gewährte er Gnade.

Er verteilte Vergebung, Verdammung und Ratschläge.

Und er löste eine unendliche Anzahl kleiner Familienprobleme, inmitten einer lärmenden Meute von Händlern, deren Gläser immer voll waren. Muskulöse Schlachter mit blutigen Schürzen. Und fröhliche Fischverkäufer, die mit Thunfisch und Tintenfisch parfümierte Wolken hinter sich herzogen.

Das war der ideale Ort für seine Machenschaften.

Sogar die Polizei, die in der Regel ein Auge auf ihn hatte, verzichtete darauf, ihn dort zu überwachen, inmitten dieser pulsierenden und lauten Menge, wo sich die Menschen ihm aus tausend, meist völlig unschuldigen Gründen nähern konnten.

Als Louis ankam, saß Da Costa Manuel bereits mit einem Pastis in der Hand gegenüber. Er sprach ihn auch als Erster an.

Spie ihm seine Verachtung entgegen.

»Hier ist ja unser Mamadou… Brauchen wir wirklich so einen halbblütigen Bastard, dem die Eier fehlen, um die Angelegenheiten in Ordnung zu bringen? Der zittert ja schon, wenn er nur einen *flic* von Weitem sieht. Oder ihnen gar ein Loch in den Bauch zu schießen…«

Manuel warf ihm einen Blick zu, der ihn zu Eis erstarren ließ.

Und brachte ihn mit ungewohnter Härte zum Schweigen.

»Halt dein dummes Maul, wenn du nicht willst, dass ich dir höchstpersönlich zeige, wo's langgeht. Und wehe, wenn sich Ongaretto über dich beklagt. Und jetzt haut ab. Du hast alles, was du wissen musst. Wenn ich geglaubt hätte, dass dies ein Job nur für einen wäre, würde ich dir nicht Ongaretto mitgeben. Denk daran: Ein Krankenhaus ist etwas anderes als deine übliche dunkle Gasse…«

Die Tür ging einen Spalt auf.

Und Georges steckte seinen Kopf herein.

Als er merkte, dass sie noch nicht fertig waren, zog er sich wieder zurück. Das Kartenspiel musste noch warten.

Thérèse lächelte.

Und machte Ongaretto ein Zeichen weiterzusprechen.

»Vorwärts, Louis: Erzähl ihm, warum du zu mir gekommen bist.«

Ongaretto senkte den Kopf.

Er betrachtete eine Weile seine Fingernägel, die bis auf die blutige Nagelhaut abgekaut waren.

Dann wandte er sich direkt an Lupo.

»Vom *Bistrot* aus sind wir beide unserer Wege gegangen. Das Treffen für die Aktion war für den Abend vereinbart, auf dem Parkplatz vom neuen Krankenhaus La Deveze. Ich kannte Da Costas Ruf. Er ist einer, dem das Messer locker in der Tasche sitzt, der dir wegen nichts und wieder nichts ein Loch in den Bauch schießt. Ein Psychopath, der immer mit Drogen vollgepumpt ist.«

»Hattest du Angst vor ihm?«

»Bei Drogenabhängigen kann man nie wissen. Da gehen so einige Geschichten herum. Du kennst die auch, Brualla …«

Thérèse nickte.

Und wandte sich an Lupo.

»Er hat der Mutter eines Dealers, der ihm schlechten Stoff angedreht hat, den Fuß auf dem Boden festgenagelt. Sie hat einen halben Tag lang laut im sechsten Stock ihrer Mietskaserne geschrien, ohne dass sie jemand gehört hat. Dann hat jemand die Feuerwehr geholt. Nachdem man sie befreit hatte, war sie so verstört, dass sie ihn nicht anzeigen wollte. Und wir konnten nichts machen …«

Ongaretto zuckte mit den Schultern.

»Jedenfalls habe ich die Zusammenarbeit mit ihm abgelehnt, und er hat es erfahren. Ich habe erwartet, dass er sich für diese Majestätsbeleidigung rächt. ›Pass auf, Onga‹, habe ich mir gesagt. Doch ich habe nicht geglaubt, dass er es versuchen würde, bevor wir den Job erledigt hätten, der mir, in Klammern angemerkt, immer weniger gefallen hat.«

»Weil es um einen *flic* ging?«

»Nein. Egal ob Priester, Antiquar oder Polizist: Manuel hat seine Anweisungen gegeben, und ich habe sie ausgeführt.«

»Also, weshalb dann?«

»Ich bringe niemanden um. Hibanez hat das noch nie von mir verlangt. Warum hat er Da Costa gewollt? Und warum hat der von Löchern gesprochen? Wäre Ihnen da nicht auch so was in den Sinn gekommen?«

»Ich würde sagen, ja.«

»Mir auch. Deshalb bin ich rumgelaufen und habe nach einer Lösung gesucht.«

Louis schwieg.

Als hätte er plötzlich keine Lust mehr weiterzuerzählen.

Doch Thérèse trieb ihn wieder an.

Und er senkte den Kopf.

»*Zut!* Mir ist überhaupt nichts eingefallen. Ich habe mir gesagt: ›Dann bringe ich jetzt besser Drogba noch zum Pinkeln raus, wer weiß, wann ich abends zurückkomme…‹«

»Drogba? Ist das nicht ein Fußballer?«

»Nein, das war mein verfluchter Hund.«

Und dann begann Louis zu weinen.

Seine Brust bebte vor lauter Schluchzen.

Er war so zutiefst und so absolut verzweifelt, wie es sonst nur ein Kind sein kann. Dann versiegten die Tränen nach und nach. Doch in seinen Augen saß noch die Trauer.

»Er hat ihn abgeschlachtet.«

Er schnäuzte sich in ein sehr schmutziges Taschentuch.

Und fuhr fort.

»Ich bin in die Wohnung gegangen. Da lag Drogba. Auf dem Boden. Er lag mitten in einer Blutlache im Sterben. Die Eingeweide hingen ihm aus dem Bauch.«

»War er es?«

»So sicher wie der Tod. Es gab keinen Hinweis auf einen Einbruch. Keine Spur von ihm. Doch er war es. Wer sonst hätte so etwas Bestialisches fertigbringen können? Nie hätte es dieser Bastard gewagt, sich mit mir anzulegen. Aber einen armen wehrlosen Hund zu töten… Er war mein Freund… Der Einzige, der mich wirklich gemocht hat…«

Seine Stimme war noch immer brüchig.

Er hatte Mühe zu sprechen.

Er erlebte das größte Drama seines lieblosen und freudlosen Lebens noch einmal.

Dann hob Louis plötzlich wieder den Kopf.

Und seine Worte wurden hart, von Rachegefühlen durchdrungen.

»Und deswegen habe ich ihn in den Arsch gefickt.«

So war es dann weitergegangen.

Ongaretto wusste gut, wer Thérèse war.

Er hatte Manuel über sie sprechen hören, der sie naserümpfend als seine *demi-sœur*, seine Halbschwester, bezeichnete, da sie einen gemeinsamen *demi-père*, einen Halbvater, nämlich den Katharer hatten. Ironie des Schicksals, denn in der Welt gab es nichts, was weniger zusammenpasste, als diese beiden.

Er war sofort zu ihr gegangen.

Und er hatte sie dazu gekriegt, dass sie ihm zuhörte.

Das Opfer war ein Polizist.

Und Thérèse hatte sofort ihre Antennen aufgestellt.

Hassan war der Einzige, der im Krankenhaus lag, nach seinem schlimmen Abenteuer in Turin. Und da Manuel seine Finger im Spiel hatte, hatte sie sofort Haboudiffa gewarnt.

Lupo sah Thérèse an.

Und sie ließ sich nicht bitten.

»Es war ziemlich klar: Hassan musste unwissentlich wohl etwas gesehen haben, was er nicht hätte sehen sollen. In dem Fall war das in Turin nicht einfach nur eine Warnung gewesen.«

»Sondern ein wirklicher Mordversuch …«

»Genau. Weil der danebengegangen war, war es jetzt nötig, die Sache ein für alle Mal zu beenden. Wir versuchten, Louis dazu zu überreden, beim Treffpunkt aufzutauchen, als sei nichts geschehen. Doch er wollte nichts davon wissen.«

Das Vorhaben war einfach.

Sie mussten eine doppelte Falle aufstellen.

Sie mussten Hassan retten.

Und sofort danach das Gerücht verbreiten, dass Da Costa vor seiner Verhaftung seinen Auftrag hatte ausführen können. So würde Manuel sich sicher fühlen. Und anstatt ihn wegen einer Sache zu fassen, die im Grunde gar nicht geschehen war, würden sie ihn wegen einer anderen kriegen, die noch im Werden begriffen war ...

Lupo konnte endlich eine Leerstelle füllen.

»Also war dies der Tipp, den du der Caccia gegenüber erwähnt hast.«

Thérèse nickte.

»Verstehst du? Wir wussten plötzlich, dass Manuel wirklich zu allem bereit war. Dass es sich jetzt nicht mehr um die üblichen Betrügereien oder Erpressungen handelte. Dass jetzt, worum auch immer es ging, der letzte Akt beginnen würde und dass er mittlerweile auch bereit war zu töten.«

»Denkst du dabei wirklich an den Gral?«

Aus der Ferne drang ein neues, seltsames Klirren zu ihnen.

Gefolgt vom dunklen Ton einer Glocke.

Es war elf Uhr.

In diesem Knast war das die Zeit für das Mittagessen. Und die Gefangenen, oft ein Dutzend in einem Raum, mussten sich hinter den Gitterstäben gut sichtbar in einer Reihe aufstellen. Und dann durfte einer nach dem anderen hinausgehen, im Zehn-Sekunden-Takt.

Thérèse zuckte die Schultern.

Nachdenklich.

»Wer weiß ...«

Doch Lupo hatte noch Fragen.

Er wollte wissen, wie die Sache im Krankenhaus ausgegangen war.

»Wie ist es dir gelungen, Louis zum Mitmachen zu überreden?«

Jetzt schaltete sich Ongaretto ein.

In seinen Augen schimmerte wieder diese seltsame Dankbarkeit, die auch aufgeflammt war, als Thérèse Georges gebeten hatte, Da Costa wegzuführen.

Er lächelte schüchtern.

»Sie hat mir einen Hund geschenkt...«

Das Haus von Manuel lag in Les Allées.

In Béziers brauchte man nicht näher zu erläutern, um welche Allee es sich handelte.

Es verstand sich von selbst, dass es die war, die Paul Riquet gewidmet war.

L'enfant du Pays, derjenige, der es gewagt hatte, sich das Unvorstellbare vorzustellen: nämlich zwei französische Meere mit einem langen künstlichen Fluss zu verbinden, der die Sète über Béziers, Carcassonne und Toulouse auf der Höhe von Bordeaux mit der Garonne verband.

Der Ingenieur des Königs.

Das Genie, der Mann, der zwischen 1661 und 1686 den Canal du Midi erbaut hatte.

Einer jener zahllosen verrückten Söhne dieses maßlosen Stückchens Erde, der, als Ludwig XIV. ihm die Mittel strich, um den hochmütigen Adel des Nordens zum Schweigen zu bringen, dem es nicht passte, dass so viel Geld in diesen trostlosen und bäuerlichen Süden gesteckt wurde, sein ganzes Privatvermögen darauf verwandte, bis er schließlich bettelarm war. Nur um sein Projekt zu verwirklichen, den Atlantik mit dem Mittelmeer zu verbinden.

In der Mitte dieser Allee hatten ihm die dankbaren Stadtbewohner ein Denkmal errichtet. Eine Huldigung, die genau die gleiche Verehrung verriet, die die *biterrois* – so nannten sich die Bürger von Béziers – für ihren Schutzheiligen aufbrachten.

Er war nicht nur ein großer Mann gewesen.

Sondern auch der erste Syndikalist Frankreichs.

Denn für die riesige Anzahl von Menschen, die auf den Bauplätzen daran arbeitete, seinen Traum zu verwirklichen, hatte er in einer Zeit, in der man die Mühsal des Volkes als ein Recht der Mächtigen ansah, die ersten wirklichen Formen einer *sécurité sociale* geschaffen.

Seine Arbeiter erhielten in der Tat zehn Livres im Monat.

Eine Entlohnung, die entschieden höher war als üblich.

Sonntage, Feiertage und Regentage waren nicht von der Bezahlung ausgenommen. Die Unterkünfte waren für recht bescheidene Summen zu haben, wohingegen sich sonst jeder selbst darum kümmern musste, wo er blieb.

Wer krank wurde, wurde trotzdem bezahlt.

Solange seine Unpässlichkeit andauerte. So, als würde er arbeiten. Riquet stellte kostenlos die Maschinen zum Graben und Planieren, Schaufeln, Hacken und den ganzen Rest des Materials zur Verfügung. Die Arbeiter mussten sich nur noch um die Verpflegung kümmern.

Deswegen hatte das Volk überall in der Gegend Büsten und Steine zu seinem Gedenken errichtet.

Schon viele hatten zuvor mit den Gedanken gespielt, die beiden Meere zu verbinden. Und waren an ihnen gestrandet. Zuletzt jener, der schließlich Riquets erbittertster Gegner bei Hofe werden sollte: der Chevalier de Clerville, Generalinspekteur der französischen Festungen.

Doch Riquet hatte eiserne Überzeugungen.

Es musste im Bauch des Montagne Noir unbedingt einen riesigen unterirdischen Fluss geben, der von einer nie versiegenden Quelle gespeist wurde. Die Gegend um den Berg war das bevorzugte Ziel seiner häufigen Wanderungen, die er zum Nachdenken nutzte. Nicht weit entfernt von seiner Villa in Revel.

Man musste nur genau hinschauen.

Überall glitzerten unzählige Tümpel, an denen sich die Adler zum Trinken niederließen. Hier und da war ein Geflecht kleiner Rinnsale auszumachen, die nach einigen Windungen wieder von der Erde verschluckt wurden.

Ja, die Lösung lag dort unten.

Es gab keinen Zweifel.

So war er eines Tages mit einer Wünschelrute aufgebrochen.

Er war alle möglichen Pfade abgegangen. Auch nachts. Eine ganze Woche lang. Und hatte seine Vermutungen bestätigt gefunden. Dort unten befand sich wirklich all das Wasser, das er benötigte.

Völlig enthusiastisch hatte er um eine Verabredung mit Colbert nachgesucht.

In einem denkwürdigen Gespräch unter vier Augen hatte er ihm Millimeter für Millimeter die zweihundertvierzig Kilometer und die fünfundsechzig Schleusen seines Projektes erläutert.

Der Minister war »äußerst angetan« gewesen.

Und hatte dem Projekt zugestimmt.

Zu einer Bedingung jedoch.

Riquet musste auf eigene Kosten beweisen, dass er in der Lage war, das Wasser in einer Leitung zusammenzuführen, die den Canal du Midi ausreichend und regelmäßig mit Wasser versorgte. Wenn ihm das gelänge, so würde er auch noch sein ganzes Vermögen auf den Tisch legen müssen.

Er hatte natürlich eingeschlagen.

Ohne darüber nachzudenken.

Und die Verehrung, die die Menschen ihm entgegenbrachten, war ins Unermessliche gestiegen.

Doch Pierre-Paul Riquet, Baron von Bonrepos, sollte nie mit eigenen Augen sehen, wie das Wasser durch seinen Kanal floss: Er starb einige Monate vor der Einweihung.

Und das war kennzeichnend für das Schicksal eines wahren *biterrois*.

Thérèse hatte Lupo vorgewarnt.

Sie würden nichts finden.

Die Wohnung von Manuel war nach seinem Tod bis in die letzte Ecke durchsucht worden.

Es war verlorene Zeit.

Doch Lupo hatte darauf bestanden.

Es war unmöglich, dass Manuel nicht einen Hinweis auf seine Studien, auf seine Projekte, auf seine Verbrechen hinterlassen hatte. Und wenn dort keine zu finden waren, hieß das nur, dass es irgendwo verborgen ein geheimes Versteck geben musste.

Thérèse setzte sich auf einen Louis-Philippe-Stuhl und sah ihm zu, wie er gewissenhaft jede Schublade aufzog, den Zwischenraum zwischen den Sofapolstern abtastete, sich bückte, um unter das Bett zu schauen.

Dann geschah etwas Seltsames.

Bei seiner geduldigen Suche stieß Lupo auf ein eigenartiges Ensemble: Hinter einem Vorhang, im oberen Teil eines Schrankes, dort, wo früher einmal die Hutschachteln aufbewahrt wurden, standen acht weiße Köpfe aus Polystyrol mit angedeuteten weiblichen Gesichtszügen.

Eine davon war gewissermaßen nackt.

Die anderen hingegen trugen alle die gleiche Perücke.

Der einzige Unterschied bestand in der Haarlänge.

Thérèse lachte über Lupos Erstaunen.

»Das war sein schwacher Punkt. Er konnte es nicht ertragen, dass er eine Glatze hatte. Und er ertrug es nicht, dass die Leute dies wussten. Wie oft gehst du zum Friseur?«

»Ich weiß nicht … alle zwei Monate …«

»Er auch. Rechne einfach einmal: Zwei Monate sind acht Wochen. Also acht Perücken. Achtmal vor dem Spiegel, um sich aufmerksam zu mustern.«

»Dieselbe Frisur, aber immer längere Haare, als würden sie gleichmäßig nachwachsen, wie es natürlich ist.«

»Genau. Besser als ein Kalender: Du konntest darauf zählen, wenn du mal an einem solchen Tag das Datum nicht wusstest. Armer Irrer!«

Lupo nickte.

Er schloss den Schrank und suchte weiter jeden Winkel ab.

Was ihn am meisten erstaunte, war die Tatsache, dass es nicht ein einziges Buch gab.

Nicht einmal einen Computer.

Keinen Bleistift, keinen Kugelschreiber, kein Stück Papier.

In dieser Wohnung war nur Platz für Perücken und für Musik.

An einer beachtlichen Hightech-Stereoanlage waren tatsächlich eine beeindruckende Anzahl von Boxen angeschlossen. Sie mussten ein Vermögen gekostet haben und waren überall in der Wohnung zu finden, sogar im Bad.

Auch die CD-Sammlung mit klassischer Musik war bemerkenswert.

Man spürte die Leidenschaft eines ausgewiesenen Kenners, der von einem Musikstück unzählige Aufnahmen besaß. Durch die Zeiten hindurch.

Lupo schaltete die Stereoanlage an.

Und das Zimmer füllte sich mit den Blitzen und dem Wüten des Walkürenritts. Das war das letzte Stück, das Manuel gehört hatte, bevor er dem Tod begegnet war. Wie der Gesang vor einer Schlacht, die eigentlich die Krönung seines Schicksals hätte besiegeln sollen.

Die Gedanken des Commissario begannen zu fliegen.

Er sah für einen Augenblick Robert Duval vor sich, wie er in »Apocalypse Now« mit dem Hubschrauber im Schlachtgetümmel landete. Und wie er dann seine Soldaten antrieb, auf der langen Welle dieses Meeres zu surfen, nachdem sie ein ganzes Fischerdorf dem Erdboden gleichgemacht hatten.

Ausgestreckt in einer Wanne.

Den Hut des 7. Kavallerieregiments über die Augen gezogen.

Eine Havanna im Mund.

Mit einer Art kindlicher Begeisterung auf dem Gesicht.

Diese Assoziation brachte Lupo den verzückten Gesichtsausdruck des Katharers wieder vor Augen. Auch er war ekstatisch gewesen. Auch er in seiner Badewanne. Bevor Thérèse ihm geholfen hatte, mit seinen unsicheren Beinen aus der Wanne zu steigen, um ihn dann einzupudern wie ein Kind.

»Was hat Papou?«

»In welcher Hinsicht?«

»Mit den Knochen, dem Rücken…«

»Nun, er ist eine Art unverbesserlicher Schauspieler. Einer jener alten Troubadours, die tausend Rollen in einem einzigen Augenblick spielen können. Heute spielt er den alten Mann, der an Arthritis und an Osteoporose leidet…«

»Aber eigentlich ist er was?«

»Vor einem Monat war er noch Windsurfen. Was soll man tun, er nutzt das völlig schamlos aus. Wir wissen es alle. Aber das ist unsere Geschichte. Wir verzeihen ihm jede Laune … Manchmal zweifeln wir sogar daran, dass er blind ist …«

Sie gingen auf die Straße hinunter.

In dieser Wohnung gab es nichts zu finden.

Im Schatten der Platanen tranken sie einen Kaffee.

Um sie herum setzte man sich langsam für den Aperitif zu Tisch.

Und Lupo schwieg lange Zeit.

Er lauschte dieser südlichen Sprache, die ihn so faszinierte: ein breites Französisch, fast ein Singsang, ohne Brüche und ohne Nasale. Wo fast jedes Wort offen mit einem schönen lachenden A am Schluss endete.

Wie im Italienischen.

Gewöhnlich wurde vor allem über Rugby oder über den Stierkampf gesprochen.

La presa – der Griff nach den Beinen – war *la prisa*.

Il fallo – das Foul – war *la fotta*.

Und *l'orecchio* – das Ohr des Stiers – war *l'oreia*.

Da war auch eine muskulöse Frau in einem Baseballshirt, das ihre riesigen tätowierten Bizepse und ihre derbe Maurerbräune nicht verbergen konnte. Sie stritt mit einem schmächtigen Typ und schwenkte dabei ihr mit Ricard gefülltes *verre à ballon*.

»Was zum Teufel erzählst du da, Raymond. Das ist ein Stück Geschichte, das euch von der Seine nicht schmeckt. Und was tut ihr also? Ihr ignoriert es einfach. Wir sind Okzitaner, Leute mit Mumm, nicht so wie du. Der ovale Ball ist nichts für Fräuleins. Er passt für Leute, die von den Engländern abstammen wie wir.«

»Da hört ihr es, jetzt stammt unsere Lulu schon von den Engländern ab ...«

»Jetzt sag mir einmal ... Welche Sprache hat deiner Meinung nach Richard Löwenherz gesprochen? Okzitanisch hat er gesprochen. Ganz genau. Während ihr aus Paris euch mit eurer affektierten Sprache einen abgewichst habt, hat er uns mit seinen Genen das Rugby vermacht. *Tiens, vieux connard* ...«

Ihr Arm schnellte vor, um ihm den Mittelfinger zu zeigen.

Und der Aperitif spritzte durch die Gegend.

Doch keiner beschwerte sich.

Im Grunde verteidigte Lulu nur die Ehre von Béziers.

Und alle waren auf ihrer Seite.

Lupo brach in Lachen aus.

Für einen Augenblick vergaß er seinen Fall.

Doch nur für kurze Zeit.

Und er nahm seine Befragung gleich wieder auf.

»Reden wir ein bisschen über deine Fahrt nach Turin.«

»Was genau willst du wissen?«

»Ich weiß nicht, du solltest Manuel überprüfen ... Wie hat er reagiert, als er dich sah? Er konnte ja schließlich kaum glauben, dass du in plötzlicher Liebe zu den Pharaonen entflammt bist, oder?«

»Nein. Er hat mich immer seine *flichette* genannt, seine kleine *Bullette*. Aber obwohl wir schon seit langem Räuber und Gendarm spielten, hatte er mich noch nie hart angefasst. Im Gegenteil, es war fast, als sei ich ihm sympathisch.«

»Und du?«

»Ich konnte es nicht ertragen, dass ein so genialer Kopf zu so etwas Üblem verwendet wurde. Ich hätte ihn erwürgen könnten ... Mich hat es in den Fingern gejuckt, jedes Mal, wenn ich ihn gesehen habe.«

»Er hat aber bestimmt etwas zu dir gesagt …«

Thérèse seufzte.

Sie gab dem Kellner ein Zeichen, dass er noch einmal Kaffee bringen sollte.

Manuel Hibanez hatte sehr gepflegt ausgesehen.

In einer leicht heruntergekommen Stadt lebend, liebte er es, die Form zu wahren.

Und sogar, wenn er für sein Volk Audienz im *Bistrot* gab, trug er, ganz gleich, ob Winter oder Sommer, einen dreiteiligen Anzug mit Krawatte. Seine einzigen Nachlässigkeiten waren vielleicht einmal eine farbige Fliege oder eine nicht zum Ensemble gehörende Weste, schreiende Farben jedoch vermied er.

Er sprach ein sehr gewähltes Französisch.

Ohne dialektale Färbung.

Doch wenn es notwendig war, wusste er sich sehr meisterhaft dieser *mélange* aus italienischen, okzitanischen und spanischen Idiomen, die man hier überall hören konnte, zu bedienen. Er konnte auch perfekt Arabisch, so dass er in Gesprächen zum Beispiel sogar den spezifischen Tonfall eines Ägypters oder eines Marokkaners nachahmen konnte.

Er hatte nur diese eine Schwäche.

Seine Perücken …

Er war auf den Bus zugegangen und hatte sich dabei leicht auf einen Spazierstock gestützt, den er keineswegs brauchte, aber den er häufig durch die Luft wirbelte, um seine Ansichten zu unterstreichen.

Manch einer vermutete, dass sich in diesem Stock eine Klinge zur Selbstverteidigung verbarg.

Keiner hatte sich jedoch bislang die Mühe gemacht, dies nachzuprüfen.

Als er Thérèse erkannte, überzog ein ironisches Lächeln sein Gesicht.

»*Bonjour, ma petite flichette.* Wie ich sehe, bist du gut in Form.«

»Auch du siehst nicht schlecht aus. Neue Haare?«

»Glaub bloß nicht, dass du mich ärgern kannst. Es ist besser, wenn wir uns jetzt auf das Ägyptische Museum konzentrieren, sofern deine Reise nicht umsonst gewesen sein soll. Es ist wirklich eine lehrreiche Erfahrung ersten Grades. Sie wäre sehr nützlich, um deine liebenswerte Ungehobeltheit ein wenig abzuschleifen.«

»Deshalb bin ich hier, ich habe gehofft, du würdest ein bisschen den Fremdenführer für mich spielen ...«

»Gern. Aber mach dir keine Illusionen, meine Liebe: Wenn du glaubst, dich in meine Angelegenheiten einmischen zu müssen, dann werde ich nicht mehr so nett sein.«

Thérèse trank ihren Kaffee.

Und sah Lupo in die Augen.

»Ich konnte ihm ja nicht zu verstehen geben, dass Ongaretto gesungen hatte. Deshalb bin ich still geblieben und habe fast die ganze Fahrt über gelesen.«

»Und er?«

»Er ist zwei- oder dreimal zu mir gekommen und hat versucht, mich zu provozieren. Doch er war immer so aufmerksam, mich auf den Raststätten zu irgendetwas einzuladen. Er war niemals aggressiv. Im Gegenteil: fröhlich und entspannt. Wenn ich das so sagen kann, fast so, als versuchte er, mir zu gefallen. Er kam mir nicht wie einer vor, der gerade versucht hatte, einen Polizisten aus dem Verkehr zu ziehen, und der im Begriff war, den Coup seines Lebens vorzubereiten.«

»Und nach eurer Ankunft in Turin?«

»Dort ging es so weiter. Er hat nie ein Handy besessen, weil er das für vulgär hielt. So war meine erste Maßnahme im Hotel, mich mit dem Direktor zu verständigen, dass ich über jedes Telefonat informiert würde, sowohl über seine eigenen Anrufe als auch über die, die er empfing.«

»Der wird nicht begeistert gewesen sein …«

»Ich habe ihn ein bisschen angelächelt, und schließlich ist er darauf eingegangen. Aber: absolut null. Manuel hat noch nicht einmal den Hörer abgenommen.«

»Das haben wir auch herausbekommen …«

»Er hat sein Versprechen gehalten. Er hat den Reiseführer für mich gespielt. Ein unglaubliches Wissen, aber niemals besserwisserisch oder langweilig. Eine wirkliche Überraschung.«

Lupo nickte.

Es war nicht das erste Mal, dass er auf eine solch sublime Ruhe stieß, die einen Mord ankündigte. Es war, als würden die handelnden Personen ihre Kräfte sammeln, um sich dann ins Ungewisse zu stürzen.

Die Zeit verging rasch.

An den Nachbartischen war man vom Aperitif zu den Austern übergegangen, die mit Picpoul de Pinet gewässert worden waren. Danach kam das Hauptgericht. Und die Luft erfüllte sich plötzlich mit dem Duft nach Petersilie und geriebenem Knoblauch, die die dampfenden Schalen mit Miesmuscheln und Tintenfisch garnierten.

Die Gespräche waren fast alle verstummt.

Die Aufmerksamkeit war völlig auf das Essen gerichtet.

Sie bestellten ebenfalls.

Gegrillten Camembert auf altbackenem Brot, Tomaten und Salat.

Und eine Flasche Syrah aus der Domaine du Coussergue.

Thérèse seufzte.

»Er hat mich ganz schön reingelegt.«

»In welcher Hinsicht?«

»Der Gedanke, er könnte nicht mit uns zurückkehren, ist mir überhaupt nicht gekommen. Vielleicht bin ich doch keine so gute Polizistin.«

»Wann hast du ihn aus den Augen verloren?«

»Am Nachmittag des Dreißigsten. Wir kamen alle aus dem Museum, doch er war nicht mehr da. Ich hatte gesehen, wie er zu den Toiletten ging. Doch ich habe nicht geschaltet. Ich habe nur gedacht, er hätte sich heimlich aus dem Staub gemacht...«

»Und die anderen?«

»Ich glaube, dass es ihnen egal war. Sie haben ihn alle verabscheut.«

»Auch Nathalie?«

»Warum Nathalie? Was hat sie damit zu tun?«

Lupo seufzte.

Der Moment war gekommen, ihr alles zu erzählen.

Er war ja dem Katharer gegenüber ehrlich gewesen: Geheimnisse waren nicht seine Sache. Er klärte sie also darüber auf, wie der Alte reagiert hatte, als er ihn mit seiner Überzeugung konfrontiert hatte, dass Boubou nicht der richtige Vater Manuels sei. Jener habe es heftig abgestritten und, um seine Aussage zu untermauern, habe er Lupo alles von Montségur erzählt. Aber anstatt die Zweifel zu zerstreuen, hatte er Lupos Ratlosigkeit nur noch vergrößert.

Papou war zu raffiniert, um nicht zu merken, was er ihm damit sagte. Und dass er mehrmals allzu beiläufig und zufällig angemerkt hatte, dass der wirkliche Verehrer Nathalies im Grunde Alain gewesen sei, war ihm wie ein subtiler Köder vorgekommen, um den Verdacht damit von sich abzulenken, wenn Lupo schon definitiv nicht von der Idee der falschen Vaterschaft ablassen wollte.

Thérèse nahm es nicht gut auf.

Plötzlich fühlte sie sich hintergangen.

Sie hätte nie gedacht, dass Papou ihr etwas verheimlichen und sogar eine Unterlassungssünde begehen würde.

Er hatte sie Ehrlichkeit und Aufrichtigkeit gelehrt.

Auch auf die Gefahr hin, die Konsequenzen tragen zu müssen.

Jetzt schien sie dagegen plötzlich sein zweites Gesicht zu entdecken.

Eine Maske, hinter der er alles verbergen konnte. Dabei war es unwichtig, dass die Entscheidung zum Wohle aller getroffen worden sein mochte, eine Entscheidung, die das Schicksal vieler Menschen einschloss.

»›Die Wahrheit arrangiert sich nie‹, das hat er mir wohl Millionen Mal gesagt.«

Thérèse war zutiefst enttäuscht.

Lupo versuchte, sie zu trösten.

»Denk an die Last, die er die ganze Zeit mit sich herumgetragen hat.«

»Er hat sie mit Nathalie, mit Alain, sogar mit Manuel und wer weiß wie vielen anderen geteilt. Erklär mir also, warum ich die Einzige war, die davon ausgeschlossen war.«

Thérèse begann zu essen, zornig.

Sie verschlang die größten Happen, die sie mit der Gabel aufspießen konnte, mit einem Bissen.

Es war ihre Art, auf so etwas zu reagieren.

Indem sie etwas tat.

Ganz langsam beruhigte sie sich wieder.

Sie umarmte Lupo. Und drückte ihm, ganz unerwartet, einen Kuss auf den Mund.

»Vorbei. Entschuldige. Du hast gut daran getan, es mir

nicht in einem Heuschober zu sagen. Ich hätte dich wieder flachgelegt ...«

Lupo wurde rot.

Dies war das erste Mal, dass sie die vorherige Nacht erwähnte.

Er suchte verlegen nach einer Antwort. Doch sie war schon bei einem anderen Thema. Sie fing einen Kellner ab und bestellte zwei Portionen Cassis-Eis. Dann, als sei nichts geschehen, nahm sie das Gespräch wieder dort auf, wo sie es unterbrochen hatten.

»Also, du hast mich nach Nathalie gefragt. Jetzt, wo ich sie in diesem neuen Licht sehe, muss ich zugeben, dass ...«

»Sprich weiter.«

»Nun, sie hatte immer diese leidende Miene, als sei sie unaufhörlich seekrank. Sie ist sonst nie mit den anderen nach Turin gefahren. Es war das erste Mal. Doch sie hat vehement darauf bestanden ...«

»Was willst du damit sagen?«

»Nun, sie hat sich dem Ausflug erst im letzten Augenblick angeschlossen. Völlig unerwartet. Als könne sie gar nicht anders. Dann hat sie sich fast die ganze Zeit in ihrem Zimmer eingeschlossen.«

»Als hätte sie das Gefühl, dass dies die letzte Gelegenheit sei, mit ihrem Sohn zusammen zu sein?«

Thérèse antwortete nicht.

Ihr gefiel die Wendung nicht, die das Gespräch genommen hatte. Doch sie zwang sich, die Ereignisse zu rekonstruieren, indem sie Tatsachen, die ihr völlig bedeutungslos erschienen waren, mit anderen in Verbindung brachte, die sie jetzt ganz anders verstehen konnte.

Lupo begriff, dass dies ein wichtiger Moment war.

Und er wartete schweigend.

Die Überlegungen dauerten ein Eis und einen Kaffee lang.

Dann sprach Thérèse ihre Gedanken wieder laut aus.

»Nathalie hat Manuel oft angesehen. Aber sie hat ihn nie angesprochen. Wie alle anderen. Immer hat er das Wort an sie gerichtet, nie andersherum.«

»Erzähl mit vom Abend des Dreißigsten, als ihr zum Hotel zurückgekommen seid.«

»Sie hat in der Halle auf uns gewartet. Als sie erfuhr, dass Manuel nicht dabei war, ist sie wieder in ihr Zimmer gegangen. Und sie hat nicht mit uns gegessen.«

»Und auf der Rückfahrt?«

»Wie ein Gespenst. Es ging ihr schlecht. Alain hat versucht, sie zu trösten. Doch sie hat ihn gebeten, sie in Ruhe zu lassen. Sie wolle versuchen, ein wenig zu schlafen. Er ging voller Bedauern weg.«

»Und Alain? War er immer mit euch zusammen?«

»Francesca La Caccia hat ein ziemlich straffes Programm organisiert. Es war eine Studienreise, und ich war die Einzige, die keine bestimmte Rolle hatte. Niemand außer Nathalie hat sich absentiert.«

»Habt ihr im Hotel zu Abend gegessen?«

»Nein, jeden Abend in einem anderen Restaurant. Doch die Runde hat sich immer erst dann aufgelöst, wenn es Zeit war, ins Bett zu gehen, kurz nach Mitternacht. Danach war die einzige Zeit, in der einer etwas ungestört tun konnte, wenn er das wollte.«

»Irgendein unerwarteter Streit?«

»Seit ich sie kenne, sind die *confrères* eine nette Ansammlung schwieriger Charaktere. Streitsüchtig, arrogant, sie wissen einfach alles, vielmehr: Immer behauptet einer, noch mehr zu wissen. Doch im Grunde verstehen sie sich und schätzen einander. Nein, nichts zu vermelden.«

»Kommen wir zurück zu Alain ...«

»Auch er war nicht anders als sonst. In Wahrheit hat Manuel sie immer nervös gemacht. Er war die perfekte Synthese ihres Wissens, ihrer Vorzüge und ihrer Defekte. In ihm erkannten sich alle irgendwie wieder. Wie in einem Spiegel. Und es ist nicht immer etwas Schönes, was du da siehst ...«

Lupo verlangte die Rechnung.

Er holte seine Kreditkarte hervor.

Und verbot Thérèse barsch, ihren Teil selbst zu zahlen.

Er hatte die Frauen noch nie verstanden, die Gleichheit erlangen wollten, indem sie eine Hand voll Geld auf den Teller legten.

Sie standen auf.

Und gingen langsam zum Auto zurück.

Dabei führten sie ihre Überlegungen fort.

»Und Papou? Wie hat er es aufgenommen?«

Thérèse zuckte die Schultern.

»Er hat es gar nicht aufgenommen. Er war in Montségur. Ich hatte ihn dorthin gebracht, bevor wir weggefahren sind. Es kommt alle zwei oder drei Monate vor, dass er unbedingt dorthin fahren muss.«

»Warum?«

»Frag mich nicht. Nach all diesen Jahren ... Aber er hat noch sein altes Haus, seine Erinnerungen, den *Pratz dels Crematz* ...«

»Und dann?«

»Dann ... Ich weiß nicht. Am Anfang war er sehr traurig. Wir sind erst am Abend vor deiner Ankunft zurückgekommen. Am Tag danach hast du ihn gesehen: Er war schon wieder wie immer, als wäre nichts geschehen.«

»In der Tat ...«

»Ich habe im Auto mit ihm gesprochen, ich habe ihm

gesagt, dass es besser sei, wenn du die *confrères* alle zusammen vorfinden würdest. Und ich habe ihm vorgeschlagen, das Treffen mit Hannibal Buzet über die Inuit zu verschieben.«

»Hat es Schwierigkeiten gegeben?«

»Einige. Du warst ein Fremder. Ich stand ja eigentlich auch zur Verfügung. Dann hat er nachgegeben: Er hat gesagt, es sei im Grunde nicht schlecht, dich gleich auf die Probe zu stellen.«

»Er hätte es ja nur um ein paar Stunden aufschieben müssen.«

»Genau. Besser also, dich zu überraschen. Nackt und mit all ihrem Wissen. Ich musste versprechen, ihm in allem zu assistieren.«

Lupo nickte.

Daher hatte er sich so ausgeschlossen gefühlt.

Thérèse drückte sich an ihn.

Als wolle sie sich entschuldigen.

»Zum Glück habe ich heute Nacht angefangen, mit meinem eigenen Kopf zu denken …«

Lupo wollte Nathalie sprechen.

Die Geschichte dieser Frau faszinierte ihn immer mehr.

Er gab sich keinen sinnlosen Illusionen hin.

Es war wie immer.

Der Ort machte keinen Unterschied. Nur dass die Leute hier ziemlich exzentrisch waren. Und Kleider nur trugen, um sich vor einer Erkältung zu schützen oder um auf der Straße nicht festgenommen zu werden.

Am Anfang war es immer verhängnisvoll, wenn er so lange im Leerlauf verharrte.

Fast wie ein Besessener.

In unendlich vielen konzentrischen Kreisen, die nie irgendwohin zu führen schienen. Doch man musste nur Geduld haben. Sich nicht demoralisieren lassen. Und vor allem nicht aufgeben, weil man es satt hatte, immer und immer wieder völlig unwichtige Tatsachen zu hören.

Oder, schlimmer noch, das Schweigen über andere Dinge zu ertragen, die von großer Wichtigkeit waren.

Früher oder später passierte immer etwas.

Man musste es nur erkennen.

Und es war wichtig, dann bereit zu sein.

Deshalb widmete er sich im Augenblick nur der Sammlung von Erzählungen.

Damit er Töne, Gedanken, Gefühle, Erinnerungen sammeln konnte wie viele kleine Pilze, die er in einen Korb legte, um sicherzugehen, dass die Sporen, wenn sie wieder auf die Erde fielen, andere Pilze wachsen lassen würden.

Die Entdeckung, dass Oma Duck auf einer der Weiden von Froschgesicht wohnte, war seltsam und überraschend. Und dass sie diese Gastfreundschaft damit vergalt, dass sie ihm die Rechnungen und die Korrespondenz in Ordnung hielt.

Auch sie besaß ein Mobilhome in Le Monde Perdu.

Aber mittlerweile zog sie nur noch im Sommer dorthin.

Wenn es heiß wurde.

Und auch das allerdünnste Kleidungsstück sie zum Schwitzen brachte.

Sie konnten Nathalie zunächst nicht finden.

Keiner wusste, wo sie war.

Schließlich riet ihnen ein mit Peitsche und Sporen ausgerüsteter Viehhirte, der auf einem Pferd saß, am Ufer der Aude nach ihr zu suchen. Bei den Tümpeln, die der Bach hier und da aufschimmern ließ, während er sich dem Fluss entgegenschlängelte.

»Zu dieser Zeit ist sie sicherlich bei ihm.«

»Bei wem?«

»Bei Furor Negro natürlich.«

Als der Mann Lupos erstaunte Miene sah, lachte er amüsiert.

Dann streckte er die Zeigefinger hinter den Ohren hervor.

Und machte ein großes Paar Hörner nach.

Und scharrte mit dem rechten Fuß im Steigbügel.

»Furor Negro, *le taureau gracié*, der begnadigte Stier …«

Sie mussten aussteigen und zu Fuß weitergehen.

Die Sonne stand schon hoch, und es begann, heiß zu werden.

Sie folgten den Spuren im Schlamm, die von den tiefen Abdrücken der Hufe stammten. An einer fetten und saftigen Wiese entlang, auf der einige wenige Maulbeerbäume und viele dornige Heidebüsche standen.

Sie marschierten eine ganze Zeit.

Auf das entfernte Muhen zu, das die Luft mit immer dichteren Wolken von Bremsen und anderen Insekten vibrieren ließ, die sich in kompakten Schwärmen auf ein vorbestimmtes Ziel zubewegten.

Endlich sahen sie die kleine Herde.

Die Tiere weideten friedlich im Schatten einer Reihe junger Platanen, die erst kurze Zeit zuvor gepflanzt worden waren.

Dort lehnte eines jener Mountainbikes, das die einzige Sorte Fahrrad war, mit der man hier unten überall hinkam.

Lupo verlangsamte seine Schritte.

Und Thérèse begann zu lachen.

»Schau genau unter den Schwanz, bevor du dir ins Hemd machst.«

»Aber das sind ja Kühe…«

»Eben…«

Es war nicht Thérèse, die geantwortet hatte.

Sondern eine Frauenstimme, die tief und sinnlich klang. Auch wenn sie nur ein einziges Wort gesagt hatte.

»Sehen Sie, Commissario, dies ist das irdische Paradies. Nicht für uns, vielleicht. Aber für ihn ganz sicher.«

Nathalie saß auf einem flachen Stein.

Sie trug eine zerschlissene kurze Hose, die die arme Schwester von Arlettes Hose zu sein schien, und ein rotes Top, auf dem die *Feria*, die Messe von Béziers, angepriesen wurde.

Sie badete ihre Füße im Bach.

Und ihr Zeigefinger wies auf einen riesigen Stier.

Stolz mit erhobenem Kopf.

Der gleichgültig zwischen all diesen Kühen weidete, die sich um ihn scharten.

»Schauen Sie sich seine Kruppe an, Commissario. Sehen Sie diese Verletzungen? Nun, man muss sich das Leben eben verdienen…«

Lupo nahm ihre ganze Bitterkeit wahr.

Er hatte keinen Zweifel.

Dies war eine Grabwidmung.

Zu Unehren ihres Sohnes.

Lupo schwieg.

Er beugte sich nur zu ihr hinunter, um ihr die Hand zu geben. Nathalie nahm den Gruß an. Ihre langen skelettartigen Finger ragten wie Gespenster aus einem Paar fingerloser Fahrradhandschuhe.

»Setzen Sie sich hierher, neben mich. Auch du, Thérèse. Ich glaube, Sie wissen nicht, was ein begnadigter Stier ist…«

Lupo schüttelte den Kopf.

Und er begriff, dass sie, genau wie der Katharer, seinem Drang zur Eile und seinem Wunsch, konkrete und präzise Antworten zu erhalten, nicht nachkommen würde. Er passte sich also ihrem Rhythmus an. Und er versuchte, sich auf sie einzustellen.

»Nein. Aber ich würde es gerne wissen ...«

Nathalie hatte sehr weißes Haar.

Im Pagenschnitt.

Und ihr Gesicht war von einem Netz tiefer Falten durchzogen.

Doch sie hatte immer noch große dunkle Augen.

Ihre Lippen vermochten noch Leidenschaften zu entflammen.

Und man konnte ahnen, wie schön sie in ihrer Jugend gewesen war. Schlank, mit glatter Haut. Kräftige Beine, die braun gebrannt waren wie die Arme. Ohne das traurige Netz blauer Adern, dem Zeichen des unerbittlichen Alterns.

Sie strahlte Gesundheit, Kraft, Intelligenz und Selbstsicherheit aus.

Das genaue Gegenteil dessen, was Thérèse von der Reise erzählt hatte.

»Sehen Sie, Commissario, der Held eines Stierkampfes ist nicht der Torero. Sondern der Stier. Der Matador ist nur ein lächerliches Instrument. Genau wie die Picadores, das Publikum, die Banderillas und das Geld. Nützliche Gegenstände, Werkzeuge, Instrumente für das eine Ziel: seine Beatifikation. Manch ein Stier erhält sie, aber nur wenige. Andere nicht. Das sind fast alle. Furor Negro ist einer der Erwählten.«

Ihr Blick wandte sich wieder Lupo zu, ruhte auf ihm.

Fast, als wolle sie ihre Freude durch Osmose übertragen.

Auf diesen Fremden, der wahrscheinlich den Stierkampf als eine barbarische Sitte ansah. Ohne jegliche Moral. Bei dem der Tod des Stiers Gewissheit war. Schon mit dem ersten Schritt dieses Tanzes.

Aber das war nicht die Wahrheit.

Es war nur ein banales Vorurteil, an dem sich die Ignoranten festklammerten.

Nathalie schwieg lange, bevor sie weitersprach.

Sie wollte sichergehen, dass die Wirkung dieses Bildes vergangen war.

»Die Gnade ist der Mensch, der sich klein macht. Der seine Unterlegenheit offen zugibt. Der den Stier, seinen Gott, für immer von jeglicher Last befreit. Und der ihm Eintritt in das irdische Paradies erlaubt. In sein Reich.«

Lupo ließ sich langsam von dieser Inbrunst fesseln.

Und Nathalie bemerkte es.

Ihr Verhalten änderte sich sehr schnell.

Sie erhob sich stolz.

Und machte ihm ein Zeichen, ihr zu folgen.

Er gehorchte wie ein respektvoller Schüler.

Thérèse beobachtete das Ganze aufmerksam.

Ohne sich das kleinste Detail entgehen zu lassen.

Im Grunde war Nathalie die Verführerin, die jedes denkende menschliche Wesen von Montségur verzaubert hatte und die der Ursprung von allem gewesen war.

Erst jetzt konnte sie das anerkennen.

Erst jetzt gelang es ihr, viele Dinge zu verstehen.

Nathalie zeigte auf die Herde.

»Betrachten Sie diese Nutten: Sie sind sein Preis.«

Lupo lächelte.

Und sie tadelte ihn.

»Keiner Kuh wird es zugestanden, an Altersschwäche zu sterben. Wenn sie gute Milchkühe sind und wenn sie nicht aufhören, gute Milch zu produzieren, dann lässt man sie auch sechs Jahre lang leben, in riesige Ställe eingesperrt, Schwanz an Schwanz. Danach erwartet sie nur noch der Metzger. Für die Kälber ist es noch schlimmer, vor allem bei euch in Italien: Sie werden selten älter als ein Jahr. Dann schlägt man sie tot, oder man kastriert sie.«

»Und ein Stier?«

»Ein Stier hat keine andere Pflicht, als frei aufzuwachsen, um auf riesigen Weiden groß und stark zu werden. Um die Hörner zu schärfen, mit seinesgleichen zu kämpfen, und um sich eine Kuh zu verdienen und unendlich viele Tautropfen schlürfen zu können.«

»Bis er dann auf einen Torero trifft.«

»Genau, aber wenn er überlebt, wie Furor Negro, kann ihm nichts und niemand, abgesehen von seinem Herzen, verbieten, zwanzig Jahre und auch älter zu werden. Schauen Sie ihn sich an, riechen Sie nicht den göttlichen Duft?«

Lupo nickte stumm.

Es war ein mächtiges, stolzes Tier.

Ihm schien alles gleichgültig zu sein.

Doch aus seinen Augen schossen schwarze Blitze. Aufmerksam auf jede Bewegung in seiner Nähe gerichtet. Nur das leichte Picken des Vogels, der auf seiner Kruppe nach Insekten jagte, nahm er gleichmütig hin. Er schien der einzige Vertraute zu sein, der bei Hofe geduldet war.

Thérèse trat näher zu Nathalie.

»Erklär ihm die Gnade ...«

Und diese setzte sich wieder.

Sie trank ein paar kleine Schlucke aus einer Wasserflasche, die sie zum Kühlen in den Bach gelegt hatte. Sie zündete sich eine Gauloise an und sog gierig den Rauch ein. Dann wischte sie sich einen Tabakkrümel von der Lippe.

Und sie konzentrierte sich, als müsse sie ein Gebet sprechen.

»Furor Negro hatte eine Gabe: Er besaß die *casta* …«

Lupo sah sie fragend an.

Und sie begann, an den Fingern abzuzählen.

»*Bravura, nobleza, fiereza y deseo ardiente de ir a más.* Das ist die *casta*. Die fünf Stufen, die zum Range des Königs führen: Mut, Adel, Stolz, die Fähigkeit, geradeaus zu gehen, ohne jemals unter den Stockhieben, die man erhält, zu schwanken, und der unerschütterliche Wille, über alles hinauszugehen, immer mit erhobenem Kopf. Beim zweiten Stoß mit der *pica* ist schon alles klar …«

Lupo schüttelte den Kopf.

Wenig überzeugt.

»Ihre Begeisterung ist bewundernswert. Aber ich halte den Stierkampf immer noch für ein ziemlich feiges Duell mit völlig ungleichen Waffen.«

Nathalie wurde wütend.

Und sie drohte ihm mit einem Blick, aus dem Funken sprühten.

Auch verschonte sie ihn nicht mit Ausdrücken, die eines Bierkutschers würdig gewesen wären.

»Sieh an, unser Champion des allergrößten Scheißdrecks. Er und seinesgleichen, je weniger sie wissen, desto mehr Schwachsinn brabbeln sie vor sich hin. Augusta Taurinorum: Und so einer soll aus der Stadt der Stiere kommen? Gott bewahre uns vor einem solchen hirnverbrannten Idioten!«

Lupo versuchte, diesen über die Ufer schießenden Fluss zu stoppen.

Doch er hatte wenig Glück.

Die Beschimpfungen gingen unversöhnlich weiter.

Zu Thérèses großem Vergnügen, die wusste, wie das enden würde. Sie hatte es schon von Anfang an gewusst. Dann, als der Zorn verraucht war, nahm Nathalie den Faden geduldig wieder auf. Sie fand sich jedoch nicht damit ab, diesem Italiener – *têtu comme une mule,* der stur war, wie ein Maultier – seine Vorurteile zu lassen.

Sie versuchte es mit einem Lächeln.

»Hören Sie: Der Stierkampf ist eine Messe. Auch Christus stirbt jedes Mal für uns. Und es ist sein Priester, der ihn tötet. Aber dann findet die Auferstehung statt. Und dieser Priester ist nur ein elendes Werkzeug seines Ruhmes. Wie der Torero.«

»Das scheint mir ein bisschen gewagt ...«

»Seien Sie still, und lassen Sie mich ausreden.«

»Schon gut, schon gut.«

»Die Picadores sind eben dafür da, um seine *casta* zu prüfen. Um ihm zu erlauben, alle Stufen hinaufzusteigen. Wenn er nicht einmal eine davon schafft, dann ist es gerecht, wenn er zu *dobe* verarbeitet wird: Er hätte nie auch nur an den Zaun einer Arena kommen dürfen.«

Lupo sah Thérèse mit flehentlichem Blick an.

Vor lauter Furcht, Nathalie nochmals zu unterbrechen.

Und sie erklärte es ihm flüsternd.

»*Dobe* ist eine Art Rindergulasch ...«

Nathalie sprach weiter, ohne sie zu beachten.

»Je mehr Stufen er erklimmt, desto mehr Ruhm verdient er. Was glauben Sie, sind denn die dem Publikum dargebotenen Ohren und die Ehrenrunde, wenn er von mit Federbüschen geschmückten Pferden gezogen wird unter dem Toben der applaudierenden Menge?«

»Sagen Sie es mir ...«

»Sie sind die Ehrung eines Helden. Sein Triumph. Dieser Stier ist tot, aber er hat sich ehrenvoll geschlagen. Noch größer ist er, wenn er einen großen Matador verwundet hat. Wenn er erst am Ende seiner Kraft und seines Mutes zusammenbricht.«

»Aber warum sollte man die Helden töten?«

»Weil er bei der dritten *Pica* den Kopf gesenkt hat. Weil er nicht Gott war. Weil er vielleicht *bravura, nobleza, fiereza y firmeza* bewiesen hat, aber nicht *el deseo ardiente de ir a más*. Er hat den Kopf gesenkt, wenn auch nur für einige Sekunden.«

»Und wer legt fest, wann er Gott wird?«

Endlich lächelte Nathalie.

Sie wusste, dass sie ihn in Erstaunen versetzen würde.

Indem sie seine ganze Skala falscher Werte auf den Kopf stellte.

Sie nahm sich Zeit. Trank einen weiteren Schluck. Und setzte eine Miene aus gespieltem Erstaunen auf, als wäre es ihr unmöglich, sich vorzustellen, dass sie eine solche Selbstverständlichkeit beantworten musste.

»Der Torero natürlich. Wer denn sonst?«

Lupo blieben die Worte weg.

Und sie sprach strahlend weiter.

»Derjenige, den Sie für den Mörder halten, ist hingegen der Einzige, der das Recht hat, für den Stier, der nie den Kopf gesenkt hat, Gnade zu erbitten. Für den Stier, der ihm immer unerschrocken in die Augen geschaut hat.«

Nathalie schwieg ganz plötzlich.

Von großer Rührung übermannt.

Sie sah Furor Negro an.

Und auch er schien diese Empfindung wahrzunehmen, denn er drehte den Kopf.

Und blickte sie für einen Augenblick an.

Dann ging er fort, der Vogel flatterte auf seinem Rücken, um das Gleichgewicht wiederzufinden.

Nathalie wandte ihren Blick wieder Lupo zu.

»An diesem Tag war Alain krank. Ich habe ihn vertreten. Der Züchter muss mit dem Vorschlag des Matadors einverstanden sein. Ich hatte Freudentränen in den Augen. Ich konnte nur nicken. Mir saß ein Kloß im Hals. In der Arena herrschte eine unwirkliche Stille, voll gespannter Erwartung. Ich sah, wie der Präsident, an den das Gesuch gerichtet war, sich mit seinen Beisitzern beriet. Sie nickten, schüttelten die Köpfe, ich konnte nicht verstehen, was da passierte. Dann kündigte ein ohrenbetäubendes Pfeifen aus dem Mikrophon an, dass die Entscheidung jetzt bekanntgegeben würde. Alle hielten die Luft an. Danach erklärte eine gellende Stimme: ›*Taureau gracié!*‹ Die Menge spielte verrückt. Und ich mit ihr.«

Auf dem Rückweg fanden sie eine Koppel, auf der ein einsamer Stier weidete.

Lupo fragte Nathalie, warum er allein sei.

Sie senkte die Augen.

Und ihre Stimme wurde traurig.

»Das ist Étoile Polaire. Auch er wurde begnadigt. Er war gut, aber er hatte sich nicht das Recht dazu erkämpft. Manuel hatte den Torero gekauft.«

»Warum?«

»Eine Begnadigung steigert den Ruhm eines Züchters. Er hatte Alain gerade überzeugt oder gezwungen, ihn als Partner aufzunehmen. Und das war der kürzeste und vulgärste Weg, um Geld zu machen …«

Dann sah sie Lupo in die Augen.

Und seufzte.

»Sehen Sie, Commissario: Manuel ist immer Fleisch für ein *dobe* gewesen. Ihn zu erlegen war also keine so große Sünde, meinen Sie nicht?«

4

Sie sagten eine ganze Weile nichts.

Erschüttert über dieses harte Urteil.

Ein Sohn, der sich nicht einmal das Mitleid der Mutter hatte bewahren können...

Sie waren praktisch geflohen. Die Einladung, in Nathalies Hütte noch etwas zu trinken, hatten sie abgelehnt.

Auch wenn Lupo noch bis wenige Minuten zuvor bereit gewesen war, alle Grenzen der Höflichkeit zu überschreiten, nur um zu erfahren, warum es ihr in Turin so schlecht gegangen war.

Auf der Rückfahrt fuhren sie durch Valras.

Das heruntergekommene Casino aus der Jahrhundertwende begrüßte sie mit seinen Schnörkeln – Symbole vergangener Pracht. Als das Geld der großen Winzer aus der Gegend gleichermaßen an appetitliche Vaudeville-Tänzerinnen und an den grünen Tischen des Glücksspiels verschwendet wurde.

Bis sich der langsame und unaufhörliche Verfall gemeinsam mit dem Salz an diese immer stärker bröckelnden Mauern geheftet und überall die aschfarbene Patina des Niedergangs zurückgelassen hatte.

Dann waren in den Achtzigerjahren die gierigen Scharen der Investoren eingefallen, auf der Suche nach Mythen, die für wenig Geld zu haben waren, um sie jenen zu offerieren, die sich den Luxus der Côte d'Azur oder des Seebads Deauville nicht leisten konnten.

Sie hatten die wenigen bezaubernden Überreste des Art-déco, die dem Regen und dem Mistral getrotzt hatten, niedergewalzt. Und hatten stattdessen reihenweise scheußliche Kästen in pseudoprovenzalischem Stil mit Mauern aus Pappmaché gebaut.

Dorthinein hatten sie dann Sommerfrischler mit Taucherbrillen und Flossen gestopft.

Die Taschen voller Kredite.

Eindrücke aus der guten alten Zeit konnte man nur auf einem Spaziergang am Meer entlang bekommen, wenn man vor sich den weißen und unendlich langen Strand hatte. Und an der Mündung des Orb zwischen Schilf und Meeräschenfischern, wo der Fluss träge in seinen kleinen Golf mündete.

Thérèse sah ihn an.

»Was willst du tun?«

»Ich will Hassan Fenumi sprechen. Auch wenn ich glaube, dass er euch schon alles gesagt hat, was zu sagen war …«

»Ja, doch wir haben überhaupt nichts herausbekommen. Haboudiffa hat alles versucht. Er kommt am Sonntag zurück: Vielleicht hat er im Urlaub seine Gedanken sortiert. Wenn ihm aber etwas eingefallen sein sollte, dann hätte er uns angerufen …«

Lupo schnaubte.

Er sah auf die Uhr.

Bald würde die Sonne mit ihrem feurigen Schein untergehen. Vielleicht war es zu spät für alles. Auf seiner Liste fehlten jetzt noch Rosie Feuermund, François der Uhu, Bernard der Schüchterne und Patrice der Dackel.

Das Motiv konnte wirklich der Gral sein.

Er war sich sehr bewusst, dass er sich früher oder später auch der dunklen Seite dieser Geschichte zuwenden musste. Was er im Innersten verabscheute.

Im Augenblick wollte er es lieber vermeiden, ihre nähere Bekanntschaft zu machen.

Er wollte sie nur genauer studieren.

Einen nach dem anderen.

Um eine genaue Vorstellung von den Gesichtern zu bekommen, die er nur im flackernden Licht der Nacht gesehen hatte. Um eine Liste ihrer Charaktere, ihrer Ausdrucks-, Denk- und Verhaltensweisen erstellen zu können, die er sich dann einzuprägen vermochte, damit er sie jederzeit erkennen könnte. An jedem Ort in der Gegenwart und in der Vergangenheit.

Um sich auch das Nichtgesagte innerhalb dieser aufreibenden Beziehungen vorstellen zu können, das auf eine so unauflösliche Weise diese seltsame Glaubensgemeinschaft zusammenhielt.

Lupo sah Thérèse an.

»Wohnt einer von den *confrères* in Le Monde Perdu?«

»Rosie und Patrice. Sie leben seit ein paar Jahren zusammen. Eine späte Liebe ...«

Lupo war erstaunt.

Er war überzeugt gewesen, warum auch immer, dass im Gesamtbild jeder der beiden eine Figur war, die für sich stand. Wenn auch in völliger Symbiose mit dem anderen.

Er schüttelte den Kopf.

Also waren Feuermund und der Dackel Geliebte.

Ägypter und Kreuzzüge: eine sehr eigenartige Wahlverwandtschaft.

Doch es gab noch mehr Überraschungen.

»Und natürlich François und Bernard.«

»Warum natürlich?«

»Féfé und B. B. sind ein bisschen *pédé*. Zu ihrer Zeit war es nicht so einfach, zusammenzuleben. Papou ist immer sehr tolerant gewesen.«

Der Uhu und der Schüchterne. Templer und Okkultes.
»Ach du Kacke!«
»Ich bewundere deine geistreichen Kommentare.«
»Nun ja, auch das ist eine Gabe ...«

Patrice war seit Ewigkeiten in Rente.
Er tat überhaupt nichts mehr.
Auf eine geradezu wissenschaftliche Art.
Er erfreute sich bester Gesundheit.
Doch er war einer von denen, die nicht einmal einen Teller wegräumten. Die sich von oben bis unten bedienen ließen. Er hatte einen langen Penis, auch in Ruhestellung, der bei jedem Schritt hin und her baumelte.
Er schien der Überzeugung zu sein, den Zauberstab Merlins zu besitzen.
Und dass alle nur dafür da seien, ihm zu dienen und treu zu sein.
»Rosi, bring etwas zu trinken.« »Rosie, bring mir dieses Blatt Papier.« »Rosie, es juckt mich am Rücken.«
Doch Rosie schien glücklich so zu sein.
Sie hatte ein freundliches Wesen. Eine fleißige Arbeiterin. Eine von denen, die niemals still sitzen können. Ihre ganze unstete Art kontrastierte liebenswert mit ihrem schon etwas verblühten Aussehen, mit ihren blond gefärbten Haaren und ihrer Stimme wie Marilyn in »Bus Stop«.
Und dann diese Lippen ...
Lupo versuchte, alle schlüpfrigen Gedanken zu verscheuchen, damit er sich wieder mit voller Aufmerksamkeit den Gesprächen am Tisch widmen konnte.
Sie waren zum Abendessen eingeladen worden.
Wie immer hatten sie angefangen, ausführlich dem Aperitif zuzusprechen.
Und er, der daran nicht gewöhnt war, ließ sich immer

mehr von Rosies Faszination einfangen. Von ihren so übertrieben geschminkten Augen, die durch die Brille noch schwärzer erschienen.

Sie war diejenige, die noch ein wenig Geld besaß.

Und abgesehen von ihrer unendlichen Leidenschaft für die Ägypter, schien sie hier wirklich die Einzige zu sein, die mit beiden Beinen fest auf dem Boden stand. Sie übte eine ganze Reihe von völlig unweiblichen Berufen aus.

Sie verkaufte flüssigen Stickstoff.

Sie war Rugby-Berichterstatterin beim *Midi Libre*.

Und Kommentatorin für *Radio Litoral*, immer wenn die *Béziers* zu Hause spielten.

Jeden Morgen brach sie in aller Frühe auf.

In ihrem smaragdgrünen Micra.

Sie fuhr kreuz und quer durch das ganze Languedoc auf der Suche nach Winzern und Winzergenossenschaften, die für die Herstellung ihres Weins Tiefkühlprodukte brauchten.

Und am Abend kehrte sie beladen mit unglaublichen Mengen an Flaschen, Hühnern und Kaninchen zurück, die sie wegen ihrer stets guten Laune und ihrer kommunikativen Art immer wieder geschenkt bekam.

An den Sonntagabenden saß sie am Mikrophon.

Seite an Seite mit Nicollin, dem Präsidenten der *Béziers* – der im Auftrag der Stadt Montpellier die Stadtreinigung betrieb und damit sein Glück gemacht hatte –, und berichtete von den Taten ihrer Helden.

Danach ging sie in die Umkleidekabinen hinunter.

Die Spieler, die wussten, dass bekleidete Menschen sie unangenehmer berührten als nackte, gewährten ihr Exklusivinterviews auch unter der Dusche.

»Rosie, gibt es jetzt diese verfluchten *encornets farcis*, oder nicht?«

»Nur mit der Ruhe, mein Lieber. Sie sind gleich fertig. Fünf Minuten noch. Ach, übrigens, Commissario …«

Lupo versuchte, sich zu konzentrieren.

Sie fragte ihn nach einem Ort, von dem er noch nie gehört hatte.

Calvisano.

Dieser Ort befand sich irgendwo im Dreieck Lombardei, Veneto und Emilia-Romagna und war der Heimatort des italienischen Rugbymeisters. Dorthin war der Pokal gegangen zusammen mit Massen von *biterrois*, die sich darüber erregten, dass sie ein paar Jahre zuvor das Championat verloren hatten.

»Wirklich? Ich wusste nicht einmal, dass dieser Ort existiert.«

»Wie ist das möglich? Es ist schon eine ganze Weile so, dass sie sich wirklich anstrengen müssen, um nicht Erster zu werden …«

»Rosie, hör auf mit diesem blöden Geschwätz. Ich habe Hunger.«

»He, gedulde dich, wie alle anderen auch. Später bekommst du einen Kuss. Und Sie, Commissario, warten Sie: Ich zeige es Ihnen am Computer.«

»Einen Kuss, immer nur einen Kuss. Sie glaubt, sie könnte alles mit einem Kuss lösen. Ich will die gefüllten Calamari, und ich will sie jetzt, kapiert?«

»Achtet nicht auf ihn. Zu dieser Uhrzeit ist er immer sehr launisch. Er wird langsam alt.«

Dann verließ sie den Herd und ging in ihr Mobilhome.

Mit dem neuesten Modell eines Toshiba Satellite kam sie wieder heraus.

Sie klickte Microsoft AutoRoute an, und wie durch ein Wunder erschien die Karte Europas. Sie schrieb »Calvisano«. Und der Bildschirm zeigte sofort ein kleines blinkendes

Viereck inmitten eines dreieckigen Netzes mit den winzigen Provinzstraßen zwischen Brescia, Mantua und Cremona.

»Hier, sehen Sie?«

Patrice zupfte nervös an den Borsten seines Muttermals.

Und platzte mit seiner lauten Stimme heraus.

»Na, und jetzt, wo er weiß, wo dieser Fliegenschiss ist, wird er einen vollen Bauch haben. Los, Schluss jetzt, Rosie!«

»Wir sind gleich so weit, Liebling, wir sind gleich so weit. Er tut nur so griesgrämig, Commissario. Aber Sie müssten ihn sehen, wenn er mit dem Ohr am Radio klebt, damit ihm bloß kein Wort meiner Berichte entgeht: Dann lächelt er zwei Stunden ununterbrochen. Ein richtiger lieber Dummkopf. Voller Stolz auf seine Rosie.«

»Und woher willst du das wissen?«

»Sag mir, dass es nicht stimmt.«

»Das kann schon sein. Doch was, verflucht noch mal, hat das mit dem Essen zu tun?«

Am Strand brannten Lagerfeuer.

Und die Funken flogen, vom Wind getrieben, hoch über das Meer hin.

Dort feierten die holländischen Boulespieler ein deprimierendes Fest.

Mit rauchigen und zischenden Gesängen gewürzt, die jeglicher Musikalität entbehrten.

Häufig von düsterem Lachen unterbrochen, immer dann, wenn eine Flasche Bokma Jonge Graanjenever von Hand zu Hand ging, riefen sie in wehmütiger Fröhlichkeit, die zunehmend Alkohol und Wacholder verströmte, ihr dumpfes *op-op*.

Dies waren Leute, die kein Geld ausgaben, selbst unter

Folter nicht. Die auch den Preis für ein Päckchen Erdnüsse auf den Cent genau auf alle umlegten. Und die einmal pro Woche für eine gemeinsame Tankfüllung mit Ziel Andorra sammelten. Um rasch noch im »Zauberreich Steuerfrei« Zigaretten und Likör zu hamstern.

Lupo war beschwipst.

Und Thérèse hatte ihn davon überzeugt, dass es dafür eine einzige Abhilfe gab.

Ein mitternächtliches Bad.

Doch sogar diese geizigen Nordländer, die daran gewöhnt waren, auch dort oben bei ihren Deichen ins Wasser zu steigen, wagten es nicht, auch nur einen Fuß ins Meer zu stecken, so kalt war es.

»Komm schon, anschließend wärme ich dich.«

Lupo nickte.

Der Liebesstoffwechsel von Thérèse wurde wohl vom Mond beherrscht. Am Tag waren sie nur Kollegen, die einen Mörder finden mussten. Doch sobald es dunkel wurde, war alles anders. Die Sinne erwachten, und plötzlich wussten sie beide nicht mehr, was sie mit einem Freund anfangen sollten.

Die Zeit verging.

Und er kam keinen Schritt weiter.

Auch mit Rosi und Patrice nicht.

Vergnügliche Wunderlichkeiten, aber ansonsten immer dasselbe Lied: Keiner hatte etwas gesehen, keiner hatte etwas bemerkt.

Manuel war ein Bastard. Keiner würde eine Träne vergießen über das, was ihm passiert war. Es war tatsächlich schön, seinen Atem nicht mehr im Nacken zu spüren.

Lupo seufzte.

Er ließ sich bei der Hand nehmen. Und sich bis zur Wasserlinie führen. Er sah, wie sie sich ins Wasser warf, spritzte, lachte und über die Wellen sprang. Doch er hörte nicht auf ihr Rufen. Er blieb wartend stehen.

Endlich kam Thérèse heraus.

Sie umarmte ihn.

Und strich um ihn herum wie eine Katze.

Besser, beschwipst zu bleiben.

So würden auch noch die letzten Gewissensbisse verfliegen.

Thérèse hatte entschieden.

Dieses Mal würden sie hier frühstücken.

Féfé und B. B. erwarteten sie.

Der Uhu und der Schüchterne …

Lupo war gespannt, die beiden kennen zu lernen.

Doch er verspürte zugleich ein ungutes Gefühl.

Vielleicht weil sie anders waren.

Mittlerweile bemerkte er die Nacktheit der anderen nicht mehr. Aber er selbst fühlte sich immer mehr als »Weißarsch«.

Er brauchte Thérèse nicht, um diese Tatsache zu bestätigen.

Er wusste nur zu gut, dass sein verlängerter Rücken wie ein Scheinwerfer in der Nacht leuchtete. Was das wohl für eine Wirkung auf die beiden haben mochte …?

Sie wohnten genau auf halber Strecke zu Papou.

Und ihr Platz strotzte nur so vor farbenprächtigen Blumen.

Doch er war nicht wildromantisch wie die anderen.

Jeder Busch war frisiert, das Gras war gemäht, die Rankpflanzen waren perfekt geschnitten, die Beete gefegt: wie bei einem Friseur, stets bereit, mit seiner klappernden Schere Koteletten zu stutzen oder ein überflüssiges Haar abzuschneiden.

Alles war sauber und ordentlich.

Alles war an seinem Platz.

Nur eine Lackdose stand auf einer Kiste, daneben ein Malerpinsel, der zum Auswaschen der Farbe in einem Glas mit Terpentin stand.

»Evviva! Hallo Freunde…«

Bernard trug ein kokettes Schürzchen.

Und er entschuldigte sich sogleich für seine Nachlässigkeit.

Er band sie sich ab und drehte sich für einen Augenblick um. So als putzte er sich die Nase und wolle aus Höflichkeit nicht sein schmutziges Taschentuch zeigen. Der Anblick war jedoch völlig surreal.

Sein Allerwertester war mit grünen Rauten verziert.

Offenbar hatte er sich hingesetzt und dabei vergessen, dass er gerade diesen Stuhl gestrichen hatte.

In der Zwischenzeit bewegte sich ein anderer faltiger Hintern anmutig um den Ofen herum, um einen köstlich duftenden Kirschkuchen daraus hervorzuziehen.

Das war François.

Auch er zeigte sich sofort erfreut.

»Wir freuen uns wirklich, dass ihr kommen konntet.«

Jetzt fühlte Lupo sich nicht mehr lächerlich.

Bernard war nicht größer als einen Meter fünfzig. Er hatte bläuliches, im Topfschnitt geschnittenes Haar mit einem Pony über den Augen und einem Mittelscheitel. Auf den Arm hatte er sich eine Rose tätowieren lassen. Und er trug eine Großmutterbrille.

Er spielte wohl den weiblichen Part.

François hatte eine Hakennase, und seine Lider waren immer halb geschlossen. Er war groß und mager. Mit einem dichten und struppigen orangefarbenen Schopf. Und ein paar sehr auffälligen Hängewangen. Bei jedem Wort seufzte er leicht und schürzte kurz die Lippen. Er war offenbar jemand, der keine großen Umstände machte inne.

Er hatte mit Sicherheit die Rolle des Mannes inne.

»Na los, steht hier nicht rum. Setzt euch doch.«

Die beiden waren aufmerksam und höflich.

In ihren Gesten lag nichts Übertriebenes.

»Wissen Sie, wir sind zwei alte Freunde. Uns verbindet eine große Leidenschaft: die Zigeunergitarre.«

Sie hatten eine ganze Sammlung davon unter dem kleinen Holzdach. Und jetzt begriff Lupo, woher die zauberhaften Klänge jener Akkorde gekommen waren, die er am Abend seiner Ankunft gehört hatte.

François folgte seinem Blick und lächelte.

»Das ist unsere aufgehängte Wäsche. Heute war Waschtag. Sehen Sie? Es sind keine Saiten dran. Wir haben sie abgemacht, um die Korpusse zu reinigen. Dann haben wir sie mit Leinöl eingerieben. Und jetzt trocknen sie.«

Bernard hantierte geschäftig um den Tisch herum.

Nach dem Kirschkuchen wurden noch Unmengen anderer Speisen aufgetragen.

»Das sind alles Naturprodukte, von Freunden von uns hergestellt...«

»Leute, die hier in den Bergen leben und sich zum Glück nicht allzu sehr um die Regeln kümmern, die von ein paar Schmarotzern in Brüssel gemacht wurden, die dich mit Schlittschuhen auf die Almen schicken wollen...«

»Also: Milch aus Lespignan, die im Stall gemolken wurde. Käse aus Bédarieux und St. Pons. Schinken aus Lacune. Und Obst aus Clermont l'Herault.«

Bernard trug auf, wobei er die Ausführungen von François beendete.

Und er suchte immer dessen Zustimmung.

Es waren kaum wahrnehmbare, rasche Blicke.

Doch sie schienen ihn sicher zu machen.

Es war ein ziemlich eigenartiges Verhalten für jemanden, der sich mit Okkultem befasste. Jemand, der sich mit Mystischem beschäftigte, sollte über einen starken Charakter verfügen, so müsste man meinen. Und er sollte für die kleinen alltäglichen Ängste unempfänglich sein.

Doch vielleicht war ja genau das Gegenteil der Fall: Sich in einer anderen Welt zu bewegen, gab B. B. wahrscheinlich die Ruhe, die ihm im wirklichen Leben zu fehlen schien.

»Wir sind wirklich glücklich, Commissario, dass Sie uns bei Tisch beehren. Doch ich glaube, dass Sie von uns auch noch etwas wissen wollen …«

Lupo nickte.

»Was genau?«

»Bis jetzt hat man mir auf eine Weise von der Schlechtigkeit Manuels erzählt, als wäre diese eine so feststehende Tatsache, dass sogar ich alles darüber wissen müsste. Nun, das ist nicht so. Ich brauche richtige Beispiele. Von wirklichen Taten. Ich erhoffe mir, dass zumindest Sie mir helfen.«

Bernards Augen zuckten besorgt.

Aber François lächelte.

»Warum gerade wir? Glauben Sie denn, ein Homosexueller sei ein Bündel an Empfindsamkeit und Erregbarkeit, der gerne schlecht über seinen Nächsten spricht …«

»Irre ich mich?«

»Ich bewundere zumindest Ihre Aufrichtigkeit. Sagen wir einfach, wir beobachten die Menschen gerne. Vor einiger Zeit noch haben wir sehr unter ihrer Intoleranz gelitten. Jetzt leiden wir unter ihrer Gleichgültigkeit. Ja, wir sind sehr viel aufnahmefähiger als andere. Ich erkenne das an, Commissario: eine gute Wahl.«

Auch Bernard entspannte sich.

Die Stimmung wurde geradezu heiter.

Und so fasste er Mut.

»Manuel war ein unterdrückter Mensch. Ein unglücklicher Mensch, der überzeugt war, dass die Welt in seiner Schuld stand, durch die Schuld eines Vaters, der ein *Perfectus* war. Er fühlte sich als ein Märtyrer der Häresie. Für ihn bedeutete der Gral nicht Reichtum oder Ruhm.«

»Sind Sie sicher?«

»Ja. Er war nur die Entschädigung, die die Nachfolger Innozenz' III. ihm schuldeten. Er gehörte nach Montségur. Und nach Montségur musste er zurückkehren.«

François sah Bernard zärtlich an.

»Ich schwätze nur, er aber versteht es, das Wesentliche zusammenzufassen.«

Bernard errötete bei diesem Kompliment.

Und beeilte sich, den Kuchen anzuschneiden. Die Stücke waren exakt gleich groß. Er servierte ihn mit Kaffee und kandierten Birnen, die er selbst gemacht hatte und die auch den bittersten Geschmack aus dem Mund vertrieben.

Lupo nickte zufrieden.

Endlich hatte er ein logisches Motiv gefunden.

Wenn es auch verrückt war.

In der verzerrten Vorstellung, die Manuel vom Leben hatte, konnte das wohl der Motor sein, der alles in Gang gesetzt hatte.

Er sah Thérèse an.

»Wusstest du das?«

Bernard mischte sich eifrig ein.

»Nein, nein. Lassen Sie unsere Kleine in Ruhe. Was soll sie denn wissen? Wir glauben nicht einmal, dass Papou das bis ins Letzte verstanden hat. Und dann Thérèse ... Arme

Kleine, sie ist mitten unter diesen altersschwachen Tanten aufgewachsen, die nichts weiter taten, als von der Vergangenheit zu zehren. Es ist ein wahres Wunder, dass sie einen gesunden Geist hat. Und außerdem ist sie sehr schön, nicht wahr, Commissario?«

Lupo steckte das schweigend ein.

Offenbar gab es in Le Monde Perdu keine Geheimnisse.

Auch François lächelte.

Dann kam er wieder auf Manuel zu sprechen.

»Er war bewundernswert und furchtbar zugleich. Leider ist unsere absurde Gemeinschaft von einer Ursünde gezeichnet.«

»Von welcher?«

»Jeder von uns ist geflohen, um seine Sünde zu verbergen. Der eine früher, die andere später. Unsere kennen Sie. Die von Nathalie auch.«

»Und Rosie? Und Patrice?«

»Bedaure: Homo ja, aber keine Klatschmäuler. Und wenn Sie es wüssten, würde das Ihre Ermittlung auch nicht weiterbringen. Das wirkliche Problem ist, dass wir hier, gleich schon zu Anfang, das großes Bedürfnis verspürten, unsere Sünden zu büßen, indem wir aus unserer Herkunft eine Besessenheit gemacht haben.«

»Alles musste nach Montségur zurückkehren.«

»Genau. Und alles musste auf die Albigenser zurückgehen. Auf ihre Reinheit. Le Monde Perdu, die verlorene Welt, verstehen Sie? Eine intellektuelle Idiotie.«

Lupo sah Thérèse an.

Sie wirkte aufgewühlt.

Vielleicht entdeckte sie gerade die unangenehme Seite der Wahrheit.

Ein kleines Universum der Vorspiegelungen und Täuschungen.

Zerstört durch die nüchterne Analyse zweier Schwuler, die keine Illusionen mehr hatten.

Sie erwiderte seinen Blick.

Sie nickte.

»Es geht mir gut.«

Bernard begann, den Tisch abzuräumen.

Und François verlor sich einen Augenblick in seinen Gedanken.

Ein leichter Wind vom Meer kam auf.

Und Bernard unterbrach sofort seine Tätigkeiten.

Er betrat das Mobilhome und kam mit einem schwarzen Schal heraus, den er fürsorglich um die Schultern seines Freundes legte. Und wieder eine surreale Szene.

Ein nacktes Männchen.

Dessen geheimste Drüsen zu sehen waren.

Außer denen, die zum oberen lymphatischen System gehörten. Nur an diesem Ort war Halsweh schlimmer als eine Hodenentzündung.

François dankte Bernard mit einem liebevollen Blick.

Dann wandte er sich wieder an Lupo.

»Verstehen Sie diese Absurdität? Die Katharer im Zentrum des Universums. Nur wenn wir sie wirklich gründlichst studierten, würden wir uns wiederfinden können. Also haben wir die Aufgaben unter uns aufgeteilt. Der erste Kreuzzug führte zu den Vätern des Manichäismus. Die letzten zu den Templern und zum Gral. Der Kelch führte nach Turin, zur Kirche der Gran Madre und ergo zum früheren Tempel der Isis. Und unwillkürlich zu den Ägyptern und zum Okkultismus.«

»Konzentrische Kreise, die alles mit einschlossen …«

»Genau. Stellen Sie sich das Kind Manuel vor, das in diesem Mikrokosmos von Fanatikern aufwächst. Mit zwanzig Jahren wusste er bereits alles, was wir wussten. Mit dem Unterschied, dass wir nur Theorien aufstellten und er sie in die Praxis umsetzte. Wir sagten: ›Wir bräuchten diesen Text, jenes Dokument.‹ Er hat sie uns besorgt. Am Anfang dachten wir, dass er dies nicht vorsätzlich tat. Dann haben wir entdeckt, dass er uns unter Druck setzte, erpresste, drohte.«

»Und dann?«

»Papou hat uns zusammengerufen und hat gesagt: Schluss, diese Sache wird uns, anstatt uns zu retten, immer tiefer ins Verderben reiten. Doch Manuel hat sich über uns alle lustig gemacht: Er fing an, sich uns der Reihe nach vorzunehmen. Jeden einzeln. Ohne dass die anderen davon erfuhren. Um uns dazu zu zwingen, mit den Forschungen weiterzumachen. Nur dass jetzt er es war, der die Themen vorgab und die Notwendigkeiten bestimmte. Er war unnachgiebig: Es war unmöglich, sich zu entziehen. Wir sind zu feigen und ängstlichen Sklaven geworden. Bis uns endlich jemand, Gott sei Dank, von ihm befreit hat …«

Lupo schwieg.

Erschüttert von der Eindringlichkeit dieser Worte.

Auch Thérèse schwieg.

Mit gesenkten Augen.

Als ob sie das Schlimmste befürchtete.

»Sehen Sie, Commissario … Es gibt auch Verbrechen, die in bester Absicht vollbracht wurden: Keiner sollte für eine solch gute Tat bezahlen müssen.«

»Wollen Sie mir sagen, dass Sie wissen, wer Manuel getötet hat?«

Bernard schüttelte den Kopf.

Doch diese Geste war nicht an Lupo gerichtet.

François war es, der nickte.

Traurig.

Diese Aufgabe war ihm überlassen.
Und er nahm die Bürde ganz auf sich.
»Nur einer war nicht bei uns. Nur einer konnte diese Verantwortung auf sich nehmen …«

Thérèse sagte kein Wort.
Sie reagierte nicht.
Sie schien in einen Zustand der Erstarrung gefallen zu sein.
Lupo brachte sie zum Strand.
Er musste sie fast mit sich ziehen.
Und sie ließ sich führen, unbeteiligt, willenlos. In einen so tiefen Schmerz eingehüllt, dass sie nicht einmal weinen konnte.
Dann stand sie plötzlich auf.
Und warf sich ins Meer.
Lupo folgte ihr mit einem gewissen Abstand und ließ sie nicht einen Moment aus den Augen. Besorgt und angespannt. Schließlich kam sie zurück. Ihr Blick war jetzt anders. Sie war die alte Thérèse. Selbstsicher wie immer.
Sie fuhr ihn mit harter Stimme an.
»Es war nicht Papou.«
»Bist du sicher?«
»Du kannst darauf wetten. Aber frag ihn doch einfach. Aber nicht in meiner Gegenwart. Ich fahre nach Béziers. Du findest mich an meinem Schreibtisch. Ich grabe mindestens ein Dutzend Zeugen für dich aus, die ihn in der Nacht des Mordes in Montségur gesehen haben …«

Lupo dachte nach.
Ein Indiz störte ihn besonders.
Thérèse hatte den offensichtlichsten Einwand nicht vorgebracht: Der Katharer war so alt und so gebrechlich, dass

er niemals in der Lage gewesen sein konnte, allein nach Turin zu fahren, zu töten und wieder zurückzukehren.

Nein. Sie hatte nur ganz allgemein seine Unschuld erklärt. Das sollte also heißen, dass sie ihn sowohl in physischer als auch in mentaler Hinsicht zu einem solchen Unternehmen für fähig hielt.

Es stimmte: Sie hatte ihn ja auch einen geborenen Schauspieler genannt.

Als eine Art gerissenen Komödianten, der alle Tricks kannte und der es nicht einmal verschmähte, sich vom Wind auf seinem Surfbrett vorwärtstreiben zu lassen. Und der hin und wieder den Eindruck vermittelte, als könne er doch sehen.

Nicht einmal ein anderes, ebenso offensichtliches Argument hatte sie angeführt. Ein Vater tötet seine Kinder nicht. Nicht einmal die vermeintlichen. Ihnen hatte er, so die Anschuldigung, immer alles verziehen.

Sie hatte ihn also nicht verteidigt.

Sie hatte nur eine Behauptung aufgestellt: »Er kann es nicht gewesen sein.«

Doch das war nicht das Einzige, was ihn umtrieb.

Auch das Unwohlsein von Nathalie.

Wie sollte er glauben können, nun, nachdem er sie kennen gelernt hatte, dass sie sich all diese Tage in ihr Zimmer zurückgezogen hatte? Es musste einen besseren Grund gegeben haben als einen verdorbenen Magen. Und warum war sie dann stets mit den anderen zum Abendessen ausgegangen, außer am Abend des Mordes?

Wie passten diese Puzzleteilchen zusammen?

Die richtige Mutter und der falsche Vater.

Doch Blut von ihrem Blut.

Sie waren die Einzigen, die sich eine effektive Möglichkeit geschaffen hatten, um ungestört handeln zu können.

Ein seit langem ausgeheckter Plan? Bei dem sich jedes Detail ins andere fügte?

Nathalie und Jean-Luc.

Vereinigt in der grauenhaften Entscheidung, ein zerstörerisches Leben mit dem Tod zu beschließen, ein Leben, das nicht einmal ihre Liebe mehr ertragen konnte.

Der Katharer und Oma Duck.

Wenn man es so sagte, war es zum Lachen.

Aber sie waren auch der Prophet und die Priesterin dieser unwirklichen Welt. Die Manuel unter seinen Füßen zertrampelt hatte.

Hatten sie wirklich geglaubt, es sei ihre Pflicht, ihre Gefährten von ihm zu befreien? Es sah so aus, als hegten François und Bernard, was Papou betraf, keinerlei Zweifel.

Lupo stand auf.

Ohne es zu bemerken, hatte er sich einen schlimmen Sonnenbrand zugezogen. Seine Haut schmerzte und war überall gerötet. Er hätte nie geglaubt, dass das Risiko im Mai so groß sein konnte. Und doch hatte er jetzt das dringende Bedürfnis nach einer Creme, um den Schmerz zu lindern.

Vor allem an den Stellen, wo die Sonne sonst nicht hinkam.

Er ging zum Mobilhome zurück und hoffte, Arlette dort anzutreffen.

Doch dort war niemand.

Und ihr Fahrrad lehnte nicht wie gewöhnlich am Baum.

Er beschloss also, zur Apotheke nach Sérignan zu fahren.

Dann kam ihm der Gedanke, es sei vielleicht praktischer, erst einmal drinnen nachzusehen.

Im Zimmer von Thérèse sah es aus, als hätte ein Wirbelsturm gewütet. Ein einziges Drunter und Drüber: Kleidungsstücke, Schuhe, ein Fön, Handtücher, ein Tuch, das als Vorhang vor dem Fenster diente, Geld, Bürsten, Antibabypillen und mitten in einem aufgeschlagenen Buch ein Foto von ihm.

Lupo betrachtete es neugierig.

Es war nachts aufgenommen worden.

Vor ein paar Jahren vor dem Polizeipräsidium.

Er erinnerte sich nicht mehr, bei welcher Gelegenheit.

In jener Zeit war es in einigen Zeitungen veröffentlicht worden. Dies hier war aber in Farbe. Es stammte aus einer Zeitschrift – eine ganze Seite war herausgerissen. Es fehlte die Seite daneben, daher war der Titel, der darüber stand, verstümmelt.

Umfrage: Sind unsere Polizisten schlechter …

päischen Kollegen? Es scheint eigentlich nicht so, aber es …

RÖNTGENBLICK FÜR MAIGR …

Lupo hatte zwei oder drei Fälle gelöst, die großes Aufsehen erregt hatten. Die Presse hatte sich darüber hergemacht und ihn fast zum Helden gekürt.

Also war es nicht verwunderlich, wenn sein Gesicht hin und wieder irgendwo auftauchte. Doch was ihn verblüffte, das war Thérèse: Wie und wann hatte sie sich diesen Zeitungsausschnitt beschafft?

Und warum?

Er sah auf den weißen Streifen am unteren Rand der Seite.

»Panorama« – April.

Er konnte sich das nicht erklären.

Offenbar hatte sie die Zeitschrift bei ihrem Aufenthalt in Turin gekauft.

Aber war das ein Zufall?

Die Neugierde einer Kollegin?

Die vielleicht Italiener und Franzosen vergleichen wollte? Oder war es eine gezielte Wahl, weil der Artikel von ihm handelte? Zu dieser Zeit konnte sie eigentlich gar nicht gewusst haben, dass es ihn gab …

Endlich fand er auch eine Tube Biafine.

Es war eine Salbe gegen regelrechte Verbrennungen.

Aber das entsprach genau dem, wie sich seine Haut anfühlte. Er strich sich mit einem gewissen Misstrauen ein bisschen Salbe auf einen Arm. Dann auf den Rest seines Körpers. Und verspürte sogleich Linderung.

Er hörte Arlette kommen.

Und er ging hinaus, so weiß-rot gefleckt, wie er war.

»Da ist ja unser Krebs. Ganz schöner Sonnenbrand, muss ich sagen. Tut's weh?«

»Nur, wenn ich lache.«

»Ach, diese Italiener … ich mache Ihnen einen Kaffee, und wie wär's mit etwas zu essen? Ich habe Thérèse wegfahren sehen, als sei der Teufel hinter ihr her. Ist was passiert?«

»Sie ist in ihr Büro gefahren, um einige Daten zu überprüfen.«

»Und Sie sind hier geblieben? Das können Sie mir nicht erzählen.«

Arlette schien auf einmal sehr besorgt zu sein.

Sie versuchte, dies in den Falten ihrer scherzhaften Worte zu verbergen.

Doch das gelang ihr nicht besonders gut.

Und Lupo fragte sich, warum.

Es gab zu viele Dinge, die ihm entglitten.

Kleine, unbedeutende Details. Doch wenn man sie aneinanderreihte, wurden sie zu indianischen Trommeln, zu

Rauchsignalen, die langsam zum Himmel aufstiegen. Die Geschichten erzählten, die er nicht lesen konnte.

»Gehen Sie ruhig und machen Sie den Kaffee. Und ängstigen Sie sich nicht so sehr. Sie kennen Thérèse: Wenn sie sich irgendetwas in den Kopf gesetzt hat, dann gibt es niemanden, der sie davon abhalten kann. Sie hat beschlossen zu gehen, und sie ist gegangen …«

Arlette nickte, wenig überzeugt.

Sie zog sich aus.

Sie duschte wie gewohnt.

Und stellte sich dann an den Herd, wobei sie vor sich hin murmelte.

Dann schien sie eine Entscheidung getroffen zu haben.

»Hören Sie, Commissario … Sie dürfen nicht alles glauben, was Féfé und B. B. sagen. Sie sind *deux langues de pute*, zwei große Lästermäuler. Anständig, bei Gott. Mit so großen Herzen. Aber sie schwätzen und schwätzen … Papou hat niemanden getötet. Nicht einmal diesen Scheißkerl Manuel. Auch wenn er es absolut verdient hatte.«

Lupo war sprachlos.

Die Feststellung, dass in Le Monde Perdu alle über die Angelegenheiten der anderen fast in Realzeit Bescheid wussten, war beunruhigend. Aber noch schlimmer war dieser ganze Hass, den er nun bei Arlette entdeckte.

Er seufzte.

Auch sie war nicht mit der Gruppe nach Turin gefahren.

Und auch ihr Alibi, wie das des Katharers, musste sofort überprüft werden.

Doch das Problem war ein anderes.

Welchen Wert würde bei diesen beiden eine oder zwei positive Zeugenaussagen haben? Sie waren hier zu Hause. In einem äußerst konspirativen und protektiven Humus verwurzelt. Hinzu kam, dass das Opfer verabscheuungswürdig war.

Wer würde lügen, um sie zu retten?

Jeder.

Zwei so ehrenwerte und großzügige Menschen…

Der Commissario schüttelte den Kopf.

»Und was hat Manuel Ihnen getan?«

Arlette nahm die Espressomaschine von der Flamme.

Sie füllte eine große angeschlagene Tasse. Sie scheuchte eine Fliege weg, die sich gerade ihren Weg in der Kuhle zwischen ihren Brüsten bahnte. Und mit ihren nackten Füßen ging sie ungeachtet der kleinen Steinchen im kürzlich gemähten Gras auf den Tisch zu, der unter der Pergola stand.

»Vielleicht sieht man sie mir doch mehr an als ihm…«

»Was?«

»Die Jahre. Wir waren jedenfalls ungefähr gleich alt. Natürlich war er schon hier, als mir Papou hier einen Unterschlupf angeboten hat. Sie erinnern sich, nicht wahr?«

»Ja, Sie waren schwanger.«

»Ja, ich hatte einen riesigen Bauch, allerdings kleiner als der, den ich jetzt habe. Dann habe ich mein Baby verloren, aber ich habe Thérèse gefunden. Und einen Ehemann… Nun, gerade Thierry ist die Ursache von allem gewesen, mein Thierry. Er hat bei Manuel eine solche Feindseligkeit uns gegenüber erweckt, dass…«

»›Uns‹ soll heißen: Sie und Thérèse?«

»Wer denn sonst?«

»Und wie kam es dazu?«

»Das ist eine lange Geschichte.«

»Ich habe alle Zeit, die Sie brauchen.«

Arlette holte ein Bier aus dem Kühlschrank.
Und legte sich in die Sonne.
Auf eine Liege aus gelbem Kunststoff.
Die Federn quietschten, und die Liege hing aufgrund ihres Gewichtes so durch, dass ihr Hintern fast den Boden berührte.
Dann begann sie, ihre Erinnerungen zu sortieren.
Lupo drängte sie nicht.
Er hatte mittlerweile begriffen, dass an diesem Ort jeder seinen eigenen Rhythmus hatte.
Es war völlig sinnlos, daran etwas ändern zu wollen.
So saß er da und sah sie schweigend an. Um über ihren riesigen Leib nachzudenken, der jede andere Frau in die Verzweiflung getrieben hätte, nur sie nicht.
»Sie müssen eine Sache verstehen: Le Monde Perdu war zu jener Zeit noch eine seltsame mystische Insel, irgendwo zwischen Kommune und Sekte. Keine Touristen, keine Fremden. Nur sie, die aus Montségur. Wie eine Laokoon-Gruppe schlangen sie sich um die Schultern von Papou.«
»Und Sie, wie sind Sie hierhergekommen?«
»Nachts habe ich gestrippt. Und tagsüber habe ich das Ganze mit kleineren Jobs abgerundet.«
»Welche Art Arbeit?«
»Für René, den Bäcker, Brot ausliefern. Ich verließ die Cage à Perroquet um fünf Uhr morgens, schob die zwei oder drei Lüstlinge zur Seite, die mir traumhafte Ficks und das Leben einer großen Dame versprachen. Ich ging in La Madeleine um die Ecke, und da war schon der Bäcker.«
»Aber waren Sie nicht müde?«
»Nein. Ich habe ja tagsüber geschlafen. Und anders als die anderen musste ich nicht den Wecker stellen, ich war schon auf. Und am frühen Morgen ein bisschen Fahrradfahren durch die verlassenen Straßen war eine hervorra-

gende Methode, um mir die ganze Scheiße abzuwaschen, die von diesem Herumzappeln vor einem halben Dutzend Idioten an mir klebte. Nein, da war mein großes schwarzes Fahrrad mit seinem Korb schon besser …«

»Sérignan Plage war aber nicht gerade um die Ecke.«

»Nein. Doch ich kam auch nur zweimal in der Woche her. Und das Gute war, dass alle mich gut behandelten. Papou lud mich ein, mit ihm baden zu gehen. Nathalie erwartete uns mit einem schönen Frühstück. Und Bernard zeigte mir, wie man auf allen sechs Saiten der Gitarre spielt. Und schließlich konnte ich einmal nackt sein und in Ruhe gelassen werden, ohne dass irgendwelche schlüpfrigen Blicke jeder meiner Bewegungen folgten. Wenn ich dann völlig müde war, boten sie mir sogar ein Bett an, von dem aus man das Rauschen des Meeres hören konnte.«

Arlette seufzte.

Sie sah sich um, als würde sie die Dinge von damals wiederentdecken.

Dann genehmigte sie sich einen weiteren Schluck Bier.

Als wolle sie jegliche Rührung wegspülen.

Dann breitete sich ein melancholisches Lächeln auf ihrem Gesicht aus.

»Dummerweise hat René außer seinen Brotlaiben auch mich in den Ofen geschoben … Um es klarzumachen, nicht, dass mir das gar nicht gefallen hätte. Er war so etwas wie ein Traum: Er leuchtete immer vor lauter Mehl. Seine sanften Hände, die auch mich einmehlten. Und seine so unbefleckten Küsse …«

»Mir scheint, dass Sie das nicht bedauern …«

»Nein, absolut nicht. Das Einzige – um bei der Farbe zu bleiben – war, dass er wie Schnee in der Sonne wegschmolz. Aber in diesen Zeiten war es unmöglich zu glauben, man könne einen Bäcker heiraten, wenn der Bauch plötzlich dicker wird, während man zum Geldverdienen die Titten zeigt. Alle hätten gedacht, dass das Kind nicht von ihm wäre.«

»So sind Sie hierhergekommen.«

»Genau.«

Arlette hielt die Augen geschlossen.

Und ihre Lider glitzerten vom Schweiß.

Zwei kleine blasse Inseln.

Auf einem Körper, der so dunkel war, dass er aussah wie der von einer dieser dicken afrikanischen *mama*s, die von Schwangerschaften und dem Klima am Äquator aufgequollen sind.

Sie bewegte die Beine, wobei sie einem mysteriösen inneren Rhythmus folgte.

Als wolle sie jeden Teil ihrer Erzählung unterstreichen.

Sie zog sie an, wenn die Erinnerung bitter war.

Sie streckte sie aus, wenn die Sehnsucht zurückkam wie ein stummer Überrest eines alten Glücks.

Und Lupo blieb unbeweglich sitzen.

Er hörte zu, schaute und dachte nach.

Während die Erzählung weiterging.

»Manuel war nicht zufrieden. Es mochte seltsam sein, aber er war der Konservativste von allen.«

»Der Jüngste …«

»Sehen Sie, ich und das, was ich da im Bauch hatte, öffneten in gewisser Weise ein Fenster in dieser verschlossenen, hermetisch abgeriegelten Welt, die irrationalerweise auf sich selbst verwies, um die Vergangenheit in die Gegenwart zu verschieben. Eine wirkliche Dummheit.«

»Aber Sie haben das nicht gleich begriffen …«

»Nun … Alle waren ziemlich alt. Ich und meine Baguettes, wir gehörten in gewisser Weise schon zum Bild dazu. Was sie erregte, war jedoch die Vorstellung, dass aus dem Nichts und durch Zufall ein neues Leben hervorkommen sollte. Sie wissen, wie Großeltern so sind, nicht wahr? Mittlerweile war das hier eine Welt von Großvätern und Großmüttern ohne Hoffnung geworden. Und plötzlich kommt ein neues Enkelkind. Sie hätten sie sehen sollen …«

»Und Manuel?«

»Es war, als hätte der künftige Dalai-Lama, der von Geburt an von den Priestern, die ihn anbeteten und für den Thron erzogen, plötzlich entdeckt, dass er nicht mehr so einzig und so heilig war. Dass Liebe und Zuwendung nicht mehr sein Exklusivrecht im Languedoc und Umgebung sein würden. Im Gegenteil, es genügte zu beobachten, wie alle langsam verblödeten, während sie den heiligen Bauch anstarrten, um zu verstehen, dass seine Ansprüche bald durchs Klo hinuntergespült sein würden.«

»Also war es nur eine Frage der Eifersucht.«

»Nein. Er war der Erste, der klar gesehen hat, was passieren würde. Diese zermürbende katharische Messe, die vom gepriesenen Chor aus Montségur gesungen wurde, würde durch einen kleinen Bastard, der nichts mit ihnen und mit ihren Wurzeln gemein hatte, verdorben werden.«

»Für ihn würde das der Anfang vom Ende sein.«

»Genau. Nur, dass die Opas und Omas allzu sehr von der Wiege und von rosafarbenen Schleifchen eingenommen waren, als dass irgendein Verdacht sie gestreift hätte. Du hättest den Triumph in seinen Augen sehen sollen, als er erfuhr, dass mein Baby gestorben war …«

Arlettes Stimme wurde brüchig.

Wie ein paar Tage zuvor, als sie das erste Mal über diesen Schmerz gesprochen hatte.

Doch sie fing sich sofort wieder.

Sie öffnete die Augen.

Und setzte sich auf, um Lupo ins Gesicht sehen zu können.

»Seit diesem ersten Tag hatte er kein Wort mehr an mich gerichtet. Und plötzlich stand er im Krankenhaus vor meinem Bett mit einem Blumenstrauß in der Hand und einem breiten Grinsen auf dem Gesicht. ›Vielleicht ist es besser so‹, sagte er. ›Jetzt bist du wieder frei und kannst uns weiter das Brot bringen …‹«

Lupo hielt ihrem Blick stand.

Erschüttert über diese Worte.

Doch das war noch nicht alles.

»Dann kam Thérèse. Und mit ihr Thierry. Nicht sofort, so mit der Zeit. Und Thierry ist nicht ohne. Durch dieses offene Fenster kam alles herein. Gefühle, Vorstellungen, neue Menschen: eine bislang nie geatmete Luft.«

Die Erzählung floss weiter.

Fast träge.

Die alte Elster keckerte, neugierig wie immer, in den Blättern.

Und es wurde endlich klar, warum das Auftauchen Thierrys alles verändert hatte.

Papou und Nathalie, die mit Arlette bereits irgendwie die Augenblicke wieder erlebten, die so unauslöschlich ihre Existenz gezeichnet hatten, hatten so nach und nach gelernt, diesen Mann zu respektieren und zu lieben, der ernst und lustig zugleich war und immer aus völlig unbekannten Welten mit lauter Wundern bepackt zurückkehrte …

Thierry war ein Schwamm.

Er saugte alles auf.

Geschichten von Männern, von Frauen.

Ferne Kulturen.

Undenkbare Zivilisationen, unbekannte Orte.

Gefühle, Freuden, Hoffnungen, Schmerzen, Illusionen: die geheimsten Falten, die die Zeit ins Gesicht der Menschheit eingegraben hatte. Und alles vereinigte sich in ihm. Auf elementare Weise. Ohne die Dinge irgendwie intellektuell bemänteln zu müssen.

Vor allem Papou war völlig hingerissen.

Bei den seltenen, aber ausgiebigen Gelegenheiten, an denen Thierry seine Thérèse zwischen einem Reiseziel und dem nächsten besuchte, wollte Papou immer häufiger mit ihm zusammen sein. Er war bereit, sich stundenlang die Erzählungen über Dinge anzuhören, die er noch nie gesehen hatte, die er sich auch nie hätte vorstellen können, so sehr hatte er sich in seinen von Zäunen und Stacheldraht umgebenen Mikrokosmos eingeschlossen.

Er war, als wäre er an einem Fieber erkrankt.

Das nur dann sank, wenn er von diesem Nektar trinken durfte.

Womit endgültig die alte und feste Hierarchie der Gefühle zerstört wurde, die für Manuel immer die unerschütterliche Gewissheit bedeutet hatte. Im Bewusstsein, dass er der einzig mögliche Erbe war.

Der einzige Junge, der diese Alten überleben würde.

Und mit ihm das unendlich große Wissen, das sie ihm vermitteln konnten.

Stattdessen sah es so aus, als sei nun keine Zeit mehr für ihn da. Als stellte die äußere Welt die Wurzeln und die Tradition in Frage. Als würde die eiserne intellektuelle Disziplin, von der sie sich all die Jahre genährt hatten, immer drängenderen materiellen Bedürfnissen unterworfen.

Im Wesentlichen waren sie im Begriff, ihre Identität zu verlieren, ohne es zu bemerken.

Arlette erhob sich.

Vielleicht, um ihrer Wut und ihrer Verachtung noch mehr Nachdruck zu verleihen.

Manuel hatte wirklich seine Spuren bei ihr hinterlassen.

»Seine Vorstellung war, das ganze liebe Leben lang keinen Furz zu tun. Auf Kosten anderer zu leben. Für sich sorgen zu lassen, sich verehren zu lassen und am besten noch eine Sklavin zu haben, die ihm den Rücken kratzt. Aber Thierry hat ihm die Eier zerschlagen, *cassé les œufs*, wie man sagt. Er hat ihm sozusagen das Omelett verbrannt.«

Lupo folgte ihr mit den Augen.

Zum Teil belustigt über ihre blumige Sprache, die stets mit Ironie unterlegt war.

Auch wenn es die Leiden waren, die die Erinnerung hervorholten.

Zum Teil hatte er aber auch die Sorge, dass er von ihrem unversöhnlichen Ton der Gestik ihres so überbordenden Körpers, die ihrer Verachtung Ausdruck verlieh, abgelenkt wurde und Gefahr lief, dass ihm die wichtigen Untertöne und Veränderungen entgingen.

Deswegen unterbrach er sie häufig.

»Also war es nicht nur eine Frage der Eifersucht …«

»Natürlich nicht.«

»Sondern?«

»Am Ende eine Frage des Geldes.«

Arlette trat an Lupo heran.

Sie stand mit ihrem enormen Busen über ihm.

Er bewegte sich nicht.

Und starrte von unten auf dieses dunkle, vibrierende Gebirge, das ungeheuerlich vor ihm aufragte. Fast konnte er den Daumen und den Zeigefinger, die sich aneinanderrieben, um das Rascheln von Geldscheinen anzudeuten, dahinter nicht mehr sehen.

»Um viel Geld.«

Danach drehte sich Arlette um.

Ging zum Kühlschrank.

Nahm zwei Bier heraus.

Gab ihm eines davon. Und setzte sich ihm gegenüber.

Als sei sie in einer Kneipe. Die Ellbogen waren breit auf das Tischtuch gestützt, und die Dose stieg langsam zum Mund auf und sank wieder herab.

»Das ist schwer zu glauben, nicht wahr?«

»Ja, in der Tat.«

»Hören Sie ... Hier hatten sie es am Anfang schwer, aus dem Schlamm herauszukommen. Das bisschen, was sie hatten, landete in den Taschen dieser Witwe, von der sie das Land gekauft haben. Und jahrelang haben sie von den Reben, den Gärten und dem, was sie im Meer gefangen haben, gelebt ...«

»Und dann?«

»Dann hat in Montségur der Tod seine Arbeit verrichtet: Eltern, Onkel, Tanten, alle möglichen Verwandten. Das Gesetz hat seine Pflicht getan und ihnen Güter, Läden und Land zum Geschenk gemacht. Alles in allem ganz schöne Summen. Eine Art Karstfluss, der immer dort hervortritt, wo man es am wenigsten erwartet.«

»Und was haben sie damit gemacht?«

»Sie haben alles verkauft. Haben das ganze Geld kassiert. Das haben sie dann auf den Namen der *Societé Monde Perdu* auf der Bank deponiert, dessen einziger Verwalter Papou war. Die Zinsen wurden gerecht unter allen verteilt, unabhängig vom anfänglichen Einsatz: Waren sie nun eine Kommune oder nicht? Und war es nicht herrlich, von der Rendite zu leben? Bescheiden vielleicht. Aber endlich nicht mehr Sklaven von Weintrauben und Fischen …«

»Zu diesem Zeitpunkt ist dann Thierry gekommen …«

Arlette nickte.

Und sah auf die Uhr.

Ihr wurde plötzlich klar, wie spät es geworden war.

Dann stand sie auf und schüttelte die Erinnerungen ab.

Sie ging zu einer Wäscheleine, auf der eine unglaubliche Menge von Wäsche zum Trocknen in der Sonne hing. Sie kramte ein wenig und zog schließlich einen riesigen Büstenhalter herab.

Ohne sich um Lupo zu kümmern, zog sie ihn sich an. Sie drehte und wand sich, weil sie schlecht an den Verschluss kam. Dann rückte sie sich energisch die Brüste in den Körbchen zurecht.

Schließlich war die Unterhose dran. Sie war so groß, dass zwei oder sogar drei Klammern nötig waren, um sie festzumachen.

Sie nahm sie von der Leine.

Drehte sie einige Male hin und her, um zu sehen, wo vorn und wo hinten war.

Dann sprang sie mit einer unerwarteten Behändigkeit hinein, zog sie hoch und ließ laut hörbar das Gummiband schnalzen.

Schließlich drehte sie sich einige Male um sich selbst.

Und benutzte Lupo als Spiegel.

»Nun, wie sieht das aus?«

Der Commissario war fassungslos.

Er konnte nur stammeln.

»Gut, würde ich sagen …«

»Wissen Sie, mein Lieber, das Problem ist, dass ich diese fürchterlichen Dinger nie benutze. Aber ich kann ja nun wirklich nicht ohne zum Priester gehen.«

»Welcher Priester?«

»Der Pfarrer von Sérignan: Er erwartete mich wegen der Pferdesegnung. Ich muss alles vorbereiten. Aber gehen Sie nicht. In spätestens einer Stunde bin ich wieder da. Ich muss nur zwei, drei Dinge organisieren. Wissen Sie, Einladungen verschicken … Wenn Sie wollen, können Sie das Feuer für die Glut anmachen. Wenn ich zurückkomme, machen wir uns einen Happen zu essen.«

Dann verschwand sie in ihrem Mobilhome.

Und kam eine Sekunde darauf wieder in einer geblümten Djellaba. Und mit einem Paar halbhohen Sandaletten, die sie wie zwei gerade gerupfte Hühner in der Hand hielt.

»Die ziehe ich nur auf dem Kirchplatz an. Ich will mir ja nicht die Füße ruinieren.«

Lupo sah ihr hinterher.

Sie hatte ihn im spannendsten Augenblick verlassen.

Er zweifelte jedoch nicht, dass sie genau da fortfahren würde, wo sie aufgehört hatte.

Jetzt setzte dieser Mechanismus ein, den er nur allzu gut beherrschte und der immer gut funktionierte.

Es brauchte eine Weile, bis er in Gang kam.

Aber wenn sich die Räder erst einmal drehten, dann vergaßen die Menschen meistens, dass sie einen Kommissar vor sich hatten, der gerade eine Ermittlung durchführte, die durchaus eine Menge Ärger mit sich bringen konnte. Und das verwandelte ihn wie durch Zauberhand in eine Art Vertrauten, der über den Dingen stand.

In einen Beichtvater, bei dem man ungestraft Hass, Frustration und Neid abladen konnte. Die ganze Bandbreite der Gefühle, die schwerlich Zuhörer finden konnten, weil der Samen bereits im gemeinsamen Obstgarten zum Baum geworden war.

Zumindest darin hatte Papou Recht.

Nur ein Fremder hatte die Möglichkeit, ein paar schöne reife Äpfel zu pflücken…

Auch Lupo sah jetzt auf die Uhr.

Obgleich er genau wusste, wie spät es war.

Es war ein konditionierter Reflex.

Er wusste nicht, was er jetzt tun sollte.

Sollte er nun warten, bis Arlette zurückkam? Oder sollte er sich einer einträglicheren Tätigkeit widmen, indem er auch die Abwesenheit von Thérèse ausnutzte, die auf gewisse Weise Einfluss darauf nahm, wie vertraulich seine Gesprächspartner ihm gegenüber wurden?

Er überlegte, zum alten Jean-Luc zurückzukehren.

Aber ihm wurde sogleich klar, dass das nur vergeudete Zeit sein würde.

Besser, vorher Fakten und Gewissheiten zu sammeln, um sie dann präsentieren und konkrete Antworten einfordern zu können. Der Katharer war derart verwöhnt, dass er glaubte, stets selbst die Tonart und die Inhalte dessen bestimmen zu können, was gesagt wurde. Nein, ohne Beweise würde Lupo keinen Millimeter vorankommen.

Also, was dann?

In diesem Augenblick kam ihm De Mattia in den Sinn.

Was ihn auf eine ganz irrationale Weise störte.

Es war, als hätte ein Stein ganz plötzlich das ruhige Wasser, in dem er gerade schwamm, aufgewühlt.

Er seufzte.

Dann wurde ihm bewusst, dass er einfach jeden anderen Gedanken, der nicht mit der Magie dieses Ortes zusammenhing, beiseitegeschoben hatte. Er hatte alles andere vergessen.

Aber warum hatte er eigentlich nichts von sich hören lassen?

Es war ja nun wirklich keine große Sache, den Finger zu nehmen und ein paar Zahlen auf der Tastatur einzugeben, um seine Nummer zu wählen …

Mit zunehmend schlechterer Laune ging er zu seinem Bett und kramte in seinen unordentlich aufgehäuften Sachen herum, bis er schließlich dieses verfluchte Telefon fand.

Nicht nur, dass er das Ding hasste.

Jetzt war es auch noch tot.

Er seufzte.

Er war sicher: Dieser Plastikkadaver, der nun keinen Ton mehr hervorzubringen in der Lage war, würde ihm tonnenweise ironische Bemerkungen einbringen. Vorausgesetzt, er fände nun endlich dieses verfluchte Gerät, mit dem man die Akkus lud.

Es war im Schlafsack.

Er steckte den Stecker ein.

Und das Display begann zu blinken wie ein Flipper. Fünf versäumte Anrufe und ebenso viele Nachrichten.

Lupo fummelte ein wenig an dem Ding herum.

Dann gab er es auf.

Diesem Apparat würde er nie auch nur ein Wort entlocken können. Er beschränkte sich darauf, die mikroskopisch kleinen Tasten zu bearbeiten, die bestimmt für ein Zwergenvolk mit hundertprozentiger Sehschärfe gedacht waren.

De Mattia war sofort dran.

»Oh, eine Stimme aus dem Jenseits …«

Lupo unterbrach ihn gleich.

Im verzweifelten Versuch, den unvermeidlichen Schwall von Boshaftigkeiten, den sein Stellvertreter erbarmungslos über ihm ausgießen würde, bereits im Ansatz zu stoppen.

»Hör zu, ich habe es eilig…«

»Das habe ich bemerkt. Seit gestern versuche ich, dich zu erreichen.«

»Nun, jetzt kannst du die Chance ja nutzen.«

»Hast du deine Mailbox abgehört?«

»Erbarmen!«

»Okay, okay. Dann brauche ich dich auch nicht zu fragen, ob du die SMS gelesen hast.«

»Houston, wir haben ein Problem…«

De Mattia lachte herzlich.

Die Empfindlichkeiten Lupos und sein verlegenes Eingeständnis, dass er mit einem Großteil der Monster der elektronischen Welt nicht zusammenleben konnte, versetzte ihn immer in fröhliche Stimmung.

Er kam ihm dann vor wie ein unfähiges Kind, das nicht in der Lage war, das Alphabet zu erlernen. Doch De Mattia wurde sogleich wieder ernst.

»Wir haben die Ergebnisse der toxikologischen Untersuchungen bekommen. Unser Manuel ist an einem Herzstillstand gestorben, der, halte dich fest, durch physischen Kontakt mit den Blättern einer überaus giftigen Pflanze verursacht wurde: dem Aconitum, auch Eisenhut genannt. Im Blut wurden in der Tat ausreichende Mengen von reinem Aconitin gefunden, einem Alkaloid, das, vielleicht weißt du ja, was zum Teufel das bedeutet, die Ionenkanäle blockiert. Amen.«

Lupo seufzte.

Der Stift flog über die Seiten seines Notizbuches.

Er wusste, dass De Mattia immer verschwenderisch mit nutzlosen Details umging.

Er würde sich nur das Wichtigste notieren.

Doch er würde ihn nicht unterbrechen.

Das war so eine Art Ritual.

Das mit allem Brimborium gefeiert werden musste.

Die Stimme floss indes unbeirrt weiter, mit offensichtlichen Untertönen der Freude. Wenn De Mattia einen Vortrag hielt, dann konnte man sicher sein, dass er gut vorbereitet war.

»Wissenschaftlicher Name: *Aconitum napellus*. Die Franzosen nennen es ›Jupiterhelm‹ oder ›Venuskutsche‹. Für uns ist es sehr viel prosaischer die ›verrückte Lilie‹ oder der ›verrückte Safran‹. Bestandteile: 16-Ethyl-1,16, 19-Trimethoxy-4-(Methoxy-Methyl)Aconitan-3,8,10, 11,18-Pentol 8-Acetat 10-Benzolat. Formel: $C_{34}H_{47}NO_{11}$.«

»Stopp, für mich ist das Chinesisch. Sag mir lieber, was ›durch physischen Kontakt‹ heißen soll.«

De Mattia brauchte darüber nicht nachzudenken.

»Erinnerst du dich an die Abschürfung, die Manuel am Kopf hatte?«

»Die, von der wir dachten, sie käme vom Klebstoff für die Perücke?«

»Genau. Wahrscheinlich stimmt das auch. Nur dass die Kapillaren an der Oberfläche genügend verletzt waren, dass sie das Gift direkt aufnehmen konnten. Der Toxikologe ist sich fast sicher, dass das Aconitpulver unter den Klebstoff gemischt war. Doch die Tube ist nicht gefunden worden.«

»Was heißt ...«

»Dass das deine Angelegenheiten sind. Der Mörder war einer deiner neuen Freunde. Welcher Fremde hätte denn sonst Zugang zur kahlen Intimität unseres Freundes gehabt?«

Lupo seufzte.

Es schien keine andere Lösung zu geben.

Aber, passten Papou und Arlette noch in dieses Schema?

Wer jetzt allerdings hervorragend hineinpasste, das war

Nathalie. Ihr seltsames Unwohlsein hatte ihr im Hotel freie Bahn verschafft. Und also auch einen einfachen Zugang zu Manuels Zimmer …

Nachdem ihm De Mattia ein paar Sekunden Zeit zum Nachdenken gelassen hatte, nahm er seine Litanei wieder auf.

»Nur damit du dir keine falschen Vorstellungen machst … Eisenhut ist nicht etwa die Lieblingspflanze der Göttin Kali, die auf mysteriöse Weise von Mompracem oder sonst woher kommt. Es ist nur eine ganz gemeine Art des Hahnenfußes, der überall wachsen kann.«

»Wo?«

»Im Wald, egal ob Hügel- oder Bergland. Es reicht, dass der Boden genügend feucht und humusreich ist, angesichts der Tatsache, dass er Ställe und Misthaufen nicht verachtet.«

»Das heißt, wenn man will, auch hier. Hier gibt es haufenweise Pferde und Stiere. Wann blüht er?«

»Zwischen Juli und September. Aber man kann ihn auch konservieren. Er hat blaue Blüten, die Pflanze wird bis zu anderthalb Meter hoch, sie wächst dicht, möglicherweise zwischen Brennnesseln. Und ihr Gift sitzt überall, vom Blütenblatt bis zur Knolle.«

»Das heißt, man muss nicht warten, bis er blüht?«

»Nein. Wenn du einen Strauß davon pflückst und hast Glück, dann bekommst du nur einen Hautausschlag. Wenn du aber einen Schnitt im Finger hast, dann holt dich der Sensenmann. Wie es mit unserem Freund …«

»Funktioniert das absolut sicher?«

»Nicht hundertprozentig. Bei ihm aber hat es geklappt. Jedenfalls geht man auch in der Medizin vorsichtig damit um. In Indien hat man die Pfeilspitzen damit präpariert. Es gibt eine Legende …«

»Die kann ich mir nicht entgehen lassen.«

»Alter Genießer. Es scheint, als habe Zerberus, der dreiköpfige Hund der Hekate, Königin des Hades, den Samen dieser Pflanze in seinem Geifer gehabt, der ihm unaufhörlich aus dem Maul troff. Als er von Herkules gekidnappt und über den Boden geschleift wurde, wobei er vor Wut schäumte, fielen die Samen heraus und kennzeichneten seinen Weg. Und seit damals hat sich dieser verfluchte Hahnenfuß in der ganzen Welt ausgebreitet. Kapiert?«

»Mir bleibt die Luft weg.«

»Man gibt sich mit wenigem zufrieden.«

»Sonst noch was? Hat Modica etwas gefunden?«

»Ich glaube schon, aber er spielt den Geheimnisvollen. Ich glaube nicht, dass es etwas wirklich Wichtiges ist, denn er weiß genau, wenn er den Brocken für sich allein behält, dann würde Ferrero ihn ihm quer in den Rachen stecken. Und du? Brauchst du etwas?«

Lupo bejahte.

Und er gab ihm eine detaillierte Beschreibung von Papou und Arlette durch. Sie waren so charakteristisch im Aussehen, dass es auch in der dichtesten Menschenmenge unmöglich war, sie nicht zu erkennen. Nein, er habe keine Fotos. Es gebe auch keinen Grund, welche zu verlangen.

»Hör zu, das ist nur meine persönliche Paranoia.«

»Na und, ist das was Neues?«

»Hör auf. Es ist nicht gesagt, dass sie nach Turin gekommen sind. Aber es tut niemandem weh, auf dem Bahnhof oder bei den Taxifahrern, die davor stehen, nachzufragen, ob sich jemand an einen alten mageren, sehr braun gebrannten Mann mit weißem Haar und weißem Vollbart erinnert. Und an eine dicke Frau, die eine Djellaba trägt. Beide können sie kein Wort Italienisch. Wenn sie dann jemand gesehen hätte …«

Sie hatten über eine Stunde miteinander telefoniert.

Als Lupo auflegte, war Arlette schon zurückgekommen.

Und wie immer planschte sie unter der Dusche herum.

Sie sah aus wie ein sich schüttelnder Bernhardiner.

Sie prustete, schnaubte durch die Nase.

Sie hüpfte und lachte fröhlich.

Dabei ließ sie zwei stahlverblendete Zähne blitzen.

»So gefällt es mir: schön kalt! Los, geben Sie mir das Handtuch dort …«

Lupo gehorchte. Er war an all das schon gewöhnt.

»Und das Feuer?«

»Sie haben ja gesehen, ich habe einen Anruf erhalten …«

»Teufel noch mal, da wird sich aber jemand aus dem Fenster stürzen, wenn er die Rechnung bekommt.«

Sie frottierte sich einige Minuten lang kräftig ab.

Dann legte sie die Djellaba, die sie eilig auf einen Stuhl geworfen hatte, sorgfältig zusammen. Den Büstenhalter und die Unterhosen klammerte sie wieder mit zahlreichen Wäscheklammern an die Leine.

»Nun, angesichts der Tatsache, dass der feine Herr den Vormittag damit verbracht hat, Leg-ich-auf-oder-legst-du-auf mit seinen Freundinnen zu spielen, wird er sich wohl auch mit einer schnellen Mahlzeit begnügen.«

»Mir genügt ein wenig Obst.«

»Mir nicht. Ich muss noch wachsen.«

Arlette machte sich am Herd zu schaffen.

Und Lupo sah ihr zu, unter dem hochgeklappten Laden hindurch, der ihn an die kleinen Strandhütten erinnerte, die Ende der Fünfzigerjahre in Ligurien und in der Versilia kalte Getränke, belegte Brötchen und Eis anboten.

Er sah, wie sie mit den Händen etwas, was nach Minze, Zitrone, Gurke und Tomate roch, vermischte. Sie probierte, zupfte und verfeinerte mit Pfeffer und mit Salz, gab ein wenig Öl dazu, grummelte vor sich hin und suchte mit lauter Stimme einen großen Löffel, den sie nicht fand.

Dann brachte sie eine Platte mit Getreidegrieß zum Tisch, unter den buntes, glänzendes, appetitliches Gemüse gemischt war.

Sie setzte sich.

Streckte die Hand aus.

Und nahm eine Faust voll, die sie sich gierig in den Mund steckte. Lupo beobachtete sie neugierig.

Es gab keine Teller, kein Besteck.

In diesem seltsamen Teil Frankreichs, der arabisch, italienisch und spanisch zugleich war, lag immer und über allem der Geruch von Paella. Und um jede Ecke waberte der Duft nach Basilikum und Zwiebeln, die eine Pizza verkündeten.

Dies hier musste eine maghrebinische Spezialität sein.

Lupo nickte.

Mit der Haltung des Kenners.

»Endlich einmal ein gutes *Couscous* ...«

Und da er Sitten und Gebräuche stets respektierte, streckte auch er den Arm in Richtung der Schale aus, um sich eine Hand voll zu nehmen. Doch auf halbem Wege hielt ihn Arlette am Handgelenk fest.

»Jetzt sagen Sie mir: Sehen Sie dort vielleicht Stücke vom Hammel, vom Huhn oder vom Kaninchen? Ist da Paprika dabei, Hülsenfrüchte und irgendwelche blassen Tintenfischstückchen, die wir gern dazu tun, um uns als Franzosen zu fühlen?«

»Ich würde sagen, nein.«

»Das glaube ich wohl. Und wissen Sie warum? Weil das hier ein *Taboulé* ist, Sie Weltenbummler. Kein *Couscous*. Und jetzt probieren Sie und hören auf zu fluchen.«

Es war frisch und leicht säuerlich.

Eine Köstlichkeit.

Lupo aß eine unglaubliche Menge davon.

Zur großen Befriedigung von Arlette.

Die sich hartnäckig jedem seiner Versuche entzog, die Sprache wieder auf Manuel zu bringen und so an den unterbrochenen Gesprächsfaden wieder anzuknüpfen.

Sie erzählte stattdessen voller Begeisterung, wie sie dem Priester geholfen hatte, das Fest des heiligen Rochus, des Schutzpatrons von Sérignan, mit allem Drum und Dran zu organisieren. Es sollte am 16. August stattfinden.

»Ist das nicht ein bisschen früh?«

»Oh, Sie haben ja keine Vorstellung. Der heilige Rochus ist auch der Schutzheilige der Pferde.«

»Und?«

»Man muss die Einladungen schreiben, sie rechtzeitig losschicken, man darf niemanden vergessen. An diesem Tag kommen Tausende von Reitern von überallher. Ganze Familien, Junge, Alte, Kinder, unglaublich viele Frauen. Leute von Pferdefarmen, von Reitschulen. Zigeuner, Pferdehirten aus der Camargue, die *maréchaux-ferrant de Provence*, die berühmten Hufschmiede aus der Provence, okzitanische Züchter, Bereiter jeglicher Natur. Sie kommen aus Arles, aus Taracon, aus Nîmes, aus Avignon, aus Narbonne, aus Perpignan. Von jedem Acker im Umkreis von dreihundert Kilometern.«

»Um was zu tun?«

»Um gesegnet zu werden. Sie tragen von Hand gemachte Kostüme, viele davon sind alt und wertvoll. Andere tragen zerlumpte Jacken, die nach Mist und Stroh stinken. Doch sie tragen alle irgendwo eine Blume, eine Kokarde, das Familienwappen. Sie schmücken die Pferde festlich mit Federbüschen. Und machen stundenlange Umzüge. In der Sonne.

Begleitet von den Gitarren und den Blasinstrumenten der Musikgruppen. In einem aufregenden Gemisch aus Hufeklappern, Sporenklirren, Hallo, Küsschen und Wiehern.«

»Aber wirklich Tausende?«

»Nun ja, vielleicht sind es auch Hunderte. Man übertreibt bei diesen Dingen auch manchmal vor lauter Begeisterung …«

»Ja …«

»Aber Sie sollten es sehen: ein richtiger Karneval voller Musik, Farben, Düfte. Eine kilometerlange Schlange, die sich zum Hauptplatz in Sérignan windet, unter den Platanen entlang, wo die Menschen applaudieren. Die alten *mamies* stehen schon seit dem frühen Morgen ganz vorn, sie beschimpfen die Touristen, die die Absperrungen umgehen, um Fotos zu machen, während junge Frauen, die zur *Miss* eines Dorfes gekürt wurden, den schönsten ›Familien‹ Rebenschösslinge und Flaschen mit Muskateller anbieten. Dann brechen auf einmal Pferde aus und bäumen sich auf, mit großen Schweißflecken auf dem Fell.«

»Das hört sich aufregend an …«

»O ja, das ist es! Es gibt alles: Arbeitspferde mit Hintern groß wie Fässer und dicken Beinen mit Behang, Zaumzeug, als wären es Wüstenpferde, fein mit Nieten verziert. Winzige Pferdchen, auf deren Rücken kleine Mädchen in okzitanischen Spitzenröckchen sitzen. Ponys, Braune, Schecken … Alles, was Sie sich nur vorstellen können.«

»Und dann?«

»Und dann bewegt sich der ganze Zug zur Kirche. Zu Don Cheval, der den Weihwasserwedel in der Hand hat und mit den Füßen in den Pferdeäpfeln steht. Denn ein Pferd scheißt wie eine Dampflok, es hat kein Gespür für das Heilige. Aber dem heiligen Rochus ist das egal, er ist daran gewöhnt, er hat die Nase eines Bauern. Der Priester fragt nach dem Namen eines Tieres und segnet jedes einzeln. Ab und zu ein Schluck Rosé, denn auch Priester bekommen in der Sonne eine trockene Kehle. Und außerdem, weil man weiß, dass es sich unvermeidlich in die Länge zieht: Wenn du der Menge einen Finger gibst, dann nimmt sie die ganze Hand, darauf kannst du wetten …«

»Was bedeutet das?«

»Nun. Manchmal will jemand, der kein Pferd besitzt, auch nicht zu kurz kommen. Er nutzt die Gelegenheit und lässt sich alles segnen, was er hat: Hunde, Katzen, Gänse, Kanarienvögel, Hamster. Sogar Schlangen und Goldfische. Ein Chaos, das kann ich dir sagen. Aber auch ein großes Vergnügen …«

Arlette streckte sich zufrieden.

Sie sah Lupo an und lächelte.

»Ich bin immer noch ein braves katholisches Mädchen. Diese blöden Albigenser wissen wirklich nicht, wie man sich amüsiert. Denken Sie daran, wenn Sie mit Ihren Fragen weitermachen …«

Endlich nahmen sie den Faden wieder auf.

Arlette hatte ihrer Freude Ausdruck verliehen und war nun wieder bereit.

»Also, wo waren wir stehen geblieben …?«

»Alles verkauft. Geld kassiert. Auf den Namen Le Monde Perdu auf der Bank einbezahlt. Doch an diesem Punkt kam Thierry …«

Arlette stand vom Tisch auf.

Sie nahm ihren Platz auf der Liege wieder ein.

»Sehen Sie, Thierry ist ein seltsames, faszinierendes Tier. Er spricht mit den Leuten, und die Leute hören ihm zu. Er tut nichts, um sie zu überzeugen. Er bewegt nur seine Zunge. Und seine Worte haben oft eine unvorhergesehene

Wirkung. Du änderst deine Meinung, weil sie dich auf Möglichkeiten und Ideen bringen, an die du vorher nie gedacht hättest.«

»Zum Beispiel?«

»Zum Beispiel, Féfé und B. B. Als er sie kennen gelernt hat, waren sie zwei Homosexuelle, die genauso nett wie unterdrückt waren, Gefangene dieses absurden geistigen Zauns zwischen dem Frommen und dem Idioten, den sie um sich herum errichtet hatten. Sie waren gebildet, Himmel, ja. Sie hätten hören sollen, was die alles wussten. Aber was hat ihnen all das Dozieren genutzt? Nichts. Zwei Gespenster, wie alle anderen auch. Von ihrer Umwelt terrorisiert.«

»Und Thierry?«

»Er ist jemand, der Angst und Faulheit schon immer gehasst hat. In seinem Kopf ist der Mensch zum Arbeiten gemacht. Nicht dafür, dass man mit den Händen in den Taschen dasteht, um sich in der Schöpfung zu spiegeln. Im Gegenteil: Die Schöpfung ist ein Garten, der jeden Tag mit Schweiß gegossen werden muss. Sonst bist du nur ein Arschloch, das Nabelschau betreibt und überzeugt ist, das sei Arbeit.«

»Und dann?«

»Dann hat er gehört, wie sie auf ihrer Zigeunergitarre mit ihren sechs Saiten herumgekratzt haben. Er hat ihre Gabe erkannt: ein Talent, das vielleicht nur durch ihre so extreme Einsamkeit hat wachsen können. Und er hat sie einfach überrumpelt.«

»Wie denn?«

»Bis vor zwanzig Jahren rannten am ersten Tag der *Feria* die Stiere durch die Straßen von Béziers. Im Vergleich dazu war Pamplona ein Dorffest. Voller betrunkener Amerikaner. Aber die *biterrois* haben keinen Hemingway gehabt, der die große Trommel schlug. Verletzte, Tote, ein unendliches Fest mit Stierkämpfen, Flamenco und Sangria in Strömen. Eine Woche lang Wahnsinn, keiner geht schlafen. Etwas, das heute, abgesehen vom *encierro*, dem Stierlauf, auch heute noch geschieht …«

»Und dann?«

»Der Kreuzgang der Kathedrale … Er hat sich die beiden unter den Arm geklemmt und sie dorthin geschleift. In den Tempel der *Sevillana*. Und dort hat er sie spielen lassen. Und gleich darauf fiel das Kloster zusammen: ein Triumph. Und sie wussten, dass das alles wahr war. Die *aficionados*, die Fans, waren hier stets anspruchsvoller als in Spanien. Sie waren ein Volk der Verbannten, der Einwanderer. Und also auch sehr strenge Hüter der verlorenen Traditionen.«

Das war der Anfang der Revolution.

Nichts sollte mehr sein wie vorher.

Le Monde Perdu war plötzlich von einem unbekannten Virus erfasst worden.

Vom Virus der Arbeit.

Bernard und François erhielten tatsächlich sofort ein Angebot für ein Engagement.

Für das ganze Jahr.

Das bedeutete viel Geld.

Geld von außen.

Das sie je nach Lust und Laune ausgeben konnten. Das nicht mehr ins reine Überleben eines geschlossenen Clans gesteckt werden musste, der nur in seiner Anspruchslosigkeit und seiner Armut unabhängig war.

Dann war Alain an die Reihe gekommen.

Thierry hatte bei ihm eine uneingestandene Leidenschaft für Stiere entdeckt.

Also hatte er ihn zu einem dieser saisonalen Zuchtbetriebe gebracht, die es jetzt immer häufiger gab. In der Gegend von Narbonne, zu Menschen, die ihn in diesem besonders heißen Sommer wie ein Geschenk des Himmels empfingen.

Von da an war sein Weg vorgezeichnet gewesen.

So hatten sie alle der Reihe nach eine wirkliche Beschäftigung gefunden.

Mit Löhnen, die ausgezahlt wurden und die ihre ganzen Mühen vergalten.

Ein bisschen, um miteinander zu wetteifern

Ein bisschen aber auch, weil es aufregend war, diesen ganzen frischen Wind zu verspüren.

Rosie hatte über Arlette, die mit der Sekretärin der *Béziers* befreundet war, begonnen, sich für Rugby zu interessieren. Eine Eintrittskarte gratis für die Hilfe bei der Buchführung. Und nach und nach unzählige Bekanntschaften inmitten dieser entfesselten Begeisterung, und wenn es eine Möglichkeit gab, einem »Gläubigen« zu helfen, versagte sie sich nie.

Dann das Radio.

Die Zeitung.

Und der Stickstoff.

Und wer weiß, was noch in der Zukunft.

Für Patrice war es noch einfacher gewesen.

Er war derjenige, der sich praktisch immer um die Reben, den Wein, die Beziehungen zur Genossenschaft von Sérignan gekümmert hatte. Mit der Zeit war er ein guter Winzer geworden und hatte angefangen, seinen Wein zu verkaufen. Wobei er keine Probleme hatte, Abnehmer zu finden.

Auf der anderen Seite hatte keiner von ihnen Le Monde Perdu verleugnet: Sie lebten weiter in ihren Wohnwagen, ohne die Studien zu vernachlässigen. Nur, dass sie sich jetzt viel mehr zu erzählen hatten.

»Eine Weile lang schien sogar Manuel über diese neue Situation begeistert zu sein.«

»Warum?«

»Keiner wollte mehr einen Cent von der *Société* haben. Die Bedürfnisse von Papou und Nathalie waren nahezu nicht existent. Also blieb ihr Vermögen nicht nur erhalten, sondern es vergrößerte sich Tag für Tag, wenn man es einfach auf der Bank arbeiten ließ.«

»Und für Manuel war es die Zukunft ...«

»Er zweifelte nicht daran, dass er das Vermögen bald ganz nach seinem eigenen Belieben würde verwalten können. Nicht, dass er Sondermodelle und schöne Kleider haben wollte. Nein, er wollten nur ohne unnötige Engpässe seine Recherchen über den Gral fortführen. Als Papou daher ankündigte, dass ihm Thierry einen guten Vorschlag gemacht hatte und es einige Veränderungen geben würde, platzte ihm der Kragen ...«

Das Projekt war einfach.

Nicht weit von hier, in Cap d'Agde, hatte man die Küste zerstört.

Mit riesigen Mengen Beton.

Ein Touristenhafen, Häuser, Villen, Nachtclubs und Restaurants. Eine ganze Stadt des Vergnügens, aus dem Boden gestampft.

Doch vor allem das neue Nudistenparadies.

Campingplätze, Studios und Strände, alles zu moderaten Preisen.

Manche Menschen reisten um die halbe Welt, nur um irgendwo nackt leben zu können. Wie in Saint-Tropez oder auf der Île de Levant.

Aber in Cap d'Agde gab es keine Brigitte Bardot, keinen Sacha Distel, keine Vanessa Redgrave, keinen Franco Cristaldi und keine Claudia Cardinale. An jenen heiligen Stätten der Küste mit ihrer Unmoral boten die Stars mit ihrer extravaganten Lebensweise, ihren Liebesaffären, ihren Ehebrüchen und ihren luxuriösen Liebhabereien nach wie vor Stoff für die Presse.

Niemand hätte jedoch im Traum daran gedacht, auch nur einen Meter weiter zu ziehen. Vor allem nicht in jenen bäuerlichen Süden, der keinerlei Glamour vorweisen konnte.

So hatte in Cap d'Agde die Lust auf die Sünde ohne die künstlichen Vorbilder, die sie imitieren konnte, ihre ordinärsten Ausprägungen gefunden.

Voyeurismus.

Partnertausch.

Und die unendliche Bandbreite von Sexspielchen, die eine Nacht mit Vollmond und glitzernden Sternen im Schutz einer Düne hervorbringen konnte.

Nach und nach hatten die skandalumwitterte Berühmtheit des Caps und die häufigen Polizeieinsätze eine große Anzahl anständiger Familien in die Flucht gejagt. Sie suchten nur Frieden und Ruhe für sich und ihre Kinder.

Sie waren um ein Stück Meer und ein Stück Freiheit ärmer geworden.

Warum sollte man nicht diese riesige Parzelle Land mit ihren kümmerlichen Reben in einen angenehmen Ort für diese Menschen verwandeln?

Warum nicht dieses ganze brachliegende Geld in etwas wirklich Wichtiges und Dauerhaftes investieren, das das Anfangskapital um ein Vielfaches erhöhen würde, statt sich immer mit dem leisen Klingeln sicherer, aber völlig unerheblicher Zinsen zufrieden zu geben?

Papou hatte die *confrères* zusammengerufen.

War die Idee von Thierry nicht großartig?

War das nicht im Grunde genau ihre Lebensphilosophie?

Seit Nathalie das erste Mal vor diesem Meer die Kleider abgelegt hatte, hatten sie da nicht alle beschlossen, ihrem Beispiel zu folgen?

Arlette schwieg.

Sie stand auf.

Und sah ihm in die Augen.

Und Lupo begriff, dass er endlich etwas in die Hand bekam.

Dass all das Reden nicht völlig sinnlos gewesen war.

Aber sie schien plötzlich unentschlossen zu sein.

Als wäre sie nicht mehr so sicher, dass dieser Fremde ihr Vertrauen verdiente. Was würde er damit anfangen? Würde er verstehen?

Sie drehte sich um.

Und ging ins Haus.

Sie nahm eine Schere und ein Handtuch.

Steckte den Kopf unter die Dusche.

Dann fuhr sie sich lange mit einem Kamm durch das Haar, als würde diese Geste sie einer Entscheidung näher bringen. Die auch kam. Aber aus einer völlig unerwarteten Richtung.

»Los. Schneiden Sie mal schön. Ich kann dieses Gestrüpp nicht mehr haben …«

Dann setzte sie sich.

Legte sich das Handtuch über die Schultern.

Und schloss erwartungsvoll die Augen.

Lupo war wieder einmal sprachlos.

»Aber ich habe noch nie …«

»Hören Sie, Commissario: Haben Sie schon einmal auf jemanden geschossen?

»Das eine oder andere Mal, um mich zu verteidigen.«

»War es schlimm?«

»Es gibt nur ein Adjektiv: furchtbar.«

»Warum haben Sie es getan?«

»Es war nicht zu vermeiden: Andernfalls säße ich nicht hier und würde davon erzählen.«

»Warum dann so lang herumreden? Es ist viel weniger furchtbar, eine harmlose alte Frau zufrieden zu stellen, meinen Sie nicht? Los, fangen Sie an, nur keine Angst, gehen Sie richtig zur Sache: Ich will, dass Sie sie bis einen Fingerbreit abschneiden. Und sorgen Sie sich nicht, es wird keine Beschwerden geben. Denn schlimmer als jetzt...«

Lupo setzte noch einmal zum Widerspruch an.

Doch sie erstickte diesen Versuch sofort mit einem ironischen Lächeln.

»Außerdem wissen Sie ja, dass Frauen beim Friseur kein Geheimnis für sich behalten können...«

Lupo zuckte mit den Schultern.

Wenn das der Preis war, den er zu zahlen hatte, dann würde er sich nicht weiter wehren.

Und außerdem hatte Arlette Recht.

Nichts war schlimmer, als dieses strohige Gewirr, das sie auf dem Kopf trug.

Sie sah aus, als sei sie von einem Blitz getroffen worden.

Er begann Strähne um Strähne abzuschneiden, wobei er versuchte, nicht daran zu denken, was er da gerade tat. Nicht an die Absurdität dieser ganzen Situation. Und nicht an das, was De Mattia sagen würde, wenn er zufällig eine Fliege wäre.

Doch Arlette hielt ihr Versprechen.

»Alle schlugen begeistert ein: Mittlerweile hatten sie von der Freiheit gekostet, die die Arbeit mit sich brachte. Es gab keine Diskussion.«

»Und Manuel?«

»Er rastete aus. Als ihm bewusst wurde, dass diese Entscheidung die Gemeinschaft bis zum letzten Cent aussaugen würde, drehte er durch. Er schimpfte, drohte, verfluchte. Thierry, mich, Thérèse: Wir waren die Schuldigen. Und dann Papou: ein armer alter Trottel, den Verstand durch die übelste Vergreisung getrübt, der das ganze Geld dem erstbesten Betrüger schenkte, dem er auf der Straße begegnete. Er würde ihn entmündigen lassen. Ihn und diese ganzen Idioten, die an einem galoppierenden Morbus Alzheimer litten. Nein, eine solche Zerstörung würde er nicht zulassen. Da würden sie schon über seine Leiche gehen müssen.«

Lupo wagte nicht, sie zu unterbrechen.

Er fuhr mit seinem Werk der Verwüstung fort.

Am Hinterkopf, an den Seiten.

Jetzt würde er oben am Kopf schneiden müssen. Doch Arlette war völlig von ihrer Erzählung eingenommen.

Sie linste hin und wieder in den Spiegel, den sie in der Hand hatte. Und sie nickte nur schweigend.

Doch es war nicht ganz klar, ob sie damit den Haarschnitt guthieß.

Oder ob sie mit dieser Geste die Reaktion Manuels unterstreichen wollte.

»Es war Nathalie, die diesem wüsten Spektakel schließlich ein Ende bereitete. Sie stand auf und sagte mit ihrer lauten Stimme: ›Jetzt reicht's. Wenn's dir passt, dann ist's gut. Wenn nicht, kannst du gehen.‹ Einen Mut hat diese Frau!«

Arlette seufzte.

Sie packte Lupo bei der Hand.

Und zog ihn zu sich herum.

Dann sah sie ihn durch diese lächerliche Maske halb geschnittener Haare an, die sie noch surrealer machte.

»Am Tag danach haben wir sie gerade noch retten können.«

»Wovor?«

»Vergiftung ...«

Lupo erstarrte.

»Nach genau einer Woche war Papou an der Reihe.«

Er hatte eine schreckliche Vorahnung.

»Vergiftet womit?«

»Blätter vom Eisenhut, glaube ich ...«

5

Thérèse kehrte erst gegen Abend zurück.

Sie fand Lupo am Strand.

Sie blieben dort und sahen über das Meer.

Lange, ohne zu sprechen. Wieder lag ein Gewitter in der Luft. Die tiefhängenden Wolken türmten sich auf, prall mit Regen gefüllt. Sie wurden vom feuchten und klebrigen Atem eines kräftigen und heißen Nordostwindes vorangetrieben.

Dann kamen die ersten Regengüsse.

Kurze Schauerböen, deren Tropfen schmerzhaft auf die Haut prasselten, dann aussetzten, um gleich darauf wieder loszulegen. Wobei sie lange Nebelschwaden hinter sich herzogen.

»Ich habe keine Zeugen gefunden.«

Die Stimme von Thérèse verriet Anspannung und Unzufriedenheit.

»Besser so.«

»Warum?«

»Es wäre mir schwer gefallen, dir zu glauben. Zumindest bin ich jetzt sicher, dass deine Liebe zu Papou nicht dazu geführt hat, über das Limit hinauszuschießen.«

»Hast du das geglaubt? Dass ich gegangen bin, um falsche Beweise zu konstruieren?«

»Ich weiß nur, dass ausnahmslos alle hier Manuel gehasst haben. Und keiner hat auch nur ein bisschen Trauer über seinen Tod gezeigt. Es wäre also nicht verwunderlich, wenn ihr euch gegenseitig decken würdet.«

»Du bist im Unrecht, zumindest, was mich betrifft. Dass du jetzt hier bist, ist mein Verdienst, vergiss das nicht.«

Lupo zuckte die Schultern.

Er war völlig nass.

Das Gute war, dass sie nichts auf dem Leibe trugen, was sie hinterher trocknen lassen mussten. Ein Gewitter in Le Monde Perdu glitt vom Körper ab wie ein Sonnenstrahl. Da er schon nass war, stand er auf und warf sich in die Wellen. Thérèse folgte ihm. Sie schwammen mit kräftigen Zügen bis zur ersten gelben Boje.

Dort hielten sie sich am Seil fest.

In der Ferne konnte man über das Wasser hinweg die Umrisse des Kaps über dem Horizont auftauchen und wieder versinken sehen. Ein kleiner Ausschnitt der Erde, der durch die Schleier eines grimmigen Nebels aufschien. Der jedoch bald verschwinden würde, denn im Osten waren schon die ersten Vorberge der Pyrenäen zu erkennen.

Thérèse suchte seinen Blick.

Seufzend ließ sie sich neben ihm treiben.

»Du hast mit Arlette gesprochen …«

»Ja. Warum hast du mir nichts von den Vergiftungsfällen erzählt?«

Thérèse verschwand bis über Kopf unter Wasser.

Dann tauchte sie wieder auf, hustete, rieb sich die Augen und begann, mit den Beinen zu strampeln, wobei sie ihn mit Wasser bespritzte.

»Schaltest du eigentlich nie ab? Heute Nacht sind wir uns ein paarmal begegnet. Nicht schlecht, um die Wahrheit zu sagen. Doch du hättest besser sein können. Wenn du nur für einen Moment den Stecker gezogen hättest.«

»Warum hast du mir nichts davon erzählt?«

»Weil du es so ganz alleine und nach und nach herausfinden würdest. Weil wir Menschen sind, die der Rest der

Welt normalerweise nicht versteht. Und wir sind nicht die Geeignetsten, um von uns selbst zu erzählen. Es war ein großer Vertrauensbeweis, dass ich dir keine Spur mit Brosamen gelegt habe, der du wie ein bescheuerter Hahn gefolgt wärst.«

»In Ordnung: Du hast es also zu meinem Besten getan…«

»Nein. Zu meinem Besten. Was glaubst du denn? Ich weiß gut, dass der Mörder einer von uns ist. Aber ich will ihn nicht fassen. Verstehst du wenigstens das?«

Lupo verstummte.

Bei diesem Geständnis war ihm die Luft weggeblieben.

Es hatte ihn unvorbereitet getroffen.

Nicht allein, dass er es nicht erwartet hatte.

Im Gegenteil: Er war mittlerweile davon überzeugt, dass Thérèse dabei war, ihn mit großem Geschick auf die eine oder andere Weise in Verwirrung zu stürzen.

Sie hatte ihn noch nie angelogen.

Doch das Nichtgesagte ist oft schlimmer als tausend Lügen.

»Kehren wir um.«

»Sagst du mir jetzt alles?«

»Nein. Wir machen so weiter. Ich werde nur über die Dinge sprechen, wenn du sie herausgefunden hast. Wenn du Einzelheiten brauchst, Hintergründe. Und dann wirst du mich bitten müssen aufzuhören.«

Sie schwammen langsam zum Strand zurück.

Sie sahen einander unentwegt an und atmeten.

Ein Armzug nach dem anderen. Mitten durch einen letzten Regenguss. Die Tropfen eröffneten ein kleines Trommelfeuer auf den Wellen und hinterließen dort ihre Kreise.

Als sie mit den Füßen festen Boden berührten, warteten sie aufeinander.

Um zusammen zurückzugehen.

Thérèse hielt ihm die Hand hin.

»Frieden?«

»Das kommt darauf an.«

»Worauf?«

»Kanntest du die ganze Geschichte?«

»Was heißt das?«

»Nathalie, Papou, der *Perfectus*.«

Thérèse zuckte die Schultern.

Ihre Hand hatte die Lupos nicht gefunden, der steif und trotzig auf ihre Antwort wartete. Also ging sie mit gespielter Gleichgültigkeit an ihm vorbei, dann drehte sie sich plötzlich um und klatschte ihm freundschaftlich mit der flachen Hand auf das Hinterteil.

»Wer weiß, Rotarsch, wer weiß …«

Der Wind hatte gedreht.

Jetzt kam er vom Land.

Die Feuchtigkeit, die die Luft fast flüssig gemacht hatte, verschwand ganz plötzlich wie durch ein Wunder. Und ein kleines Feuer entzündete sich und beleuchtete die letzten Atemzüge eines unerwarteten Sonnenuntergangs.

Thérèse hatte sich chic angezogen.

Fraulich.

Rock, Jacke und elegante Bluse.

Lupo sah sie überrascht an. Er hätte nie vermutet, sie jemals so zu sehen, ihre ewige Machohaltung nun in weiblichem Gewand.

»Was ist mit dir passiert?«

»Heute Abend gehe ich aus. Kommst du mit mir oder spielst du weiter den Beleidigten?«

Arlette mit ihrer neuen Frisur, die ganz aus Löchern und Treppen bestand, stand daneben und lachte in sich hinein.

In einer Hand hielt sie die übliche Dose Stella Artois. In der anderen das Fadengewirr einer Marionette, die sie gekonnt bewegte, ohne sich auch nur ein Wort dieses Schlagabtauschs entgehen zu lassen.

»Gehen Sie mit, Commissario. Gehen Sie mit. In der *Ousine à Gaz* gibt es heute ein Fest. Alle Friseure von Béziers und Umgebung sind dort. Wollen ausgerechnet Sie sich das entgehen lassen?«

Lupo begriff, dass er gegen diese beiden keine Chance hatte.

Er gab besser nach.

Wenn möglich ohne allzu viele blaue Flecken.

Also zog er sich an und band sich sogar eine Krawatte um.

»Ich habe noch nie einen *coiffeur* mit Krawatte gesehen. Nur Zahnärzte.«

Er nahm die Krawatte wieder ab, drehte sich einmal um die eigene Achse und wartete.

»Besser so. Viel Spaß.«

Zunächst aber hielten sie an, um einen Happen zu essen.

Im *Bistrot des Halles*.

Und Lupo begriff sofort, dass dies keine zufällige Wahl gewesen war.

Dies war ja der Ort, an dem Manuel Hof gehalten hatte.

Wo für ihn ein Tisch reserviert gewesen war.

Von dem aus er seine Fäden gezogen hatte.

Der Inhaber war ein Schotte, der seit nunmehr dreißig Jahren in Béziers lebte. Er hieß Dave. Er hatte ein lautes Lachen und für jeden ein freundliches Wort. Sein Französisch war untadelig und verriet nur wenig von jener angeborenen angelsächsischen Unfähigkeit, das R zu schleifen und die Nase so zu benutzen, als befände man sich in der Nähe einer Müllhalde.

Er war völlig kahl.

Sogar seine Haare, so erzählte man sich, habe er beim Poker verloren. Wie viele seiner Landsmänner hatte er Albion wegen des bizarren britischen Gesetzes, das die Eigentumsrechte regelt, verlassen.

Wenn man auf der Insel ein Haus kaufte, dann besaß man es nur neunundneunzig Jahre lang. Wenn man es zufällig von seinem Großvater geerbt hatte und vielleicht auch noch über den schicksalhaften Tag hinaus darin bleiben wollte, musste man es der Krone, an die es rechtmäßig wieder zurückfiel, zum aktuellen Marktpreis wieder abkaufen.

In genau dieser Situation hatte sich Dave befunden.

Also hatte er all seine Ersparnisse in ein Landgut in der Nähe von Capestang gesteckt. Vier Hektar Weinberge und ein großes altes Herrschaftshaus auf der Kuppe eines Hügels.

Dort hatte er seine italienische Frau untergebracht.

Zwei Kinder.

Und eine gelähmte Schwiegermutter.

Dann hatte er sich mit einer attraktiven Bauchtänzerin eingelassen.

Die Folge war, dass er Merlot, Chardonnay, Vionnier und der netten Familie auf Wiedersehen sagen musste.

Die ihm rechtmäßig Angetraute hatte ihn dafür, dass sie in die Scheidung einwilligte, ausgenommen wie ein Huhn. Sie war der Auffassung, dass, wenn eine Katholische schon das Missfallen des Papstes erregte, sich das Ganze zumindest lohnen musste.

Dave hatte eingewilligt, den Kopf in die Schlinge zu stecken.

Mit seinem gewohnten Lächeln.

Er war auch nicht daran zerbrochen, dass kurz darauf sein verwirrendes Liebeslodern wie ein Flämmchen im Wind erloschen war.

Seine neue *petite amie* hatte nämlich entdeckt, dass er pleite war. Und dass er sogar bei der Anschaffung einer schwarzen Strumpfhose mit Naht seine Groschen zählen musste. So hatte sie innerhalb kürzester Zeit ihre betörenden Bauchverrenkungen einem anderen zugewandt.

Und Dave hatte nur noch seine Erbschaft.

Die er noch kassieren musste.

Etwa dreißigtausend Pfund Sterling, wenig mehr als ein paar hundert Millionen alte Lire, die die berühmte Tante aus Amerika ihm völlig unerwartet hinterlassen hatte.

Das Geld war schon seit geraumer Zeit aufgrund der unabwendbaren Gier des Fiskus und einer nicht enden wollenden Auseinandersetzung mit einigen Enkeln, die im Testament »vergessen« worden waren, durch die Bürokratie der Insel eingefroren – womit sich das Anstoßen auf das erfreuliche Ereignis auf unbestimmte Zeit verschob. Also hatte der ehemalige Grundbesitzer im *Bistrot des Halles* ein großes Schild aufgehängt, auf dem geschrieben stand: »Dave, Privatstunden in Englisch zu jeder Zeit an jedem Ort. Moderate Preise, garantierter Erfolg, auch in den hoffnungslosesten Fällen. I love you.«

Es hatte sich um eine beschwörende Geste gehandelt.

Denn dort hatte er vor einem riesigen Teller *fruits de mer* seine treulose Tänzerin kennen gelernt. Und dort sollte das Leben ihn für all das, was sich daraus ergeben hatte, entschädigen.

So war es gekommen.

Manuel war sein erster Schüler gewesen.

Und es war sofort eine seltsame, aufregende Freundschaft entstanden.

Sie saßen an jenem Tisch, an dem sonst immer Hibanez gesessen hatte.

Dave hatte sich zu ihnen gesetzt.

Er brachte ein ganz besonderes Fläschchen an: einen siebenundneunziger Saint-Emilion. Hervorragend geeignet, um den *pot-au-feu sauce ravigote* zu befeuchten, ein köstlich aussehender Gemüseeintopf, der auf einer großen schwarzen Tafel als Tagesgericht angekündigt gewesen war.

Es herrschte noch nicht die Betriebsamkeit der Mittagsstunden.

Wenn das Lokal von den Markthallen mit Lärm und Farben erfüllt wurde.

Hier saßen ruhige, ziemlich elegant gekleidete Menschen mittleren Alters, die gerne aßen und gut im Fleisch standen. Es war bekannt, dass man beim Engländer vorzüglich speiste. Die Küche war vielleicht nicht besonders raffiniert, aber dafür sehr gut.

Große Portionen, großer Geschmack, große Weine.

Thérèse hat Dave Lupo vorgestellt.

Und dieser hatte ihn gebeten, von Manuel zu erzählen.

»Er war ein faszinierender Mensch. Er hatte dieses gewisse, ich weiß nicht … Er konnte einer jener alten Bosse der Marseiller Unterwelt sein, in weißem Panamahut, ganz Messer, Ehre und Traditionen. Und gleichzeitig ein gelehrter und feinsinniger Wissenschaftler, der über französische Kulturgüter forscht und mit dem Kopf in der Gegenwart und dem Herzen in der Vergangenheit lebte.«

»Gangster und Professor.«

»So in etwa. Aber was sein Englisch angeht, so war er ein derart hoffnungsloser Fall, dass ich mich gezwungen sah, das ›garantierter Erfolg‹ von meinem Aushang zu streichen.«

Dave begleitete seinen Scherz mit einem dröhnenden Lachen.

Keiner achtete darauf, alle waren daran gewöhnt.

So wie sie es gewöhnt waren, dass er sich am Abend in Begleitung einer Flasche Wein regelmäßig an den Tisch eines seiner Kunden setzte. Er hasste es, alleine zu essen.

Thérèse deutete auf Lupo.

»Erzähl ihm vom *Bistrot*…«

Dave gönnte sich einen kleinen Schluck von seinem Bordeaux.

Er rollte ihn lange im Mund herum.

Dann schluckte er ihn mit derselben Feierlichkeit, mit der eine Begine aus den Händen des Priesters den Leib Christi empfangen hätte. Dann schmatzte er laut hörbar mit Lippen, die wie zum Kuss gespitzt waren, und berührte sie mit drei Fingerspitzen.

Dann lächelte er.

Die Augen träumerisch nach oben gerichtet.

»Sie meinen vielleicht, dass ich völlig naiv bin. So einer, der sich nicht vorstellen kann, wie eine große Altersliebe enden muss.«

»Ist das nicht so?«

»Nein. Ich wusste genau, was geschehen würde. Aber sie hat mir trotzdem nicht weniger bedeutet. Inzwischen hatte ich mein Leben geändert. Und da ich ein geborener Optimist bin, habe ich nur das Gute gesehen.«

»Und alles andere?«

»Habe ich hinter mir gelassen. Die Geschichte war zu Ende. Ich war bereit für eine neue. So bleibt man jung. Deshalb habe ich Schottland den Rücken gekehrt, habe eine fürchterliche Italienerin geheiratet und habe diese ganzen absurden Dinge getan, die die Zeit mir durch das Hirn gejagt hat.«

»Und Manuel bedeutete genau das?«

»Natürlich. Es reichte mit den Frauen. Verzeih, Tetè, du weißt, dass das nicht für dich gilt. Doch sag mir: Wie viele Frauen kennst du, die mehr graue Zellen haben als eine Katze?«

»*Fuck off, bloody English*...«

Thérèses Akzent und ihre Empörung waren so komisch, dass Lupo nicht an sich halten konnte.

Und er stimmte in Daves Gelächter ein.

Dieser sprach, da sich Thérèse in ihrem Zorn nicht zu beruhigen schien, kichernd weiter.

»Also, warum sollte ich nicht zur Abwechslung einmal versuchen, mich mit der Intelligenz eines Mannes zu vergnügen, ohne meiner eigentlichen Neigung abzuschwören? Ich hatte ein Genie getroffen, sollte ich es mir entwischen lassen?«

»Das war aber mit Risiko verbunden.«

»Natürlich. Aber der *vir britannicus*, der in mir steckt, hätte nie die halbe Welt kolonialisieren können, wenn er vor den zwei elenden Säulen des Herkules Angst gehabt hätte.«

Auch Lupo nahm seinen Schluck von dem Saint-Emilion.

Und obgleich seine Verkostung wesentlich weniger melodramatisch ausfiel als die Daves, musste er zugeben, dass er noch selten einen solchen Wein getrunken hatte.

Er nickte Dave verschwörerisch zu.

Dann forderte er ihn auf weiterzusprechen.

»Und was geschah dann?«

»Dann haben sich bald die Rollen vertauscht: er der Lehrer und ich der Schüler. Er der Verführer und ich der Verführte. Wunderschön...«

Die Geschichte war einfach.

Mittlerweile erinnerte sich niemand mehr an den wirklichen Nachnamen Daves.

Der voller keltischer Einsprengsel war.

Der eine oder andere blutleere Vokal, der in einem Meer von Konsonanten unterging.

Für die Franzosen hieß der *apéritif apéro*.

Das *restaurant resto*.

Und er, der *écossais*, war sofort zu *éco* geworden.

Er hatte eine Gabe. Er konnte viele Sprachen.

Italienisch, Deutsch und Französisch natürlich.

In seinem früheren Leben hatte er neben seinen Reisen tausend Berufe ausgeübt. Und er hatte auch als Übersetzer für einen kleinen Fantasy-Verlag gearbeitet. Dort hatte er sich sehr gut mit dem Schreiben vertraut machen können.

Er war Manuel gerade an jenem Tag begegnet, an dem dieser Türen schlagend und Rache schwörend Le Monde Perdu verlassen hatte.

Dave war unterwegs, um seine Trauben zu verkaufen.

In Capestang hatte man ihm nichts dafür geboten.

Also fuhr er nach Sérignan, um dort mit der Genossenschaft zu verhandeln.

Auch dort stritt er über den Preis.

Und auch er war, genau wie Manuel, sehr aufgebracht.

Sie saßen beide auf der Terrasse des *Isocrates* auf dem Platz unter den Linden an zwei benachbarten Tischen.

Dave überlegte gerade, wie man wohl diesen rassistischen und anmaßenden Bauern den Kopf zurechtsetzen konnte.

Sie hatten ihn wie einen Bettler behandelt: »Für uns sind Engländer und Marokkaner dasselbe: Ausländer, die einen Scheißdreck verstehen. Hier machen wir die Preise, und wir bestimmen, wem wir sie bezahlen. Für dich ist ein Doppelzentner so viel wert. Wenn dir das nicht passt, dann kannst du dir deinen Wein selber machen und trinken.«

Dave und Manuel waren die einzigen Männer in der Bar.

Neben ihnen tuschelten ein paar aus Kalabrien stammende Frauen angeregt miteinander. Sie wollten nach Cetraro fahren, um das Land ihrer Vorväter kennen zu lernen.

Irgendwann stand die jüngste von ihnen auf, näherte sich und fragte, ohne sich an einen Bestimmten von ihnen zu wenden, ob sie eine Vorstellung hätten, wie viel es kosten würde, einen Bus zu mieten.

Manuel brummelte eine unverständliche Antwort.

In einer seltsamen Sprache, wobei er entschieden den Kopf schüttelte.

Mit düsterem Blick.

Und Dave, bei dem die schlechte Laune nie länger als zehn Minuten am Stück anhielt, brach in sein gewohntes dröhnendes Lachen aus.

Die junge Frau sah ihn erstaunt an.

Er lächelte ihr zu.

Und erklärte ihr leise und mit verschwörerischem Blick, sie habe sich gerade einer unverzeihlichen Taktlosigkeit schuldig gemacht.

»Schauen Sie zu ihm hinüber, aber starren Sie ihn nicht an: Er ist Ungar. Sie wissen, wie die sind, nicht wahr?«

Die Frau schüttelte den Kopf.

»Oh, sentimental bis in die Knochen. Er hat gerade seine Frau verloren, sie ist unter einen Bus geraten. Er hat sie gehasst. Aber er ist trotzdem traurig, auch wenn sie ihm einen Haufen Geld hinterlassen hat. Seit einem Monat betrinkt er sich mit Pernod, um sich zu betäuben. Und schon das Wort Bus stürzt ihn in tiefe Depression. Besser, Sie machen einen großen Bogen um ihn, hören Sie auf mich.«

Die junge Frau trat prompt den Rückzug an.

Und nach kurzer Zeit machte sich die ganze Gruppe davon.

Manuel stand auf und setzte sich an Daves Tisch.

»Ein wirklich bemerkenswertes Arschloch. Wir werden uns verstehen. Was trinkst du?«

Nach dieser Episode hatten sie sich jahrelang nicht mehr gesehen. Dann trafen sie sich zufällig im *Bistrot* wieder. An jenem Abend, an dem Dave sein Schild aufhängte.

Und da sie schon früher aneinander Gefallen gefunden hatten, war es nun einfach, die Sympathie aufzufrischen.

Manuel hatte sofort offen gesprochen.

Seine Mission war der Gral.

Und Dave betrachtete dies nicht etwa als die ausgefallenste Sache der Welt, sondern er verliebte sich sofort in die mysteriöse Aura, die den Kelch seit Jahrhunderten umgab. Nicht, dass er daran glaubte: Für ihn war es nur ein weiterer Spaziergang ins Abenteuer.

Eine erneute Wendung in seinem Leben.

»Aber wenn du mich verarschst, dann bringe ich dich um.«

Anstatt ihm Angst zu machen, erregte ihn die Drohung nur noch mehr.

Er hasste die Vorstellung, eine banale Existenz zu führen.

Deswegen hatte diese Drohung nicht so sehr einschüchternd gewirkt, sie hatte ihm vielmehr ein wahrhaftiges Vergnügen garantiert.

Manuel, der, was seine Recherchen anging, eher zurückhaltend war, hatte mit seinem Hass nie hinter dem Berg gehalten: Papou, Nathalie, Arlette und Thierry standen natürlich ganz oben auf seiner Liste.

Doch die anderen folgten ihnen in kurzem Abstand.

Daher war die zweite Mission die: sie alle zu ficken.

Er hatte auch Thérèse im Visier.

Aber ihre Behandlung brauchte Zeit und Geduld.

Sie war Polizistin.

Sie war nicht so ungeschützt wie die anderen.

Wenn ihr etwas passierte, dann würde dieses Arschloch von Haboudiffa ihn in einem Verlies in Algerien verschwinden lassen, der ja bereits seit Jahren versuchte, ihn mit allen Mitteln zu fassen.

Nein, zu ihr musste man nett und freundlich sein.

Man musste gute Miene zum bösen Spiel machen.

Vielleicht würden ihr Zweifel kommen, während er noch auf eine günstige Gelegenheit wartete.

Dann war da noch die Frage des Geldes.

Auch Manuel war pleite.

Er steckte immer alles, was er auftreiben konnte – und das waren erkleckliche Summen –, sofort wieder in seine Forschungen.

Dave, der ihm so schnell wie möglich beweisen wollte, dass er ein guter Soldat war, und der es satt hatte, immer nur für irgendwelche Museen oder Bibliotheken Briefe zu übersetzen, rückte mit seiner Idee heraus, die seine ganze Dreistigkeit verriet.

Und seine hemmungslose Spielsucht.

Eines Abends machte er ihm also an jenem Tisch im *Bistrot* einen Vorschlag.

»Was würdest du sagen, wenn wir auf die andere Seite der Straße gingen und in den Markthallen einen schönen Stand mit biologischen Produkten eröffnen würden? Das ist der letzte Schrei, und es gibt unendlich viele Idioten, die uns die Taschen füllen werden.«

Manuel hatte nur genickt.

Er hatte die kreativen Qualitäten seines neuen Freundes ja schon erleben dürfen. Und es hatte ihn nicht einmal der leiseste Zweifel gestreift, dass dahinter nicht ein ausgeklügelter und echter Schwindel stecken könnte.

»Sprich weiter.«

Dave war in seiner kurzen Laufbahn als Erzeuger bereits das eine oder andere Mal mit den Widersprüchlichkeiten des Kapitalismus zusammengeprallt.

»Oft ist es besser, den Pfirsich auf dem Baum und die Spargelstange im Boden zu lassen.«

»Warum?«

»Die Arbeiter kosten dich am Ende mehr, als du vom Großhändler für die Ware bekommst. Vor allem, wenn das so ein Arschloch ist, der alles aussortiert, was nicht hundertprozentig perfekt ist. Ein Apfel zum Beispiel: wehe, wenn er nicht rund, glänzend und rotbackig ist. Ihm ist es scheißegal, ob der Apfel gut schmeckt. Das Wichtige ist, dass er schön aussieht und in den Supermarktregalen eine gute Figur macht. So geht die Hälfte der Ernte zum Teufel.«

»Und weiter?«

»Überleg doch mal. Diese bescheuerten Biofritzen reißen sich um eine knorrige Birne oder um eine Paprika voller Warzen. Sie sind überzeugt davon, dass die Nicht-Perfektion ein Vorzug sei. Für sie ist das die Garantie, dass die Sachen nicht mit Dünger oder Pflanzenschutzmitteln behandelt wurden und nicht gentechnisch manipuliert sind.«

»Ich fange schon an, mich zu freuen.«

»Um ihnen den Gipfel des Glücks zu präsentieren, fahren wir nach Montélimar zum Atomkraftwerk. Wir kaufen das schlechte Zeug in Massen. Dann stellen wir ein Schild auf: ›Produkte aus natürlichem Anbau‹. Wir versechsfachen den Preis, den der Nachbarstand verlangt. Und dann bringen sie sich in der Schlange gegenseitig um, um uns als Erste das Zeug aus den Händen zu reißen.«

»Montélimar ist zweihundert Kilometer weg.«

»Ich will ja auch gar keine strahlenverseuchten Kartoffeln. Wir müssen nur hier ein bisschen durch die Gegend fahren. Wir erzählen den Bauern, dass wir den Ausschuss kaufen, um daraus Soßen oder Marmelade zu machen. Und sie werden sich wie Fliegen auf uns stürzen ...«

Das war ihr erster gemeinsamer Fischzug gewesen.

Und zahlreiche weitere waren gefolgt.

Jene seltenen Male, bei denen sie erwischt wurden, hatten sie auch dafür bezahlt.

Wobei sie jedoch bei den Menschen eine große Sympathie hervorriefen.

Denn die Opfer ihrer Coups gehörten immer jener betuchten und hirnlosen Schicht an, die zu allem bereit war, nur um die aktuellen Moden mitzumachen.

Unterdessen war Dave von einem neuen Fieber ergriffen worden: dem Pokerspiel. Es amüsierte ihn, das, was er so leicht verdient hatte, gleich wieder zu verspielen.

So schien sich für ihn ein Kreis zu schließen.

Je mehr er verlor, desto mehr näherte sich sein Gewissen wieder dem Zustand der Unschuld an. Und ohne weitere Bedenken war er wieder bereit, sich eine neue Betrügerei auszudenken.

Dann hatte Manuel zu einem bestimmten Zeitpunkt heimlich das *Bistrot* gekauft.

Und er hatte Dave das erste Mal gezwungen, ihm als Strohmann zu dienen ...

Thérèse nickte.

Nach dem *plat du jour* gab es Apfelkuchen und Kaffee.

Dave war ein reizender Gastgeber.

Höflich, zuvorkommend, aufmerksam.

Er erzählte gut mit witzigen Formulierungen.

Er konnte über sich selbst lachen, noch bevor es die anderen taten.

Und das war nicht die schlechteste Eigenschaft.

Lupo hatte schweigend zugehört.

Und hatte es den beiden anderen überlassen, die Unterhaltung zu führen.

Doch jetzt begriff er, dass die Beziehung zwischen Dave und Manuel auf einmal eine unerwünschte Wendung genommen hatte. Hinter der Rolle des Strohmanns verbarg sich tatsächlich ein schwer verdaulicher Qualitätssprung: Nun ging es nicht mehr um ein Spiel mit der menschlichen Gutgläubigkeit und Habgier, mit ihren Schwächen.

Wenn einer zur Marionette wurde, dann bedeutete dies, dass es aus war mit der Gleichberechtigung.

Einer tauchte unter, um zu verschwinden.

Der andere exponierte sich an seiner statt.

Im Grunde waren nun auch die Risiken ungleich verteilt.

Und das, was zuvor als ein Spiel um das Gleichgewicht angesehen werden konnte, verwandelte sich jetzt in Unterwerfung.

»Wie hat er Sie dazu gebracht?«

Dave sah Lupo an.

Er schüttelte den Kopf.

Und zum ersten Mal verschleierte sich sein Blick vor lauter Traurigkeit.

»Wie er ›uns‹ dazu gebracht hat, wollten Sie fragen.«

Es war eine böse Geschichte.

Dave erzählte sie fast beschämt.

»Monique, die Tochter von Didier Garcia, dem früheren Inhaber des *Bistrot*, kommt eines Tages nicht von der Schule nach Hause. Sie ist verschwunden. Niemand weiß etwas. Sie verstehen, wie es dem Vater geht: bodenlose Angst. Er will gerade die Polizei rufen, als Manuel ihn beiseitenimmt und ihm zuflüstert, dass das nicht notwendig sei. Und er zeigt ihm ein Polaroidfoto.«

»Den Rest kann ich mir vorstellen.«

»Genau: Sie war an einen Stuhl gefesselt. Hinter ihr sah man einen maskierten Typ mit einem Messer in der Hand. Die Kleine, sieben Jahre alt, lachte aus vollem Hals. Und winkte traumverloren mit der Hand, als wäre sie die Darstellerin in einem schönen Film ...«

Thérèse unterbrach sie.

»Da Costa wahrscheinlich. Das könnte passen.«

Dave hob die Schultern.

Und Lupo sprach weiter.

»Manuel hat ihn gezwungen, unter Preis zu verkaufen?«

»Nein. Er hat ihn schon angemessen bezahlt. Garcia hatte jedoch gar nicht die Absicht zu verkaufen. Aber welcher Vater hätte das nicht getan? Und welcher Vater hätte nicht absolutes Stillschweigen zugesagt, um seine Monique vor einer eventuellen Vergeltungsaktion zu schützen.«

»Und wie haben Sie davon erfahren?«

»Offiziell weiß ich es nicht einmal heute. Aber als wir zum Notar gegangen sind, hat Garcia so ein Gesicht gezogen ... Ich hatte ihn noch nie so gesehen. Ein paar Jahre später habe ich einen anonymen Brief erhalten. Im Umschlag steckte das Foto.«

»Keine Nachricht?«

»Nein. Doch das hat alles noch viel schrecklicher gemacht.«

»Haben Sie jemals mit Manuel darüber gesprochen?«

»Nein. Ich bin ein Feigling gewesen: Ich hatte Angst, dass

er mir sagte, das seien Dinge, die eben vorkommen. Dass dies auch meinen Kindern zustoßen könnte. Ich fing an, ihn wirklich kennen zu lernen, und er machte mir Angst. Aber bedenken Sie: Das war erst sehr viel später, als mir die Augen aufgingen. Aber da hatte er mich schon völlig in der Hand.«

Lupo seufzte.

Endlich war Manuel nicht mehr nur ein schlechter Mensch an sich.

Eine böse Wesenheit.

Der man für alles die Schuld geben konnte.

Und die in einem schlammigen Urgrund agierte, ohne sich mit konkreten Taten zu beflecken. Sogar die Anschuldigung des Vergiftungsversuchs an Nathalie und Papou verlor sich in diesem unbestimmten Sumpf.

Jetzt war da etwas Greifbareres.

Eine Zeugenaussage.

Nicht die eines rachelüsternen Verbrechers und also potenziell unglaubwürdig, wie es die von Ongaretto gewesen wäre. Sondern von einem Menschen, der zwar nicht gerade rechtschaffen, so aber doch glaubwürdig war.

»Welchen Hebel hat er benutzt, um das *Bistrot* in Ihrem Namen zu kaufen?«

»Schulden, wie immer. Poker. Die Crédit Agricole hatte mich gut gefüttert: Ich hatte Ihnen mein Erbe als Bürgschaft angegeben. Aber als sie dann bei der englischen Bürokratie ebenfalls auf Granit bissen, haben sie mir meine Papiere zurückgegeben und mir einen Monat gegeben, um wieder in die schwarzen Zahlen zu kommen.«

»Was bedeutete ...«

»Mehr als dreihunderttausend Francs, heute wären das fünfundvierzigtausend Euro.«

»Und auch die hat Manuel bezahlt?«

»Ja. Für mich und das *Bistrot* hat er in wenigen Tagen aus dem Nichts einen schönen Batzen Geld hervorgezaubert.«

»Und woher hatte er es?«

»Ich weiß es nicht. Ich glaubte, über all seine Geschäfte im Bilde zu sein. Stattdessen habe ich nur das gewusst, was er mich wissen lassen wollte. Er musste auf eine Goldader gestoßen sein. Denn kurz darauf hat er mir auch einundfünfzig Prozent der Stierzucht überschrieben, die er zusammen mit Alain Robinet besaß ...«

»Einundfünfzig? Also die Mehrheit?«

»Genau. Dann einen Haufen anderer Dinge. Da ist noch das Stickstoffunternehmen, für das Rosie arbeitet. Anteile an Le Monde Perdu ...«

»Aber wie zum Teufel ist er daran gekommen?«

»Ich weiß es nicht. Ich glaube durch Erpressung. Auf den Entschluss hin, den Weinberg in einen Campingplatz umzuwandeln, hat der kaufmännische Berater vorgeschlagen, jeder der sieben Gründer solle seinen Anteil bekommen.«

»Also ging Manuel leer aus ...«

»Ja. Wie auch Arlette und Thierry, obwohl die Idee ja an sich von ihm war. Ich weiß wirklich nicht, wie er das gemacht hat, aber die Anzahl der Dinge, die auf meinen Namen liefen, ist Jahr für Jahr gestiegen.«

»Können Sie uns eine Liste machen?«

»Thérèse kennt sie auswendig. Doch es gibt viele Lücken.«

»Was heißt das?«

»Ich bin nur über den ›soliden Besitz‹ im Bilde. Ab und zu muss ich beim Notar vorstellig werden, um einen Besitzerwechsel zu unterschreiben. Aber wenn meine persönliche Anwesenheit nicht nötig war ... Rechnungen, Aktien, Beteiligungen ... Nun, für diese Dinge hat er mich nur als

Briefkasten benutzt: Mein Name stand drauf, und er hatte die Schlüssel.«

»Und wie wissen Sie also von Le Monde Perdu?«

Dave sah Thérèse an.

Und sie nickte.

»Das ist eine andere Geschichte. Bernard und François waren die große Attraktion des *Bistrot* von Garcia geworden. Sie lebten praktisch dort. Sie gefielen den Leuten, und die Zeitungen begannen, sich für sie zu interessieren. Sie waren auf dem Höhepunkt.«

»Aber dann, nachdem Manuel sich das Lokal unter den Nagel gerissen hatte …«

»Hat er sie weggejagt. Aber das war noch nicht alles. Er hat sie richtig fertiggemacht. In Béziers hätten sie niemals mehr auch nur ein Rattenloch gefunden, das bereit gewesen wäre, sie auftreten zu lassen. Zumindest … Jedenfalls, sie sind zu mir gekommen: Ich war der neue Inhaber. Ich musste ihnen sagen, wie die Dinge standen: Ich zählte weniger als eine Pik-Zwei, ich konnte nichts für sie tun. Ich habe ihnen gesagt, was ich wusste: Manuel hasste sie, und sein Lebensziel war: sie alle zu ficken.«

»Und er hat mit B. B. und Féfé begonnen.«

»Ich glaube ja. Eine Woche später habe ich den Auftrag bekommen, sie wieder spielen zu lassen. Und Manuel hat mir mit einem Grinsen gestanden, dass er soeben ›ein Stück der Erde erobert‹ habe. Da brauchte ich nur eins und eins zusammenzuzählen.«

Er seufzte.

»Aber Rosie hat er nicht entlassen.«

»Er hatte wohl nur ein neues System gefunden. Ganz sicher hat er sie auch nicht ausgespart.«

Plötzlich hörte Lupo nicht mehr zu.

Ein böser Gedanke ging ihm im Kopf herum.

Dave …

Wer verdiente denn am meisten an dieser Sache?

Er. Er hatte soeben und ohne mit der Wimper zu zucken seine eigene Anklage formuliert: Besitztümer, Aktivitäten, Geld. Jetzt, wo Manuel tot war, erhielt der Strohmann seine Identität und seine Rechte vollständig zurück. Er brauchte nicht einmal mehr eine Erbschaft anzutreten: Ihm gehörte bereits alles, und dieses Mal würde die Bürokratie nichts machen können.

Aber hatte er die Gelegenheit gehabt?

Thérèse schüttelte den Kopf.

Sie kannte Lupo mittlerweile gut genug. Sie wusste, wie seine Gedankengänge funktionierten.

»Falsche Spur. Er hat ein Alibi. Kein felsenfestes, aber es genügt.«

»Nämlich?«

»Er war auf Mauritius. Ich habe die Fluggesellschaft und das Hotel dort unten überprüft. ›Ankunft und Abreise erfolgten zu den vereinbarten Zeiten.‹ Auch wenn keines der Zimmermädchen die Erlaubnis hatte, sein Zimmer sauber zu machen. Und er nie im Restaurant gegessen hat. Die Rechnung der Bar dagegen war gesalzen. Kein Telefonat.«

»War er allein?«

Dave schaltete sich ein.

Für einen Augenblick kehrte er zu seiner gewohnten Heiterkeit zurück.

Sein Lachen unterbrach jedes Gespräch im Raum.

»Absolut allein, Commissario. Und eine ganze Woche lang sturzbetrunken. London hatte mir endlich mein Erbteil ausbezahlt: dreiundsiebzigtausend Euro im Ganzen. Einschließlich Zinsen und Erbschaftssteuer. Meinen Sie nicht, dass das ein Grund zum Feiern war?«

»Wusste Manuel davon?«

Lupo sah Thérèse neugierig an, und diese nickte.
Sie zuckte mit den Schultern.
»Er ist sein Hauptalibi. Er hat ihn zum Flughafen begleitet und mit dem Taschentuch hinterhergewinkt. Und er hat mir die ganze Geschichte auf der Reise nach Turin erzählt, als er alles drangegeben hat, sich mir sympathisch zu machen…«
Dave nickte heftig.
Er trank noch einen Schluck von seinem Wein.
Dann wandte er sich wieder Lupo zu.
»Sie dürfen eines nicht vergessen, Commissario: Strohmänner geben nur ihren Namen her. Doch sobald sie dies tun, unterschreiben sie ein Papier, mit dem sie zu Gunsten des gedeckten Hintermanns auf alles verzichten. Also hat mir der Tod von Manuel nur die Freiheit wiedergegeben. Ich streite jedoch nicht ab, dass es dies trotzdem wert gewesen wäre…«

Weiter war nichts herausgekommen.
Und Lupo war voller Zweifel weggegangen.
Dave hätte von der Insel verschwinden und jederzeit wiederkommen können.
Doch wer würde das je beweisen können?
Vielleicht würde er die Passagierlisten von zehn Tagen durchforsten müssen. Doch es hätte ausgereicht, sich hinter einem falschen Namen zu verstecken. Wenn er schuldig war, so war der Schotte gewiss nicht der Typ, in eine so banale Falle zu treten.
Doch zumindest ein positiver Aspekt hatte sich ergeben.
Dave hatte ihn auf eine Idee gebracht.
Die Geschichte vom Papier mit der Unterschrift.
Die Garantie, die Manuel verlangt hatte…

Daran hatte Lupo zuvor nicht gedacht.

Doch jetzt schien es ihm unmöglich zu sein, dass Hibanez sich angesichts all der Feinde, die er sich gemacht hatte, nicht mit einer schönen »Versicherungspolice« versehen hatte. Ein Brief der Art: »Im Falle meines Todes zu öffnen«. Und dass diejenigen, die versucht gewesen waren, ihn um die Ecke zu bringen, nicht auf subtile Weise davon in Kenntnis gesetzt worden waren.

Und doch hatte sich nichts dergleichen ergeben.

Was sollte das bedeuten?

Es war eine Tatsache, die seiner Idee widersprach.

Es gab zwei Möglichkeiten: Entweder war es dem Mörder gelungen, alles verschwinden zu lassen. Oder das Dokument beziehungsweise die Dokumente waren irgendwo versteckt und warteten darauf, dass jemand sie entdeckte. Aber wo?

Thérèse fuhr langsam.

Sie hatte auf ihre *Ousine à Gaz* nicht verzichten wollen.

Und jetzt schlich sie im Schritttempo am Canal du Midi entlang. Im Schatten der neun mächtigen *Ecluses de Fonseranes*.

Die, so hörte Lupo sie durch seine Gedanken hindurch erzählen, die genialsten Bauwerke von Paul Riquet waren. Seit sie den Booten gestatteten, an Béziers vorbeizufahren, wobei sie mehr als einundzwanzig Meter Höhenunterschied überwanden. Die Höhe eines fünfstöckigen Hauses.

»Bist du bei Manuels Notar gewesen?«

Thérèse war überrascht.

Sie war überzeugt gewesen, dass Lupo ihrer Erzählung über die örtlichen Wunder gelauscht hatte.

Als sie begriff, dass er nicht ein Wort davon aufgenommen und sein Hirn nicht aufgehört hatte weiterzudenken, antwortete sie ihm pikiert.

»Hör mir gut zu: Jetzt wird getanzt. Oder du steigst aus. Ich werde dir nicht erlauben, dass du mir das Fest verdirbst.«

Es war eine wirkliche Überraschung.

Die *Ousine à Gaz* war wirklich ein Gasometer.

Vielmehr die alte Anlage, die nicht mehr in Betrieb war und die nun in eine Diskothek umgewandelt worden war.

Sie gingen hinein.

Und sofort gingen die Lichter aus.

Zwei Zigeunergitarren begannen mit ihren rauen Klängen. Und gleich darauf setzte ein fröhlicher Chor ein, der laut ein *Joyeux Anniversaire* anstimmte, dem Dave versuchte, mit seiner dröhnenden Stimme ein alkoholschweres *Happy Birthday* entgegenzusetzen.

Thérèse war gerührt.

Und umarmte alle Anwesenden.

Einen nach dem anderen.

Erst jetzt begriff Lupo, warum sie die ganze Strecke über nicht schneller als zwanzig Stundenkilometer gefahren war. Und warum sie nicht eine Sekunde lang aufgehört hatte, die Fremdenführerin für ihn zu spielen. Sie hatte Dave die Zeit geben müssen, sich umzuziehen und vor ihnen da zu sein.

Sogar Papou war da. Vor einer riesigen Torte, auf der viele kleine Kerzen brannten.

Lupo zählte sie mit einer gewissen Besorgnis.

Denn auf einmal hatte er Angst zu entdecken, wie jung diese Frau sein mochte, von der er sich widerstandslos hatte verführen lassen.

Dreißig …

Und er fühlte sich alt.

Wie alle Männer mittleren Alters in der Krise.

»Und von dir bekomme ich keinen Kuss?«

Thérèse hatte sich bei ihm untergehakt.

Und sie provozierte ihn mit ihrem ironischen Lächeln, so dass er sich beschissen fühlte. Er bot ihr seinen Mund. Zog ihn jedoch gleich wieder zurück. Als hätte er sich die Lippen verbrannt. Er war verlegen.

Dann ließ er sie gehen. Damit sie dieses verrückte Fest genießen konnte.

Nach und nach zog er sich immer weiter zurück. In eine Ecke an den Rand des Festes. Um zu beobachten. Schweigend. Im Versuch, sich in seinem Kommissarspanzer zu verschanzen.

Als könne ihn diese Maske vor der Verwirrung und vor dem Schuldgefühl schützen, die ihn jetzt überkamen. Er versuchte, nicht daran zu denken. Und sich auf die Gegenwart zu konzentrieren.

Alle waren da.

Der Katharer, Oma Duck, Feuermund, Froschgesicht, der Uhu, der Schüchterne, der Dackel, Eco, Tonton, Arlette. Und ein seltsamer Herr, der absolut glücklich zu sein schien: Garcia, der frühere Besitzer des *Bistrot*.

Ihre Begeisterung war ansteckend.

Lachen, Zuprosten, Tanzen.

Dann wieder die Gitarren, Lieder und *castañedas*.

Und Lupo begriff endlich.

Dies hier war wirklich ein Fest.

Es war nicht eine Geburt, die hier gefeiert wurde, sondern ein Tod.

Manuels Tod …

Lupo tat die ganze Nacht so, als sei alles in Ordnung.

Während des Festes und danach.

Er zeigte eine Fröhlichkeit, die er nicht empfand. Er zwang sich zu lächeln, sich auf diese intensive, vom Alkohol angeheizte Freude einzulassen, die jedes Mal aufzukommen schien, wenn der Mond in Béziers irgendein Treffen beleuchtete. Dazu genügten schon zwei Menschen.

Es gelang Lupo sogar, Thérèse zu täuschen.

Er ließ sich zögerlich in einen glühenden und schweißfeuchten Flamenco hineinziehen.

Ihr Rock wirbelte um ihre gebräunten Schenkel.

Die den Rhythmus mit einem kurzen und leidenschaftlichen Stampfen begleiteten. Die Absätze klapperten laut auf dem Boden. Die Arme hatte sie zum Himmel erhoben. Die Hände machten langsame und schmeichelnde Bewegungen in der provozierenden Sprache der Finger.

Das Haar hing offen über ihre Schultern.

Eine Strähne fiel ihr über die Augen.

Was ihren Blick noch dunkler und sinnlicher machte.

Die Gitarrensaiten, die immer heftiger bearbeitet wurden, schienen kurz vor dem Zerreißen zu sein. Und die Menschen gerieten unter *olé*-Rufen und dem hypnotischen und rhythmischen Händeklatschen, das jede Figur begleitete, in Wallung.

Sie tanzte um ihn herum.

Sie umfing ihn mit ihrer Begeisterung und mit ihrem Duft.

Er ließ es zu, dass sie ihn umgarnte.

Ein wenig lächerlich in seinem pathetischen Versuch, es ihr nachzutun und den Oberkörper zu straffen und die Beine zu strecken. Die melancholische Karikatur eines stolzgeschwellten *hildalgos*, was jedoch niemand zu bemerken schien.

Denn alle waren sie davon eingenommen, dass er so öffentlich seinen Respekt vor einer Art zu fühlen demonstrierte, die gewiss nicht seine war. Aber der er mit einem gewissen Mut versuchte, Ehrerbietung zu erweisen.

Sie waren die Letzten, die gingen.

Als sie zurückgekehrt waren, ließ er sich gar nicht erst in Versuchung führen.

Thérèse lud ihn ein, zu ihr zu kommen.

Doch er gab ihr nur einen verlegenen Kuss.

Und tat so, als habe er zu viel getrunken. Als brauche er frische Luft, um sich zu erholen. Da lächelte sie ihn an und nickte, ihre Augen waren wirklich glasig.

Sie stolperte über die Schwelle.

Sie kam bis zum Bett. Und begann sofort, leise zu schnarchen. Der Reißverschluss ihres Rockes stand bereits offen, und ihre Bluse war ein Stück herausgezogen. Doch ihre Kraft hatte nicht mehr gereicht, das Werk zu vollenden.

Lupo ließ sich auf einen Liegestuhl gleiten.

Er spürte, wie die Schuldgefühle an ihm zu nagen begannen.

Der schlimmste Gewissensbiss war nicht so sehr der, Greta betrogen zu haben.

Sondern sich selbst.

Er hatte sich stets all seinen peinlichen Kollegen überlegen gefühlt, die über nichts anderes als Frauen sprachen. Die sich aufregende Eroberungen erträumten. Und sich dann auf irgendwelche erbärmlichen Beziehungen mit unglücklichen und unbefriedigten Frauen einließen.

Mit Thérèse war es aber etwas anderes, das musste er zugeben.

Sie war jung, temperamentvoll und frei.

Sie liebte ihre Lust.

Sie kultivierte sie.

Und sie tat nichts, um sie zu unterdrücken, und dachte nicht an das Nachher.

Und genau das war es gewesen, was ihn angezogen hatte: Sie besaß die Gewissheit des Augenblicks. Ohne dass eine Zukunft mit all ihren Komplikationen an das Gewissen appellierte.

Sie war reiner Trieb.

Verbunden mit der ihr eigenen Schlichtheit.

Ihre Gedanken waren nicht in die Vergangenheit gerichtet.

Sie war nicht von existenziellen Zweifeln geplagt.

Wenn ihr etwas gefiel, dann nahm sie es sich.

So, wie sie es mit ihm gemacht hatte. Mit einer natürlichen Leichtigkeit.

Lupo dachte an Arlette.

Am Anfang hatte er geglaubt, dass es nur Stolz war: die Begeisterung einer Mutter, die von ihrer wunderbaren Tochter erzählt. Jetzt hingegen begriff er, wie klar und treffsicher ihr Urteil gewesen war.

Er versuchte, sich an die genauen Worte zu erinnern. »Dieses Biest hat noch nie eine Windel getragen. Und das ist etwas, was dich prägt: Du wächst auf, wild wie eine Katze. Frei und herumstreunend.«

Fast, als hätte er sie heraufbeschworen, stand Arlette plötzlich vor ihm.

Sie trug ein unglaubliches Nachthemd. So züchtig, dass man nicht einmal die Füße sehen konnte. Und den Hals konnte man nur erahnen, denn er verbarg sich in einem Rüschenkragen, den zwei große Knöpfe verschlossen.

Doch das war nur die Erscheinung eines Augenblicks.

Eine Sekunde danach begann sich ihr gewaltiger Körper durch die Falten dieses Bekleidungsstücks zu arbeiten, um kurz darauf gesund und wohlbehalten in seiner gewaltigen Nacktheit zu erscheinen.

»Eine ganz schöne Hitze, dafür, dass es erst Mai ist, *n'est-ce pas?*«

Lupo schwieg und sah sie an.

Diese riesige Puppe, die gerade aus ihrem Kokon gestiegen war, ging zum Kühlschrank, um den hundert bereits hinuntergekippten Bieren noch ein weiteres hinzuzufügen.

»Ist dir auch heiß?«

Lupo schüttelte den Kopf.

»Was ist los mit dir, hat es dir die Sprache verschlagen?«

»Nein, das ist es nicht.«

»Also, was ist es dann? Ist mein Baby ein bisschen zu umtriebig für einen Herrn wie dich? Weißt du, ich habe dich auf dem Fest beobachtet. Du warst der Einzige, der sich nicht amüsiert hat. Es kommt vor, dass man die Ehefrau mitnimmt …«

Lupo sah sie von schräg unten an.

Und sie begann zu lachen.

»Ist schon gut. Hier beißt niemand. Stell dich unter die Dusche, und alles geht vorbei. Wenn ich Hosen mit Schlitz trüge, dann hätte auch ich nicht widerstehen können. Was ist daran Schlimmes?«

»Wer hat von schlimm geredet?«

»Dein Gesicht. Wie heißt deine Frau?«

»Greta …«

»Schau, Greta ist die Erste, die davon profitiert. Es ist gut, wenn man entdeckt, dass die alten Schuhe bequemer sind als ein hübsches Paar Stiefel mit Sporen. Es ist schön, mit ihnen eine Runde zu drehen. Aber wenn man dann vom Pferd steigt …«

»Persönliche Erfahrung?«

»Es ist nicht nötig, einer alten Arlette schmutzige Dinge zu unterstellen. Ich bin nur eine Marionettenspielerin. Aber ich weiß, wie es in der Welt zugeht. Alle hängen wir an einem Faden.«

»Verzeihen Sie.«

»Schon gut. Aber gesteh: Es ist nicht nur Thérèse, die dir den Schlaf raubt. Los, spuck's aus. Ich habe dir gesagt, dass ich dich nicht einen Augenblick aus den Augen gelassen habe. Du hast uns auf eine ganz bestimmte Art angesehen…«

Lupo seufzte.

Es war unmöglich, dieser Frau etwas vorzumachen.

Die Zeit hatte sie alles gelehrt.

Sie war grausam und freundlich zugleich gewesen.

Und sie erlaubte ihr nun, bei anderen das wiederzuerkennen, was sie in der Vergangenheit selbst erlebt hatte.

»Vielleicht, weil wir so außergewöhnlich fröhlich waren?«

»Zu fröhlich für eine normale Geburtstagsfeier. Oder täusche ich mich?«

»Nein, aber du musst uns verstehen. So einer wie Manuel stirbt nur einmal im Leben…«

Arlette war wieder schlafen gegangen.

Das Nachthemd lag vergessen im Gras.

Und Lupo blieb auf, um nachzudenken.

In die Stille der Nacht gehüllt.

Irgendwie gelang es ihm, Thérèse aus seinen Gedanken zu verbannen.

Sie irgendwo abzulegen, in eine Art Lagerraum in seinem Gehirn, in den er ungeordnet alle unangenehmen Dinge, die auf eine Bewertung warteten, einfach hineinstopfte.

Trotzdem gelang es ihm nicht, diese tiefe innere Unruhe zu besänftigen, die wie eine Alarmlampe in seinem Gehirn blinkte, seit die Lichter in der *Ousine à Gaz* wieder angegangen waren und das Fest begonnen hatte.

Es war seine Rolle bei den Ermittlungen, die ihm nicht behagte.

Je mehr er darüber nachdachte, desto überzeugter war er, dass er nicht ganz auf der Höhe gewesen war. Dass er sich von allzu vielen Chimären hatte ablenken lassen.

Von der Faszination dieses Ortes.

Von der leichten Verrücktheit, die hier fröhlich jede Geschichte beherrschte. Von der Absurdität der Prämissen, angefangen bei Isis bis hin zum Gral. Von dieser ansteckenden Gleichgültigkeit allen Regeln gegenüber, die hier unten galten.

Ja. Er hatte eine Menge Fehler gemacht.

Der erste war der gewesen, dass er keiner Sache wirklich auf den Grund gegangen war. Dass er sich vom Strom hatte mitreißen lassen.

Ohne den sich abzeichnenden Unklarheiten weiter nachzugehen. Er war allzu sehr damit beschäftigt gewesen, zunächst seine Neugierde einer unbekannten Welt gegenüber zu befriedigen, und er hatte automatisch alles getan, um akzeptiert zu werden.

Das Ergebnis war der völlige Verlust seiner Rationalität.

Und nun war es an der Zeit, das zu ändern.

Jetzt hatte er die Atmosphäre und die Gefühle voll und ganz in sich aufgenommen.

Jetzt hatte er sich so weit eingelassen, dass er die Gewohnheiten und die Sprache verstand.

Er hatte keine Entschuldigungen mehr.

Es war Zeit, an die Drecksarbeit zu gehen.

Unfreundlich und hassenswert zu werden.

Böse Fragen zu stellen, gleichgültig, ob sie gefielen.

Es war mittlerweile sicher, dass der Mörder einer von ihnen war: Sie waren die Ersten, die es zugaben. Doch genau dieses Wissen verkomplizierte alles.

Sie erforderten einen Qualitätssprung.

Ein Kreis musste aufgebrochen werden.

In dessen Zentrum sich derjenige befand, der tatsächlich getötet hatte.

Drumherum, ein eisernes Band zum Schutz. Eine fast demonstrative Verschwörung. Manuel war der Krebs, ein guter Chirurg hatte ihn herausgeschnitten. Die Familie und die Freunde dankten anerkennend.

Ende der Durchsage.

Es interessierte sie nicht zu wissen, ob es im Operationssaal eine Assistenz gegeben hatte oder ob der große Arzt alleine operiert hatte.

Nur das Ergebnis zählte.

In psychologischer Hinsicht fühlten sie sich alle gleichermaßen und auf glückliche Weise schuldig.

Auch wenn sie nichts mit dem Mord zu tun hatten.

Das Ergebnis war für einen Kommissar verheerend: Eine solche kollektive Verantwortung nahm das ganze Gewicht der Schuld von den Schultern des Mörders. Sie teilte es in winzig kleine Portionen. Für jede Person, die durch diesen Tod erlöst worden war, ein Stück. Und jegliches Schuldgefühl zerstäubte im Wind.

Im Grunde war es für sie nur ein Akt der Gerechtigkeit gewesen.

Lupo seufzte.

Der Himmel war voller Sterne.

Und in den Hecken regte sich das Leben.

Vielleicht die Igel, die unaufhörlich hin und her liefen und dabei mit den Blättern raschelten. Vielleicht wilde Kaninchen, die im Begriff waren, ein neues Nest zu bauen. Vielleicht viele kleine grüne Salamander auf der Suche nach Wasser und nach Insekten.

Er stand auf.

Und betrat auf Zehenspitzen das Mobilhome, wobei er jegliches Geräusch vermied.

Thérèse rührte sich nicht. Sie schlief entspannt, ihr Atem ging leise, und auf ihren Lippen lag ein leichtes Lächeln. Die Hände zu Fäusten geballt, wie ein unschuldiges kleines Mädchen. Hin und wieder ein mysteriöses, leise geflüstertes Wort. Was sie wohl träumen mochte …

Lupo nickte.

Endlich wusste er es.

Das erste Problem war sie.

Er musste sich aus ihrem Zauber befreien.

Jetzt sofort …

Er ging wieder hinaus.

Zündete die kleine Gaslampe an.

Und die Pergola wurde von zitternden Lichtstreifen erleuchtet.

Während es in der Hecke ganz plötzlich still wurde.

Kein verängstigtes Fiepen. Kein hastiges Trappeln. Nur die wachsame Stille, in der die Sinne geschärft werden, um zu erkennen, ob eine Gefahr droht.

Dann war alles wie zuvor.

Lupo hatte sein Notizbuch geholt.

Es war an der Zeit, es auf den neuesten Stand zu bringen.

Seinen neuen Schlachtplan zu skizzieren.

Er sah sich das Schema an, das er vorbereitet hatte.

Er hatte Dave noch hinzugefügt.

Doch es fehlte noch eine wichtige Figur: Thierry, Thérèses Vater.

Und er sah, wie nachlässig er bei dieser Ermittlung gearbeitet hatte.

Er hatte sich mit der allgemeinen Erklärung zufrieden gegeben, dass dieser sich zu einem letzten Auftrag in Gabun aufhielte. Wenn jedoch seine letzte Mission eine andere gewesen war? Diese Leute von ihrem Joch zu befreien? Im Grunde war doch alles seinetwegen geschehen. Und er hatte sich derart verantwortlich dafür gefühlt, dass er beschlossen hatte, eine endgültige Lösung zu finden?

Lupo schüttelte bedauernd den Kopf.

Wie hatte er eine solche Tatsache einfach hinnehmen können, ohne sie zu überprüfen?

Thierry war perfekt.

Weil er unsichtbar war.

Weil er existierte, aber nicht anwesend war.

Die beste Bedingung, um ungestört agieren zu können.

In der größtmöglichen Freiheit.

Wobei er als Schutz diesen außergewöhnlichen Zerrspiegel genutzt hatte, den jener Bus nach Turin mit seiner Ladung aus Hass und Groll darstellte, um alle Aufmerksamkeit von sich abzulenken.

Und außerdem, wer hätte ihn je verraten?

Ganz gewiss nicht seine Tochter.

Für Thérèse wäre es in der Tat einfach gewesen, ihn in die Irre zu führen. In ein Labyrinth ohne Ausgang. So wusste sie immer genau, wo er sich befand, für den Fall, dass es notwendig werden würde, ihn woandershin zu lenken.

So erhielt jener Ausschnitt des Panoramas vielleicht einen Sinn. So erklärte sich vielleicht auch ihre so eigenartige Beziehung zu Francesca Caccia.

Und ihr fast erschreckender Satz, den sie ihm am Strand entgegengeschleudert hatte: »Dass du jetzt hier bist, ist mein Verdienst, vergiss das nicht.«

Lupo versuchte, im Inneren ganz leer zu werden.

Er musste von vorne anfangen.

Mit einem Vorsprung jedoch.

Jetzt kannte er die ganzen Schauspieler.

Während er zuvor nicht einmal gewusst hatte, von welcher Seite man die Bühne betreten musste.

Er schrieb jetzt wieder, fast im Rausch.

Jetzt wusste er, was er zu tun hatte, und er wollte keine der Ideen, die ihm wie ein Schwarm aufgebrachter Wespen im Kopf herumsummten, vergessen.

THIERRY

Von De Mattia die Bewegungen überwachen lassen. Schwierig. Aber notwendig. Thérèse und Haboudiffa außen vor lassen, Gefahr der Verschleierung möglich.

MANUEL

Noch einmal die Wohnung durchsuchen. Allein. Die »Lebensversicherungspolice« finden. Sie existiert ganz sicher, es ist seine einzige Waffe. Andernfalls wäre das schon veröffentlicht, zu viel Zeit seit dem Mord vergangen.

Nicht der Typ, um nicht für alles vorzusorgen.

EISENHUT

Wo wächst er, bei wem in der Nähe?

Lupo las seine Aufzeichnungen noch einmal durch.

Jetzt begann er, auch physisch, ein Arbeitsschema zu erkennen.

Was sich zunächst auf ungeordnete Weise den Weg durch seinen Geist gebahnt hatte, fand nun endlich eine logische

Reihenfolge, die sich in dieser neuen grafischen Ordnung niederschlug.

Aber das genügte nicht.

Es gab eine Seite an dieser Ermittlung, der er zunächst stets ausgewichen war. Und er hatte sich ihr schließlich nur zugewandt, weil er gegen seinen großen Widerstand an den Haaren dorthin gezogen worden war.

Das war der magische und religiöse Aspekt.

Der Mythos, das kaum wahrnehmbare Nichts.

Und doch musste genau das ein greifbarer Faden sein, an den man sich klammern konnte.

An ihm musste er sich entlanghangeln, Schritt für Schritt.

Manuel hatte riesige Geldmengen und viele Erpressungen aufgewendet, um den Willen der anderen seinen Bedürfnissen zu unterwerfen. Jeder hatte seine Aufgabe gehabt. Jeder war gezwungen gewesen, sein Steinchen herbeizubringen, um ein Mosaik zu vervollständigen, dessen Ergebnis nur er sah.

Er musste sie sich also alle noch einmal vornehmen.

In ihrer Rolle als Gelehrte.

Er seufzte.

Zuerst aber musste er etwas anderes tun.

Dave noch einmal gegenübertreten.

Der kleine Schreiber aus Florenz …

Er hatte sich darauf beschränkt, seine Tätigkeiten zu überprüfen.

Doch das Wichtigste hatte er vergessen: die letzten Kontakte zu rekonstruieren. Welche Personen, welche Fragen und welche Antworten? Was hatte dazu geführt, dass sich die Ereignisse überstürzt und Manuel davon überzeugt hatten, dass er nur einen Schritt vom Gral entfernt war?

Unterdessen hatte das Spektakel im Garten seinen Höhepunkt erreicht. Das ganze mysteriöse Leben, das die Nacht mit leichten Flügelschlägen, plötzlichem Rascheln und flinkem Pfotentrippeln belebte. Das war der Atem der Natur. Der die Finsternis erleuchtete, weil die Dunkelheit den Menschen und seine giftigen Launen auslöschte.

Lupo nickte.

Er schrieb weiter.

Dann stand er auf und ging schlafen, endlich ruhig.

Er warf einen letzten Blick auf seine Notizen, bevor er die Augen schloss.

DAVE

Kodex von Moncalieri: Welches Geheimnis?

Es war nicht einfach, Thérèse loszuwerden.

Lupo musste seinen ganzen Einfallsreichtum aufbringen.

Er konnte sie nicht direkt darum bitten.

Sicherlich würde sie ablehnen.

Und zu Tode beleidigt sein. Dann würde sie ihn mit einer unendlichen Umarmung der Rache umfangen. Er musste es so anstellen, dass sie es war, die beschloss, ihn alleine zu lassen.

Der Schlüssel war das Alibi von Papou.

Fast beiläufig begann Lupo also über Montségur zu sprechen.

Mit gesenktem Kopf vor einer großen Tasse Kaffee.

Beide hatten sie Ringe unter den Augen.

Thérèse wegen des Alkohols, der ihr noch immer durch die Adern kreiste. Lupo, weil er, verfolgt von Traumgespinsten, zu wenig geschlafen hatte.

»Weißt du was? Ich kann es kaum erwarten, nach Montségur zu kommen, das muss ein unglaublicher Ort sein.«

Thérèse nickte gedankenvoll.

Offenbar hatte Lupo nicht die Absicht, auf eine persönliche Überprüfung zu verzichten. Und sie, aus Gründen, die den seinen völlig entgegengesetzt waren, konnte damit wohl auch einverstanden sein.

Doch sie war lieber unabhängig, um die richtigen Menschen zu befragen. Ohne einen Fremden im Nacken sitzen zu haben. Dessen Anwesenheit bei den Menschen möglicherweise Angst und Schweigen auslöste.

»In Ordnung. Wann willst du fahren?«

»Sofort, würde ich sagen.«

»Unmöglich: Um zehn erwartet dich Coronet, Manuels Notar. Gestern hast du so darauf bestanden ... Tonton hat ihn extra in sein Büro bestellt. Es war nicht einfach. Er musste starke Argumente anführen. Erinnere dich: Der Fall ist eine italienische Angelegenheit. Hier hat die Staatsanwaltschaft keine Akte angelegt. Das heißt, der gute Mann ist nicht verpflichtet zu erscheinen. Verstehst du, dass du da nicht wegbleiben kannst. Außer ...«

Lupo lächelte.

Die Königin hatte den Bauern vorgeschickt.

So tat er in diesem kleinen Schachspiel so, als würde er auf den Zug eingehen.

»Außer?«

»Nun, Haboudiffa wäre stinksauer. Ich glaube nicht, dass du es dir mit ihm verderben willst. Und da du ja offenbar große Eile hast, fahre ich rasch nach Montségur und löse das Problem. Vielleicht ist Coronet ja sogar kooperativer, wenn ich nicht dabei bin.«

Danach sah Thérèse ihn ironisch an.

In Erwartung einer Antwort.

Das war ein guter Zug gewesen.

Wenn Lupo Nein sagte, dann gab er damit zu, dass er ihr

nicht vertraute. Wenn er Ja sagte, würde er sich über das Alibi von Papou nie sicher sein können.

Doch schließlich hatte er sich ja selbst in diese Situation hineinmanövriert.

»In Ordnung. Das heißt, dass du mit mir nach Montségur fährst, wenn alles vorbei ist.«

Coronet fühlte sich unbehaglich.

Er konnte nicht älter als vierzig sein.

Doch er war vollständig kahl.

Und leichenblass.

Mager und drahtig.

Seine riesige Adlernase krümmte sich zu blutleeren Lippen hinab, darüber saß ein schütterer Schnurrbart, der mit dem Lineal gezogen zu sein schien. Wässrige Augen, die einen nie direkt anschauten. Und lange arthritische Hände voller Leberflecken.

Haboudiffa stand drohend wie das Himalayagebirge über ihm.

Ein wenig unangenehm berührt.

Es war offensichtlich: Er hielt Thérèse die Stange.

Diese Begegnung war aus dem Augenblick geboren.

Um einer Lüge zu begegnen.

Doch Lupo war es gleichgültig. Er hatte, was er wollte: allein mit dem Notar sprechen zu können. Außerdem schien der Mann vor etwas Angst zu haben.

Haboudiffa hatte sie einander vorgestellt.

Coronet hatte Lupo die Hand gegeben, mit feuchtem und laschem Druck.

Dann setzte er sich, als sei er erschöpft. Er schlug ein Bein über, nahm es wieder herunter, als säße er auf Nägeln.

Lupo sah zu Tonton hinüber.

Seltsamerweise hatte er ihn sich noch nie richtig angeschaut.

Dass Tonton groß und korpulent war, daran hatte er sich noch erinnert.

Aber beim letzten Mal hatte er nicht bemerkt, dass er ganz kleine Hände hatte, die er die ganze Zeit zu verstecken versuchte. Er hatte fast keine Fingernägel, und das, was von ihnen übrig war, war bis auf die Nagelhaut abgebissen.

Haboudiffa unterbrach diese Inspektion.

Geradezu verlegen.

»Gut, gut, Commissario, hier sind wir also … Sie stellen die Fragen. Ich muss Ihnen jedoch gleich sagen, dass unser Herr Notar hier erst vor vier oder fünf Monaten die Nachfolge seines nach langer und schwerer Krankheit leider verschiedenen Vaters angetreten hat …«

»Richtig, mein Herr. Richtig. Gut, dass Sie es erwähnt haben. Ich danke Ihnen.«

»Was sagte ich …? Ah ja: Manuel ist ziemlich grob mit ihm umgegangen. Er hat ihm klar und deutlich zu verstehen gegeben, dass er ihm nicht traute. Dass sogar sein Vater …«

Lupo unterbrach diesen Monolog.

Er sei sicher, dass der Notar vertrauenswürdig sei.

Und zu Tonton sagte er freundlich, dass er lieber alleine weitermachen wolle.

Zweifelsohne habe er viel zu tun.

Und er wolle ihn nicht schon wieder von seinen Pflichten abhalten.

Im Grunde handele es sich nur um eine freundschaftliche Unterredung.

Ob es möglich sei, Kaffee zu bekommen.

Haboudiffa bejahte mit einem Seufzer der Erleichterung.

Er stand langsam auf und ging hinaus.

Als sie alleine waren, setzte sich Lupo, um mit Coronet auf einer Höhe zu sein und ihm damit jenes Gefühl der Unterlegenheit zu nehmen, das ihn so sehr zu belasten schien.

Er versuchte es mit einer freundschaftlichen Annäherung.

»Ich bin Polizist. Aber ich gestehe Ihnen, dass auch ich Polizeimethoden nicht besonders mag. Ich verstehe Sie, wissen Sie …«

Der Notar stimmte heftig zu.

Indem er mehrmals mit dem Kopf nickte, während seine Finger nervös auf den Tisch trommelten.

»Wenn ich nichts weiß, weiß ich nichts. Es nützt nichts, Gestapo zu spielen. Die hier können nicht verstehen, dass dieser Bastard Manuel mir nicht einmal sein Sparbuch anvertraut hätte.«

»Sprechen Sie weiter.«

»Mit meinem Vater hat er seine verfluchten Geschäfte vorangetrieben. Sie waren aus demselben Holz geschnitzt. Als es meinem alten Herrn anfing, schlecht zu gehen, kam Manuel in unsere Kanzlei. Und er hat verlangt, dass ich ihm alle seine Dokumente zurückgebe. Ich habe versucht, Zeit zu gewinnen. Doch am selben Abend bin ich auf der Straße fast massakriert worden. Jemand ist ins Büro eingedrungen und hat die Papiere gestohlen, die er brauchte, dann hat er mit dem ganzen Rest ein schönes Feuerchen im Kamin gemacht. Er hat nichts vergessen.«

»War er es?«

»Wie soll ich das wissen? Das Einzige, was ich weiß, ist, dass ich praktisch ruiniert bin. Die Klienten sind weg, und kein Tag vergeht, an dem mich nicht jemand anzeigt oder bedroht.«

Coronet hatte alles in einem Atemzug erzählt.

Dann sank er erschöpft auf dem Stuhl zusammen.

Er hatte kaum noch die Kraft zu atmen.

Lupo nickte.

Überzeugt, dass der Mann die Wahrheit gesagt hatte.

Es blieb jedoch ein Zweifel.

Warum schien es, als glaubten Thérèse und Haboudiffa ihm nicht ganz?

Hielten sie es für unmöglich, dass ein Sohn nichts von den Geschäften des Vaters wusste, obgleich er mit ihm Seite an Seite gearbeitet hatte? War das der einzige Ansatzpunkt für ihr Misstrauen, oder gab es noch etwas anderes?

Dieser Mann war ungefähr so alt wie er selbst.

Doch Zeit und Sorgen hatten ihn verwüstet.

Er sah ihn sich noch besser an, eine aufmerksame, fast schon unverschämte Musterung. Sein Gegenüber jedoch schien es nicht zu merken.

Plötzlich hing ein Tropfen an seiner Nasenspitze.

Und Lupo wurde gewahr, dass er die ganze Zeit die Nase hochgezogen hatte. Und dass die Hände, die jetzt in seinem Schoß lagen, zitterten. Die Finger versteckten sich nun nicht mehr hinter dem Trommeln auf der Tischplatte.

Und er begriff. Dieser Mann kokste …

»Geht es Ihnen nicht gut?«

Coronet sah ihn unsicher an.

Als hätte er eine Stimme aus einer anderen Welt gehört.

»Doch natürlich, sehr gut. Sind wir fertig?«

»Nehmen Sie schon lange Kokain?«

Der Notar lief rot an.

Und versuchte sich an einer schwachen Verteidigung.

»Ich weiß nicht, was Sie damit sagen wollen.«

»Nun hören Sie schon auf. Ich bin nicht Haboudiffa. Mir ist das völlig gleichgültig. Ich will nur wissen, ob Manuel Ihnen das Zeug verschafft hat.«

Der Notar drehte seine wässrigen Augen nach oben.

Zum Zeichen großen Leidens.

Dann senkte er das Kinn und fuhr sich mit der Hand über den Kopf, fast, als sei er erstaunt, dort keine Haare mehr vorzufinden.

»Ich habe sie erst vor kurzem verloren, wissen Sie ...«

»Erzählen Sie mir von Manuel.«

»Nun, er hat mich so gekauft. Er hat mich alles machen lassen, was er wollte. Bote, Wasserträger, Handlanger. Mein Vater hat mich verachtet. Aber er dachte, dass es besser sei, mich bei sich zu behalten. Sehen Sie, ich errege Abscheu, ich war mir dessen immer bewusst. Eine Weile habe ich das ausgehalten, dann habe ich mich gehen lassen. Verstehen Sie, ich hatte noch nie ein Mädchen, nicht einmal eine Nutte.«

»Das tut mir leid.«

»Ich glaube Ihnen nicht. Den Leuten ist ein Typ wie ich völlig gleichgültig. Man unterdrückt ihn und fertig. Ich sage das nur, damit Sie verstehen, dass die beiden mich als Fußabtreter benutzten. Sie hätten mir nie irgendetwas Wichtiges anvertraut. Ich brachte Geld hierhin, holte dort welches ab. Aber das ist alles, was ich weiß. Ich war nur der, der in den Banken oder bei der Post in der Schlange stand.«

»Und als Ihr Vater starb?«

»Er hat mich in seiner Güte als Erben bestimmt. Aber Manuel hatte schon zuvor daran gedacht, das Fleisch vom Knochen zu nagen. Mir ist das Büro geblieben, eine Bescheinigung, die mir attestiert, dass ich als sein Nachfolger fungieren darf, das Haus in dem ich wohne, und zwei Investmentfonds, die mir erlauben, mich eine Weile über Wasser zu halten, sofern sie mir nicht gepfändet werden. Das ist alles.«

»Warum haben Sie Angst vor Haboudiffa?«

Coronet erhob sich mühsam.

Er ging um den Tisch herum zum Fenster.

Er schob die Gardine beiseite und sah auf den Verkehr hinunter.

An der Endhaltestelle gab es kein Vor und Zurück mehr, und seit einigen Minuten dröhnte ein Hupkonzert in der Luft. Er verlor sich für einen Augenblick lang in diesem Lärm, dann drehte er sich um.

»Ich habe ein paarmal gesessen. Wegen des Kokains. Bevor mein Vater mich am Schreibtisch festgeschmiedet hat. Sie mussten auch ihn bei den Eiern haben, weil Tonton mich gedeckt und mir nicht die Weste beschmutzt hat. Aber jetzt, wo alle beide unter der Erde liegen …«

Nun dachte Lupo eine Weile nach.

Dass Tonton Dreck am Stecken hatte, wunderte ihn nicht allzu sehr. Das erklärte vielmehr die Verbissenheit, mit der er versucht hatte, Manuel in die Enge zu treiben, wobei er Thérèse als Schmieröl benutzte.

So erhielten auch die Drohungen am Telefon, die er erhalten hatte, einen Sinn. Und der Ärger Hassans, des Polizisten, der aus dem einen oder anderen Grund vom Erdboden verschluckt zu sein schien.

Nicht, dass er Tonton für korrupt hielt.

Im Grunde hatte er sich der Jagd nach Manuel nie entzogen. Nur, dass er sie auf seine Weise angehen wollte. Ohne Dinge auszuplaudern, die ihn in ernsthafte Schwierigkeiten bringen würden.

An diesem Punkt traf Lupo eine Entscheidung.

Er brauchte unbedingt Hilfe.

Und er war überzeugt, dass der Notar ihn jetzt nicht mehr als Gegner betrachtete. Oder schlimmer noch: als einen Spion Tontons.

Daher spielte er seine Karten offen aus.

»Hören Sie, Coronet, ich muss Ihnen etwas gestehen: Ich habe einen konkreten Verdacht, wer Manuel ermordet haben könnte. Doch mir fehlen die Beweise. Ich bewege mich im Kreis, und Sie sind meine letzte Hoffnung.«

»Was muss ich tun?«

»Ein Erpresser wie Manuel hat doch sicher die Liste der Schlingen, die er um den Hals seiner Opfer gelegt hatte, schwarz auf weiß niedergeschrieben. Ich nenne dies seine Lebensversicherungspolice. Sie sind die Person, die der Logik nach diese Liste verwahren müsste. Sie haben mir die Gründe erklärt, warum dies nicht so ist. Und ich glaube Ihnen.«

»Danke.«

»Die Police war sicherlich bei den gestohlenen Sachen. Weil dem Vertrauensverhältnis zu Ihnen, zu der Person, die diese im Falle seines Todes hervorziehen musste, der Boden entzogen war…«

»Das heißt aber nicht, dass es sie nicht mehr gibt…«

»Richtig.«

Plötzlich wurde Coronet von einem unerwarteten Energieschub erfasst.

Er ging wie ein Irrer im Raum umher.

Er hatte endlich begriffen, dass dies sein großer posthumer Rachefeldzug sein konnte. So begann er jetzt, laut nachzudenken.

»Nein, in den Banksafes nicht… Die kenne ich alle, ich habe die Schlüssel. Sie sind das Einzige, was er mir nicht abgenommen hat. Ob er noch einen weiteren Safe hat? Nein, er hätte nie ohne mich eine Bank betreten…«

»Warum?«

»Von Bankgeschäften ausgeschlossen, ungedeckte Schecks. Nein, er brauchte meine Unterschrift.«

»Sprechen Sie weiter, zwingen Sie sich nachzudenken. Vielleicht handelt es sich um ein völlig banales Versteck. Die Menschen haben ihre Gewohnheiten, die ändern sie nie. Sie kannten ihn gut.«

Plötzlich hielt der Notar inne.

Und zum ersten Mal wagte er es, Lupo in die Augen zu sehen.

»Und wenn… Hören Sie, Commissario, lassen Sie uns sofort gehen.«

»Warum?«

»Wir müssen ganz schnell in die Kanzlei.«

Lupo nickte.

Es war nicht der Augenblick, um Einzelheiten zu klären.

Es genügte ihm, dass er einen Stein ins Rollen gebracht hatte.

Doch vor dem Gehen stellte er noch eine letzte Frage.

»Hat Manuel je ein Testament gemacht?«

»Nicht bei uns. Da bin ich sicher.«

Jetzt war Haboudiffa das größte Problem.

Lupo hatte nicht die Absicht, ihn dabeizuhaben. Er musste sich so verhalten, dass er kein Misstrauen erregte. Er würde ihn rufen müssen, um zu sagen, dass er fertig war. Dass er Coronet gehen lassen könne.

Danach, nach dem Austausch einiger leerer Höflichkeitsfloskeln, würde auch er gehen können. Und dann wieder zu dem Notar stoßen.

»Hören Sie, machen wir es so…«

Die Kanzlei lag an der Place de la Madeleine.

Wo während der Eroberung von Béziers das Massaker an den Albigensern eine nie erlebte Grausamkeit erreicht hatte. Jetzt war das Haus ein kleines Juwel, das auf zwei Kirchen, den großen schattigen Säulengang und den kleinen Platz blickte, auf dem während des Musikfestes ein Orchester mit dreißig Violinen spielte.

Haboudiffa war sehr höflich gewesen.

»Es tut mir leid, dass Sie Ihre Zeit vergeudet haben. Aber wir haben Coronet bereits ausgewrungen wie einen nassen Lappen. Und außerdem kenne ich ihn schon lange. Wenn er in etwas verwickelt gewesen wäre ...«

Lupo hatte ihm die Hand gedrückt.

Und Tonton hatte ihm fast freudig nachgesehen, als er das Haus verließ.

Der Commissario überquerte Les Allées, wo sich immer eine bunte, fröhliche Menschenmenge drängte. Und hinter einer Ecke tauchte ganz plötzlich die herrliche Kirche La Madeleine auf.

Er blieb einen Augenblick stehen, den Kopf in den Nacken gelegt, und bewunderte die Schönheit, die Teilansicht. Dann setzte er sich langsam wieder in Bewegung und suchte die Tür des Notars. Es war ein schönes Haus aus der Mitte des neunzehnten Jahrhunderts, mit einer breiten Treppe, Fresken an der Fassade und aufwändigen, vergoldeten Stuckverzierungen.

Coronet erwartete ihn auf dem Treppenabsatz.

Sein Gesichtsausdruck war wieder düster.

Und er schüttelte bereits betrübt den Kopf.

»Nichts zu machen. Ich habe nur blödsinnige Ideen. Da ist wirklich nichts zu machen.«

Lupo sah ihn neugierig an.

»Was haben Sie erwartet?«

»Oh, nun ... mir war etwas eingefallen, eigentlich haben Sie mich darauf gebracht, als Sie von Verstecken sprachen und von der Tatsache, dass die Menschen ihre Gewohnheiten haben.«

»Und weiter?«

»Eines Tages musste mein Vater irgendwelche kompromittierenden Papiere verschwinden lassen. Doch er wollte sie trotzdem noch zur Hand haben. Manuel fing an zu lachen. Er nahm den Brieföffner vom Schreibtisch, ging hinaus und beugte sich über diese Öffnung.«

Lupo bückte sich und begriff sofort.

Früher hatten sich in den herrschaftlichen Häusern die Kohlenkästen auf den jeweiligen Stockwerken befunden.

Riesige leere Hohlräume.

Die von zwei schweren Marmorplatten verschlossen wurden. Genau neben dem Eingang zu den Wohnungen, leicht zugänglich für die Dienerschaft, die nur die Wohnungstür öffnen musste, um die Schütten zu füllen. Seit dem Einbau von Zentralheizungen wurden sie nicht mehr benutzt.

Und waren in Vergessenheit geraten.

Doch nicht bei Manuel.

Dieser hatte dem alten Notar einen ironischen Blick zugeworfen und ihm zugeflüstert: »Das beste Versteck für einen Schatz ist das, das allen Blicken ausgesetzt ist, wo niemand jemals nachschauen würde.«

Lupo versuchte, Coronet aus seiner Erstarrung zu rütteln.

»Haben Sie es überprüft?«

»Ja. Keine Police. Nur die alten Akten meines Vaters, dieselben, die er damals verschwinden lassen wollte. Ich werde entscheiden müssen, ob ich sie lese oder sie verbrenne. Ich hätte ja alles getan, um Ihnen zu helfen ...«

Der Commissario nickte.

Er wusste, dass er noch einen Pfeil in seinem Köcher hatte.

Und er wollte so schnell wie möglich von hier fort.

Bevor Coronet noch auf dieselbe Idee kam, was unvermeidlich war: Man brauchte nur einen Augenblick darüber nachzudenken. Daher verabschiedete er sich mit einer gewissen Eile, und ermutigte ihn mit einem Schulterklopfen.

»Sie haben das Mögliche getan, ich schätze das sehr. Und nun hören Sie auf mich: Verbrennen Sie nicht nur diese Papiere, hören Sie auch mit dem Koksen auf. Jetzt sind Sie frei. Nutzen Sie die Chance.«

Und er ging.

Immer zwei Stufen auf einmal nehmend.

Jetzt wusste er genau, wo er suchen musste.

Lupo ging zu Manuels Wohnung zurück.

Das größte Problem war hineinzukommen.

Er wollte nicht einfach irgendwo klingeln.

Unvermeidlich würde dann jemand im Treppenhaus warten.

Dabei war es notwendig, dass ihn niemand bemerkte. Denn es würde schwierig sein zu erklären, warum er sich an der Tür eines soeben ermordeten Mannes zu schaffen machte. Irgendjemand würde die Polizei rufen. Natürlich würde sich das Ganze rasch aufklären lassen.

Aber Haboudiffa und Thérèse würden sein Geheimnis sofort erfahren. Und der einzige Vorsprung, der er noch hatte, würde wie Schnee dahinschmelzen.

So wartete er geduldig auf der Straße.

Er ging auf und ab.

In der Nähe der Tür.

Um die Gelegenheit zu nutzen, wenn ein Hausbewohner das Haus verließ.

Doch es schien, als sei das Haus unbewohnt oder als habe niemand die Absicht, einen Spaziergang zu machen.

Eine halbe Stunde verging.

Und langsam erregte sein Auf-und-ab-Gehen Aufmerksamkeit. Tatsächlich warfen der Verkäufer im Tabakladen und die Blumenverkäuferin schon häufige Blicke durch ihre Schaufenster, um zu sehen, was dort vorging.

Als er das bemerkte, begann der Commissario, immer öfter nervös auf die Uhr zu schauen, so als sei er versetzt worden. Schließlich betrat er den Tabakladen und fragte, ob er telefonieren könne.

Er wählte irgendeine Nummer.

Ohne Vorwahl.

Und als ihm eine Telefonstimme verkündete, dass diese Nummer nicht existierte, tat er so, als würde er verhalten mit der Mutter der Verspäteten streiten.

Schließlich kam auch die Blumenverkäuferin aus dem Laden daneben herein.

Sie sah den Tabakverkäufer fragend an. Und erhielt ein amüsiertes Hochziehen einer Augenbraue als Antwort.

Nachdem die Frau beruhigt in ihren Laden zurückgekehrt war, ging Lupo wieder nach draußen auf den Bürgersteig.

Die Floristin zwinkerte ihm im Vorbeigehen verschwörerisch zu.

Und eine Frau zog einen Schlüsselbund hervor, um das Haus zu betreten.

Lupo war versucht, ihr zu folgen, aber er ließ es bleiben. Sie würde jederzeit überprüfen können, wohin dieser Unbekannte gegangen war. Zum Glück kam eine Minute später der Postbote. Der würde nicht neugierig sein.

Er klingelte, ließ sich aufdrücken, und der Commissario folgte ihm, wobei er einen kurzen Gruß murmelte und zielstrebig die Treppe hinaufstieg, als wisse er genau, wohin er gehen müsse.

Etwa zwanzig Sekunden lang verharrte er still.

Zusammengekauert auf dem Treppenabsatz.

Bereit, hinauf- oder hinabzugehen, je nach Notwendigkeit.

Das Haus schien zu schlafen. Nur der Widerhall der Briefe, die in die Briefkästen rutschten, und die ferne Musik aus einem Radio hinter einer Tür waren zu hören.

Sonst nichts.

Der Postbote ging, und die Tür schloss sich mit einem dumpfen Geräusch. Lupo stieg bis in den dritten Stock hinauf.

Außer Manuels Wohnung gab es hier nur noch eine weitere Wohnung. Lupo legte das Ohr an die Tür, konnte aber nichts hören. Also begann er zu suchen. Und er fand das Versteck sofort.

Er öffnete es.

Darin befand sich eines jener schwarzen Köfferchen mit Kombinationsschloss. Er nahm es und ging. Er war kaum länger als zwei Minuten in diesem Haus geblieben.

Er ging in die dem Tabakladen entgegengesetzte Richtung, überquerte die Straße und mischte sich auf der Allee unter das Volk.

Er brannte darauf, den Koffer zu öffnen.

Widerstand jedoch der Versuchung, bis er weit genug entfernt war.

Erst dann setzte er sich unter den Platanen an einen Tisch. Und obgleich es noch nicht einmal Mittag war, bestellte er einen Kir Royal. Wenn er ins Schwarze getroffen hatte, war es jetzt Zeit zu feiern. Wenn jedoch, wie die

Werbung sagte, die Lieblingsmannschaft verloren hatte, würde ihn der Cocktail zumindest ein bisschen trösten.

Er öffnete den Koffer.

Hob den Deckel einige Zentimeter hoch und nutzte ihn so als Sichtschutz. Er blätterte rasch die Aktenbündel durch, die dort lagen.

Und lächelte befriedigt.

Er hatte den Schatz gefunden.

In dem Koffer befanden sich sechs gelbe Umschläge.

Auf jedem stand ein Name geschrieben.

Jean-Luc Amat, Nathalie Sebe, Rosie Rodriguez, François Lapalou, Bernard Muguet und Patrice Boyer. Auch hier schien sich Manuel überhaupt nicht für Alain Robinet zu interessieren. Das war etwas, worüber er noch eine Weile nachdenken musste.

Endlich entspannte er sich.

Mit einen glücklichen Ausdruck auf dem Gesicht sah er sich um.

Er hob das Glas.

Hier in der Öffentlichkeit konnte er es sich nicht erlauben, die Umschläge zu öffnen.

Doch jetzt hatte er keine Eile mehr.

Er musste jedoch einen Platz ganz für sich finden. Einen Ort, den niemand kannte. Ein sicheres Refugium, eine Art Büro, wo er in Ruhe nachdenken, Papiere aufheben und Telefongespräche führen konnte, ohne der Gefahr ausgesetzt zu sein, dass ihm jemand zuhörte.

Er wollte gerade aufstehen, als ihm einfiel, dass er noch nicht in den Taschen unter dem Deckel nachgesehen hatte. Noch ein Schuss ins Schwarze: Dort fand er tatsächlich einen Umschlag, er war kleiner als die anderen, weiß, und enthielt ein einziges Blatt.

Lupo zog es heraus und faltete es auf.

Es war das Testament.
Er überflog es rasch.
Und staunte.
Der einzige Erbe war Froschgesicht.
Oder Alain, Stierzüchter und großer Gralsspezialist …

6

Lupo hatte einen Entschluss gefasst.

Er wollte kein tristes Hotelzimmer.

Dort würde er seinen Ausweis vorzeigen müssen.

Und man würde ihn innerhalb kürzester Zeit aufspüren.

Also fuhr er zum Bahnhof.

Dort stellte er den Spider ins Parkhaus. Er ging durch die Bahnunterführung, und zwei Minuten später war er am Hafen des Kanals.

Er hatte sich in die Idee verliebt, eine *péniche* zu mieten.

Schon seit langer Zeit träumte er davon, ziellos und zeitlos träge den Biegungen eines französischen Kanals zu folgen, im Schatten der Platanen, mit Fahrrädern und Angelruten auf dem Dach.

Hin und wieder am Steg eines kleinen Restaurants mit Terrasse zum Wasser anzulegen. Oder an der Anlegestelle eines verschlafen zwischen Weinbergen liegenden Dörfchens, um auf einen Sprung ins Lebensmittelgeschäft oder zum Bäcker zu gehen.

Er hatte nur die Qual der Wahl.

Ein halbes Dutzend Boote schaukelte ruhig vor Anker. Sie hatten den Rumpf eines guten Schleppkahns mit Steuerhaus und klassischem Ruder. Der Unterschied bestand darin, dass man ein richtiges Haus dabeihatte: mit großer Küche, einer durchdachten, vollständig ausgestatteten Nasszelle mit Dusche, ein oder zwei Schlafzimmern und einem hellen Wohnzimmer mit Bücherregal, Schreibtisch, Sesseln und Sofas.

Lupo wählte den kleinsten und billigsten Kahn.

L'Etoile filante.

Sternschnuppe.

Neun Meter dreißig Kunstharz, ein wenig abgenutzt, aber immer noch ziemlich aggressiv in der Form, mit einer alten Inneneinrichtung aus Holz und vielen Vorhängen im Schottenkaro.

Lupo füllte den Kühlschrank mit Perrier sowie einem moussierenden Weißwein, Butter und Marmelade. In demselben kleinen Laden hatte er sich auch mit Nescafé, Brot, Öl, Salz, Tomaten, Obst und einigen Tiefkühlprodukten eingedeckt.

Als müsse er mehrere Wochen auf sich gestellt überleben.

Dann ging er an Bord.

Überglücklich.

Den schwarzen Aktenkoffer hatte er fast schon vergessen.

Nachdem der Mann des Bootsverleihs ihm einen Plan und einige kurze Anweisungen gegeben hatte, half er ihm, die Taue vom Poller zu lösen. Er beobachtete Lupo bei seinem Ablegemanöver, das das Boot um 180 Grad in Richtung Agde wendete. Als der Mann feststellte, dass Lupo ohne Probleme zurechtkam, ging er wieder in sein sonniges Kabuff, um dort weiterzudösen.

Lupo kannte vom Canal du Midi nur das kleine Stück um die Schleuse von Villeneuve herum, wo er mit Thérèse zum Frühstücken gewesen war.

Er hatte gesehen, dass viele Kähne, bevor sie die Schleuse in Angriff nahmen, für die Nacht an einer Reihe von niedrigen Pappeln festmachten, die entlang der Umfahrung des Dorfes standen.

Etwa hundert Meter vor dem *Gardien de l'écluse*.

Er dachte, dass dies die ideale Stelle war.

Und er fuhr mit minimaler Geschwindigkeit darauf zu.

Er kostete diese Stunde völliger Freiheit bis ins Letzte aus.

Er grüßte alle, die ihm begegneten, herzlich, zwischendrin hielt er einen kleinen Schwatz über das Wetter oder über die Köder, die man benutzen sollte, während das Wasser zuckte, wenn die Fische anbissen oder wenn ein Vogel die Wasseroberfläche streifte.

Nachdem er angelegt hatte, lud er das Fahrrad ab.

Dann radelte er über den Pfad zurück, der über viele Kilometer am Kanal entlangführte, um das Auto zu holen. Er klappte das Verdeck herunter, legte das Fahrrad auf den Rücksitz und fuhr zufrieden zu seinem Boot.

Jetzt hatte er ein Haus.

Und im Kofferraum des Autos befand sich sein Koffer mit all der Kleidung, die er in Le Monde Perdu gar nicht ausgepackt hatte, weil sie dort völlig nutzlos war.

Er machte sich einen Kaffee.

Dann schnitt er sich eine Scheibe Brot ab, bestrich sie mit Butter und verteilte einen ordentlichen Klacks Marmelade darauf. Als er schließlich satt und entspannt war, beschloss er, dass nun die Zeit gekommen war, um sich den Umschlägen zuzuwenden. Er öffnete zuerst den von Papou.

Darin steckte ein Brief.

Er war an Manuel Hibanez gerichtet und mit Jean-Luc Amat unterschrieben. Geschrieben in einer winzigen, fast unleserlichen Schrift.

Beim ersten raschen Durchlesen begriff Lupo den Sinn

nicht. Also fing er noch einmal von vorn an, wie bei einer Klassenarbeit. Er las Wort für Wort. Und schrieb die Übersetzung in sein Notizbuch, das schon voller Anmerkungen und Schemata war.

Was dabei herauskam, war unglaublich.

An Manuel Hibanez
Ich gehe auf deine niederträchtige Erpressung ein, weil ich eines ganz sicher weiß: Es wird sehr schlimm mit dir enden, und mir ist es egal, wer die Rechnung begleicht. Das könnte sogar ich sein. Aber von jetzt an sieh zu, dass du dich vor uns allen in Acht nimmst. Verstanden? Kommen wir auf das Eigentliche zurück. Es ist lächerlich, dass du das, was du schon immer gewusst hast, schwarz auf weiß willst. Du weißt gar nicht, wie oft deine Mutter Nathalie es bereut hat, im falschen Augenblick die Beine aufgemacht zu haben. Nicht, als sie dich empfangen hat, sondern als sie dich geboren hat natürlich. Was deinen Vater betrifft … Da weißt du genauso viel wie ich: Auch ich habe keine absolute Gewissheit. Aber wenn du so darauf bestehst, dann kann ich dir drei Namen nennen: Boubou, Alain und den des Unterzeichners. Nat hat jeden von uns in ihren Armen gehalten. Nur einmal, und nie wusste einer der anderen davon. Welch eine Verrücktheit in dieser Zeit, nicht wahr? Aber Nat ist Nat. Schade, dass du sie so sehr hasst. Sie ist die beste Frau auf dieser Welt. Auch heute noch. Wer dein Vater ist? Sie glaubte, es sei Boubou. Ich glaubte, ich sei es. Und Alain dachte, dass er es sei. Daher sind die Dinge so gelaufen. Ein *Perfectus* durfte nicht im Entferntesten in Betracht gezogen werden. Blieben wir: Wir sind dir Väter gewesen, wir haben dich geliebt, jenseits des Wahren und Richtigen.

Such es dir nur aus: Jetzt ist es nicht mehr wichtig. Wir habe dich beide verstoßen. PS: Hiermit erkläre ich, dass ich der von dir genannten Gesellschaft meine Anteile an Le Monde Perdu überschreibe. Es wäre besser für dich, das Ganze aufzugeben, statt mich mit A. festzunageln.

Zum Teufel mit dir
Jean-Luc Amat

Lupos Verwirrung hielt eine ganze Weile an.

Er wusste nicht, wie er diese Worte deuten sollte.

Das Einzige, was sie mit Sicherheit herausstrichen, war die Obsession Manuels.

Wessen Sohn war er?

Da er Alain zum Alleinerben ernannt hatte, schien es, als habe er auf ihn getippt.

Aber das war nur ein Detail.

Was aber stand so Wichtiges in diesem Brief, dass man ihn derart eifersüchtig hüten musste?

Wo war die Lebensversicherung, die er erwartet hatte? Sie konnte nicht in der Drohung liegen, die der Katharer zu Beginn ausgesprochen hatte. »Es wird sehr schlimm mit dir enden, und mir ist es egal, wer die Rechnung begleicht.«

Dies reichte doch höchstens für einen Verdacht.

Doch er würde den Katharer nie in die Enge treiben können, wenn er kein Motiv angeben konnte. Auch der andere mysteriöse Satz bot keines. »Es wäre besser für dich, das Ganze aufzugeben, statt mich mit A. festzunageln.«

Wer war A.?

Abgesehen von Alain gab es noch Arlette.

Und welche Erpressung konnte so furchtbar sein, dass sie Papou zwang nachzugeben?

Für einen Augenblick wurde Lupo von einer Vorahnung gestreift.

Und wenn Thérèse nicht die Tochter Thierrys war?

Hätte Thierry Arlette dann trotzdem geheiratet?

War dies das schreckliche Geheimnis?

Papou, der Arlette deckte? Und also auch Thérèse?

An diesem Ort hatte alles mit dem Sündenfall und mit einer ungewissen Vaterschaft begonnen. Würde es mit einer anderen enden? Vielleicht mit einem melodramatischen Tausch der Babys in der Wiege?

Und wie würde sich Thierry in diesem Falle verhalten?

Konnte er wirklich der Mörder sein?

Der inexistente Thierry.

Der angekündigte Weise, der niemals erschien.

Der Berater, der bewirkt hatte, dass sich das Leben eines jeden von ihnen schlagartig änderte. Der anerkannte Gegenspieler Manuels. Der Mann, der dessen Flucht und Rache provoziert hatte.

Wenn es nun erneut er gewesen war, der das Ruder heftig herumgerissen hatte, damit sie nicht an den Klippen Schiffbruch erlitten? Seine Abwesenheit erschien in diesem Augenblick absurd. Warum kam er nicht zurück? Warum hatte er nicht einmal angerufen?

Vielleicht weil es, wenn er verschwand, so war, als gäbe es ihn nicht?

Während die Schuldigen immer wirkliche Menschen sind. Die man leicht mit dem Tatort in Verbindung bringen konnte.

Lupo seufzte.

»Nein. Das genügt«, sagte er sich.

Denn ihm wurde klar, dass er nur die Handlung für eine Soap Opera erfand, wenn er seiner Vorstellungskraft auf diese Art freien Lauf ließ.

Ohne Beweise.
Und ohne Zeugen.
Das einzig Sichere war, dass Papou seinen Teil von Le Monde Perdu zugunsten einer unbekannten Gesellschaft aufgegeben hatte.
Alles andere war reine Phantasie.
Er stand auf und ging an Deck.
In der Zwischenzeit hatte er noch mehr Gesellschaft bekommen.
Es war Essenszeit.
Und auf dem Kanal war das Essen heilig.
Eine extravagante *péniche*, die die Urgroßmutter seines Kahns sein mochte, legte mit einigen Schwierigkeiten neben ihm an. Überall hing Wäsche, und es gab einen regelrechten Garten, denn auf jedem Vorsprung waren Petunien, Geranien und Basilikum gepflanzt.
Am Bug stand eine ältere Frau.
In einem winzigen Bikinioberteil.
Das die Andeutung eines Busens verhüllte.
Der Bauch war mager und faltig wie bei einer Eidechse, und unten herum trug sie eine ausgeblichene rote Sporthose von Manchester United.
Sie war gerade im Begriff, die Fender auszurichten.
Während ihre Begleiterin, die in ein Van-Nistelrooy-Trikot gehüllt war, das ihr bis zu den Knien reichte, mit einem Bootshaken herumfuhrwerkte, mit dem sie vergeblich versuchte, ein Tau über den verrosteten Poller zu hieven.
Lupo winkte.
Amüsiert über den Lärm, das Rufen und Lachen, welches das völlige Scheitern jedes ihrer Versuche begleitete.
»Braucht ihr Hilfe, ihr beiden?«
»*Yes, please, captain.* Du hilfst, und wir einladen dich für *sandwiches 'nd vine. And fantastic conversation.*«

Der Commissario sprang hinunter.

Er zog das Heck heran, das sich in der Strömung wegdrehte. Dann vertäute er den Kahn am Ufer. Und schickte sich an, an Bord zurückzugehen. Doch er hatte nicht mit dem Übermut seiner neuen Freundinnen gerechnet.

»Los, *captain*. Nicht lass dich bitten. Wenn du hast versteckt Ballettmädchen in Laderaum, dann wir verstehen. Aber wenn du bist allein, dann warte nicht, und bleib mit zwei Witwen, die haben Hunger.«

»Hunger worauf?«

»Oh, *food only, pretty boy*. Nur viel und gut Essen. Französische Wächter wollten nicht lassen Geschlecht über Grenze. Haben wir gelassen auf die andere Seite von Kanal.«

Lupo lächelte.

Und nahm die Einladung an.

Vielleicht war es gar keine schlechte Idee, ein bisschen abzuschalten. Und sich dann den Inhalt der anderen Umschläge mit größerem innerem Abstand zu Gemüte zu führen. Vielleicht war er zu müde, zu angespannt. Sein Hirn fühlte sich ausgelaugt an ohne die gewohnten Geistesblitze, die sonst das Dunkel ganz plötzlich zu erhellen vermochten.

Die Worte flossen, fröhlich und bizarr.

Wie alles in dieser Gegend.

Die beiden reifen Bootsführerinnen, Elsie und Betty, waren bereits seit ihrer Kindheit Freundinnen. Ihr ganzes Leben lang hatten sie praktisch nebeneinander gewohnt, in einem jener eintönigen Arbeiterviertel in der Peripherie Manchesters, die aus grauen Ziegelsteinen erbaut worden waren.

Zuerst mit ihren Familien und ihren jeweiligen Ehemännern. Wobei sie höchstens einmal wenige hundert Meter weiterzogen. Doch sie blieben auf fast religiöse Weise demselben Pub treu, Bobby's. Und demselben Pfarrer, Charly der Donner.

Keine Kinder.

Ein bisschen Geld auf der hohen Kante.

Hin und wieder ein kurzes Wochenende im wunderbaren Lake District. Eine zutiefst langweilige Existenz, gezeichnet von unendlich vielen Arbeitsschichten und den immer selben vorhersehbaren Gesten: Hintern abputzen und Spritzen setzen im Krankenhaus, über dreißig Jahre lang.

Viel einsames Fernsehen.

Beerdigungen, Hochzeiten und Choräle. Wenn man Urlaub bekam. Ein bisschen fröhliche Fußballbegeisterung im Stadion, die einzige Möglichkeit, um die eigenen Ehemänner nicht ganz aus den Augen zu verlieren: zwei schweigsame Eisenbahner, bei denen die Arbeit und die Überstunden dazu führten, dass sie öfter in *railroad-houses* als in ihren eigenen Betten schliefen.

Zumindest hatten sie den Anstand gehabt, die beiden Frauen fast zur selben Zeit zu verlassen. Infarkt und Zirrhose.

Es hatte zwei Monate gedauert.

Beide lagen auf der Intensivstation.

Das erste längere Zusammensein mit ihren Frauen, von denen sie auf ihrer Station gepflegt und bemuttert werden konnten wie nie zuvor.

So war ihr Sterben weniger schmerzlich gewesen.

Im Grunde hatten die beiden ihre Männer in diesen acht Wochen nur ein einziges Mal die Tür passieren sehen. Jenes letzte Mal. Die ganze übrige Zeit konnten sie dank der Großzügigkeit der Stationsleitung neben ihren Ehemännern einschlafen und aufwachen, viel öfter, als sie es in all diesen langen Jahren der Ehe hatten tun können.

Die beiden Männer starben im Abstand von drei Tagen. Die Beisetzungen wurden von British Railways bezahlt.

Volle Pensionsansprüche.

Und freie Fahrt in allen Zügen des ganzen Königreichs.

Sie wurden behandelt wie Königinnen. Fast nicht zu glauben in einem England, das immer mehr vor die Hunde ging.

Zum Abschluss der Trauerwoche trafen sie sich bei Bobby's und betranken sich. Sie heulten wie die Schlosshunde und erinnerten sich an Hunderte anderer fröhlicher und trauriger Besäufnisse.

Mit dem ganzen Pub zusammen sangen sie aus vollstem Halse »Danny Boy«. Dann beschlossen sie, dem Rat ihres ersten geistlichen Führers zu folgen. Der wie immer sein Urteil herausgedonnert hatte.

»Zieht einen schönen Schlussstrich unter alles. Der Herr will es so.«

Und sie gehorchten.

Der Abschied von Heim und Krankenhaus.

Eine schöne Fahrt erster Klasse gratis nach Dover.

Und dann *allez, douce France* …

Die »Schwarze Witwe« …

In Le Havre verliebten sie sich auf den ersten Blick in das Boot.

Angefangen beim Namen. Oder vielleicht sogar wegen des Namens.

Der Sinn für Humor hatte die beiden über ihr ganzes altes Leben hinweg gerettet. Sie schworen sich, dass sie sich diesen bis ins Grab hinein bewahren würden. Oder vielleicht sogar noch darüber hinaus.

So kauften sie den Pott, strichen ihn neu an, brachten Gardinen an, erneuerten die Bezüge, pflanzten Blumen und legten auf dem Dach einen Garten an.

Um den Motor kümmerte sich ein ehemaliger Sträfling, der wegen Autoschmuggels gesessen hatte. Und sie konnten sich davon überzeugen, dass sie keine bessere Wahl hätten treffen können, wenn man die große Anzahl an Tipps und Tricks zum Überleben in Betracht zog, die er ihnen beigebracht hatte.

Jetzt lebten sie schon seit fünf Jahren auf diesem Kahn. Der dank eines guten Pinselstrichs einen neuen Namen erhalten hatte. Seit einiger Zeit hieß er in der Tat *Les deux veuves noires* – Die zwei schwarzen Witwen.

Sie waren von der Mündung der Seine bis nach Paris gefahren.

Von dort aus bis nach Bordeaux.

Sie sahen sich alle Orte gut an, immer auf der Suche nach einem Platz, an dem sie bleiben konnten. Sie verweilten mal hier, mal dort. Im Augenblick fuhren sie gerade wieder nach Norden mit dem Vorhaben, sich das Elsass anzuschauen.

Und sie hatten beschlossen, dass es kein besseres Haus als das Boot gab. Nie würden sie sich wieder zwischen vier Mauern einsperren. Außer wenn sie einen so attraktiven Mann wie Lupo fänden. Dann seien sie auch bereit, den Schlüssel wegzuwerfen.

»Ihr hattet versprochen …«

»Ja, aber wir wussten nicht, dass du bist Italiener. Versprechen nur gut für Froschfresser. Los, nimm noch eine Sardelle mit Gurke, dann sicher änderst du Meinung. *I promise you.*«

Und wieder ein dröhnendes Lachen.

Lupo schüttelte amüsiert den Kopf.

Es schien tatsächlich so, als würden alle Engländer, die er traf, in Frankreich geradezu ausflippen. Ihr kräftiges Lachen rühre im Grunde, so erklärten sie, von demselben

Euphorie-Virus her, den sich als Erster Wellington in Waterloo zugezogen hatte, in dem Moment, als er Napoleon in den Hintern treten konnte.

Dann musste Lupo Rede und Antwort stehen.

Als gute Krankenschwestern hatten Elsie und Betty bereits alles gesehen, und sie hatten eine natürliche Fähigkeit entwickelt, ihre Patienten zum Sprechen zu bringen. So ließ sich auch Lupo von ihrer sympathischen Art einfangen.

Und er erzählte schließlich von sich und von seiner Ermittlung. Als er nun so alles vor ihnen ausbreitete, begann er jedoch eine neue Möglichkeit zu erkennen.

Bei diesem Fall konnte er niemandem mehr trauen.

Denn alle waren mehr oder weniger darin verwickelt.

Und das Spiel mit den Beziehungen zueinander wurde immer diffiziler.

Er war jetzt an einem toten Punkt angekommen.

Nicht einmal mit Thérèse fühlte er sich wirklich gut.

Warum nicht zwei völlig Außenstehende dazu benutzen, um ein wenig dort zu graben, wohin er selbst nicht gelangen konnte?

Die beiden eigneten sich hervorragend dazu.

Zwei ältere Ausländerinnen.

Die ganz klar auf der Durchreise waren.

Gerade so zerstreut, dass sie gleichermaßen amüsant und unverdächtig wirkten.

Zwei unschuldige englische Touristinnen.

Die vielleicht ein wenig neugierig und seltsam waren.

Und die jede Frage stellen konnten, ohne irgendwelche Alarmglocken auszulösen.

Die beste Mimese, die es gab.

Ob es ihm wohl gelänge, sie für seine Zwecke einzuspannen?

Er konnte es nur versuchen. Dabei zählte er auf ihre

offensichtliche Abenteuerlust, die dazu geführt hatte, dass sie die Tür zur Vergangenheit endgültig zugeschlagen hatten, um sich in eine Gegenwart zu stürzen, die all das bot, was ihnen immer versagt geblieben war.

Sie waren seit wenig mehr als einer Stunde zusammen.

Und sie hatten schon einen guten Draht zueinander gefunden.

Eine Weile lang war die Identität dieser Frauen nur durch ihre körperliche Erscheinung bestimmt gewesen: extreme Magerkeit, schneeweiße Mähne, tiefblaue Augen und ein kleines und ausdrucksvolles Gesicht bei Elsie.

Betty war ein wenig runder und hatte jene milchweiße, mit Sommersprossen gesprenkelte Haut, die die britischen Rothaarigen von allen anderen unterscheidet.

Dann waren so nach und nach ihre unterschiedlichen Persönlichkeiten zum Vorschein gekommen. Elsie, das hatte sich sofort herausgestellt, war die treibende Kraft des Paars, die unangefochtene Chefin, mit einem Charakter, der eher mit Taten als mit Worten zu Grenzüberschreitungen fähig war.

Lupo hatte keine Zweifel mehr.

In ihre Richtung musste er den Köder auswerfen.

Er sah sich jedoch vor: Lügen würden sie nicht akzeptieren.

»Habt ihr euch jemals in der Öffentlichkeit nackt ausgezogen?«

»*Oh, my God*, Sardellen und Gurken scheinen wirklich zu wirken …«

»Nein, die Wirkung kommt daher, dass ich Hilfe brauche. Ihr habt sicherlich verstanden: Ich bin allein, von den Indianern umzingelt. Ich brauche zwei Freiwillige, die ich als Kundschafter ausschicken kann. Ihr wäret dazu sehr geeignet.«

»Für was zu tun? Sag Beispiel.«

Lupo lächelte.

Er sprach im Plural, damit es klar war, dass er alle beide wollte. Doch eigentlich wandte er sich ausschließlich an Elsie. Und sie antwortete. In ihren Augen leuchtete schon das Interesse. Während Betty der Unterhaltung folgte, als handele es sich um ein Tennismatch.

Der Ball ging von einer Spielfeldhälfte in die andere.

»Der Eisenhut zum Beispiel. Wenn ich in Le Monde Perdu herumgehe und mir jede Pflanze, die Gott geschaffen hat, genauer anschaue, dann hätte ich bald eine Unmenge von *confrères* am Hals. Keiner wird jedoch darauf achten, wenn ihr euch ein bisschen neugierig umschaut.«

»Ja, das leicht. Alle wissen: Alte Engländerinnen verrückt nach Garten. Aber wir waren noch nie ohne Kleider. Das vielleicht schwer. Dann sagen wir dir. Es gibt immer erste Mal.«

»Genau. Ihr müsstet auch einen Weg finden, um euch bei dem Stierzüchter einladen zu lassen. Es ist wahrscheinlicher, dass der Eisenhut dort wächst.«

»Auch das leicht. Alle wissen: Alte Engländerinnen verrückt nach *corrida*. Aber wie fahren wir?«

»Könnt ihr Fahrrad fahren?«

»Alle wissen: Alte Engländerinnen verrückt nach Fahrrad.«

Dieses Mal hatte Betty geantwortet.

Sie war sich ihrer Rolle als Begleiterin sehr bewusst.

Doch sie konnte ihre Ironie nicht zügeln. Und auch nicht ihr ansteckendes Lachen, das schließlich den Pakt besiegelte.

Als das geklärt war, zog es Lupo wieder zu seinen Umschlägen.

Er holte die Fahrräder vom Gepäckträger herunter, stellte die Sättel auf die richtige Höhe ein.

Dann ließ er die beiden eine Proberunde fahren, stellte noch den Lenker von Bettys Fahrrad ein wenig niedriger und erklärte ihnen, wie sie nach Le Monde Perdu kämen.

»Ihr müsst nur zum Eingang gehen und den Eintritt bezahlen. Es gibt dort viele Leute aus Béziers, die nur einen Tagesausflug dorthin machen. Ein bisschen Sonne am Strand und schön Badengehen. Die Gesichter habe ich euch beschrieben, auch die Plätze, wo sie wohnen. Vielleicht fällt euch ja noch etwas auf...«

»Zu Befehl, *captain*!«

»Heute Abend koche ich. Dann schauen wir uns den Stand der Dinge an. Und passt auf diejenigen Stellen auf, wo die Sonne niemals hinkommt...«

Lupo ging zu seinem schwarzen Köfferchen zurück.

Und nahm das Testament heraus.

Es wurde ihm bewusst, dass er zu schnell gewesen war.

Bei seinem ersten flüchtigen Blick hatte er das Wichtigste übersehen.

Vielleicht geblendet von der unerwarteten Bedeutung dieser zehn handgeschriebenen Zeilen, in denen Manuel erklärte, dass all sein Besitz auf Alain übergehen solle.

Was er nicht bemerkt hatte, war eine kurze Ergänzung auf der Rückseite des Blattes. Eine Art Drohung.

Auch diese von Hand geschrieben.

Genau einen Monat nach meinem Tod wird aus vertrauenswürdiger Quelle die genaue Höhe meines persönlichen Vermögens bekannt gegeben werden: Immobilien, Gesellschaften, Beteiligungen und die vollständige Auflistung der in meinem Besitz befindlichen historischen Dokumente. Sobald die dreißig Tage vorbei sind (das ist der wahre Grund dieses Aufschubs) könnte es dazu kommen, dass eine zweite Quelle in einer Versammlung aller Beteiligter eine Dokumentation präsentiert, die die Hintergründe meines eventuell nicht natürlichen Todes erläutert. Auch wenn dies, davon bin ich überzeugt, ein Ereignis ist, dessen Eintreten höchst unwahrscheinlich ist.

Anmerkung: Sollte das vorliegende Testament nicht aufgefunden werden, so werden die Betreffenden zu gegebener Zeit informiert. Auf keinen Fall aber früher als achtundvierzig Stunden vor der ausführlichen Lesung der Güter, die die Erbmasse ausmachen, und der detaillierten Anschuldigungen gegen meinen möglichen Mörder.

Ein langes Leben!

Euer geliebter Manuel Hibanez

Also gab es doch eine Police.

Lupo lächelte.

Dann suchte er nach dem Datum.

Dreiundvierzig Tage vor der Fahrt nach Turin.

Das bedeutete, dass Manuel sich sehr wohl bewusst gewesen war, dass er sehr starken Druck ausübte. Und dass er deswegen ein großes Risiko einging.

Es war auch ziemlich offensichtlich, dass die Interessierten darüber informiert worden waren, andernfalls ergäbe diese Versicherung keinen Sinn.

Trotzdem war er ermordet worden.

Es gab zwei Möglichkeiten.

Entweder war der Mörder so verzweifelt, dass er die Drohung nicht beachtet hatte.

Oder Manuel hatte falsch gerechnet.

Und er war wegen eines fatalen Irrtums gestorben.

Er hatte auf die falsche Person getippt.

Und hatte denjenigen, der ihn wirklich im Visier gehabt hatte, nicht im Mindesten verdächtigt.

Lupo seufzte.

Schon wieder eine Sackgasse.

Er hatte nicht die Absicht, einen Monat lang auf diese Eröffnung zu warten, die sich, so wie die Dinge standen, auch als völliger Flop herausstellen konnte.

Nein. Er musste alleine weitermachen.

Und das Testament unberücksichtigt lassen.

Also legte er es beiseite.

Und begann, die anderen Umschläge zu öffnen.

Sie waren alle im selben Stil wie der von Papou.

Und genau wie dieser endeten sie mit dem Hinweis, dass die jeweiligen Anteile der genannten Gesellschaft zugeführt worden waren. Also besaß keiner der *confrères*, ausgenommen Alain, auch nur einen Cent an Le Monde Perdu.

Aber während die Erklärungen des Alten offensichtlichen Zorn und Verachtung spüren ließen, war aus den anderen höchstens eine Art verzweifelter Resignation herauszulesen.

Keine neue Offenbarung.

Nichts, das auch nur annähernd an die drei Liebhaber von Nathalie heranreichte.

Lupo sah auf die Uhr.

Es war sinnlos, mit diesen Papieren Zeit zu verschwenden.

Das, was sie mitteilen mussten, hatten sie bereits gesagt. Auch wenn er sie sich unter dem Mikroskop anschaute, würden sie ihm keine neuen Indizien mehr liefern. Da tat er besser etwas Sinnvolles. Seinen Aufzeichnungen nach musste er noch zwei Zeugen überprüfen.

Dave und Thierry.

Den Schotten würde er sich ein andermal vornehmen.

Jetzt war wirklich der richtige Zeitpunkt, De Mattia auf die Sache anzusetzen.

Lupo suchte nach dem Handy.

Doch er fand es nicht.

Er glaubte, es im Mobilhome vergessen zu haben.

Und er verfluchte seine Nachlässigkeit.

Dann kam ihm die Idee, im Auto nachzusehen.

Das Telefon lag auf dem Beifahrersitz.

Die Mailbox war natürlich voller Nachrichten.

Er versuchte erst gar nicht, sie durchzugehen. Dazu würde er mehr als hundert Jahre brauchen. Er nahm an, dass es weitere Anrufe von De Mattia gewesen waren, daher rief er ihn sofort an. Und er war sehr überrascht, ihn nicht in seiner Höhle anzutreffen. Sondern auf einer Tour durch die Welt.

Auf einer heißen Spur.

Das war ein bestürzendes Ereignis für ihn.

Es musste etwas wirklich Außergewöhnliches geschehen sein. Der Anruf wurde in der Tat nach einer Reihe von Pfeiftönen, Krächzen und metallischen Hinweisen auf eine andere Nummer umgeleitet.

»Wo, zum Teufel, bist du?«

So schnaubte De Mattia.

Er unterstrich damit seinen Ärger darüber, dass er von seinem geliebten Schreibtisch weggerissen worden war. Und machte deutlich, dass, wenn ihn nicht die Treue und die Zuneigung Lupo gegenüber dazu veranlasst hätten, nicht einmal ein Kran ihn hätte fortschaffen können.

Hingegen …

»Ich bin in Moncalieri. In der historischen Bibliothek,

aus der der Kodex gestohlen wurde. Es war sinnlos, Modica hinzuschicken. Du kennst ihn ja, er hat schon Probleme mit den Gelben Seiten. Stell ihn dir einmal vor, wenn er einen Text in einer gotischen Bastardschrift lesen soll.«

»Unglaublich, unglaublich ...«

»Hat das französische Mädchen dir auch noch deinen Wortschatz geklaut?«

»Nein, aber es ist unglaublich, dass du ...«

»Nun, wenn du endlich kapiert hast, dass du auf dem Mars gelandet bist, könntest du deinem Lieblings-Alien auch ein paar sinnvolle Fragen stellen. Etwa: ›Erzähl mir doch mal von deiner großen Entdeckung.‹«

»Ist die wirklich so wichtig?«

»Glaubst du etwa, ich hätte sonst meinen Arsch aus dem Schreibtischstuhl wegbewegt?«

»Entschuldige, fangen wir von vorne an: Welchen kostbaren Schatz hast du entdeckt?«

De Mattia schwieg einen Moment.

Dann kam ein unerwarteter Stich.

»Wie kommt es, dass du dich noch gar nicht zu Hause gemeldet hast?«

Lupo schwieg.

Er war plötzlich rot geworden, und sein schlechtes Gewissen regte sich. Was sollte er sagen? Dass er überhaupt nicht daran gedacht hatte? Dass er von dieser Geschichte und von diesem Ort völlig absorbiert worden war?

De Mattia drehte die Klinge noch in der Wunde.

»Ein schöner Zug von dir, dass du Greta zwingst, bei mir anzurufen, damit sie überhaupt etwas von dir hört.«

»Was hast du ihr gesagt?«

»Dass du mit einem Handy ausgestattet das unzuverlässigste Wesen der Welt bist. Dass auch ich gezwungen war, auf Brieftauben zurückzugreifen. Dass ich dich hasse. Dass ich von der Polizei gehört hätte, dass es dir gut geht. Dass ich dir, sobald ich dich zu fassen bekäme, gehörig den Kopf waschen würde. Eine Aufgabe, die ich mit ganz besonderem Vergnügen erfülle.«

»In Ordnung…«

»Ruf sie sofort an. Meine unfassbaren Enthüllungen haben bereits so viele Stunden gewartet. Sie werden in den nächsten zehn Minuten auch nicht schlecht. Los, mach schon. Ich bewege mich hier nicht weg. Melde dich, wenn du das überlebt hast. Und tu so, als hättest du zuerst an sie und erst dann an mich gedacht…«

Lupo konnte nichts mehr darauf erwidern.

De Mattia hatte aufgelegt.

Und hatte ihn seinen Gedanken und seinem Unglück überlassen.

Doch es war zu spät, um sich zu bemitleiden.

Und es war äußerst wichtig, den Schaden zu begrenzen. Mit sich selbst würde er später abrechnen. Er wusste, dass es keine Entschuldigung gab. Doch seiner Stimme durfte nichts anzuhören sein. Er versuchte, sich ganz leer zu machen.

Zu dieser Zeit war Greta sicherlich in der Schule.

Er rief sie oft im Lehrerzimmer an.

Auch jetzt musste es wie die natürlichste Sache der Welt wirken. Die Kollegen waren daran gewöhnt, sie aus dem Klassenzimmer zu holen, mit einem nachsichtigen Lächeln auf den Lippen wegen dieses so sympathischen, jedoch so weltfremden Ehemanns.

Lupo holte tief Luft und wählte die Nummer.

Als er sie endlich an der Strippe hatte, klang ihre Stimme betont eisig.

»Ach, du bist es?«

»Ja genau. Erinnerst du dich? Dein Lieblings-Lupo.«

»Du bist ganz schön unverschämt.«

»Wenn ich dir sage, dass du Recht hast, würde das etwas ändern?«

»Überhaupt nicht.«

»Wenn du mich schon so behandelst, dann stelle ich mir De Mattia vor: Du liebst mich, und er mag mich nur.«

»Du kannst dir diesen ganzen Unsinn sparen. So umgarnst du mich nicht.«

»Hör zu, ich sitze hier ganz schön in der Tinte. Ich bin an einem Ort jenseits von Gut und Böse, wo es kein Telefon gibt und wo alle Leute nackt sind. Ich muss mich ganz schön anstrengen, dass ich mich wie ein normaler Mensch verhalte. Außerdem komme ich auf keinen grünen Zweig. Ich habe ein Handy, das ist schon richtig. Aber ich brauche dir nicht zu erklären, dass ich es überall vergesse und dass die Akkus immer leer sind. Ich bin verzweifelt und brauche Hilfe.«

»Was soll das heißen?«

»Eine schnelle Recherche... Ich würde dich in einer Viertelstunde wieder anrufen...«

Greta antwortete nicht sofort.

Und Lupo wartete.

Er hatte einen kleinen Köder ausgeworfen.

Ab und zu kam es vor, dass er sich mitten in einem Fall an das unvorhersehbare und ungeordnete Wissen wandte, das in den verborgenen Winkeln einer Schule nistete, um sich dort die abstrusesten Fragen beantworten zu lassen. Und normalerweise erhielt er fast umgehend eine Antwort. Denn es gab immer jemanden, der es liebte, jeden nur erdenklichen Wissenskrümel von irgendwelchen Tischen aufzupicken.

»Worum geht es?«

Lupo seufzte.

Er wusste ganz genau, dass er nur einen kleinen Waffenstillstand erreicht hatte. Diesen musste er sofort in einen Frieden verwandeln.

»Um die gotische Bastarda. Das ist eine mittelalterliche Schrift, aber mehr weiß ich nicht. Finde jemanden für mich, der alles darüber weiß und der sie lesen kann. Ich habe es mit einem in Moncalieri gestohlenen Kodex zu tun, und von hier aus habe ich die Kontrolle über die Dinge verloren. Das könnte der Schlüssel für den Mord sein.«

»In Ordnung. Noch etwas?«

»Ja. Wie geht es dir?«

»Nett, dass du daran gedacht hast, mich zu fragen. Gut, danke. Und dir?«

»Mir geht eine Idee durch den Kopf, eine etwas … Ich bin ziemlich schnell damit klar gekommen. Aber du, würde es dir etwas ausmachen, nackt über einen Campingplatz voller Verrückter zu gehen?«

»Wie, nackt?«

»Völlig nackt. Nackt essen, schlafen, Tennis spielen, einkaufen, schwimmen, Aperitif trinken.«

»Worauf willst du hinaus?«

»Ich dachte …«

»Wenn du mir so kommst, dann heißt es, dass du etwas angestellt hast. Hast du mich deshalb angerufen? Sag mir nur, ob es großen oder kleinen Ärger gibt. Ob es sich um Scheidung oder um einen Tritt in den Hintern handelt.«

»Und wenn wir uns eines von diesen Mobilhomes kaufen würden wie pensionierte Kalifornier, zehn Meter von den Dünen entfernt, in den Weinbergen …«

»Hast du es schon gekauft?«

»Du könntest kommen und es dir anschauen … Es ist wunderschön …«

»Wohnst du schon drin?«

»Nein. Auf diesem Campingplatz sind im Augenblick alle potenziellen Schuldigen versammelt. Alle sympathisch, aber alle äußerst verdächtig. Ich musste flüchten. Denk einmal, jetzt wohne ich auf einer *péniche* auf dem Canal du Midi … Auch darüber könnte man nachdenken …«

»Zweifelsohne bist du übergeschnappt.«

»Das ist kein Scherz.«

»Ja, ja. Also die gotische Bastarda … Ruf mich in einer Stunde wieder an. Wir sprechen später darüber. Vielleicht geht es ja vorbei. Übrigens: De Mattia versucht, dich zu erreichen. Vielleicht meldest du dich besser einmal …«

Lupo unterließ es bewusst, sie zu fragen, woher sie wusste, dass sein Stellvertreter nach ihm suchte. Und ließ sie so ehrenvoll aus der Sache hervorgehen. Andererseits fühlte er sich so schuldig, dass er Thérèses Anziehungskraft erlegen war …

Apropos Thérèse: Er würde sich etwas wirklich Glaubhaftes ausdenken müssen, um die Tatsache zu rechtfertigen, dass er an jenem Abend nicht nach Le Monde Perdu zurückgekehrt war. Eine Entschuldigung, die keinen Verdacht bei ihr aufkommen lassen würde und die sie zugleich nicht verletzen würde.

Er seufzte.

Daran würde er zu gegebener Zeit denken.

Jetzt war es besser, De Mattia zurückzurufen.

Er würde dann aufgrund von dessen Enthüllungen entscheiden.

Draußen sprangen fast wie auf ein plötzliches Signal hin zwei oder drei Dieselmotoren an, und die Mannschaften machten sich an die Vorbereitungen, um in die Schleuse einzufahren.

Lupo ging in das Wohnzimmer.

Er suchte alles zusammen, um sich Notizen machen zu können.

Die Mikrowelle signalisierte, dass der Nescafé fertig war. Er nahm die heißeTasse, setzte sich an denTisch und wählte die Nummer in der Hoffnung, dass die Verbindung auch hier drinnen gut sein würde.

Sofort schlug ihm De Mattias Sarkasmus entgegen.

»Blutest du? Ein paar gebrochene Knochen von einem metaphorischen stumpfen Gegenstand?«

»Nein, nein. Wesentlich weniger schlimm, als du's dir vorstellst.«

»Und wie ist dieses Wunder geschehen? Ich habe geglaubt, dass deine Zauberflöte nur bei mir wirkt. Und dass bei ihr da nichts zu machen ist.«

»Nun, ich habe sie um Hilfe gebeten.«

»Wie soll ich das verstehen?«

»Ich habe sie auch gebeten, zu mir zu kommen. Ich fände es schön, hier in der Gegend eine kleine Ranch aufzumachen. Weißt du, es ist wunderschön. Ich glaube, es wird ihr gefallen ...«

De Mattia verstummte.

Das war nichts Neues.

Immer, wenn der Commissario auf eine seiner unfassbaren Reisen durch die Welt verschwand, voller Neugierde und Abenteuerlust, verliebte er sich in irgendetwas.

Am Anfang war er allein gewesen.

Jetzt, wo er Frau und Kinder mitnahm, kehrten auch sie verliebt zurück. Es musste schön sein, wenn man in seinem Hirn immer einen Raum voller schöner Erinnerungen hatte, auf die man zurückgreifen konnte, wenn die Langeweile und die Routine die Landschaft des Lebens grau färbten.

Aber dies war jetzt etwas anderes.

Dies war keine Vergnügungsreise.

Sondern eine Dienstreise.

Eine Morduntersuchung wie jede andere auch.

Vielleicht ein bisschen exotischer und außergewöhnlicher als üblich. Aber wie immer gab es eine unendliche Reihe von Teppichen, die man anheben musste, um herauszufinden, unter welchem der ganze Dreck steckte.

Lupo unterbrach seine Gedanken.

»Also, können wir jetzt mal zum Kern der Sache kommen?«

De Mattia hüstelte.

»Hör zu, ich mach's kurz. Und erzähl mir bitte nicht, dass diese Geschichte voller Lücken ist, das weiß ich selbst zuallererst.«

»Wenn ich doch noch gar nichts …«

»Ich kenne dich schließlich. Und bitte, unterbrich mich nicht. Ich will es dir auf meine Art erzählen. Dann reden wir darüber. In Ordnung?«

»In Ordnung, leg los.«

»Also … Der Ausgangspunkt ist ein gewisser Duc de Berry, Jean de Berry, den du vielleicht kennst, von dem ich aber vorher noch nie etwas gehört habe.«

»Ist das nicht der Onkel von Karl VI., dem Kinderkönig, der schon mit zwölf Jahren in der Kathedrale von Reims gekrönt und später verrückt wurde? Den dann jemand hat ermorden lassen, ich weiß nicht mehr, wer?«

»Genau. Aber ich hatte dich gebeten, den Mund zu halten.«

»Nur eine Sache noch: Auch die Savoyer waren mit ihm verwandt, oder nicht?«

»Ja. Ich weiß nicht, wann, ich weiß nicht, wer, aber eine de Berry hat einen von ihnen geheiratet. Aber das interessiert uns im Moment überhaupt nicht.«

»Es stellt eine Beziehung zu Turin her. Ich dachte, das sei der Punkt.«

»Schweig still, zum Henker! Ich verliere sonst den Faden.«

»Entschuldige.«

»Hör zu, da du ja nicht ohne die großen Zusammenhänge leben kannst, lese ich dir ein Stück aus der Enzyklopädie vor: ›In Frankreich herrscht großes Chaos, Hof und Adel sind in zwei Parteien gespalten, die um die Unterstützung des Königs streiten. Auf der einen Seite Johann Ohnefurcht, Herzog von Burgund, der mit den Engländern verbündet und vom Volk wohl gelitten ist. Auf der anderen Seite der Graf von Armagnac, der vom Herzog von Orléans – dem Bruder Karls VI., den Johann Ohnefurcht ermorden lässt – unterstützt wird.‹«

»Da ist er ja ...«

»›Dahin ist es gekommen, weil im Jahr 1392 Karl VI. Anfälle von Geistesgestörtheit zeigt und seit dieser Zeit all jenen ausgeliefert ist, die sich um die Krone streiten.‹ Bis hierhin klar?«

»Ja. Aber was hat Jean de Berry damit zu tun?«

»Warte: Ich habe zwei Sätze unterstrichen, in denen er genannt wird. Der erste: ›Karl VI. besteigt im Jahr 1380 mit zwölf Jahren den Thron, und wegen seines jugendlichen Alters übernehmen seine Onkel, die Herzöge von Burgund und Berry, an seiner statt die Regierungsgeschäfte, während der Herzog von Anjou die Regentschaft ausübt.‹«

»Erzähl weiter.«

»Und jetzt der zweite Satz: ›Mit siebzehn Jahren heiratet er Isabeau von Bayern, mit zwanzig Jahren übernimmt er selbst die Regierung: Er unterstützt den Papst von Avignon, er bevorzugt die Außenpolitik seines Bruders, des Herzogs von Orléans und‹ – jetzt pass auf – ›unternimmt eine Reise nach Narbonne, ins Languedoc, um dem Unwesen des Duc de Berry Einhalt zu gebieten.‹ Alles verstanden?«

»Perfekt. Nur, sprich langsamer, ich mache mir Notizen.«

»Gut, nun zu uns. Jetzt lassen wir Könige, Herzöge und die Politik mal völlig beiseite. Was uns jetzt interessiert, ist nur eines. Nämlich Folgendes: Jean de Berry war in puncto Kodizes mit Miniaturen der größte Auftraggeber und also auch Sammler des ganzen Spätmittelalters. Punkt.«

»Okay, weiter.«

»Jetzt schreib dir die Namen dieser beiden Kodizes auf: *Les Très Riches Heures* ... Und *Les Belles Heures de Nôtre Dame.*«

»Fertig.«

»Fangen wir mit dem zweiten an. Was unsere Ermittlung angeht, so zählt er nicht. Er stellt aber die berühmte Beziehung zu Turin her: Ein Fragment davon, genannt *Les Heures de Turin,* wird tatsächlich im Stadtmuseum aufbewahrt.«

»Ist das alles?«

»Ich kann dir ein paar Details nennen, wenn du willst. Das Originalmanuskript ist in drei Teile aufgeteilt: das ›Stundenbuch‹ (mit Gebeten der Jungfrau). Das Buch des ›Heiligen Geistes‹. Und das der ›Passion‹ (mit dem ›Offizium der Toten‹, einer Sammlung von Gebeten und einem Messbuch). Kannst du mir folgen?«

»Ja, notiert.«

»Zu einem gewissen Zeitpunkt beschließt der Herzog, die Arbeiten einzustellen. Und so wird der Kodex in zwei Teile geteilt. Der erste ist in Frankreich geblieben. Der zweite kam in die Niederlande und war ein paar Jahrhunderte lang verschollen. Ein Teil davon ist dann im achtzehnten Jahrhundert auf mysteriöse Weise im Bibliotheksbestand von Viktor Amadeus II. von Savoyen wieder aufgetaucht, wurde aber bei einem Brand zerstört.«

»Und wieso sagst du dann, dass es sich im Stadtmuseum befindet?«

»Gemach, gemach. In dieser Zeit ist ein weiteres Fragment in der Bibliothek der Fürsten Trivulzio in Mailand aufgetaucht. Und dieses haben wir in Turin, und es wird in der Tat *Les Heures de Turin-Milan* genannt. Denk einmal, es heißt, die Miniaturen seien sogar von Jan van Eyck.«

»In Ordnung, ich habe mir alles notiert.«

»Ich wiederhole, es ist nicht das Stundenbuch, das uns interessiert. Ich habe es dir nur erzählt, weil Turin damit ins Gesamtbild passt. Das dicke Ding hängt stattdessen mit dem anderen Kodex zusammen, *Les Très Riches Heures*.«

»Ist das der, der in Moncalieri gestohlen wurde?«

»Nein, nichts dergleichen. Aber hör mir einfach zu, dann kommen wir gleich dahin.«

»Warte einen Augenblick …«

Draußen war ein seltsames Geräusch zu hören.

Als wäre jemand gegen den Bootsrumpf gestoßen.

Lupo stand auf und ging hinaus.

Genauso war es.

Ein langer, schwarzer Lastkahn lag längsseits.

Ein junger, mit einer Stake bewaffneter Marokkaner schlug damit gegen die Rümpfe der Schiffe, die vor der Schleuse vertäut waren, um die Aufmerksamkeit der Bewohner auf sich zu lenken.

Es war der Marktkahn.

Beladen mit Dutzenden und Aberdutzenden von Kisten mit Obst und Gemüse, das frisch von den Feldern kam. Er fuhr den Kanal entlang, um die Touristen und ein Dutzend Restaurants, die am Wasser lagen, zu beliefern.

Eine alte, ganz in Schwarz gekleidete und verschleierte

mamie saß in einem Korbsessel, während zwei kleine Mädchen von sechs oder sieben Jahren munter zwischen ihr und den Kunden hin und her sprangen und die Tüten zum Auswiegen zu einer alten Tafelwaage brachten. Die Luft war von ihrem fröhlichen Geschnatter und Gekicher erfüllt.

Der Junge, der mit der Stake steuerte, führte die Anlegemanöver aus und unterhielt die Leute mit scherzhaften und schlagfertigen Reden. Er konnte nicht älter sein als fünfzehn.

»Los, Monsieur, versuchen Sie meine Erdbeeren. Einmal probiert, und Sie essen keine mehr. Die von den anderen, meine ich. Kapiert, Monsieur? Los, Oma: Zeig ihm auch den roten Spargel. Nicht nur ans Geldzählen denken. Du bist schon reich. Nicht so wie der Herr hier, aber mach dir nichts draus: Mit Sicherheit bist du schöner als er. Also, was kriegen Sie, mit Ihrer hässlichen Visage, Monsieur?«

Lupo lächelte.

Und natürlich kaufte er lauter Dinge, die er überhaupt nicht brauchte.

Doch das war das Leben auf dem Kanal.

Und da er sich gerade dafür entschieden hatte, brauchte er sich jetzt nicht anzustellen. Dann waren da jetzt auch noch Elsie und Betty: Die Familie wurde größer, und es gab mehr Münder, die es zu stopfen galt. Wo das wohl enden würde, wenn es so weiterging?

Vor sich hin lachend ging er wieder hinein.

Und De Mattia glaubte, er sei nunmehr völlig verrückt geworden.

»Eingekauft? Aber wo zum Teufel bist du?«

»Das muss dich nicht kümmern. Machen wir weiter. Wir waren bei den *Très Riches Heures*.«

Der Polizist seufzte.

Und nahm den Faden dort wieder auf, wo sie unterbrochen worden waren.

»Hör zu, ich lese weiter aus der Enzyklopädie. Wenn du mir die Faxnummer gibst …«

»Nein. Kein Fax. Lies langsam, so wie vorher.«

»Also, hier: ›Es ist die berühmteste spätmittelalterliche Handschrift mit Stundengebeten, die im Auftrag des Duc de Berry gegen Ende seines Lebens fertiggestellt wurde.‹ Der Typ ist 1415 gestorben. ›Sie enthält einen Kalender mit genauen Angaben über die Tageslänge, den Lauf der Sonne in Beziehung zu den Sternenkonstellationen und den Mondphasen.‹«

»Langsam, langsam …«

»›Die Angaben sind so genau, dass sie mit Sicherheit unter Hinzuziehung eines sehr kompetenten Astronomen erstellt wurden.‹ Bis jetzt alles so weit in Ordnung?«

»Ja, mach weiter.«

»Ich lasse den technischen Teil aus: Sternbilder, Goldene Zahlen und so weiter … Also: Tatatatata, ja … ›Unter diesem Himmelsgewölbe, durchwoben mit Maßeinheiten, stehen die Monate. Auf jedem Monatsbild ist eines der Schlösser des Herzogs oder seines Neffen, des Königs von Frankreich, dargestellt.‹ Paris, Poitiers, Etampes, der Louvre, Vincennes und so weiter. Aber was uns interessiert, ist der Monat Februar.«

»Warum?«

»Anders als bei den anderen Monaten ist hier keine höfische Szene abgebildet. Im Gegenteil, und Achtung, hier ist der Knackpunkt, es handelt sich um eine bäuerliche Szene, *agricolae*, im Schnee. Verstanden?«

»Mir entgeht kein Wort.«

»Jetzt beschreibe ich dir die Szene. Aufgepasst, denn sie ist der Schlüssel für alles.«

»Weiter …«

»›Im Zentrum der Landschaft ist ein für das fünfzehnte Jahrhundert typischer Bauernhof abgebildet, mit Schafspferch, Taubenschlag und vier Bienenkörben. Im Innern sitzen eine Frau und zwei junge Leute vor einem Feuer. Draußen sind drei Menschen bei der Arbeit zu sehen: Einer fällt einen Baum. Der zweite führt einen Esel zu einem Dorf im Hintergrund, das sich um eine Kirche gruppiert. Während sich der dritte im Vordergrund auf die Finger haucht, um sie zu wärmen. Die umgebenden Felder und Hügel sind mit Schnee bedeckt. Vor dem Eingang schließlich pickt ein Dutzend Vögel das Futter auf.‹ Alles klar?«

»Ich würde sagen, ja.«

»Prima. Und hier meine überwältigende Entdeckung: In dem Kodex, der aus Moncalieri verschwunden ist, gibt es eine fast perfekte Kopie des Februar-Blattes, das ich dir eben beschrieben habe. Mit einem großen Unterschied zu den *Très Riches Heures*.«

Lupo wartete vergebens auf die Offenbarung.

Es war klar.

De Mattia genoss seinen Augenblick.

Und er zog die Pause in die Länge, bevor er das Feuerwerk abbrannte. Der Kommissar, der ihn in- und auswendig kannte, spielte mit. Er durchbrach das Schweigen und tat so, als verginge er vor Neugierde.

»Hast du mich jetzt lange genug auf die Folter gespannt?«

»Du hast gar keinen Grund, den Schlaumeier zu spielen. Erinnerst du dich an den Bauern im Vordergrund?«

»Natürlich.«

»Gut: In dem geklauten Kodex haucht er sich nicht mehr auf die Hände. Und weißt du, warum?«

»Los, komm zur Sache.«

»Weil er beide Hände braucht, um einen Kelch zu halten… Aber das ist noch nicht alles: Der Kurator hier behauptet, dass das Dorf im Hintergrund, frag mich nicht, wie er das weiß, Montferrier in Ariège ist.«

»Und wo ist das genau?«

»Tatatata! Zehn Minuten von Montségur entfernt…«

Lupo dachte lange nach.

Etwas schien endlich Gestalt anzunehmen.

Es war nicht gerade ein Beweis.

Aber sicher ein hervorragendes Indiz.

Das Ganze hatte sich so abgespielt: Modica, der in der Sache mit dem verschwundenen Kodex ermittelt hatte, war in der historischen Bibliothek von Moncalieri gelandet. Und im Gespräch mit dem Kurator hatte er herausgefunden, dass Manuel anderthalb Monate vor seinem Tod hier gewesen war.

Er hatte daraus geschlossen, dass jener den Diebstahl begangen hatte.

Doch er hatte auch geschlossen, dass diese Spur mit dem Tod Manuels erkaltet war.

Es war also sinnlos, noch mehr Zeit darauf zu verschwenden.

So hatte er im Glauben, dort sei nichts mehr zu machen, mit De Mattia darüber gesprochen, der ein wenig darüber nachgegrübelt und dann beschlossen hatte, dass aus dieser Angelegenheit vielleicht doch noch etwas herauszuholen sei.

Was ihm am meisten zu denken gegeben hatte, war die Tatsache gewesen, dass sich Manuel ganz offen vorgestellt hatte. Mit seinem Namen und seinem wissenschaftlichen Lebenslauf.

Und während Modica der Zufall, dass ebenfalls in Moncalieri ein französischer Polizist mit einer Überdosis Heroin aufgefunden worden war, nicht weiter gestört hatte, hatte sich in De Mattia ein Verdacht geregt.

Daher hatte er eine undenkbare Entscheidung getroffen.

Er hatte freiwillig seine Höhle verlassen.

Und war höchstpersönlich dorthin gefahren, um mit dem Kurator zu sprechen.

Das Erste, was er entdeckte, war, dass auch Hassan Fenumi, Haboudiffas Mann, in der Bibliothek gewesen war und sich nach demselben Kodex erkundigt hatte, da war er allerdings bereits mindestens eine Woche zuvor gestohlen worden.

Als Fenumi weitergebohrt hatte, war dem guten Mann eingefallen, dass sich im Archiv möglicherweise noch die Abschlussarbeit einer Studentin befand, die Geschichte des Mittelalters studiert hatte. Sie hatte eine ganze Weile an diesen Tischen gearbeitet. Und wenn er sich richtig erinnerte, hatte sie sich mit ebendiesem Manuskript beschäftigt.

Sie hatten die Arbeit gleich gefunden.

Und Hassan hatte sie von vorne bis hinten durchgeblättert.

Der Kurator war sich sicher, dass die Autorin in ihren Ausführungen ausdrücklich den Gral und Montségur genannt hatte, wobei sie sich auf ebenjenen doppelten Februar bezog.

Bedauerlicherweise sei diese Arbeit nun auch nicht mehr auffindbar.

Doch wenn De Mattia wolle, könne er auch alles erzählen, und, welch ein Zufall, von der Szene des Bauern mit dem Kelch besäße er eine Farbkopie. Es war eine so wunderbare Miniatur, dass er beschlossen habe, sie auf seinen Schreibtisch zu stellen …

Ebenjene Studentin hatte sie ihm geschenkt.

Sie war so freundlich gewesen: Sie hatte ihm auch eine Flasche Génépy geschenkt, den sie selbst gemacht hatte. Nein, er erinnerte sich nicht an den Namen, er nannte sie die »Valsusina«, weil sie aus Cesana oder Bardonecchia oder von irgendwo da oben kam. Aus den Bergen jedenfalls. Noch etwas?

So hatte De Mattia sich dieser Geschichte angenommen.

Aber das war noch nicht alles. Don Michele Salvini hatte sich gemeldet, um zu erzählen, dass er auf den Servern entdeckt hatte, wer es gewesen war, der Francesca Caccia und Haboudiffa bedroht hatte.

»Aber er ist verschwunden. Ohne eine Spur zu hinterlassen.«

Auch er war Marokkaner.

Auch er sprach fast perfekt Italienisch.

Ein weißer Marokkaner ohne krauses Haar und dunkle Haut. Er konnte sehr gut als Europäer durchgehen. Er ließ sich Muhammad nennen, doch keiner konnte beschwören, dass dies sein wahrer Name war.

»Zufrieden, mein Lieber. Was gibt es noch?«

Lupo seufzte.

»Ja, ich könnte dir zum Beispiel eines von meinen Problemen erzählen …«

Und er teilte ihm seinen Verdacht gegen Thierry mit.

Es war eine fast unmögliche Suche.

Doch sie musste unternommen werden.

Der Schatten, den Thérèses Vater warf, wurde immer bedenklicher.

Eine Art *longa manus* hinter den Kulissen.

Der Marionettenspieler hatte die Marionettenspielerin geheiratet.

Und wenn sie gemeinsam die Fäden gezogen hatten?
De Mattia seufzte mehrmals.
Dann versicherte er Lupo:
»Mittlerweile bin ich an Wunder gewöhnt.«

Lupo versenkte sich in Gedanken.
Die Entdeckung der Miniatur mit dem Gral erregte ihn.
Doch es ärgerte ihn auch, dass Hassan zu viel davon wusste. Und dass Haboudiffa, davon war er mittlerweile überzeugt, ihm verbot, mit Lupo darüber zu sprechen.
Dann war da dieser andere Marokkaner …
Auch unauffindbar.
Wirklich eine ungewöhnlich große Zahl an Marokkanern, die in diese Geschichte verwickelt waren.
Er wusste, seine Gedanken waren völlig irrational.
Vielleicht von einem unbewussten Rassismus gelenkt. Aber er schämte sich nicht. Allein die Tatsache, dass ihn dieser Zufall innerlich beunruhigte, rechtfertigte jeglichen Zweifel.
Er war jemand, der fest an die Intuition glaubte.
Er nickte.
Und plante den nächsten Zug.
Dave …
Jetzt besaß er wirklich die Mittel, um ihm alles zu entlocken. Um zu erfahren, ob er wirklich unter dem Alptraum der Erpressung gehandelt hatte. Oder ob er, im Gegenteil, in jeglicher Hinsicht Manuels Komplize gewesen war.
Lupo sah auf die Uhr.
War es angebracht, den Schotten jetzt schon unter Druck zu setzen, oder sollte er dies besser auf den folgenden Morgen verschieben?
Fast hätte er vergessen, Greta zurückzurufen.
Ihn traf beinahe der Schlag.

Die gotische Minuskel und das ganze Drumherum interessierten ihn nicht die Bohne. Es war nur ein Vorwand gewesen, um das Schlimmste zu verhindern. Um Greta das Gefühl zu geben, sie sei wie immer sein letzter Rettungsanker. Um sie seine Schuld vergessen zu lassen.

Er nahm das Handy und tippte die Nummer.

Sie antwortete beim ersten Klingeln.

»Ich weiß alles, Commissario ...«

Lupo nickte.

Er fühlte sich ziemlich erbärmlich.

Er ließ sie sich ungefähr zehn Minuten lang austoben.

Fast ohne sie zu unterbrechen.

Ein Fluss, der Hochwasser führte.

Ja, das war sie. Seine Greta: eigensinnig, kampflustig, fast schon kriegerisch. Vor allem, wenn es sich darum drehte, einem ihrer drei Männer zu Hilfe zu eilen. Dann gab es kein Hindernis, das sie aufhalten konnte.

»Es gibt drei Arten gotischer Schrift. Die einfache Textualis für Texte gelehrten Inhalts. Dann die Textura, eine größere und weniger runde Schrift für die liturgischen Werke. Und die Bastarda: Diese Schrift verwendete man für Manuskripte, die in der Volkssprache verfasst wurden, sowie für Gesetzestexte in lateinischer Sprache ...«

Je länger Lupo ihr zuhörte, desto größer wurde sein Bedürfnis, sie bei sich zu haben.

Thérèse war eine Art Erschütterung gewesen.

Doch Greta würde nie von ihr erfahren.

Keine Beichte auf der Suche nach jenem kindlichen Verzeihen, das die Männer oft ersehnen, um ihre Schuldgefühle loszuwerden.

Er war nicht bereit, irgendein Risiko einzugehen.

Es war geschehen und gut.

Und wie aufregend und unvorhergesehen auch immer,

es war keine Liebe gewesen. Nur ein Augenblick tiefster Befriedigung, »erobert« worden zu sein. Doch ein Augenblick, der keine Narben hinterlassen würde.

Im Gegenteil.

Die Maschinerie der Gewissensbisse arbeitete schwer.

Sie hatten bei ihm das Bedürfnis nach den Liebkosungen seiner Ehefrau wiedererweckt. Nach ihrer Zärtlichkeit. Nach dem Gefühl des absoluten Besitzes.

Nach ihren schon tausendmal gespürten Gesten. Warm, sicher und angenehm, wie nur gute Gewohnheiten es sein konnten.

Lupo merkte plötzlich, dass Greta nicht aufgehört hatte zu reden.

»... Der König von Pergamon wollte die ägyptische Hegemonie herausfordern, indem er eine eigene Bibliothek baute. Doch die Alexandriner beschlossen Sanktionen: keinen Papyrus mehr. So erfanden sie eine andere Art Papier und nannten es Pergament ...«

Lupo unterbrach sie.

Wenn es denn eine Katharsis gab, dann musste sie schon stattgefunden haben.

Er legte in seine Worte die Dringlichkeit, die er empfand.

»Kommst du denn nun?«

Greta verstummte.

Verschüchtert.

»Ich dachte, du hättest nur einen Scherz gemacht.«

»Warum sollte ich?«

»Ich weiß nicht. Das ist während der Ermittlung zu einem Fall noch nie passiert ...«

»Ich bin aber auch noch nie im Ausland gewesen.«

»Ich habe Schule, und die Jungen ...«

»Geh, Greta. Die Jungen kommen klar, und die Rektorin, die kriegst du auch rum.«

»Willst du wirklich ein Mobilhome kaufen?«

»Oder vielleicht ein Hausboot. Oder vielleicht beides. Aber du musst auch einverstanden sein. Ich kann das doch nicht alleine entscheiden, oder? Also, mach schon und spring in einen Zug.«

»Das kommt mir ein bisschen verrückt vor…«

»Wann haben wir denn jemals normale Dinge getan? Und außerdem bin ich wirklich neugierig, wie du dich verhältst, wenn du nichts anhast…«

»Ich dachte, dir dürfte das nach zwei Kindern vielleicht bekannt sein.«

»Ja ja, alles nur Sprüche…«

»Wenn das eine Herausforderung sein soll…«

»Nein, ich will dich nur hier haben. Du weißt, wie das ist, wenn man von etwas begeistert und alleine ist.«

Greta seufzte.

In ihrem Kopf ging es auf angenehme Art drunter und drüber.

Sie brauchte nicht lange, sich zu entscheiden.

»Und wenn ich schon morgen früh losführe?«

Lupo war glücklich.

Jedoch verkomplizierte seine spontane Idee die Dinge.

Zuerst musste er mit Thérèse sprechen.

Er brauchte sie nun nicht mehr anzuschwindeln.

Sein Umzug auf das Boot war angesichts Gretas bevorstehender Ankunft nur natürlich. Gleichzeitig musste er aber bedenken, dass seine Handlungsfreiheit deutlich eingeschränkt sein würde.

Von jetzt an würde er mit äußerster Vorsicht vorgehen müssen. Obwohl Thérèse ihm ja so einiges vorenthalten hatte, gefiel sie ihm immer noch. Genauso wie zuvor.

Er war sich sicher: Sie würde sich nie so weit erniedrigen,

dass sie ihre Geschichte dazu benutzte, seine Bewegungsfreiheit einzuschränken. Sie war zu stolz. Zu sehr Mann, um so etwas zu tun.

Doch jetzt würde es bei ihrem subtilen Spiel keine Nächte mehr geben, die sie zusammenschweißten und in gewisser Weise zu Verbündeten machten. Sie würde sich berechtigt fühlen, die Karten auszuteilen. Ohne Rücksicht und ohne Bedauern.

Und dies war etwas, wofür er ihr sehr dankbar war.

Er schloss sein Notizbuch.

Und ging an Deck.

Er sah sich um: Es war ein Moment absoluter Ruhe.

Ein Schwarm Enten landete auf dem Wasser, ungeachtet der beiden Radfahrer, die mit Raumanzügen und -helmen ausgerüstet auf dem asphaltierten Weg am Kanal eifrig in die Pedale traten.

In der Ferne hörte man einen Glockenschlag, der verkündete, dass es fünf Uhr war.

Ob Thérèse schon zurückgekehrt war?

Er fuhr ganz gemächlich in Richtung Le Monde Perdu. Unterwegs überholte er Elsie und Betty, die schwatzend auf dem Rückweg waren und im Zickzack fuhren, als hätten sie ein wenig zu oft die Gläser erhoben. Oder vielleicht nur, weil sie in einem Zustand immerwährender witwenhafter Fröhlichkeit lebten.

Da sie ihn aber offenbar nicht gesehen hatten, machte er sich nicht bemerkbar und fuhr weiter, wobei er versuchte, sich so gut wie möglich zu entspannen. Die Aufgabe, die ihn erwartete, war nicht leicht.

Am Eingang des Campingplatzes traf er auf Arlette.

Lupo war nicht bewusst gewesen, dass sie einen großen Teil des Tages damit verbrachte, die Schranke zu öffnen oder zu schließen, um den Gästen, die sich gerade angemeldet hatten, die Einfahrt zu ermöglichen. Er hatte gedacht, dass sie am Tag seiner Ankunft nur dort gewesen sei, um ihn zu empfangen.

Hingegen gehörte die Rezeption offenbar zu ihren Aufgaben.

»Salve, schöner Mann. Hast du ein paar neue Haarschnitte auf Lager? Die Leute stehen Schlange: all diese alten holländischen Schlampen, die sich mit *bols* und *pétanque* gegenseitig umbringen, wollen, dass du Hand an ihre Köpfe legst. Meine neue Frisur hat Eindruck gemacht.«

Lupo lächelte.

»Wenn ich als Kommissar versage…«

»Das glaube ich nun wirklich nicht. Du bist jemand, der die Fliegen im Flug fängt. Bist du vorangekommen?«

»In welcher Hinsicht?«

»Los, nun mach nicht so ein Gesicht wie einer, der vom Birnbaum fällt. Du bist beim Notar gewesen: Wir vergehen hier alle vor Neugierde, um zu erfahren, welche letzte Schweinerei sich dieser Hurensohn für uns aufgespart hat. Hast du wenigstens etwas aus ihm herausholen können?«

»Nein. Aber ich würde sehr gerne aus Ihnen etwas herausholen.«

Arlette erstarrte.

Sie verscheuchte ein Insekt aus dem Gesicht.

Sie sah ihn an und war auf der Hut.

»Du kannst es immer versuchen, schöner Mann. Es genügt, die richtigen Fragen zu stellen.«

»Und wenn auch ich mir ein Mobilhome kaufen wollte?«

Arlette sah ihn an, als sei er plötzlich verrückt geworden.

Dann begann sie zu lachen.

Und klopfte sich mit den Händen auf die Schenkel.

»Ein schöner Polizistenwitz! Einer armen wehrlosen Frau einen solchen Schrecken einzujagen!«

»Vor allen Dingen.«

»Das heißt, auch du willst dir hier ein schönes Nest bauen. Ich habe ja gesagt, du bist ein Genießer.«

»Also?«

»Nun, da lässt sich immer etwas finden. Da sind zum Beispiel die aus Toulouse, die wollen verkaufen. Das Mobilhome ist nicht schlecht. Du könntest vielleicht ein bisschen Geld investieren und einen neuen Teppichboden verlegen. Und das Gelände ist sehr schön und groß, viele Pflanzen, es liegt fast auf der Düne, man kann das Meer sehen…«

»Kann ich es anschauen?«

»Sicher. Ich habe die Schlüssel. Sie kommen nur noch selten. Sie sind alt, haben lauter Wehwehchen.«

»Ist Thérèse schon zurück?«

»Nein. Doch das kann nicht lange dauern. Sie hat mich vor einer halben Stunde angerufen. Hast du wirklich nichts aus diesem bescheuerten Notar herauskriegen können?«

»Hören Sie, Arlette, ich habe Ihnen schon geantwortet…«

»Aber?«

Lupo ließ sich Zeit.

Unterdessen hatte er begriffen.

Das Leben hatte sie mit einem äußerst feinen Geruchssinn ausgestattet. Sie konnte Gefühle riechen. Empfindungen, Stimmungen.

Sie konnte das erkennen, was hinter den Dingen, den Seufzern, den Gedanken lag. Es genügte eine Betonung, ein unvollständiger Satz, eine unwillentliche Pause, um Signale, Blitze, Alarm auszulösen. Keiner würde sie mehr überraschen können.

Er am allerwenigsten.

Er überlegte, ob es nicht angebracht war, die Sache fallen zu lassen.

Dann dachte er, dass sich eine so günstige Gelegenheit vielleicht nicht mehr ergeben würde, Thérèse war im Anmarsch, aber noch weit genug weg.

Er konnte nur bluffen.

»Es wäre besser für dich, das Ganze aufzugeben, statt mich mit A. festzunageln.«

War sie wirklich A., und Thérèse die Sünde?

Er beschloss es zu versuchen.

»Sie müssen aber ehrlich sein. Bevor Sie lügen, antworten Sie mir lieber nicht: besser der Zweifel als eine Lüge.«

»Schöne Einleitung, Chef. Ich sehe, wir fahren weit weg.«

»Ich sage Ihnen nicht, woher ich das weiß. Aber Manuel kannte Ihr Geheimnis mit Thérèse. Am ersten Tag haben Sie mir eine Geschichte erzählt, haben Sie da vielleicht vergessen, mir etwas zu sagen?«

Arlette hörte zu, ohne sich zu rühren.

Kein Anzeichen, dass diese Worte sie irgendwie getroffen hätten.

Dann vernahm man plötzlich das Motorengeräusch eines Autos.

Und die Marionettenspielerin versuchte ein rasches Lächeln.

»Es gibt nichts hinzuzufügen.«

»Sicher?«

»Da ist ja unsere Thérèse. Vielleicht machen wir ein andermal weiter, ja?«

Lupo nickte.

Es war offensichtlich, dass sie das Thema ganz schnell beenden wollte.

Wie es auch offensichtlich war, dass sie keine Lust hatte, vor Thérèse zu reden.

Lupo sah, wie die beiden sich umarmten.

»Alles in Ordnung, Liebes?«

»Ja. Ich habe nur Lust, ins Wasser zu springen, um mir die Strapazen vom Leib zu spülen.«

Arlette strich ihr über eine Wange.

Dann zwinkerte sie ihr zu.

»Hör zu: Ich gebe dir den Schlüssel der Duvernets. Unser Italiener hat sich in das Plätzchen hier verliebt. Er denkt darüber nach, sich hier niederzulassen … Zeigst du's ihm?«

Thérèse ging nicht zu ihrem Mobilhome.

Sie ging direkt in Richtung Strand.

Und Lupo folgte ihr schweigend.

Das war nicht das übliche Spiel der Interessen.

Sie war offenbar wirklich aufgewühlt. Fast wütend zog sie sich aus, warf ihre Sachen unordentlich übereinander in den Sand. Und sprang ins Meer, ohne Lupo einzuladen, sich anzuschließen.

Er blieb angezogen am Strand zurück und wartete auf sie.

Er unterließ es, Vermutungen über ihre schlechte Laune anzustellen.

Bald würde er alles erfahren.

Er wartete geduldig.

Sie schien keinerlei Eile zu haben.

Als sie herauskam, setzte sie sich nicht neben ihn. Sie klaubte ihre Sachen zusammen und drückte sie an ihre Brust. Dann ging sie tropfend zu ihrem Mobilhome.

Lupo blieb nichts weiter übrig, als ihr wiederum zu folgen, seine Neugierde nahm zu. Dieses Verhalten war untypisch für sie.

Sie war starr, angespannt. Sogar ihr großartiger Hintern schien traurig zu sein. Stumm.

Thérèse setzte sich an den Tisch unter der Pergola.

Sie kramte in ihrer Tasche und holte eine Zigarette heraus.

Lupo hatte sie noch nie rauchen sehen.

Sie nahm drei wütende Züge, dann drückte sie den Glimmstängel am Boden aus.

»Ich habe keine Zeugen gefunden. Du wirst zufrieden sein.«

Lupo sah sie an.

Er versuchte, den Grund für so viel Reizbarkeit herauszufinden.

Plötzlich begriff er, dass Thérèse ihn nur als Punchingball benutzte. Dass nicht er das eigentliche Ziel war.

Sondern Papou.

»Er hat mich angelogen, verstehst du? Ich habe ihn hingefahren. Ich habe ihn wieder abgeholt. Aber er war nicht dort. Keiner hat ihn gesehen, er hat mich bewusst in die Irre geführt. Das ist nicht richtig. Er sollte Vertrauen in mich haben. Scheiße!«

»Aber du bist die Polizei …«

»Nein, *ich* bin *seine* Thérèse.«

Lupo war über so viel Verbitterung erschrocken. Über diese kleinen Tränen, die ihr Stolz nicht mehr unter Kontrolle hatte.

Sie war so enttäuscht, dass er sich fast verpflichtet fühlte, sie zu trösten. Auch wenn dies der Beweis war, dass er Recht hatte, den Alten zu verdächtigen.

»›Aber ich habe noch mein altes Haus, meine Erinnerungen, den *Pratz dels Crematz*…‹ Alles Unsinn. Ich bin sicher, dass er nicht in Turin war. Aber das ist es nicht. Kannst du dir das vorstellen? Wer weiß, wie oft er mich sonst noch belogen hat? Wie soll ich ihm jetzt noch glauben können?«

»Beruhige dich doch. Weinen passt nicht zu dir.«

»Ich habe so viel für ihn getan. Und noch mehr. Er war immer ein Gott für mich.«

»Also gibt es bestimmt einen guten Grund, warum er sich so verhalten hat. Vielleicht wollte er dich nur schützen.«

»Vor wem?«

»Vor etwas, das dir Gewissensprobleme, Loyalitätsprobleme bereitet hätte. Ich wiederhole: Du bist Polizistin. Du kannst das vergessen. Er nicht…«

»Du bist wirklich fixiert. Er war es nicht. Ich halte das für ausgeschlossen.«

»Aus welchem Grund?«

»Ich halte es für ausgeschlossen und fertig. Vertrau mir! Aber wenn du deine Zeit verplempern willst, dann nur zu. Ich kann nichts daran ändern. Das ist deine Sache. Aber wenn du erlaubst, die Familie ist meine Sache. Und das ist nur eine Familienangelegenheit. Und nichts anderes.«

Lupo begriff, dass an ihrer Haltung nicht zu rütteln war. Er fragte sich, ob es richtig sein würde, ihr die Briefe zu zeigen, die er in Manuels Versteck gefunden hatte. Es war immer noch möglich, dass diese Enttäuschung etwas Neues ans Licht brachte. Angesichts der Tatsache, welche emotionale Erschütterung sie ausgelöst hatte.

Ihm blieb nur zu warten.

Er ließ das Thema fallen.

Und nahm sich jenes vor, das ihm im Augenblick näher lag.

Die Ankunft Gretas.

»Ich muss dir etwas sagen ...«

Thérèse hob den Kopf.

Ein plötzlicher Schatten der Sorge glitt über ihr Gesicht.

»Was ist noch?«

»Familienangelegenheiten auch für mich. Morgen kommt meine Frau.«

»Was soll das heißen?«

Lupo ging zu ihr.

Streichelte ihr über das Haar.

Sanft ...

»Ich hatte sie noch nicht angerufen. Du, dieser Ort hier ... Schon lange habe ich mich nicht mehr so gefühlt. Mein Kopf hat sich ein paar Tage Urlaub genommen. Ein tolles, befriedigendes Gefühl. Aber ...«

Ein leichtes Lächeln schlich sich um ihre Lippen.

»Doch das französische Mädchen ist eine der Süßigkeiten, von der die Naschlust nicht lassen kann. Aber gefährlich: zu viel Zucker. Die Triglyzeride steigen, und die Kommissare haben plötzlich starke moralische Schmerzen im Unterleib.«

»Ja ...«

»Die stechenden Gewissensschmerzen nehmen zu und gehen nur mit dem Buscopan eines schönen Telefonates mit der angetrauten Ehegattin vorüber, die eingeladen wird, um die Herrlichkeiten von Le Monde Perdu zu teilen. Und, warum auch nicht, um sie davon zu überzeugen, dass es nicht einmal der schlechteste Ort ist, um zusammen alt zu werden. Vielleicht könnte man ja mal mit einem kleinen Sommerurlaub beginnen. War es nicht so?«

»Ich habe immer gesagt, du bist eine hervorragende Detektivin.«

»Ich weiß. Und weiß auch, dass es ihr gefallen wird, wenn sie so taff ist wie du.«

»Vielleicht noch mehr.«

Sie schwiegen.

Beide wussten, dass das Wichtigste noch nicht gesagt war. Und Lupo saß auf heißen Kohlen.

Am Ende gab ihm Thérèse einen Kuss auf die Wange.

Und nahm seine Hand.

»Meinetwegen brauchst du dir nicht den Kopf zu zerbrechen. Du gefällst mir. Ich habe das bekommen, was ich wollte. Mehr davon würde zur Gewohnheit werden. Die Vorstellung, einen guten Freund gefunden zu haben, gefällt mir sehr. Auch wenn er ein Dickkopf und überzeugt davon ist, alles zu wissen. Los, lass uns dieses gesegnete Mobilhome ansehen…«

Lupo umarmte sie.

Und sie ließ sich fest von ihm drücken.

Dann zeigte sie ihm den Weg.

Und kaum hatte er sich umgedreht, gab sie ihm einen geräuschvollen und fröhlichen Klaps auf den Hosenboden.

»Hopp, beweg deinen Hintern, Rotarsch…«

Der Platz der Duvernets war verwildert.

Ein kleiner Dschungel aus Kletterpflanzen.

Farbenprächtig leuchteten lauter fleischige Blüten.

In der Mitte ragte eine riesige Pappel auf, an deren unteren Ästen eine Hängematte befestigt war.

In einer Ecke stand eine Bootsschale, die mit Erde gefüllt und in ein Gewächshaus verwandelt worden war. Die Triebe vieler Pflanzen drängten sich auf der Suche nach Licht durch das Laub nach oben.

Ein großes Eisengestell hielt zwei große Segel, die an den

Rändern eingerollt waren, so dass man sie öffnen konnte, wenn es regnete. Darunter stand ein Tisch, etwa ein Dutzend Stühle waren umgedreht aufgestuhlt, das Gras wuchs bis zur Tischplatte.

Eine Stimmung der Verlassenheit lag über allem.

Und die Natur war dabei, die Oberhand zu gewinnen.

»Nicht erschrecken. Denk nur an den Blick ...«

Thérèse schob einen verfilzten Vorhang aus wildem Wein zur Seite.

Dahinter war das Meer zu sehen.

Ein blauer Strich über der Düne, auf der sich die Tamarisken und die Strandlilien, vom Wind gestreichelt, gegen den Himmel abhoben.

Dieses Mobilhome war sehr viel kleiner als das von Thérèse. Doch es schien in einem guten Zustand zu sein.

Es zeugte von dem fast manischen Sinn für Ordnung und Sauberkeit eines älteren Ehepaars, das seinen kleinen Rückzugsort ganz offensichtlich sehr liebte. Nur das Alter und seine Krankheiten vermochten die beiden fernzuhalten.

»Arlette wird jemanden kommen lassen, der hier draußen ein wenig aufräumt. Keine Sorge, es wird ihr gefallen. Es ist einfach unwiderstehlich ...«

Lupo nickte.

Von unerwarteter Heiterkeit erfasst.

Er sah sich um.

Und kostete bereits die Zukunft vor.

Bis Juni war es nicht mehr lang.

Die Schulen würden schließen. Und sie beide würden für eine Woche hierher fliehen können. Vielleicht auch zusammen mit den Jungen.

Was die wohl dazu sagen würden?

Wie würden sie – mit ihrer ganzen vorlauten Art – mit der Nacktheit ihrer Eltern umgehen? Und mit ihrer eigenen?

Sie waren eine Familie von Sportlern.

An Umkleideräume, die von beiden Geschlechtern genutzt wurden, waren sie ja gewohnt.

Aber dies hier war etwas ganz anderes.

Lupo lächelte.

»Ja, ich glaube, es wird ihr gefallen.«

»Doch sie würde es wohl kaum gutheißen, dass du dein Lager bei einem schutzlosen Mädchen aufgeschlagen hast. Soll ich dir hier ein Bett richten lassen? Die Duvernets werden nichts dagegen haben. Im Gegenteil…«

»Ich habe bereits eine *péniche* gemietet. Ich habe sie in der Nähe der Schleuse festgemacht. Das schien mir die einfachste Lösung zu sein.«

»Flink mit der Hand, flink mit dem Kopf. In Ordnung, das ist also geklärt. Und der Rest? Wie ist es dir mit dem Notar ergangen?«

Lupo sah sie aufmerksam an.

Er suchte nach einem verräterischen Zeichen.

Doch Thérèse hielt seinem Blick gelassen stand.

Da holte Lupo zwei Stühle vom Tisch herunter.

Und bedeutete ihr, sie solle sich setzen.

»Wir beide haben ein paar Dinge zu klären, meinst du nicht auch?«

»Sollen wir nicht besser zu mir gehen und uns bei einem Glas kühlem Bier hinsetzen?«

»Besser hier. Hier stört uns niemand. Jetzt ist es an der Zeit, die Karten auf den Tisch zu legen.«

»Ach du Schreck, erst die Gattin, dann das *redde rationem*. Harte Zeiten für die arme Thérèse.«

»Lass uns eins klarstellen: Ich habe mitgespielt. Du hast mir nur das unbedingt Notwendige gesagt. Den Rest sollte ich selbst herausfinden. Das habe ich akzeptiert.«

»Ja, das war der Pakt. Ich habe ihn eingehalten. Dazu

kommt, dass ich dir immer den richtigen Weg gezeigt habe: von Papou bis zu Dave. Das kannst du nicht abstreiten.«

»Heute war es nicht so. Heute hast du mich von der Straße gedrängt.«

»Nein, ich habe mich nur dafür revanchiert, was du mit mir gemacht hast. Du wolltest doch allein deine Runde drehen? Und ich auch. Na, also?«

Lupo begann zu lächeln.

Und sie sprach weiter.

»Wer hat als Erster gesündigt? Los, du Weltmeister der Gerissenheit: Sag mir, dass es so war.«

Lupo nickte.

Er war ertappt worden.

Wie ein kleiner Junge.

Und das Glitzern in ihren Augen gestattete keine Widerrede.

»Okay: Friede! Fangen wir bei null an. In Ordnung?«

Doch Thérèse war nicht der Typ, der so schnell aufgab.

Sie zielte mit dem Zeigefinger auf seine Brust.

Und diktierte ihm ihre Bedingungen.

»Nur, wenn du mir genau erzählst, was du beim Notar entdeckt hast. Auch Haboudiffa ist ziemlich schlau: Glaubst du etwa, du hast ihn mit deinem Gerede in die Irre geführt?«

Lupo seufzte.

»Du hattest Recht: Jetzt hätte auch ich nichts mehr gegen ein gutes Bier einzuwenden.«

Sie erzählten sich alles.

Oder zumindest fast.

Nur einige kleine, sehr private Schattenbereiche sparten sie aus.

Die Beutetasche von Thérèse war reicher gefüllt.

Lupo erzählte ihr vom Ergebnis der toxikologischen Untersuchungen und vom Aconit. Von den Papieren, die er im geheimen Versteck Manuels gefunden hatte. Vom Kodex des Duc de Berry.

Und von seinen Zweifeln über die Handlungen Hassans.

Er bewahrte nur Stillschweigen über seine neuen Freundinnen Elsie und Betty. Dass sie mit nichts etwas zu tun hatten, konnte sein Ass im Ärmel sein.

Thérèse erzählte ihrerseits ihren Teil.

Nach den sinnlosen Telefonaten, die sie von ihrem Büro aus geführt hatte, hatte sie erwartet, keinen Zeugen zu finden, der bewiese, dass Papou in Montferrier in Ariège gewesen war.

»Montferrier?«

»Ja, genau, das Miniaturendorf. Wir hier sprechen immer noch von Montségur, aber im Grunde meinen wir Montferrier. Wer seit Generationen dort lebt, für den ist es ein und dasselbe. Vor tausend Jahren bedeutete eine Entfernung von acht Kilometern, mitten in den Feldern und hinter einigen Hügeln gelegen, gleichzeitig Nähe und die sichere Distanz, um dem Zorn der Kreuzzüge zu entgehen. Wer konnte, ist sofort dorthin geflüchtet, und so ist es sofort zum neuen Montségur geworden. Das ist alles …«

Lupo seufzte.

Es war klar, dass er Papou nochmals sprechen musste.

Doch er wusste, es würde wieder einmal ein Teufelskreis werden.

Thérèse bestätigte ihm dies.

»Vergiss den Alten. Ich weiß, dass er den richtigen Genius besitzt, um der Schuldige sein zu können. Ich will nicht ausschließen, dass er seine Bauern gespielt hat. Er würde sogar den okkulten Souffleur für den großartigen

Plan mit dem Aconit abgeben können. Doch er war es nicht. Ich weiß nicht, wohin er gefahren ist, und mich ärgert die Tatsache enorm, dass er mich ausgenutzt hat. Doch es gibt mit Sicherheit eine Erklärung.«

»Gut, es reicht ja, wenn er sie uns gibt.«

»Das wird er nie tun.«

»Warum nicht?«

»Versetz dich mal in ihn hinein: Dass er kein Alibi hat, ist ein hervorragender Schachzug, um denjenigen zu retten, der seiner Meinung nach nur für einen großen Akt der Gerechtigkeit verantwortlich ist.«

»Du willst mir damit sagen, er wusste, dass Manuel ermordet werden würde und dass er diese Karte bewusst ausgespielt hat, um den Schuldigen zu decken?«

Thérèse holte tief Luft.

Sie sah sich um.

Einen Augenblick lang beobachtete sie die übliche Elster, die das Blätterdach der Pergola mit großem Lärm erfüllte, indem sie von einem Ast zum anderen sprang und ihrem Partner Liebesrufe zuschrie.

Dann nickte sie.

Langsam.

»Das schließe ich nicht aus …«

Der Kanal war rot im Sonnenuntergang.

Und das Wasser rauschte laut aus der Schleuse heraus.

Während sich die Schleusentore immer weiter öffneten, bis sie die eingesperrten Boote auf die gleiche Höhe wie die anderen brachten, die darauf warteten, einzufahren.

Es war der Zeitpunkt des größten Verkehrs.

Vor dem Dunkelwerden.

Weil alle nach einer guten Anlegestelle suchten.

Die beiden Engländerinnen standen in kurzen Hosen an

Deck, um das Schauspiel zu bestaunen. Als sie Lupo entdeckten, schwenkten sie zur Begrüßung die Arme.

»Hey, *commander*, Mission ausgeführt!«

Lupo lächelte.

Die ganze Fahrt von Le Monde Perdu bis zum Boot waren seine Gedanken von einem zum anderen gesprungen. Er hatte sich von widersprüchlichsten Empfindungen bedrängt gefühlt. In deren Mittelpunkt immer Thérèse stand.

Ihr Schwanken zwischen Wut und Resignation.

Ihre unerklärliche Gleichgültigkeit dem gegenüber, was er in Manuels Versteck gefunden hatte. Als ob es sich dabei um etwas gehandelt habe, über das sie Bescheid wusste.

Obwohl das Testament doch Entrüstung bei ihr hätte hervorrufen müssen, weil es der Beweis war, dass alle sich von ihren Anteilen hatten trennen müssen, dass Alain der einzige Nutznießer war, dass der Katharer sich der Erpressung hatte beugen müssen, nur um jenes »A.« wie Arlette zu retten.

Hingegen: nichts.

Nur ein vages Nicken.

Aber warum sollte man ausgerechnet ihn diese Papiere finden lassen? Steckte ein Plan dahinter, oder war es nur eine seltsame Form der Apathie nach der Entdeckung, dass Papou sie irgendwie hintergangen hatte?

Dann wurde er von Elsie und Betty mit freudiger Begeisterung empfangen. Und alles andere rückte in den Hintergrund.

Er würde später darüber nachdenken.

Und er beeilte sich, ihre lautstarke Begrüßung zu erwidern.

Danach kletterte er auf ihren Kahn. Und nahm die unvermeidliche Tasse Tee an, in dem jene schrecklichen Flocken geronnener Milch schwammen, die er so sehr verabscheute.

»Gute Nachrichten, Chef. Wir mussten uns gar nicht ausziehen. Vielleicht verloren die Gelegenheit für Eroberung. Aber war nicht nötig. Du hast gesagt, Misthaufen ist guter Ort, nun, wir sind gegangen, wie man sagt, die Nase nach…«

Sie hatten überall Eisenhut gefunden.

Entlang der Straße, die von Sérignan-Plage nach Le Monde Perdu führte, lagen die Koppeln der kleinen, saisonal betriebenen Ranches, die im Sommer den Touristen lange Ritte entlang des Strandes und durch die Heidelandschaft anboten.

Dort gab es einige seltene Pflanzen.

Doch die meisten Blüten hatten sie gefunden, als sie mit dem Fahrrad dem Schild »*Ici toro-piscine*« gefolgt waren.

Und damit hatten sie noch eine weitere Verrücktheit dieser Region entdeckt.

Eine Mini-Arena mit Sitzreihen aus Holz.

Und eine Riesenwanne, die zwei Handbreit tief mit Wasser gefüllt war.

Dorthinein wurden in der Saison ein halbes Dutzend zitternder schwarzer Kühe geführt, in ein Meer roter von Knabenfäusten geschwenkter *muletas*, deren Besitzer als *toreador* verkleidet waren. Das war so eine Art extravaganter und abenteuerlicher nachmittäglicher Kindergarten, in dem man die Kinder für ein paar Stunden abliefern konnte.

»*Toro-piscine* ist hundert Meter von Eingang von Camping. Wir haben gehabt Glück, dass freundlich Frau uns Geheimnisse von diese *very stupid* Sport erklärt.«

Lupo sah sie an.

Sein Interesse war plötzlich geweckt.

»Was für ein Typ war sie?«

»Oh, sehr sehr *funny*. Frau von Riese mit komische Rugbyhose, Haare mit Sense geschnitten, Busen bis zu Bauchnabel. Sie geht mitten durch Wiese mit Eisenhut… Du bist zufrieden?«

7

»Cin cin, à ta santé …«

Elsie und Betty stießen auf ihn an.

Lupo hatte ein vorzügliches Abendessen zubereitet. Und damit hatte er seine beiden neuen Freundinnen endgültig erobert.

Als gute Engländerinnen hatten sie es während der gesamten Mahlzeit gewissenhaft vermieden, über den Fall zu sprechen. Doch dann, als die Servietten wieder zusammengefaltet und der Kaffee serviert war, konnten sie vor lauter Ungeduld nicht mehr an sich halten.

Sie nahmen an, dass nun, nachdem sie das Problem mit dem Eisenhut gelöst hatten, keine Notwendigkeit mehr bestand, auch Alains Zuchtbetrieb dahingehend zu kontrollieren.

Und sie brannten darauf zu wissen, worin ihre nächste Aufgabe bestehen würde.

Doch höflich, wie sie waren, fragten sie nicht danach.

Lupo fühlte sich von ihren Blicken durchbohrt.

Ihm war eine Idee gekommen.

Über die er zunächst noch nachdenken wollte.

Er schickte die beiden also hinaus auf das Vorschiff, wobei er jeder eine ordentliche Ration Bier in die Hand drückte. Er beschloss, sich hingegen in die Küche zurückzuziehen, um aufzuräumen und um ein bisschen Ruhe zu haben.

Es kam ihm seltsam vor, dass Thérèse nicht bei ihm war.

Sie fehlte ihm.

Im Grunde hatten sie bis zu diesem Zeitpunkt in einer richtigen Symbiose gelebt. Sie hatten gelacht, gestritten, sich geliebt, diskutiert.

Sie hatten einander heimtückische Streiche gespielt.

Sie hatten sich gegenseitig in die Irre geführt.

Sogar seine Entscheidung, die *Etoile filante* zu mieten, und die Ankündigung, dass Greta kommen würde, waren ihm nur wie kleine Korrekturen auf ihrem Schachbrett vorgekommen.

In Wahrheit war es aber, als hätte Thérèse sich in ihr Schloss zurückgezogen. Sie hatte die Zugbrücke hochgezogen und die Welt außen vor gelassen.

Er hatte versucht, sie zu überzeugen, diese Trauerhaltung abzulegen.

Sie passe nicht zu ihr.

Eigentlich sei doch nichts Unerwartetes geschehen.

Welchen Sinn habe es also, bis in alle Ewigkeit darüber nachzugrübeln?

War es da nicht besser, gemeinsam zu Dave zu gehen, um ein bisschen Musik zu hören und um ihm die wirkliche Geschichte des Kodex von Moncalieri zu entlocken? Nach De Mattias Entdeckung war es doch wohl offensichtlich, welch wichtige Rolle er gespielt hatte. Ausgeschlossen, dass es keine Verhandlung gegeben hatte, keine rege Korrespondenz mit irgendjemandem.

Es sei doch wichtig, diesem Jemand einen Namen zu geben, um einen Schritt weiterzukommen.

Doch Thérèse hatte nur mit den Schultern gezuckt.

»Ich bin müde. Für so etwas brauchst du mich nicht. Wir sehen uns morgen, wenn du deine Frau hierherbringst, damit wir sie kennen lernen. Ich rühre mich nicht von hier weg. Ich muss ein bisschen Luft holen. Gute Jagd.«

Schroff und entschieden.

Keine Chance auf eine Diskussion.

Lupo beschloss, nicht mehr daran zu denken.

Er ging hinaus zu den beiden »Mädels« und machte ihnen seinen Vorschlag.

»Was haltet ihr davon, wenn wir auf ein Gläschen und auf einen schönen Flamenco in die Stadt fahren?«

Sein Vorschlag wurde mit den üblichen enthusiastischen Freudenrufen aufgenommen. Doch der Plan sah etwas Raffinierteres vor als nur einen ausgelassenen Abend. Eine Strategie musste verfolgt werden.

Sie würden ins *Bistrot* gehen.

Doch sie würden nicht gemeinsam hineingehen. Es sei ganz wichtig, dass sie Dave nicht verrieten, dass sie zusammengehörten.

»Wir trennen uns auf dem Parkplatz am Markt. Ihr kommt als Erste und spielt die Engländerinnen, die einen Landsmann treffen. ›Sieh her, einer von uns, und er führt ein so schönes Lokal, was für eine Überraschung, man könnte meinen, wir sind zu Hause ...‹ und andere ähnliche Nettigkeiten.«

»*Bloody scottish* niemals kann sein ›einer von uns‹ ...«

»Nun gut. Aber ihr müsst trotzdem Freundschaft mit ihm schließen. Knetet ihn ordentlich weich. Und wenn ich dann gehe, nachdem ich ihn befragt habe, holt ihr ihn an euren Tisch. Und fragt ihn nach mir, wer zum Kuckuck ich sei und mit welchem Recht ich ihn euch die ganze Zeit weggenommen habe ...«

»Also wir sollen machen, dass er singt.«

»Genau. Ihr versteht euch ja sehr gut aufs Plaudern. Quetscht ihn nur aus wie eine Zitrone. Er wird nie ahnen, dass wir zusammenarbeiten.«

»Okay, Lupo. Wir machen dreckiges Arbeit für dich. Aber du, wo du wartest?«

»Ich hole euch am Parkplatz ab. Wenn er schließt, so gegen eins. Noch Fragen?«

»Du bereite dich vor, dass du musst nach Hause bringen, zwei *very* betrunken *ladies.*«

»Muss das unbedingt sein?«

»Hadrian war ein große Feldherr: Hat gebaut Wall und getauscht Sprichwort. Nicht *in vino,* aber *in Whisky veritas. Understand*?«

Lupo ließ es langsam angehen.

Er gab ihnen eine Viertelstunde Vorsprung.

Die er damit verbrachte, durch jenes dichte Gewirr von Gassen zu spazieren, die unausweichlich zur Kathedrale hinaufführten.

Es war ein milder Abend.

Die Fenster standen offen.

Und die Stimmen der Menschen, die noch bei Tisch saßen oder bereits im Sessel, drangen auf die Straße. Sie erfüllten die Nacht mit den Lauten, dem Lachen und dem Streiten eines Volkes, das keine falsche Zurückhaltung und keine falschen Hemmungen kannte.

Das von Natur aus fröhlich und streitlustig war.

Es machte nichts, wenn auch andere von ihren großen und kleinen Privatdingen erfuhren. Sie liebten es, sich Gehör zu verschaffen.

Als der Commissario das *Bistrot* betrat, sah er sofort, dass alles wie gewünscht verlaufen war.

Dave saß bereits bei Betty und Elsie am Tisch.

Und überschüttete sie mit seinem Lachen. Während die Gläser mit einer beeindruckenden Geschwindigkeit geleert wurden.

Lupo näherte sich mit einem betretenen Ausdruck im Gesicht.

»Ich bitte um Verzeihung. Es tut mir leid, Sie stören zu müssen. Doch ich müsste Ihnen Ihren Kavalier für einige Minuten entführen.«

Dave sah Lupo an.

Er brauchte eine Sekunde, bis er ihn erkannte.

Dann stand er auf.

Und schlug ihm freundschaftlich auf die Schulter.

»Hallo, mein Freund, welch guter Wind …«

Dann wandte er sich wieder an seine Tischgenossinnen, zwinkerte ihnen neckisch zu.

Und hob sein Glas Cointreau.

»Ein Toast, *my beautiful ladies*. Betet für mich. Man kann nie wissen, wie es ausgeht, wenn ein Polizist einem sagt, man solle nur für einige Minuten mitkommen. Einem meiner Freunde ist das vor einigen Jahren passiert. Er sitzt heute noch im Knast.«

Von den umliegenden Tischen kam begeisterter Applaus.

Denn in diesem Lokal war grundsätzlich niemand nur mit den eigenen Angelegenheiten beschäftigt. Und alle warteten immer auf eine von Daves saftigen Äußerungen, um ein bisschen auf den Putz hauen zu können.

»Kommen Sie, Commissario, gehen wir nach hinten. Gleich kommen die *Harris Punchos* mit ihrer Zigeunermusik. Dann wird hier ein Getöse sein, dass wir uns nicht einmal verstehen, wenn wir uns anschreien. Folgen Sie mir …«

Er führte Lupo in eine kleine Kammer.

Die von einer armseligen Vierzig-Watt-Glühbirne beleuchtet wurde.

Die Kammer war voller Kisten mit Bier und Likören.

In der Mitte jedoch stand ein eleganter Schreibtisch zwischen zwei schönen, mit rotem Samt bezogenen Sesseln im Directoire-Stil. Die Wände waren buchstäblich mit Bildern bedeckt. Einige davon standen auch gegeneinander gelehnt auf dem Boden.

Lupo war perplex.

Das sah nach Picasso, Matisse, Modigliani, Pollock, Van Gogh aus. Keiner, bei den Impressionisten angefangen, schien zu fehlen. Eine vollständige Zusammenstellung der ganz Großen: Kandinsky, De Chirico, Boccioni.

Hier ein Degas, dort ein Magritte.

Es war unglaublich.

Ein Dutzend Gauguins, die an der Wand lehnten …

»Beeindruckend, nicht wahr?«

Lupo beugte sich hinunter.

Er nahm das erste Bild in die Hand, das er zu fassen bekam.

Er las die Signatur: Toulouse-Lautrec.

Er drehte das Bild herum.

Auf der Rückseite stand: »Echte Kopie von Gaston Berger, Sauvian 2004«.

»Aber die sind ja gefälscht!«

»Was glaubten Sie denn? Ich wäre das Metropolitan, wenn die echt wären. Und außerdem Vorsicht: ›Gefälscht‹ ist ein scheußliches Wort. Das setzt einen Betrug voraus. Und hier betrügt niemand niemanden. Es sind echte Kopien, wie Sie sehen …«

»Und was, zum Teufel, soll das heißen?«

»Dass einer sich hinstellt und mit einer Fotografie vor Augen das Original abmalt. Dann unterzeichnet er mit seinem Namen. Das ist ein Spiel. An dem sich alle beteiligen, die Lust dazu haben. Dann im August bei der *Feria*, verdienen in der allgemeinen Euphorie alle ein bisschen Geld damit: die Maler, die *bodegas*, die die Bilder ausstellen, und die *peñas*, spanische Straßenmusikgruppen, die davor spielen.«

»Und wenn irgend so ein Idiot glaubt, das Geschäft seines Lebens gemacht zu haben?«

»Dann wird er beim nächsten Mal das Bild umdrehen…«

»Immer auf Messers Schneide, was? Es ist stärker als Sie.«

Dave schaltete einen verstellbaren Spot an.

Und richtete ihn auf ein Selbstbildnis von Van Gogh.

Die Lampe tauchte den düsteren Raum plötzlich in helles Licht, und Lupo begriff, dass nur ein habgieriger Idiot hier anbeißen würde.

»Meinen Sie nicht, dass diejenigen, die glauben, einen betrügen zu können, eine Lektion verdienen?«

»Es hängt immer von der Art der Bestrafung ab.«

»Die Dummköpfe sind immer mittelmäßig, auch was den Geldbeutel angeht. Sie haben nur einen Eurowert in der Rübe: Tausend. Sagst du eintausenddrei, dann schütteln sie wie wild den Kopf. Gehst du auf 999,99, dann leuchten ihre Augen vor Begierde. Arme Irre!«

Lupo seufzte.

Und er setzte sich in einen der roten Samtsessel.

Dave holte zwei Gläser aus einem Schränkchen.

Und eine Flasche Marc de Champagne.

Er bot Lupo ein Glas an, während von weit her und gedämpft die ersten rauen Gitarrenklänge drangen. Von den Tischen erhob sich, angeregt vom Alkohol, ein Chorgesang, der lauthals die ersten Zeilen von *Bamboleo* anstimmte.

Bamboleo, bambolea
Porque mi vida, yo la prefiero vivir así
Bamboleo, bambolea…

Und von *Volare*.

In der Version der *Gipsy Kings*.

Pienso que un sueño parecido
No volvera mas
Yo me pintaba las manos …

»Hören Sie? Sie werden langsam warm. Ich liebe die *biterrois …*«

Auch Lupo ließ sich von diesem kollektiven Rausch anstecken.

Und er bedauerte, dass er nicht dort im Saal geblieben war.

Dass er gezwungen war, die Ohren zu spitzen, damit ihm nichts entging. Vor allem, als die *Harris Punchos* beschlossen, die erste Salve abzufeuern. *A mi manera*, *Mira la itana mora* und *Tierra gitana*. Das löste ein Delirium aus.

Dave lächelte.

»Wollten Sie mich nicht etwas fragen, Commissario?«

Lupo nickte.

Er ließ sich nur mit Bedauern zu seinen Pflichten zurückrufen.

»Sie haben Recht. Und dieses Mal erlaube ich nicht, dass Sie etwas verschweigen.«

»Ich sehe, Sie sind auf dem Kriegspfad. Haben Sie deswegen Thérèse zu Hause gelassen?«

»Beunruhigt Sie das?«

»Keineswegs. Doch es erstaunt mich, dass sie Sie alleine lässt, damit Sie in ihrem Revier jagen können. Sie war immer sehr besitzergreifend.«

»Ich möchte gerne alle Korrespondenz sehen, die Sie für Manuel geführt haben. Und sagen Sie nicht, es gäbe keine Kopien, das nehme ich Ihnen nicht ab.«

»Gut, ich gebe Ihnen ein Beispiel. Ich nehme das Telefon ab und spreche mit jemandem. Und Sie, was hören Sie? Nur mich. Nicht das, was mein Gesprächspartner mir mitteilt. Genauso hat es funktioniert.«

»Erklären Sie mir das näher.«

»Ich habe nie eine Antwort gelesen.«

»Sie kannten aber die Fragen und die Personen, denen sie gestellt wurden.«

»Natürlich. Aber Sie haben mich nach etwas anderem gefragt: nach dem Archiv. Ich habe keines.«

»Also stelle ich eine andere Frage. Erzählen Sie mir von dem Kodex von Moncalieri und von der Miniatur mit dem Gral. Die, wie Sie sagen würden, eine echte Kopie des Kalenders des Duc de Berry ist. Erzählen Sie mir, wer, wo und wann. Also: den Teil auf der anderen Seite des Telefonhörers ...«

Dave ließ sich Zeit.

Er antwortete nicht gleich.

Er starrte nur ins Leere.

Dann zuckte er mit den Schultern.

Und begann eine Art von Kehrreim anzustimmen.

»Es ist eine Konstante bei den Savoyern, angefangen beim Grabtuch Christi bis hin zum Gral, dass sie so viel Jesus wie möglich in die Stadt des Teufels bringen wollen.«

»Erzählen Sie mir etwas Neues, denn das weiß ich auch.«

Dave seufzte.

»Ich habe hier und da gelauscht, aber ich habe nie einen Blick auf das vollständige Bild werfen können. Ich habe nur Vermutungen ohne jegliche Beweise ...«

»Lassen Sie hören. Und erzählen Sie endlich von diesem Kodex ...«

Dave ließ sich nicht weiter bitten.

Er sprach jedoch mit einem seltsamen Gesichtsausdruck.

Nicht der eines Menschen, der sich widersetzen möchte.

Sondern der eines Menschen, der sich fragt, warum dieser Commissario ihm Fragen stellt, auf die er schon geantwortet hat. Und die er also als erledigt angesehen hat.

Plötzlich ging Lupo ein Licht auf.

Thérèse …

Er seufzte.

Deswegen war sie von De Mattias Mitteilungen nicht sonderlich berührt gewesen.

Sie hatte schon alles gewusst. Es war gar keine Neuigkeit gewesen.

In der Zwischenzeit war draußen eine unbändige Begeisterung für *Bem, Bem, Maria* ausgebrochen.

Die Leute waren mittlerweile völlig aus dem Häuschen.

Sie tanzten, sangen, klatschten im Rhythmus mit den Händen über dem Kopf, und mit den Füßen trampelten sie unter den Tischen. Ein unglaubliches Inferno aus Alkohol, Ausgelassenheit und Schweiß.

Lupo nickte.

Er wollte den Beweis, dass sein *französisches Mädchen* ihm diesen ganzen Teil der Geschichte vorenthalten hatte. Daher versuchte er es mit einem Bluff.

»Los, sagen Sie mir etwas, was Sie Thérèse nicht schon hunderttausendmal gesagt haben. Zum Beispiel den Namen Ihrer Turiner Kontaktperson.«

Dave zuckte mit den Schultern.

Er stritt nicht ab, dass er Thérèse schon alles gesagt hatte.

Doch er ging trotzdem nicht in die Falle.

Er schüttelte nur den Kopf.

»Der letzte Brief, den Manuel mich zu schreiben gebeten hatte, war an einen gewissen Muhammad Davi im Therapiezentrum Moncalieri gerichtet.«

»Und was stand darin?«

»Nichts Besonderes. Er dankte ihm für die erledigte Arbeit. Für die kostbaren Informationen über die *Grande Mère*. Und er bestätigte ihm, dass seine Aufgabe beendet sei und dass er sofort nach Hause zurückkehren könne. Besser wirklich sofort, damit sich Komplikationen vermeiden ließen.«

Lupo speicherte diese Angaben. Und er schob sie in eine Ecke seines Gedächtnisses. Er spürte, dass dies hier Material für weniger eilige Gedanken war.

Dave zeigte sich entgegenkommend.

Eine Situation, die bis zum Äußersten ausgenutzt werden musste.

»Wann haben Sie diesen Brief abgeschickt?«

»Zwei oder drei Tage vor meiner Abreise nach Mauritius.«

»War Manuel da schon in Turin?«

»Nein. Erinnern Sie sich nicht mehr? Er hat mich doch zum Flughafen gebracht.«

»Da ist etwas, das Sie mir erklären müssen. Ich verstehe ja, dass Sie für Manuel nützlich waren, um Briefe auf Englisch zu schreiben. Aber mit diesem Muhammad wird er doch französisch gesprochen haben.«

»Nicht nur mit ihm. Mit vielen anderen, die *confrères* mitinbegriffen. Ja, Sie haben Recht: Am Anfang habe ich nur den Übersetzer gespielt. Er gab mir den Text, ich übersetzte ihn und händigte ihm einen Ausdruck aus. Er las ihn durch und schickte ihn weg.«

»Wir sprechen von einem Computer …«

»Von meinem natürlich. Manuel hatte sogar Probleme beim Umgang mit der Fernbedienung des Fernsehers. Vom

Öffnen eines Word-Dokuments oder vom Verschicken einer E-Mail gar nicht zu reden. Nur mit seiner Musik konnte er recht oder schlecht umgehen.«

»In Ordnung. Und dann?«

»Ich glaube, dass er es mit der Zeit einfach bequemer fand, sich von vorn bis hinten bedienen zu lassen. Ich habe im Grunde nicht einmal die Adressen gesehen.«

»Doch Sie konnten sich eine konkrete Vorstellung davon machen, welches Ziel er verfolgte und an welchem Punkt er sich befand.«

»Nun, dass er hinter dem Gral her war, war gewiss kein Geheimnis …«

»Auch nicht, dass der Ausgangspunkt Montségur und der Zielort Turin waren. Nein, was mich interessiert ist, wie er auf den Duc de Berry und auf die Miniatur von Moncalieri gekommen ist. Und mit wem er verhandelt hat, um in Besitz des gestohlenen Kodex zu kommen.«

Dave seufzte.

Und das plötzliche Schweigen, das sich zwischen ihnen eingestellt hatte, wurde nun vom Lärm gefüllt, der aus dem Saal herüberkam.

Cuando ski Maria Dolores
Cuando ski que mal d'amore
Cuando ski que mal a su vera
Cuando ski me va al dottore …

»Hören Sie, Commissario, ich weiß nicht, was ich Ihnen sagen soll. Vielleicht war es Muhammad Davi, der den Tanz angeführt hat. Manuel hat ihm für seine lange Arbeit gedankt, nicht wahr? Aber bis dahin wusste ich nicht einmal, dass es ihn gab. Offenbar haben sie sich persönlich ausgetauscht.«

»Und wer zum Teufel hat Ihnen von der Miniatur mit dem Gral erzählt?«

Dave sah ihn überrascht an.

Überzeugt, dass Lupo ihm eine Fangfrage stellte.

»Thérèse … Aus den Fragen, die sie mir gestellt hat, habe ich immer geschlossen, dass Sie es ihr gesagt hätten …«

Baila baila baila baila
Baila baila baila me …

Lupo war noch sehr zornig.

Er hatte das *Bistrot* verlassen.

Und ging nervös auf dem Parkplatz der Markthallen hin und her.

Bevor sie sich verabschiedeten, hatte Dave nochmals betont, dass er keine Vorstellung habe, wo Manuel die ganzen Papiere versteckt haben könnte, die er in all seinen Forschungsjahren angesammelt haben musste.

Seiner Meinung nach war es das Wahrscheinlichste, dass allein sein Kopf das Archiv gewesen war. Und dass es wirklich nichts zu finden gab.

Wenn man es gut überlegte, so hatte Hibanez wohl aus diesem Meer an Informationen nur die wichtigsten Tropfen abgefischt. Den Rest hatte er vermutlich den Abfluss der Nutzlosigkeit hinuntergespült.

Doch der Schotte war über Lupos plötzlichen Stimmungswandel sehr erschüttert gewesen.

Er hatte jedoch auf die falsche Ursache geschlossen.

Da er glaubte, er sei irgendwie schuld daran, hatte er den Schreibtisch geöffnet. Er hatte einen dicken Blätterstapel hervorgezogen und ihn Lupo in die Hand gedrückt, um seinen guten Willen zu beweisen.

»Nehmen Sie sie, Commissario. Vorhin haben Sie mich

gefragt, welche Vorstellungen ich für mich entwickelt habe. Nun, ich habe ziemlich viel im Internet herumgesurft. Und ich habe ein wenig herumgeforscht, wobei ich mich auf die Fragen gestützt habe, die mich Manuel so in der Runde stellen ließ, eingeschlossen die *confrères*.«

»So haben Sie eine eigene Theorie aufgestellt ...«

»Oh, aber völlig unsystematisch. Später habe ich einige Anmerkungen an den Rand notiert. Was mir eben so durch den Kopf ging. Das ist alles, was ich Ihnen anbieten kann.«

Lupo sah auf die Uhr.

Es war noch nicht einmal elf.

Mehr als zwei Stunden noch, bis das Lokal zumachte.

Er beschloss, sich einen ruhigen Ort zu suchen.

Um einen Blick auf das Material werfen zu können.

So ging er wieder durch das Gassengewirr bei der Kathedrale und betrat eine der unzähligen Bars, die sich am Fuß des Kathedralenhügels befanden. Er suchte sich eine uneinsehbare Nische und bestellte eine reichliche Menge Kaffee.

Dann begann er, ohne eine bestimmte Ordnung die Papiere durchzublättern, wobei er hier und da einen Satz las. Er hielt sich nur bei den Abschnitten auf, die ihm die vielversprechendsten zu sein schienen, wobei er sich von Daves Notizen leiten ließ.

Der Erste war schon sehr verheißungsvoll.

JESUS TRIFFT MERLIN

(Die Verbindung zwischen der christlichen
und der keltischen Kultur)

Von Jesu Jugend weiß man nur wenig. Es sieht so aus, als sei er viel gereist und habe sich auch in Cornwall aufgehalten. Dort erhielt er als Geschenk von einem

Druiden, der zum Christentum übergetreten war, einen Kelch, der ihm sofort sehr teuer wurde. Später sammelte Joseph, ein reicher Jude aus Arimathäa, das Blut aus der Brust Christi, die ihm der Zenturio durchstoßen hatte. Ebenjener Joseph erbat sich nach der Kreuzigung den Leib Jesu von Pontius Pilatus und setzte ihn in seiner eigenen Familiengruft bei.

Nachdem er ihn bestattet hatte, wollte er dem Druiden, der kein anderer war als Merlin, den Kelch zurückbringen. Als Joseph von Arimathäa in Albion angekommen war, übergab er den Kelch einem Wächter namens Hebron, einem engen Verwandten von Parsifal. Dann verlor sich Hebrons Spur und die des Grals über Jahrhunderte hinweg, bis zu dem Zeitpunkt, als Britannien von einem fürchterlichen Fluch heimgesucht wurde, den Verwüstungen durch die Kelten. Gemäß Merlin gab es nur eine Möglichkeit, dem ein Ende zu bereiten: Man musste den Gral wiederfinden.

König Artus vertraute Parsifal diese Aufgabe an, der ihn auch fand, ihn aber sofort wieder verlor, weil er sich nicht wirklich fragte, welches dessen wahre Macht sei und was er darstellte. Nach vielen Jahren, die Parsifal in Meditation verbrachte, nahm er die Suche wieder auf, und als er den Gral schließlich wiederfand, beging er nicht denselben Fehler wieder, und er brachte ihn zum König, womit er der Verwüstungsära ein Ende bereitete. Bald nach Artus' Tod und dem Verschwinden Merlins in seinem gläsernen Grab wurde der Gral in den Mittleren Orient zurückgebracht, wo sich seine Spur verliert.

Nur später, bei der Eroberung Jerusalems und der Geburt des Ordens der Tempelritter, hörte man wieder von ihm.

Anmerkung: Faszinierender Unsinn, auch wenn Mythen und Legenden nicht aus dem Nichts entstehen. Manuel schien sie für sehr wichtig zu halten. Siebenundzwanzig Briefe von England bis Israel. Puh!!! Auch Alain und François ziemlich hart rangenommen.

Lupo begann, Geschmack daran zu finden.

Um ihn herum kamen und gingen die Leute.

Ein Pärchen knutschte lautstark in der Nische neben der seinen herum.

Irgendjemand dozierte über Rugby, wie immer.

Und im Fernseher über dem Tresen lief ein alter Film von Arsene Lupin, über den sich zwei heruntergekommene Nutten ereiferten.

Doch Lupo war taub für alles.

Er tauchte in Geschichten ein, von denen er zwar schon gehört, die er aber nie vertieft hatte. Provenzalische und germanische Sagen. Die Tafelrunde, Wagner, die Templer. Eine alte Faszination, doch nie hatte er irgendwelche Beziehungen hergestellt. Nur Erinnerungsfetzen, von denen der eine mit dem anderen nichts zu tun hatte. Kleine Inseln in unbekannten Archipelen.

Er blätterte weiter.

DER TEMPEL VON KÖNIG SALOMON

(Sind die *Rex Deus* die Vorfahren der Templer?)

70 Jahre n. Chr., Kaiser Titus.

Die Römer überfallen den Tempel Salomons und plündern ihn. Doch sie finden das unterirdische *sancta sanctorum* nicht, wo Salomon selbst seinen Schatz versteckt hat, der unter anderem aus der Bundeslade, dem Wahren Kreuz, dem Grabtuch Christi, der Menora und dem Gral besteht. Einigen Priestern gelingt es, dem Gemetzel zu entkommen. Sie erreichen Europa und verteilen sich über den Kontinent, wobei sie Familien gründen, in denen das Geheimnis des Tempels vom Vater zum Sohn weitergegeben wird. Sie sind Juden, aber im Verlauf der Jahrhunderte werden die Familien, die untereinander immer in Kontakt blieben, fast alle zu Christen. Viele von ihnen, vor allem in Frankreich, finden sich zu einer Bruderschaft, den *Rex Deus*, zusammen, bis nach etlichen weiteren Jahrhunderten einige die Gelegenheit ergreifen, ins Heilige Land zurückzukehren und sich das wiederzuholen, was, da es dem Tempel Salomons gehört hatte, auch ihnen gehört.

Ist es möglich, dass die Nachkommen der *Rex Deus* die Vorfahren der Templer sind? Die Chronik erzählt: Als Jerusalem endlich zurückerobert ist, kehrt ein Großteil der Kreuzfahrer nach Hause zurück und überlässt den Tempel fast ohne Schutz sich selbst. Und in diesem Moment, um das Jahr 1118, kommen die Templer ins Spiel. Hugo von Payns, der Ordensgründer, verlässt Frankreich mit weiteren acht Rittern, um ins Heilige Land zu reisen, mit dem offiziellen Ziel, die Pilger vor den Angriffen muslimischer Banden zu schützen. Er stellt sich Balduin III., dem König von Jerusalem, vor, der ihm als Hauptquartier einen Flügel des befestigten Klosters *Unserer Lieben Frau von Sion* zur Verfügung stellt, das neben den Überresten des einstigen Tempels Salomons liegt.

Der Gral (nach Ansicht einiger lediglich mitsamt dem Grabtuch, für andere mitsamt dem gesamten Schatz) wird im Jahr 1160 vom Tempel nach Frankreich gebracht. Der Grund? Das Heilige Land ist nicht mehr sicher. Derjenige, der sich mit der Logistik des Transports befasst, ist der Großmeister Bertrand de Blanchefort, der aus Rennes-le-Château stammt, einem Ort, der weniger als sechzig Kilometer von Montségur entfernt ist, wo Blanchefort Land und Häuser besitzt.

Anmerkung: Mindestens sechzig Briefe, um den Beweis zu finden, dass der Gral von Rennes-le-Château nach Montségur gebracht wurde. Ich glaube, er ist erbracht. Ich weiß nicht, wie die Beziehungen zwischen den Katharern und den Templern bewiesen wurden. Bekanntschaften und Freundschaften, die auf dem gemeinsamen Rückweg von den Kreuzzügen gemacht wurden? Möglich. Nur fünf Briefe diesbezüglich und unendlicher Druck auf Nathalie.

Lupo trank seinen zweiten Kaffee.

Immer mehr gefangen von seiner Lektüre.

Es war ihm völlig klar, dass diese Seiten für seine Ermittlung überhaupt nichts Neues brachten.

Doch er erlag ihrer Faszination.

Und da es sich ja um eine Art persönliche Zusammenfassung der Untersuchungen und Empfindungen Daves handelte, war es außerdem vergnüglich zu versuchen, durch seine Brille die Art nüchternen Wahnsinns zu verstehen, der er verfallen war.

Bevor Lupo weiterlas, sah er auf die Uhr.

Er hatte noch alle Zeit der Welt.

WO IST DER SCHATZ DES TEMPELS UND WO IST DER GRAL?

(der in drei Teile aufgeteilte, in drei Richtungen verteilte Schatz)

Der 13. Oktober 1307 ist das schicksalhafte Datum. Philipp der Schöne beschuldigt alle Templer Frankreichs der Ketzerei und lässt sie einsperren. Doch die Templer, die von seinen Plänen erfahren haben, teilen den Schatz in drei Teile. Sie laden ihn auf Karren, die mit Heu beladen sind, und lassen sie in drei verschiedene Richtungen fahren.

Erste Richtung

Nach La Rochelle, wo die Flotte der Templer vor Anker liegt. Und von dort (siehe Anmerkung) nach Amerika. Man glaubt in der Tat, dass die Templer es viel früher als Kolumbus entdeckt hätten. Beweise? Als der Seefahrer den Fuß auf die Erde setzte, zeigten die Eingeborenen, dass sie die Templersegel (weiß mit rotem Kreuz in der Mitte) seiner Karavellen schon gesehen hatten. Daher legten sie ein recht gemäßigtes Verhalten an den Tag. Außerdem berichtete Kolumbus bei seiner Rückkehr, die Eingeborenen besäßen riesige Ohren.

Die Reliefs in der Kathedrale von Chartres vergleichen. Im Bauwerk des größten Triumphes der Templergotik sind halbnackte Menschen mit riesigen Ohren dargestellt.

Und weiter: Eine bemerkenswerte Anzahl von Templern war normannischer, bretonischer, schottischer oder norwegischer Herkunft. Das heißt, sie waren Abkömmlinge jener Wikinger, von denen man glaubt, dass sie weit früher als Kolumbus Amerika entdeckt hätten. Außerdem wussten die Templer bereits, dass die Erde rund ist. Der Beweis ist auf den Steintafeln der Templer zu finden, die ebenfalls in der Kathedrale von Chartres aufbewahrt werden, deren Maße im Verhältnis zu den Maßen des Äquators und des Erdradius stehen. Außerdem ist bekannt, dass Kolumbus die Karten von Calatrava konsultierte, die von den Templern erstellt worden waren. Und schließlich ist in Amerika ein Grab bezeugt, in dem ein Templer mit Schwert, Helm und Waffenrock liegt.

Anmerkung zu Amerika

Die Flotte, die von La Rochelle aufgebrochen ist, kommt nach Schottland: Die Templer schließen sich Robert the Bruce gegen König Edward an. Mit ihrer Hilfe erbaut der König von Schottland die berühmte Kapelle von Rosslyn, die sehr viele Symbole enthält, die sich auf die Ritter und den Gral beziehen. Von dort aus bricht eine Expedition auf, die zum Ziel hat, in der Neuen Welt ein neues Jerusalem zu gründen, etwa zwei Jahrhunderte vor Kolumbus. Zwei Kolonien wurden gegründet: in Newport auf Rhode Island und in Louisburg in Nova Scotia. Genau hier befindet sich auch Oak Island, eine kleine Insel, die berühmt wurde, weil auf ihr die bislang teuersten archäologischen Ausgrabungen stattfanden. Sie verdankt ihre Berühmtheit einem Brunnen, der *Money Pit* genannt wird, die »Geldgrube«. Dies soll der Ort sein, wo ein Teil des Schatzes begraben ist, der von La Rochelle aus verschifft wurde. Einige behaupten, dort befände sich auch der Gral.

Anmerkung: Vierundzwanzig Briefe nach Amerika, eher der Pflicht halber denn aus Überzeugung. Manuel scheint bereit zu sein zu glauben, dass sich dort ein Teil des Schatzes befindet, jedoch nicht der Gral. Kein *confrère* ist damit befasst. Die einzige Nachforschung, bei denen die Antworten an mich gerichtet waren. Ein offensichtliches Anzeichen des geringen Interesses. Ich hingegen bin hingerissen.

Eine Rothaarige näherte sich.

Lupo blickte sie fragend an.

Es war dieselbe, die kurz zuvor in der Nische neben der seinen herumgeknutscht hatte.

Er schaute sich um.

Und sah, wie ihr Kavalier die Rechnung bezahlte. Dieser machte keinen besonders glücklichen Eindruck und stritt aufs Heftigste mit dem Wirt.

Die Frau sah ihn verschwörerisch an.

»Zwei Barthaare am Kinn, und sie glauben, es würde ausreichen, dass sie jung sind, damit sie's umsonst kriegen.«

Lupo nickte belustigt und befremdet.

»Gesindel …«

»Genau. Was liest du denn Schönes, mein Bester?«

»Hör zu, wenn du etwas zu trinken willst, dann lade ich dich ein. Aber …«

»Du weißt nicht, was du mit einer Nutte anfangen sollst.«

»Im Prinzip ist es so.«

»Und ohne Prinzip? Noch nie mit einem Transvestiten zusammen gewesen?«

An diesem Punkt wurde die Unterhaltung vom Inhaber der Bar unterbrochen. Ein muskulöser Typ mit einer riesigen schwarzen Schürze und einem enormen Schnurrbart.

Er lächelte dem Commissario zu.

Dann drohte er dem Mädchen mit dem Finger.

»Es reicht, Dédé. Einmal Ärger am Abend ist mehr als genug. Hast du dem Herrn gesagt, dass du eine kleine Überraschung in der Unterhose hast?«

»Ich habe es ihm zu verstehen gegeben, Papa.«

»Ist das wahr, Monsieur?«

Lupo sah die beiden interessiert an.

»Ist das wirklich Ihr Sohn?«

»Diese Hure von seiner Mutter hat uns vor einiger Zeit sitzen lassen. Was wollen Sie, mir ist es lieber, er ist hier, so kann ich ihn wenigstens im Auge behalten. Es gibt so viel Gewalt. Aber wenn Sie lieber für sich bleiben wollen …«

»Ich bitte darum.«

»Selbstverständlich, selbstverständlich. Kapiert, Dédé? Bring ihm einen Wodka als Entschuldigung. Und vielen Dank, Monsieur, das geht aufs Haus.«

Lupo war sprachlos.

Der Transvestit kam auf seinen hohen Absätzen zurückgetrippelt. Das Tablett schwankte, als balancierte er auf hoher, stürmischer See über das Deck eines Schiffes. Er reichte Lupo das Glas und lächelte.

»Armer Papa. Mama war keine Hure. Sie war eine Mystikerin: Ihr gefielen die Priester. Das Beichtgeheimnis. Die Buße. Und als sie hier mit ihnen fertig war, ist sie nach Lourdes gegangen. Rufen Sie mich nur, wenn Sie Ihre Meinung doch noch ändern …«

Lupo seufzte.

Er nippte an seinem Glas.

Und las weiter.

Zweite Richtung

Zum Wald im Osten. In die Champagne. Nicht weit voneinander entfernt liegen Payns, die Geburtsstadt von Hugo von Payns. Und Clairvaux, die Geburtsstadt von Bernard von Clairvaux. Außerdem ist der Wald voller geheimer Pfade, Schlingen und Fallen, die ganz klar der Verteidigung einer sehr wichtigen und kostbaren Sache dienen. Und es gibt viele Spuren von Templerhäusern und viele geografische Namen, die sich auf den Tempel beziehen. Tempelstraße, Tempelbach, Tempelbrücke und so weiter …

Anmerkung: Wenige Briefe, auch hier eher aus Pflicht, denn aus Überzeugung. Eine Recherche, die fast völlig Alain überlassen wurde.

Dritte Richtung

Nach Rennes-le-Château. Und von dort nach Montségur. Während des Kreuzzuges gegen die Albigenser brachten die Katharer den Gral in die unzugänglichen Gewölbe des Schlosses von Munsalvesche, was »sicherer Berg« bedeutet, das heißt Montségur. Zur Bestätigung dieser Vermutung gibt es die Geschichte des deutschen SS-Obersten Otto Rahn und des Nazi-Theoretikers Alfred Rosenberg, der um 1930 herum in Montségur im Namen Hitlers wilde Grabungen durchführte. Zu einem gewissen Zeitpunkt verschwindet Otto Rahn jedoch auf mysteriöse Art.

Anmerkung: Ich werde gänzlich ausgeschlossen. Persönliche Recherchen durch Manuel und die *confrères*, die unter großem Druck stehen. Vor allem Jean Luc und Nathalie. Es entsteht der Eindruck, dass sie aufgrund ihrer Herkunft und ihrer Kenntnisse sicher sind, dass der Gral um 1850 von Montségur weggebracht und den Savoyern anvertraut wurde, die bereits das Grabtuch besaßen.

Der Schlüssel ist gewiss der Kodex von Moncalieri mit der Miniatur von Jean de Berry. Nach der Entdeckung hat man mir in der Tat frei gegeben, das erste Mal seit Jahren. Gott sei Dank …

Sie verspäteten sich.

Lupo sah zum wiederholten Mal auf die Uhr.

Halb zwei.

Das *Bistrot* hatte schon die Rollläden heruntergelassen.

Und aus der Seitentür waren bereits alle Musiker und ein großer Teil der Servierkräfte gekommen. Als er sah, dass auch Dave sich der letzten Gruppe anschloss, begann er, sich Sorgen zu machen.

Er wollte sich nicht zeigen.

Und wollte auch nicht fragen, um sein Spiel nicht aufzudecken. Daher ging er nun immer unruhiger in der Umgebung des Parkplatzes umher und spitzte bei jedem Geräusch die Ohren.

Sie kamen schwatzend herbei. Als sei nichts gewesen.

Als sie ihm begegneten, taten sie so, als würden sie ihn nicht kennen.

Und als sie an ihm vorbei gingen, machten sie ihm ein unmerkliches Zeichen, dass er sich versteckt halten sollte, bis sie zurückkehrten.

Lupo gehorchte.

Von der Neugierde geplagt.

Als sie endlich wieder auftauchten, nahm sich Elsie keine Zeit für Erklärungen.

»*Come on!* Fahren wir weg von hier. Wir sprechen später.«

Beim Denkmal von Paul Riquet bedeutete Betty ihm anzuhalten. Die ganze Zeit über hatten die beiden die Straße im Auge behalten. Was auch immer der Grund gewesen sein mochte, jetzt fühlten sie sich offenbar in Sicherheit.

»Also. Was zum Teufel geht hier vor?«

Die beiden Witwen schienen diesen Augenblick sehr auszukosten. Und sie waren vor allem über Lupos Besorgnis sehr amüsiert.

Schließlich beschlossen sie, dass es nun an der Zeit war, ihm ihr Geheimnis zu verraten. Unter der Bedingung jedoch, dass sie es auf ihre eigene Art erzählen wollten, um ihr Vergnügen über seine Ungeduld voll und ganz auskosten zu können. Es war ihnen durchaus bewusst, dass er kurz davor stand, sie zu erwürgen.

Elsie begann.

»Alles wie Plan: Dave … Klammer auf: wirklich sympathische Mensch dafür, dass schottische Bastard … Als du weg bist, er kommt an unsere Tisch zurück. Sagt, du bist italienische Polizist, der klebt, wie Papier für Fliegen.«

»Ich dachte Schlimmeres.«

»Aber nicht so schlecht, denn du kannst zuhören. Unglaubliche Sache für eine Polizist, der immer überall Nase hat und immer alles weiß …«

»Können wir nicht diesen Teil weglassen?«

»*Absolutely not.* Bericht ist Bericht.«

»Ich flehe euch an!«

Kurz gesagt, hatte sich Folgendes abgespielt:

Während die *Harris Punchos* eine Pause machten, hatte Dave den Sänger hergerufen, damit er sich auf ein Bier zu ihnen gesellte. Und dieser hatte Betty und Elsie beigebracht, wie man in die Hände klatscht, wenn man einen Flamenco begleiten will.

Doch sie waren von Thérèse unterbrochen worden.

Lupo fuhr auf.

»Thérèse? War sie allein?«

»Nein. Sie war mit *mister*, Dave nennt ihn Habou.«

»Was wollten sie?«

»Wir wissen nicht. Denn sofort Dave bringt sie weg. Und sie schauen uns nicht einmal an. Nur hören das Wort ›Lupo‹. Also wir gehen raus, um dir zu sagen. Aber du bist nicht da. Als wir entscheiden, was wir tun, Thérèse und Habou kommen heraus und gehen Straße entlang.«

»Und ihr?«

»Wir folgen. *Two old ladies* auf Straße keinem Angst machen. Nach zwei Ecken gehen sie in ein Haus.«

»Habt ihr die Adresse?«

»Natürlich. Länger als eine Stunde warten. Deswegen spät. Sie sind immer noch drin. Aber können immer herauskommen. Deswegen riskieren wir nicht, dass sie uns sehen zusammen mit dir. Okay?«

»Ihr seid zwei Engel. Wartet hier auf mich.«

»O nein, lieber italienische Mann. Du gehst jetzt dorthin. Wir gehen mit dir.«

Lupo schnaubte.

Er wollte freie Hand haben.

Doch zugleich wollte er sich diese Gelegenheit, die sich vielleicht nie mehr ergeben würde, nicht entgehen lassen. Betty und Elsie hatten soeben den Unterschlupf Hassans entdeckt.

Dessen war er sich sicher.

Lupo ging um die Ecke.

Das Haus war ein schmaler rostfarbener Strich.

Eine Art Lesezeichen zwischen dem abgebröckelten grauen Putz der Häuser, die aneinanderlehnten wie staubige Bücher in einer alten Bibliothek. Drei Stockwerke, drei Zimmer.

Eine Treppe hielt sie zusammen.

Eine winzige Tür, die direkt ins erste Zimmer führte.

Ein einziger Bewohner.

Es brannte kein Licht.

Lupo schüttelte den Kopf.

Sie hatten zu viel Zeit verloren.

Thérèse und Haboudiffa waren schon gegangen.

Er würde sie nicht auf frischer Tat ertappen.

Doch er hatte keine Lust, zwei armen Witwen, die von diesem unerwarteten Abenteuer ganz elektrisiert waren, die Schuld zu geben. Wenn sie ihm gleich erzählt hätten, wie die Dinge standen, anstatt ein solches Theater zu veranstalten, müssten sie jetzt nicht hier stehen und sich fragen, was sie nun tun sollten.

»Warum du nicht klingelst?«

»Weil sie sicher ein Signal haben, das ich nicht kenne.«

»Du wartest …«

Und ohne dass Lupo es verhindern konnte, klopfte Elsie dreimal kräftig an die Tür und flüsterte, um ihren Akzent zu verbergen, mit gedämpfter Stimme den Namen Thérèse.

Ganz unerwartet öffnete sich die Tür.

Und die Engländerin sprang geistesgegenwärtig hinein und nutzte die Verblüffung Hassans, dass er vor sich eine Frau hatte, die nicht die Erwartete war.

Der Commissario folgte ihr.

Das Zimmer war ein ärmliches Lager.

Ein Klapptisch, vier Campingstühle, eine Luftmatratze und ein Schlafsack, zwei oder drei Plastiktüten mit Vorräten, die an einer Wand lehnten, eine Flasche Coca-Cola ohne Verschluss und eine Ansammlung von Tablettenblistern mit Maalox und Alka Seltzer, die hier und dort herumlagen.

»Haben Sie Verdauungsprobleme, Hassan? Ist das Restaurant nicht gut?«

Der Marokkaner sah ihn ohne Groll an.

Er zuckte nur die Schultern.

»Sind Sie der italienische Commissario?«

»Ja, der, mit dem Sie nie hätten reden dürfen?«

»Und die, wer sind die?«

»Meine Sekretärinnen.«

Hassans Lippen kräuselten sich zu einem gezwungenen Lächeln.

Aber immerhin ein Lächeln.

Er sah krank aus, mit hohlen Wangen, langem Bart, großen dunklen Ringen unter den tränenden Augen. Er konnte nicht viel mehr als fünfzig Kilo wiegen, und das Unglück sprach aus seinem Blick.

»Eigentlich bin ich froh, dass Sie mich gefunden haben. Jetzt ist es wenigstens zu Ende. Und dann bin ich quitt: Die beiden, Thérèse und Habou, haben Sie hierhergeführt.«

Lupo verstummte.

Er hatte alles erwartet.

Aber nicht diese Reaktion.

Noch zweifelnd suchte er nach einer Bestätigung.

»Soll das heißen, dass Sie auf alle meine Fragen antworten? Dass Sie mir die Wahrheit sagen werden?«

»Ja. Ich habe es satt, zwischen Hammer und Amboss zu liegen. Sehen Sie nur, was aus mir geworden ist. Die können mich alle mal. Dann komme, was kommen soll.«

»Geben Sie mir eine Kostprobe.«

»Jetzt und gratis? In Ordnung. Thérèse hat mir gesagt,

dass Sie das Testament von Manuel gefunden haben. Richtig?«

»Richtig.«

»Erinnern Sie sich an die ›zweite Quelle‹? Die, falls Manuel eines nicht natürlichen Todes sterben sollte, den Mörder benennen sollte?«

»Natürlich.«

»Nun, diese Quelle bin ich.«

Lupo war sprachlos.

Die Dinge, die sich bisher im Zeitlupentempo entwickelt hatten, nahmen jetzt eine atemberaubende Geschwindigkeit an. Und nachdem er so lange im Leeren umhergetastet hatte, sah er endlich den Anfang des Fadens.

Er versuchte sofort, ihn zu packen zu bekommen.

»Wer weiß noch davon?«

»Keiner. Nur Sie, Commissario.«

»Und Thérèse? Und Haboudiffa?«

»Die am allerwenigsten.«

»Warum?«

»Sie sind der Amboss.«

»Aber der Hammer ist tot…«

»Für mich nicht. Er schlägt noch aus dem Grab heraus und droht, mich zu zerquetschen.«

»Auf welche Weise?«

»Genauso, wie er mich gezwungen hat, für ihn den Maulwurf zu spielen: mit meinem Sohn. Er ist querschnittsgelähmt, vom Hals abwärts, und einem guten Vater reicht das Geld nie. Die Schlinge, in die ich meinen Kopf gesteckt habe, lässt sich nur lösen, wenn das Testament verlesen wird.«

»Also, warum reden Sie dann mit mir?«

»Weil ich müde bin. Weil ich meinen Kleinen seit Wochen nicht gesehen habe.

Und weil Sie der einzige Minenexperte sind, dem ich mich anvertrauen kann. Hier sind mehr oder weniger alle darin verwickelt.«

»Wer ist der Mörder?«

»Die Sendung muss mit unversehrten Siegeln dem Notar übergeben werden.«

»Haben Sie sie hier?«

»Sie machen wohl Witze?«

»Aber wissen Sie, wer es ist?«

»Ich weiß, wen Manuel genannt hat. Aber ich kenne weder das Motiv noch den Tathergang.«

»Haben Sie es Thérèse gesagt?«

»Und hat Thérèse Ihnen gesagt, dass sie von Manuels Versteck wusste und von dem, was sich darin befindet? Und dass auch Haboudiffa es wusste?«

»Nein.«

»Dann hat sich die Frage von selbst beantwortet.«

»Also los: Wen benennt Manuel zur Absicherung als seinen Mörder?«

»Nicht eine Person. Sondern zwei Paare: Jean-Luc und Nathalie. Und François und Bernard. Die einen oder die anderen. Manuel lachte über sie und nannte sie *Commando perdu* kurz vor dem Exitus. Aber im Grunde fürchtete er nur Papou. Er war es, der die Befehle gab. Und er war es, der im Falle des Falles auf den Knopf gedrückt hätte.«

Lupo seufzte.

Diese Beichte eröffnete einige beunruhigende Szenarien.

Die vor nur einer Minute undenkbar gewesen waren.

Es war ein Glück, dass er Elsie und Betty dabeihatte. Er hätte sich keine besseren Zeugen wünschen können. Zwei Zuschauerinnen, die völlig außerhalb und über allen Parteien standen. Die unangreifbar waren.

»Jetzt müssen Sie mir aber alles erzählen. Von Anfang an. Wenn Sie wollen, dass ich Ihnen helfe, muss ich verstehen. Sie dürfen nicht einmal ein Komma auslassen. Klar?«

Hassan sah ihn aufmerksam an.

Um zu begreifen, inwieweit er ihm trauen konnte.

Er trank gierig einen Schluck Cola.

Und wischte sich den Mund mit dem Ärmel seines Hemdes ab.

Dann nickte er und deutete auf die Stühle.

»Das ist nicht in fünf Minuten erledigt.«

Auch Lupo musterte ihn eingehend.

In Hassan ging eine unmerkliche Veränderung vor.

Die Härte seines Gesichtsausdrucks, die Abruptheit seiner Gesten und die Intensität seines Blickes nahmen eine uralte Identität an: die des Polizisten. Des Mannes, der hinter die Fragen blicken konnte.

Der Beweise zerpflückte.

Der wusste, wann der Moment gekommen war, in dem man mit der wirklichen Partie beginnen musste.

Er zeigte mit dem Finger auf Lupo.

»Sie zählen hier gar nichts. Sie können niemanden festnehmen, Sie können nicht drohen. Sie haben keine Macht. Sie sind nur ein Berater. Einer, den Haboudiffa, wenn er die Schnauze voll hat, heimschicken kann. Es gibt keine scheißinternationale Zusammenarbeit, die etwas taugt.«

»Mache ich vielleicht den Eindruck eines armen Würstchens, das sich nicht verteidigen kann?«

»Im Gegenteil: Dass Sie diese beiden ›Sekretärinnen‹ angestellt haben, war ein genialer Schachzug. Sie werfen mir ein Seil zu, ich halte mich daran fest. Wenn Sie aber fallen, ertrinke ich. Und mit mir mein Sohn. Habe ich mich klar ausgedrückt?«

»Sehr klar.«

Hassan seufzte.

Er konzentrierte sich einen Augenblick.

»Ich muss vorausschicken, dass ich mich verkauft habe. Sie haben kapiert, warum. Aber in diesem Fall war es nicht Manuel, der die Dinge erzwungen hat. Ich habe mich angeboten. Ich war verzweifelt. Er hatte Geld. Und er suchte schon lange einen Spitzel bei der Polizei. Ich wusste, dass er es versucht hatte.«

»Bei wem?«

»Sowohl bei Thérèse als auch bei Haboudiffa.«

»Mit welchem Ergebnis?«

»Ohne Ergebnis, da er mich ja sofort genommen hat. Er musste aber eine ganz schöne Menge Scheiße zusammengekratzt haben, die auf Haboudiffas Konto ging. Habou ist hier nicht gern gesehen. Tonton ist hier der Afrikaner: einer, den der Präfekt höchstens als Verkehrspolizisten sehen möchte. Weswegen er bereit wäre, ihn in der ersten Kurve entgleisen zu lassen.«

»Daher musste er alles, was Manuel in der Hand hatte, fürchten.«

»Genau.«

»Kommen wir zum Wesentlichen.«

»Das Wesentliche wird in zwei Zügen gespielt. Erstens: Anfang April entdecke ich, dass Thérèse enge Beziehungen zur Leiterin des Ägyptischen Museums in Turin unterhält. Ich fange eine E-Mail ab, die so ungefähr besagt: ›Sie sollten mich bitten, mich dieser Gruppe von Isis-Anhängern anzuschließen … Sagen Sie, dass Sie das Gefühl haben, in dieser Gruppe würde ein Verbrechen geplant. Dass Sie einen gewissen Manuel Hibanez verdächtigen …‹«

»Und der zweite Zug?«

»Die Caccia antwortet innerhalb einer Stunde: ›Einverstanden. Eine Frage: Dieser Hibanez hatte mich gebeten, ihn dem Direktor des Städtischen Museums vorzustellen, damit dieser ihm eine Privatbesichtigung von ich weiß nicht mehr was gewährt. Muss ich auch ihn warnen?‹«

Lupo seufzte.

Er hatte dieses Detail völlig verdrängt.

Doch jetzt erinnerte er sich wieder daran.

Francesca Caccia hatte davon mit einer gewissen Sorge erzählt.

Doch in jenem Augenblick war seine Konzentration auf ganz andere Dinge gerichtet gewesen. Und diese Information war ihm in diesem Chaos von Dingen, die er wahrgenommen, jedoch nicht aufgenommen hatte, einfach entglitten.

»Wie haben Sie sich Zugang zum Computer von Thérèse verschafft?«

»Keinerlei Magie. Wir schicken unsere täglichen Berichte per E-Mail herum, so sind alle Beteiligten über den Stand der Ermittlung informiert. Das Backup wird automatisch gemacht. Man muss nur im Zentralarchiv suchen. Wenn man nicht will, dass die private Post gelesen wird, muss man sie eben von zu Hause aus schreiben.«

»Also hatte Thérèse nicht vor, geheim zu agieren?«

»Nein. Vor allem, wenn der Organisator dein Chef ist.«

Lupo bemerkte die deutliche Verachtung in Hassans Stimme.

Doch im Augenblick notierte er sich dieses Detail nur.

Er beschloss, ihn weitersprechen zu lassen, damit er nicht den Faden verlor. Sie würden schon noch die Zeit haben, darauf zurückzukommen.

»Also, Sie warnen Manuel vor dieser Falle. Und er fängt gleich an, sowohl die Caccia als auch Haboudiffa zu bedrohen, damit sie die Hände davon lassen.«

»Das weiß ich nicht. Ich weiß nur, dass mich Manuel

zwei Tage später zu sich ruft. Er hat einen Plan ausgearbeitet. Und ich bin sein Bauer in vorderster Linie...«

Lupo stoppte das Auto vor den Booten.

Elsie und Betty luden ihn zu einem Abschiedstrunk ein.

Er nahm an.

Sie brannten darauf, die Ereignisse des Abends zu besprechen. Für sie war es ein großes Abenteuer gewesen.

Und sie waren immer noch aufgedreht.

Doch bei Hassan hatten sie sehr große Zurückhaltung bewiesen. Sie hatten sich darauf beschränkt, still zuzuhören, ohne sich einzuschalten. Ihre Rolle war ihnen bewusst gewesen.

Doch jetzt mussten sie literweise Adrenalin abbauen.

Und Lupo hatte das Gefühl, die noch frischen Eindrücke Revue passieren lassen zu müssen.

Bevor der Schlaf Gefühle und Eindrücke verblassen ließ.

Betty stellte sich an den Herd.

Sie machte Tee, als sei es fünf Uhr nachmittags.

Und Elsie kramte im Barschrank herum. Am Ende tauchte sie triumphierend mit einer Flasche *quetsche* auf, einem Pflaumenschnaps, den sie in der Gegend von Bordeaux gekauft hatten.

»Los, Gläser her!«

Dann gab es Kekse, *plum-cake*, zwei Eier mit Wurst und *spaghetti aglio, olio e peperoncino*. Sie blieben praktisch die ganze Nacht auf. Und als der Morgen graute, sahen sie alles viel klarer.

Das Ganze hatte sich so abgespielt.

Manuel hatte Hassan an seinem üblichen Tisch empfangen.

»Wie geht es deinem Sohn?«

»Sie sagen mir immer, es gäbe da eine Klinik in Amsterdam…«

»Keine Sorge. Nach diesem kleinen Auftrag wird dich nichts mehr daran hindern, ihn dorthin zu bringen.«

»Gut, bringen wir es hinter uns: Was soll ich tun?«

»Ein bisschen deine Haut riskieren. Aber nur ein bisschen. Bluff und Gegenbluff. Um uns die Neugierigen vom Leib zu halten. Ich bin gerade dabei, ein äußerst wichtiges Dokument in die Hände zu bekommen. Da darf nichts schiefgehen. Mein Leben lang arbeite ich daran.«

Der Plan war nicht kompliziert.

Hassan sollte Haboudiffa sagen, dass er ins *Bistrot* gegangen sei, um Manuel zu vernehmen, weil ihm ein Informant geflüstert habe, dass dieser in Moncalieri ein großes Ding plane.

Er habe von einem gewissen Kodex des Duc de Berry gehört, der in der Bibliothek aufbewahrt werde. Mit einem ganz wichtigen Hinweis auf den Gral.

Dass Manuel auf der Jagd nach dem Kelch war, war für niemanden ein Geheimnis. Doch mittlerweile glaubten alle, das sei nur ein Vorwand, hinter dem er seine zahllosen Geschäfte verbarg.

Dies sei jedoch eine hervorragende Gelegenheit, ihn endgültig zu fassen zu kriegen. Es gäbe einen anderen Maghrebiner, Muhammad, der die Fäden zöge und der für seine Dienste dreißigtausend Euro erwarte.

Die Abwicklung werde innerhalb der nächsten Tage stattfinden.

Der Informant sei einer, dem man trauen könne.

In der Vergangenheit habe er immer gute Informationen übermittelt.

Daher sei er zu Manuel gegangen, um ihn auszuhorchen.

Er sei sehr vorsichtig gewesen, um seinen Verdacht nicht zu erregen. Und es sei ihm gelungen, die Bestätigung zu erhalten, dass Manuel für einige Tage verreisen würde.

Der Köder hatte funktioniert.

Es war in der Tat Tonton selbst, der ihn nach einem Gespräch unter sechs Augen – mit ihm und Thérèse – gebeten hatte, Manuel nach Moncalieri zu folgen. Zu versuchen, Muhammad aufzutreiben. Und in Erfahrung zu bringen, was da passieren sollte.

Doch erst jetzt sollte der riskante Teil folgen.

In der Regieanweisung, die Manuel für ihn vorbereitet hatte, musste Hassan sich tatsächlich auf dem Boden liegend finden lassen, unter einer Laterne, mit einer Spritze im Arm, um so zu tun, als habe er eine Überdosis gespritzt bekommen.

Muhammad sollte ihn *zufällig* retten.

Er sollte ihn sofort in das Therapiezentrum bringen, wo er seit Jahren arbeitete. Sicherlich würde Michele Salvini seine Taschen durchsuchen, er würde entdecken, dass er ein *flic* war, und würde seine Vorgesetzten verständigen.

Gleichzeitig würde sich Manuel entgegen jeder Erwartung nicht von Béziers wegbewegen. Er würde sich auch nirgendwo blicken lassen. Doch er würde es so anstellen, dass er für die ganze Zeit ein Alibi hätte.

An dem Tag, der für die Geschichte mit der Überdosis vorgesehen war, würde er sich demonstrativ wieder zeigen. Er würde sich fröhlich und lächelnd geben. Vor allem Thérèse und Habou gegenüber.

Damit würde er eine sehr deutliche Botschaft vermitteln.

Lasst mich in Frieden.

Ich mache keinen Spaß.

Ich kann euch ruinieren, wann immer ich will.

So wie ich es mit Hassan gemacht habe.

Die wirklichen Schwierigkeiten waren aufgetreten, als Hassan versuchte, seinen Kopf aus der Schlinge zu ziehen, bevor es zu der Szene mit der Spritze kam.

Diese ganze Sache stank kilometerweit. Man brauchte kein Polizist zu sein, um das zu begreifen.

Und sein Spürsinn sagte ihm, dass an diesem Spiel mit den Spiegeln wesentlich mehr dran sein musste, als das, was Manuel ihm verraten hatte. Wenn es ihm gelänge zu entdecken, worum es sich handelte, hätte er ein wirksames Gegenmittel gegen das Gift gefunden.

So hatte er die Bibliothek aufgesucht.

Er hatte entdeckt, dass der Kodex kaum eine Woche zuvor gestohlen worden war. Und dass Manuel persönlich ihn noch vor dem Diebstahl gesehen hatte.

Dann war da die Geschichte mit der Examensarbeit der jungen Frau aus dem Valle di Susa. Dieselbe, von der auch De Mattia gesprochen hatte. Von der Manuel jedoch nichts wusste.

An diesem Punkt war Hassan überzeugt gewesen, eine Information in die Hände bekommen zu haben, die Gold wert sein konnte. Alles hing davon ab, so sagte ihm sein Instinkt, dass der Dieb nicht Manuel war.

Es gab nur eine Möglichkeit, sich dessen zu vergewissern.

Ihn anzurufen …

Und am Telefon war Manuels Erstaunen echt gewesen.

Manuel wusste nichts von dem Diebstahl und nichts von der Arbeit.

Es hatte ein langes Schweigen geherrscht. So dass Hassan geglaubt hatte, die Verbindung sei unterbrochen worden. Dann hatte Manuel ihm gesagt, er solle nach einer halben Stunde nochmals anrufen. Dann würde er ihm weitere Instruktionen geben. Wenn er diese sorgfältig ausführe, dann winke ihm die Freiheit. Und ein schöner Batzen Geld.

Hassan hatte erleichtert aufgeatmet.

Er konnte in diesen Zerrspiegeln nichts erkennen.

Aber offenbar wusste Manuel ganz genau, was da gerade geschah. Die Instruktionen waren klar, wenn auch gänzlich unerwartet. Keine Änderung des Plans.

Nur ein Zusatz.

Seine Versicherungspolice.

Manuel hatte mit düsterer Stimme zu sprechen begonnen.

»Hör gut zu, Hassan. Die wollen mich kaltmachen. Aber wenn es ihnen gelingt, dann muss alles so weitergehen, als wäre ich noch am Leben. Für sie wird es schlimmer sein als die Verdammnis.«

»Ich verstehe nicht. Wer will dich töten?«

»Jean-Luc. Er wird zusammen mit Nathalie handeln. Oder er lässt die beiden Schwulen los. Doch ich habe nicht die geringste Absicht, sie einfach agieren zu lassen.«

»Warum zeigst du sie nicht an?«

»Du bist der einzige Polizist, der mir zuhört. Thérèse und Tonton würden einfach wegschauen. Und das will ich verhindern. Deswegen wirst du der Einzige sein, der sauber aus der Sache hervorgeht. Und reich. Dein Sohn wird nur das Beste bekommen.«

Hassan seufzte.

Es war ihm nicht klar, ob dies nur die Wahnvorstellungen eines niederträchtigen Menschen waren, der viele Feinde hatte. Oder ob Manuel begriffen hatte, dass er wirklich an einem Punkt angekommen war, von dem es kein Zurück mehr gab.

»Warum sollte Papou dich tot sehen wollen?«

Jetzt war es Manuel, der seufzte.

Es war klar, dass er ihm nur das Notwendigste erzählen würde.

Und nur, wenn er sich seiner Treue sicher war.

Geld war ein hervorragender Ansporn. Doch das sichere Gefängnis, wenn er nicht gehorchte, würde die wirkliche Garantie sein.

»Hör zu und nimm's mir nicht übel. Ich werde meinem Anwalt einen Brief geben – es ist sinnlos, nach ihm zu suchen, er ist Ausländer. Genau einen Monat nach meiner eventuellen Ermordung wird er ihn dir geben. Aber nur, wenn du meine Anweisungen ausgeführt hast.«

»Andernfalls?«

»Wird er zur Staatsanwaltschaft gehen. Dort werden unsere tadellosen Beziehungen dokumentiert sein. Die Alternative ist also die zwischen einem guten Leben und dem Ruin. Das hängt von dir ab. Das alles wird jedenfalls nicht später als bis zum ersten Juni geschehen. Danach bist du auf alle Fälle frei.«

»Warum genau der erste Juni?«

»Ich sehe, dass du keine Zeit mit sinnlosem Gejammer vertust.«

»Indem ich den Spitzel für dich gespielt habe, ist es doch klar, dass ich mich selbst in die Sache hineingeritten habe. Aber warum gerade dieses Datum?«

Manuel entschied, dass es an diesem Punkt nun keine Zweifel mehr gab. Und dass Hassan ihn nie hintergehen würde.

Es sei denn, er wollte Selbstmord begehen.

»An diesem Tag werde ich meinen Gral erhalten. Danach ist nichts mehr wichtig.«

Langes Schweigen breitete sich aus.

Dann sprach Manuel weiter.

»Ich werde dir einen Umschlag schicken. Den musst du mit unversehrten Siegeln zu meinem Notar bringen, wenn er dich zu sich bittet. Das ist meine einzige Bedingung. Danach wirst du nichts mehr von mir hören. Ich werde aus Béziers verschwinden. Tot oder lebendig.«

»Wohin schickst du ihn mir?«

»An einen Ort, wo nur du ihn finden kannst. Du wirst von selbst darauf kommen, wenn du an den Tag unserer ersten Begegnung denkst...«

Danach hatten sich die Dinge überstürzt.

Muhammad legte ihn herein.

Die Dosis Heroin, die er ihm verpasste, war nicht die geringe Menge, die ausreichte, um die Komödie weiterzuspielen.

Er hatte wirklich eine Überdosis gespritzt bekommen.

Auch wenn er, wie geplant, gerettet wurde.

Hassan blieb der Zweifel, ob dies nicht von Anfang an so vorgesehen war.

Er brauchte lange, um wieder auf die Beine zu kommen.

Dann wurde er wieder nach Béziers gebracht, gewissermaßen von Haboudiffa entführt.

Zuerst das Krankenhaus.

Dann dieser Unterschlupf.

Er erzählte ihm seine Geschichte. Die, die er mit Manuel abgesprochen hatte. Und er veränderte kein Komma, trotz des unerwarteten Risikos, das er jetzt einging.

Doch Thérèse ging ihn fast brutal an, denn sie glaubte ihm nicht.

Sie beschuldigte ihn, ein doppeltes Spiel zu spielen.

Nichts von dem, was er angekündigt habe, habe sich bewahrheitet.

Sie wollte unter allen Umständen den Namen seines Informanten wissen. Sie setzte ihn unter Druck.

»Solange du es uns nicht sagst, so lange bin ich mir sicher, dass du uns getäuscht hast. Warum? Worüber? Ist dir nicht klar, dass du die Person deckst, die versucht hat, dich zu töten? Wird er es auch bei uns versuchen? Was ist das für eine Geschichte mit den dreißigtausend Euro?«

Eine Weile flüchtete er sich in ein beleidigtes Schweigen.

Doch sie machte unbeirrt weiter.

»Warum ist der Kodex gestohlen worden? Von wem? Wie hast du diese letzte Operation deines Sohnes bezahlen können, die, welch ein Zufall, genau dreißigtausend Euro gekostet hat? An dem Tag, an dem du aus diesem Versteck fliehst, zeigen wir dich an. Es gibt genug, um dich unehrenhaft zu entlassen.«

Tag um Tag Verhöre.

Immer deutlichere Drohungen.

Verachtung.

Er hatte den Eindruck, dass Thérèse und Habou auf irgendeine Weise alles wüssten. Aber dass sie eine Bestätigung wollten.

Doch er gab nicht nach.

Indem er sich hinter seiner offensichtlichen Schwäche versteckte. Hinter seiner angegriffenen Gesundheit, die sich nicht bessern wollte. Hinter seinem Grauen. Hinter dem Bild seines Sohnes, der plötzlich aller Hoffnung beraubt war.

Hassan hatte ihn, nachdem Selima nicht mehr nach Hause zurückgekommen war und sie beide und dieses immer schon verhasste Frankreich verlassen hatte, einer alten Tante anvertraut. Und er hatte ihn seit Wochen nicht gesehen.

Doch er hielt durch.

Zwischen Hammer und Amboss.

Wobei ihn immer wieder Panikwellen überkamen, die ihn seit der Nachricht von Manuels Ermordung überrollten, zu jeder Stunde in der Nacht und am Tag.

Mittlerweile war er allein.

Einem mysteriösen Brief ausgeliefert.

Und einem unaufschiebbaren Datum.

Das aber war sein einziger Ausweg.

In der Zwischenzeit musste er gegen die Stille ankämpfen.

Solange er nichts sagte, konnte die Zeit weiterlaufen, und ihn diesem schicksalhaften ersten Juni immer näher bringen.

Dann waren seine Kerkermeister mit Lupo im Schlepptau aufgetaucht.

Und Hassan sah in ihm, einem absolut Außenstehenden ohne jegliche Macht, eine Art Hebel, den er in dieses fürchterliche Räderwerk schieben konnte, das ihn zu zermalmen drohte. Vielleicht würde er deswegen in der kommenden Nacht endlich nach langer Zeit schlafen können.

Es kam vom Deck.

Lupo wurde von einem leichten Scharren geweckt. Da ging jemand, ohne sich darum zu scheren, ob er gehört wurde oder nicht.

Es war Thérèse.

Sie hatte eine weiße Tüte voller Croissants, die frisch aus dem Ofen kamen, in der Hand. Sie kam zu ihm. Fuhr ihm durch die Haare. Gab ihm einen schwesterlichen Kuss auf die Wange. Dann ging sie in die Küche, um Kaffee zu machen.

Alles, ohne ein Wort zu sprechen.

Der Commissario beobachtete sie schweigend.

Dann sah er auf die Uhr: Es war fast acht.

Er hatte nicht mehr als drei Stunden geschlafen, doch seltsamerweise fühlte er sich fit, und er war aufgeregt, weil er Greta erwartete. Der Wecker hätte ohnehin zehn Minuten später geläutet, denn er hatte noch einiges vor ihrer Ankunft am Abend vor.

»Du hast also Dave einen Besuch abgestattet?«

»Ja. Woher weißt du das?«

»Ich war sicher, dass du zu ihm gehen würdest. Daher habe ich im *Bistrot* vorbeigeschaut. Aber du warst schon weg.«

»Und was hast du zu dieser Zeit in der Stadt getan?«

»Ich habe mit Habou gesprochen. Ich musste ihm alles von meiner Fahrt nach Montségur erzählen. Und wir mussten überlegen, an welchem Punkt wir stehen.«

»Ach übrigens, wann kommt Hassan eigentlich zurück?«

Thérèse hielt einen Moment inne, mit der Kaffeekanne in der Hand.

Lupo war aufgestanden, hatte sich an den Tisch gesetzt und studierte nun aufmerksam ihre Reaktion. Sie nahm die Bewegung sofort wieder auf, goss den Kaffee in die Tassen und lächelte ihn an.

»Ich sage dir die Wahrheit. Ich will nicht, dass du mit ihm sprichst. Er ist ein Nestbeschmutzer. Er hat uns getäuscht, er hat sich an Manuel verkauft. Und es ist klar, dass er einem Drehbuch folgt. Ich will nicht das Risiko eingehen, dass du auf ihn hereinfällst.«

»Ich bin erwachsen, meinst du nicht auch? Fähig zu differenzieren.«

»Wirklich? Warum bist du dann sicher, dass es Papou war? Siehst du, Hassan tut mir auf der einen Seite leid, weil er es für seinen Sohn getan hat, der krank ist und ihn einen Haufen Geld kostet. Auf der anderen Seite hasse ich ihn: Manuel hat jede unserer Aktionen immer schon im Voraus gewusst.«

»Und warum zeigst du ihn nicht an und fertig?«

»Ich bin mir sicher, habe aber keine Beweise.«

»Seit wann verdächtigst du ihn?«

»Seit dem Moment, an dem er mir das Märchen von dem Tipp über Manuel erzählt hat. Aber glaubst du wirklich, dass einer wie er, der kurz davor ist, den Kelch in die Hände zu bekommen, mit einem armen Schlucker wie Hassan über den Kodex, den Gral und dreißigtausend Euro spricht?«

»Warum nicht?«

Thérèse zuckte die Schultern.

Sie brachte ein Croissant zum Mund.

Biss ein Stück davon ab. Und wischte sich sorgfältig die Krümel aus den Mundwinkeln. Dann streckte sie die Hand aus und strich ihm über die Wange. Wie es eine Mutter tut, um ihr trotziges Kind zu liebkosen.

»Komm schon, so naiv bist du nicht. Was glaubst du, was ich in Turin gemacht habe, als ich mich von der Caccia habe einladen lassen?«

»Sag du's mir.«

»Ich bin im Ägyptischen Museum gewesen, in Moncalieri, im Stadtmuseum, bei Don Michele Salvini. In Klammern: Ich bin es gewesen, die veranlasst hat, dass Hassan im Krankenwagen nach Hause gebracht wird. Und weißt du, was ich entdeckt habe?«

»Lass hören…«

»Dass die Geschichte mit dem doppelten Februar den Wissenschaftlern sehr wohl bekannt ist. Dass daran überhaupt nichts Mysteriöses ist. Dass Manuel uns ganz schön an der Nase herumgeführt hat.«

»Aber warum?«

»Um uns von seinem wirklichen Ziel abzulenken, indem er uns auf eine falsche Spur gelockt hat. Einen Köder, den wir voll und ganz geschluckt haben, Angelrute mit inbegriffen.«

»Und wenn doch alles nur Betrug war, warum hat dann jemand den Kodex gestohlen?«

Thérèse zuckte wieder mit den Schultern.

»Ich kann dir nur eines garantieren: Wenn du deinen De Mattia anrufst, wird er dir sagen, dass die Bibliothek auf der Post ein Päckchen abholen muss. Darauf steht geschrieben ›Wertvolles Manuskript‹.«

»Teufel noch mal! Du hast es gestohlen ...«

»Würdest du jemals so etwas zugeben?«

Danach stand Thérèse plötzlich auf.

Und küsste ihn.

»Ein wichtiger Tag heute: Du findest deine Frau wieder. Und ich meinen Vater. Was für ein schöner Zufall, nicht wahr?«

»Thierry? Kommt er etwa auch?«

Thérèse seufzte.

Sie streichelte ihn wieder. Zärtlich.

»Nein, ich fahre zu ihm. Darüber habe ich gestern Abend mit Haboudiffa gesprochen. Dein französisches Mädchen fährt für eine Weile weg. Ich wollte mich nur verabschieden. Es war schön ...«

»Aber warum?«

»Abgesehen von deiner Frau?«

»Hör auf: Das ist sicherlich nicht der Grund.«

»Weil du nur einen Schritt von der Lösung entfernt bist. Und ich will nicht hier sein, wenn du Papou oder einen anderen meiner Familie beschuldigst. Das würde mir das Herz brechen. Wenn du mich brauchst, frage Arlette. Sie wird immer wissen, wo sie mich erreichen kann. Ciao, alter italienischer Lupo. Pass auf deine Frau auf. Sie hat Glück, jemanden wie dich an ihrer Seite zu haben. Das Mobilhome ist bereit…«

Lupo drückte sie an sich.

Und sie verlor sich in seinen Armen.

Sie war aufgewühlt. Tränen liefen ihr übers Gesicht.

Auch Lupo hatte einen Kloß im Hals.

Sie sprachen eine ganze Weile nichts. Dann löste sich die Traurigkeit auf. Und so standen sie da. Zwei erwachsene Menschen, die sich bewusst waren, dass sie das Glück erlebt hatten, sich getroffen und einander gefallen zu haben. Es war so schwierig, in dieser Welt noch jemanden zu finden, der einen im Innersten berührte…

Schließlich machte sich Lupo los und sah ihr in die Augen.

»Du hast die ganze Zeit gewusst, dass du fortgehen würdest…«

»Nein. Ich habe die ganze Zeit gewusst, dass ich es nicht schaffen würde, bis ganz ans Ende zu gehen. Deshalb habe ich dich gewollt. Das habe ich kapiert, als ich dein Foto in dieser Zeitschrift gesehen habe…«

Lupo kam nach Le Monde Perdu.

Und traf Papou auf dem Platz vor dem Tor.

Er begriff sofort: Papou war extra seinetwegen hier.

Doch er war überrascht, ihn so zu sehen.

Er schien ein anderer Mensch geworden zu sein, in einer unglaublichen körperlichen Verfassung.

Er saß auf Arlettes Fahrrad. Und es schien, als würde er es bändigen wie ein feuriges Schlachtross. Aufbäumen, Bremsmanöver, Reifenquietschen, Kettenscheppern. Das ganze Repertoire eines zwölfjährigen Jungen. Auf dem Gesicht derselbe glückliche und feixende Ausdruck.

Nach einer letzten Figur stieg Papou vom Sattel und lehnte sein Stahlross gegen die Mauer. Dann setzte er sich keuchend auf die Bank neben der Schranke. Er trank einen Schluck Wasser. Wischte sich den Schweiß ab und lächelte ihn an.

»Es ist wie das Laufen, wenn man es einmal gelernt hat, vergisst man es nicht mehr. Nicht einmal, wenn man blind ist.«

Lupo nickte.

Er erholte sich nur langsam von der Überraschung.

Doch er sagte nichts dazu. Er ließ das Schweigen arbeiten.

»Schon lange nichts mehr voneinander gehört. Wie läuft's denn so?«

»Es muss Sie ganz schön was kosten, so banal zu erscheinen.«

»Sie haben Recht. Einverstanden. Ich habe Sie erwartet. Und als ich Ihr Auto in der Ferne gehört habe, habe ich meine kleine Show hier abgezogen.«

»Das wäre nicht nötig gewesen. Wir wissen doch inzwischen alle, dass Sie ein Komödiant sind.«

»Nein, ich wollte Ihnen nur zeigen, dass ich, obwohl ich mich gerne betüddeln lasse, durchaus noch in der Lage bin, einige Dinge zu tun. Auch wenn mir meine Augen keine Hilfe dabei sind.«

»Das ist nichts Neues. Thérèse hat mich ausführlich ins Bild gesetzt.«

»Also hätte ich mir die Mühe sparen können?«

»Ja. Ich bewundere jedoch den Versuch, mich in die Irre zu führen. Ich verdächtige Sie, aber Ihr Alter und Ihre Blindheit bereiten mir Probleme. Also führen Sie mir vor, dass Sie noch voller Energie sind und keinerlei Probleme mit dem Dunkel haben, das Sie umgibt. Unglaublich …

»Wollen Sie damit sagen, es hat funktioniert?«

»Nein. Ich bin da, wo ich vorher schon war.«

»Schade.«

»Sehen Sie, ich habe nur einen Zweifel: Es ist ausgemacht, dass Sie der Kopf dieses Verbrechens sind. Aber sind Sie auch der Arm gewesen? An einem Ort, den Sie gut kennen, ein bisschen in die Pedale zu treten, ändert überhaupt nichts daran. Hat Arlette Sie auf den Sattel gesetzt und Ihnen gesagt, dass das nächste Hindernis fünfzig Meter entfernt ist?«

Papou seufzte.

Und lächelte ihn an.

»Ich habe ja gleich gesagt, dass Sie mir gefallen. Los, begleiten Sie mich nach Hause. Ich würde mich gerne in die Wanne legen. Es ist wirklich eine schöne Sonne. Jetzt, wo Sie gesehen haben, wie stark ich bin, können Sie einem alten, blinden Mann auch den Arm geben. Los, stützen Sie mich, ich bin wirklich erledigt.«

Sie gingen ganz langsam zu der Hütte.

Auf dem Weg trafen sie niemanden.

Als hätte es sich überall herumgesprochen, dass der Showdown stattfinden sollte. Nichts durfte die Konzentration ihres Champions stören. Und Papou schien sehr entschlossen zu sein, den Wettkampf auf seine Art zu beenden. Wie er es mit allen Kämpfen in seinem Leben getan hatte.

Indem er allem die Stirn bot.

Um die Gefährten seines Lebens zu retten

Lupo zog ihn aus und half ihm, in die Wanne zu steigen.

Und der Alte winkte ihm mit seinem großen Zeh zu.

»Ich muss es ja gestehen, ich habe gelogen.«

»Das wusste ich.«

»Es gibt keinen katharischen Fuß. Das war nur so ein Spiel zwischen mir und Thérèse.«

Lupo seufzte.

Nun begann wieder der übliche aufreibende Wettstreit mit Worten. Der Alte sonnte sich darin, seine Gesprächspartner immer wieder zu verwirren. Er hatte mit diesem Drahtseilakt auf dem Fahrrad begonnen. Und jetzt machte er mit der ironischen Wahrheit über seine pferdehafte Hornhautverhärtung weiter.

Und dann?

Wer konnte das wissen.

Lupo beschloss, ihn gleich aus dem Konzept zu bringen.

»Sie haben ihn getötet …«

»Das ist eine etwas voreilige Behauptung, würde ich meinen.«

»Alle Pfeile weisen in Ihre Richtung.«

»Ein Mörder hat immer ein Motiv. Ich werde Ihnen antworten, wenn Sie mir meines sagen. So macht man das, ist es nicht so?«

Lupo nickte geduldig.

Er nahm seinen Apfel.

Und begann, ihn zu essen.

»Manuel hat euch erpresst, verfolgt, euch euer verlorenes Paradies weggenommen. Ich habe eure Unterschriften auf den Verzichtserklärungen gesehen. Jetzt seid ihr wirklich ›nackt‹.«

»Richtig, aber wir sind immer noch hier und leben unser Leben. Sie kaufen sich gerade ein Mobilhome. Ist es für Sie wichtig, wem dieser Ort gehört? Für uns ist es egal. Mit dem gebührenden Unterschied natürlich. Wir sind keine Sklaven des Geldes. Nein, das ist kein gutes Motiv. Da braucht es schon mehr. Viel mehr. Strengen Sie sich an …«

Lupo hatte eine eigenartige Empfindung.

Papou amüsierte sich.

Er hatte nicht die geringste Absicht, ihm die Aufgabe

leichtzumachen. Es stimmte: Dies war ein sehr dürftiges Motiv. Und die spöttische Stimme des Alten hatte ihm plötzlich die Unzulänglichkeit einer solchen Schlussfolgerung aufgezeigt.

Er sah ihn an.

Es war wie bei ihrer ersten Begegnung.

Der Alte lag träge ausgestreckt in seiner abgestoßenen, rosa gestrichenen Zinkwanne. Das Gesicht fast versteckt hinter dem weißen Prophetenbart. Der leere Blick eines Menschen, der nur noch einen schwachen Schimmer wahrnimmt. Die tropfende Hand, die jeden Satz in der Luft unterstrich. Jeden Atemzug.

Aber auf gewisse Weise hatte er sich verraten.

Vielleicht absichtlich.

Lupo nutzte diese Lücke sofort aus.

»Also war der entscheidende Moment der, als er euch verboten hat, hier zu wohnen? Musste Manuel deswegen sein Leben lassen?«

»Strengen Sie sich noch mehr an. Ich bin sicher, dass Sie mittlerweile alle Teile beisammenhaben.«

Lupo schnaubte.

Dieses Sich-im-Kreis-Drehen irritierte ihn zutiefst.

Doch er hatte bereits erlebt, welche Beziehung Papou zurzeit hatte. Für ihn existierte sie einfach nicht. Seine Uhr hatte keine Minuten und keine Zeiger. Sie wurde von Düften, Gerüchen, vom Wind, vom Rauschen des Meeres bestimmt. Dieses Mal war es noch enervierender als sonst.

Dann überkam Lupo plötzlich eine Erleuchtung.

»Himmel noch mal, der erste Juni. Das ist der Punkt, nicht wahr. Los, was soll an diesem Tag geschehen?«

Der Katharer applaudierte mit provokantem Wohlwollen.

Wobei er mit Wasser um sich spritzte.

»Sehen Sie, wenn Sie sich anstrengen…«

»Hören Sie auf. Was bedeutet der erste Juni?«

»Seien Sie doch nicht so eintönig. Alles zu seiner Zeit. Jetzt zum Beispiel hätte ich Lust auf eine schöne Zigarette. Um zu feiern, wissen Sie… Sie liegen drinnen auf dem Tisch. Seien Sie nett zu einem armen alten Mann.«

Lupo unterdrückte seinen Ärger.

Er wusste, dass hier nichts zu machen war.

Er brauchte Papou, doch der bestimmte die Regeln.

Daher ging Lupo hinein und holte ihm das Päckchen Gitanes.

Er zündete ihm eine an.

Und betrachtete ihn unbeweglich, während Papou mit einem seligen Gesichtsausdruck der Sonne träge eine Unzahl von Rauchkringeln widmete. Am Ende drückte er den Stummel mit einem Finger aus und zerstreute den übrigen Tabak über das Gras.

»Gegen Schädlinge. Wussten Sie das?«

»Noch einen Wunsch?«

»Ja, es wäre schön, wenn Sie mich etwas später ein wenig abfrottieren würden. Das wäre sehr freundlich. Wirklich ein guter Junge.«

»Jetzt reicht's!«

»Sie haben Recht. Ich nutze Sie aus. Aber Sie wissen ja, wie die Alten so sind.«

»Warum ziehen Sie es so sehr in die Länge? Was soll passieren? Was haben Sie im Sinn?«

»Langsam, Junge, langsam. Wir sprachen also über den ersten Juni. Nun an diesem Tag sollte Le Monde Perdu dem Erdboden gleichgemacht werden.«

»Wie bitte?«

»Ganz richtig. An seiner Stelle sollte einer dieser schönen Orte mitten im Meer entstehen, wo die Boote bis ins Haus fahren. Rolex, Jachten und *Commendatori* als Besitzer. Ein Port Grimaud 2000. Toll, nicht? Aber da nun Manuel verhindert ist zu unterschreiben …«

»Ich kann das nicht glauben.«

»Gut: Nun haben Sie Ihr Motiv. Hat es sich nicht ausgezahlt, ein bisschen zu warten? Los, jetzt geben Sie mir die Hand. Ich will aussteigen. Nehmen Sie das Handtuch.«

Lupo war sprachlos.

Unfähig, einen Gedanken zu fassen.

Und alles lief so ab, wie bei ihrer ersten Begegnung. Nur dass er jetzt den Platz von Thérèse einnahm.

Er half Papou, aus der Wanne zu steigen.

Dieser reagierte auf seine Bewegungen mit einem stillen Lächeln.

Dann ließ er seinen Arm los und ging mit raschen und präzisen Schritten zu dem Eimer, der zwischen den Wurzeln der Agave stand.

Er breitete Arme und Beine aus.

Und nickte.

»Ich bin bereit.«

Also tauchte Lupo den Pinsel in den Puder.

Und begann, ihn sorgsam unter den Achseln, zwischen den Schenkeln, in der Leistengegend und in der Gesäßfalte einzupudern.

Dann trottete der Katharer zu dem Tisch in der Mitte der Veranda umgeben vom Weißdorn, setzte sich auf die Bank und schnüffelte in der Luft. Unbeweglich.

»Verstehen Sie? Das war sein Gral.«

»Unglaublich.«

»Genau. Alles andere ist Schall und Rauch. Köder. Nachdem auch er, eben als Folge seiner Nachforschungen, beschlossen hatte, dass der Kelch mit dem Blut Christi eine philosophische Vorstellung ist und kein realer Gegenstand, hat er sich auf uns konzentriert.«

Lupo seufzte. Konsterniert. Während die Wahrheit sich ihren Weg durch seinen Geist bahnte.

Der Alte fuhr fort.

»Manuel hat uns gehasst, es war ein unversöhnlicher Hass. Er hatte nur einen einzigen moralischen Imperativ: uns zu zerstören. Und es gab nur eine Möglichkeit, dies zu tun. Er musste unsere Wurzeln kappen. Für immer unser Monde Perdu ausradieren. Damit ihm das gelänge, konnte er sich jedoch nicht erlauben, dass uns irgendwie auch nur der Hauch eines Verdachtes käme. Deshalb hat er schlimmste Drohungen, übelste Erpressungen und Gewalt eingesetzt, damit wir uns mit dem Gral beschäftigten. Und um uns glauben zu lassen, dass dies sein einziges, wirkliches Ziel sei.«

»Und das ist ihm auch hervorragend gelungen. Bis Thérèse nach Turin gefahren ist …«

Lupo seufzte.

Das Motiv stand fest.

Jetzt konnte er seine Fragen nochmals stellen.

»Haben Sie ihn getötet?«

Der Katharer sah zum Himmel hinauf, als würde er ihn sehen.

Dann nickte er.

Fast freudig.

»Natürlich …«

Als Erste kam Arlette.

Dann die anderen.

Wie auf ein verabredetes Zeichen.

Und Lupo begriff, dass es wirklich so war.

Sie setzten sich in einen Kreis, wie an jenem ersten

Abend. Oma Duck-Nathalie, Feuermund-Rosie, Froschgesicht-Alain, Uhu-François und Dackel-Patrice. Mittlerweile war die Aufzählung ihrer Spezialgebiete sinnlos geworden. Katharische Häresie, ägyptische Götterwelt, Gral, Templer, Okkultes und Kreuzzüge.

Sie waren wieder frei.

Vorausgesetzt, die Zeitbombe Hassans würde entschärft werden.

Doch als er die Freude in ihren Augen sah, zweifelte Lupo nicht daran, dass Thérèse dies irgendwie gelungen war.

Ja, Thérèse …

Sie hatte immer einen Meter Vorsprung gehabt.

Doch im Grunde war sie ihm gegenüber aufrichtig gewesen.

Auch wenn sie ihn ohne Rücksichten benutzt hatte.

Jetzt hatte er keinen Zweifel mehr.

Sie war es gewesen, die ihn durch die Hand Hassans geleitet hatte.

An diesem Ort, an dem jeder von jedem alles wusste, konnte dem Betreiber der Schleuse seine Freundschaft mit den beiden Engländerinnen nicht entgangen sein.

Also hatte sein französisches Mädchen mit ihm Katz und Maus gespielt.

Die Lösung war, dass vermutlich ihr und Haboudiffa nicht ein einziges Wort seiner Unterredung mit Hassan entgangen war. Da Hassan sich geweigert hatte, mit ihnen zu sprechen, hatten sie ihm einen schönen italienischen Käse serviert.

Und er hatte davon gekostet.

Lupo hätte nicht sagen können, in welchem Versteck sie gesessen hatten, um das Gespräch zu belauschen. Oder ob sie Mikrofone benutzt hatten.

Tatsache war jedenfalls, dass ihnen die wichtigste Information nicht entgangen war. Die von dem Umschlag, den Manuel am ersten Juni hatte öffnen wollen.

»An einen Ort, wo nur du ihn finden kannst. Du wirst von selbst darauf kommen, wenn du an den Tag unserer ersten Begegnung denkst…«

Offenbar hatte auch sie ihn entdeckt.

Andernfalls wäre sie nicht weggefahren…

Lupo seufzte.

Diese unerwartete Versammlung verwirrte ihn.

Er spürte, wie ihre Blicke ihn durchbohrten.

In gespannter Erwartung.

Als ob sie es für unvermeidlich hielten, dass nun Rechenschaft abgelegt werden musste. So als ob sie das Zielband hinter der Kurve, die er allerdings erst noch durchfahren musste, bereits sehen könnten.

Doch er begriff eines: Alles würde ausschließlich von seinem Urteil abhängen. Von seinem Sinn für *pietas*. Von seinem inneren Konflikt zwischen Vernunft und Herz.

Eines war sicher.

Papou würde sich nie als Mörder fühlen.

Sondern als Priester, der sich aufgeopfert hatte, um die anderen zu retten.

Der letzte albigensische Märtyrer.

Häretiker vor dem Gesetz. Aber ein Gerechter vor dem Gewissen.

Lupo sah sie der Reihe nach an.

Nathalie hockte neben Alain. Zum ersten Mal Protagonisten eines intensiven Augenblicks der Intimität. Seine Hand suchte schüchtern die ihre. Und das Gefühl, dass Manuel Recht gehabt hatte, sich diesen Vater zu wählen.

Wie bei Dorfzeremonien saßen die Frauen getrennt von den Männern.

Rosie und Arlette auf einer Seite.

François und Bernard auf der anderen.

Alle sittsam in einen Pareo gewickelt.

Als müsse im Angesicht der Wahrheit auch die Nacktheit zurücktreten.

In diesem Augenblick fühlte sich Lupo plötzlich als einer von ihnen, es wurde ihm bewusst, wie sehr er schon an diesem Ort und an diesen Menschen hing. Und wie sehr ihm daran lag, ihnen den geringstmöglichen Schmerz zuzufügen.

Jetzt verstand er Thérèse endlich.

Und er begriff, warum sie diesem letzten Akt nicht hatte beiwohnen wollen.

Wo sie wohl in diesem Moment war?

Was sie wohl in diesem Moment dachte?

Er wollte gerade anfangen zu sprechen.

Da kam ihm Alain zuvor, der sich erhob und ihm, ohne Nathalie loszulassen, in die Augen sah.

»Ich werde auf keine Frage antworten. Ich werde auch keine Erklärungen abgeben. Ich setze Sie nur darüber in Kenntnis, dass ich an dem Tag, an dem Sie gekommen sind, verfügt habe, dass alle meine gegenwärtigen und zukünftigen Güter an die alte Gesellschaft zurückfallen sollen. Ausgenommen natürlich meine Stiere. Nur um das klarzustellen …«

Dann setzte er sich wieder hin.

In einer irrationalen Stille.

Keiner sagte etwas dazu.

Keiner sah ihn an.

Im Gegenteil: Die Blicke der *confrères* ließen nicht vom Commissario ab, nicht für eine Sekunde. Er war zum absoluten Brennpunkt geworden. Und er war nun an der Reihe mit dem nächsten Zug.

Und auf einmal begriff Lupo.
Es war wie ein Blitzschlag.
Er nickte.
Und wandte sich wehmütig an Arlette.
»Sie wissen, dass das Spiel aus ist, nicht wahr?«

8

Er sah, wie sie aus dem Zug stieg.

Und sein Herz machte vor Freude einen Sprung.

Greta hatte sich die Haare geschnitten.

Sie sah aus wie ein junges Mädchen.

Ihre Augen leuchteten vor Freude. Und vor Neugierde. Sie war an die ungewöhnlichen Ideen ihres Lupo gewöhnt. An seine faszinierenden Extravaganzen. Doch dieses Mal hatte das Ganze noch einen besonderen Beigeschmack: Es hatte keine Vorwarnung gegeben. Es war alles völlig unerwartet gekommen.

Normalerweise brütete er im Verborgenen über seinen bizarren Ideen. Über seinen unvermittelten Fluchten vor der Gewohnheit und Langeweile.

Dann gab es ganz plötzlich eine Wende.

Und seine Begeisterung wurde zu einem ansteckenden Virus. Der sich in der Familie festsetzte mit der Kraft eines tropischen Gewitters.

Dafür liebte sie ihn.

Und seine Söhne liebten ihn dafür.

Und sie bewunderten ihn.

»Ciao.«

»Ciao.«

Sie umarmten sich lange.

Auf der Bank.

Inmitten des Ratterns der Lokomotiven und des Gedränges der Menschen.

Wie zwei Verliebte, die das Ende einer Trennung feierten, ohne sich bewusst zu sein, was um sie herum vorging.

»Also, was ist das jetzt für eine Spinnerei?«

»Es wird dir gefallen, du wirst sehen …«

Lupo legte einen Arm um sie, zog sie an sich, und sie schmiegte sich an ihn. Dann passte er sich ihrem Schritt an, und sie verließen den Bahnhof. Eng umschlungen. Wie sie es seit dem Tag taten, an dem sie sich kennen gelernt hatten. Ungeachtet der Jahre, die vergangen waren, und ungeachtet der Frotzeleien ihrer Söhne.

»Ein Spider …!«

Lupo lächelte über ihr Staunen.

Und er küsste sie.

»Ich habe mich nur von Anfang an in die beste Stimmung versetzt. Du weißt ja, dass ich für gewisse Dinge ein Ohr habe.«

»Natürlich. Doch wo zum Teufel hast du ihn her?«

»Aus der Sammlung beschlagnahmter Fahrzeuge. Ferro hat seinen Ohren nicht getraut.«

»Auch ich nicht, wenn es das ist.«

Sie folgten dem Kanal.

Bis zur *péniche*.

Sie schwiegen.

Und sahen einander oft an.

Und sie stimmten sich instinktiv wieder aufeinander ein. Wobei jeder genau wusste, was der andere dachte oder fühlte. Sie waren glücklich wie zwei Kinder, die im Freien spielten. Den Wind in den Haaren. Nur der Sicherheitsgurt trennte sie.

Doch auch nicht allzu sehr.

Denn ihre Hände ließen einander nicht los.

Elsie und Betty standen auf dem Deck.

Neugierig wie die Katzen.

Und kaum hatten sie sie gesehen, winkten sie zur Begrüßung mit weit ausholenden Bewegungen.

Und sie begannen mit ihrem fröhlichen Geschnatter, ohne dass ihre Blicke Greta losließen. Sie musterten sie auf eine Art, wie es nur zwei Glucken tun konnten, die die Frau ihres Helden auf Herz und Nieren prüften.

Die Prüfung fiel offensichtlich positiv aus.

Denn sie überschütteten sie mit lauter Koseworten – *dear*, *honey* und *sugar*.

Und Lupo schwoll die Brust vor Stolz.

Greta durfte weder den Tee noch die Kekse ablehnen, noch die unzähligen Komplimente für die Emotionen zurückweisen, die ihr außergewöhnlicher Mann mit vollen Händen über ihre graue Witwenexistenz zu verteilen gewusst hatte.

»Friede für ihre Seele. Aber nie wir haben uns so amüsiert mit unsere Männer auf die Erde. Jetzt wir lassen allein euch. Richtig?«

Lupo erzählte ihr alles.

Und sie hörte ihm gebannt zu.

Fasziniert wie immer über diese Menschenleben, die sich da vor ihr entfalteten und die sich so unterschieden von ihrer eigenen Existenz. Gefühle und Leiden in diesen Leben, die sie sich nicht einmal hatte vorstellen können. Ein aufreibender Wirbel der Leidenschaften: Liebe, Hass, Angst, Respekt, Unterwerfung, Mitleid und Hoffnung.

Alle Schattierungen des Empfindens.

Die ganze Dimension eines Menschens, der an die Grenzen des Ertragens und der Duldsamkeit gedrängt wurde. Dorthin, wo der Schmerz so schlimm wurde, dass er sogar die elende Logik der Gewalt rechtfertigen konnte.

Greta ließ sich kein Wort entgehen.

Aufmerksam, konzentriert, gebannt.

Ihr Blick ging oft nach draußen.

Durch die Fenster.

Wo eine Familie schwarzer Enten lärmend im Wasser landete.

Wo das Rauschen der Schleuse das Boot leicht zum Schaukeln brachte.

Wo die Leute, die am Ruder standen, laut riefen.

Wo die Kinder lachten, die den Manövern vom Ufer aus zusahen und Taue warfen oder entgegennahmen wie bei einem Zauberkunststück.

Sie seufzte.

Es war wie immer am Ende der Ermittlungen in einem Mordfall.

Lupo kam nach Hause zurück.

Und in der Geborgenheit der Familie, die sich um ihn versammelte, überließ er sich dem Ritual. Er rekonstruierte die Ermittlungen Schritt für Schritt. Er erzählte von Einzelheiten, von den Gefühlen und Eingebungen, die ihn bis zur Verhaftung des Schuldigen geführt hatten.

Geduldig.

Er ließ nichts aus.

Ihre Blicke waren fest auf ihn gerichtet.

Dann hielt er für einen Augenblick inne, bevor er den Schuldigen nannte.

Und wartete, dass jeder seinen eigenen Schuldigen wählte.

Es war eine Übung der Logik und ein Akt der Liebe. Seine Art, sie niemals aus seinen Tagen auszuschließen, auch nicht aus den hässlichsten. Wobei er allerdings die Härte der Wirklichkeit in eine Art spielerisches Rätsel verwandelte, das es zu lösen galt, bevor man sich an den Abendbrottisch setzte oder zu Bett ging.

Auch hier war es dasselbe.

In dieser kleinen Höhle auf dem Wasser.

Wo es gemütlich war wie an einer Feuerstelle.

Greta ging zum Herd, als wäre dies schon immer ihre Küche gewesen. Sie hatte einen Topf Wasser zum Kochen auf die Flammen gestellt. Und genau in dem Moment, in dem Lupo seine Erzählung beendete, stellte sie zwei Tassen Eisenkrauttee auf den Tisch.

Auch das war Teil der Liturgie.

Der Kräutertee …

Das Nachdenken, bevor man antwortete.

Die Tatsachen und die Gefühle, die im Urteil zusammenflossen.

Doch dieses Mal musste Greta nicht sehr lange überlegen.

Ihre Antwort kam spontan.

»Es war Thérèse …«

Lupo sah sie an.

Besorgt.

Als sei ihr diese Möglichkeit von ihrem untrüglichen sechsten Sinn eingeflüstert worden, der eine Rivalin schon ausmachte, noch bevor ihm selbst bewusst war, dass er das Interesse einer Frau erregt hatte.

Dann entspannte er sich.

Denn Greta lachte fröhlich.

»Sag die Wahrheit: Dieses Mal habe ich dich überrascht, oder nicht?«

»Du hast nur versucht zu raten.«

»War sie es, ja oder nein?«

Lupo schüttelte den Kopf.

Endlich entspannt.

Greta lebte von Empfindungen.

Von Sympathien und Antipathien.

Manchmal traf sie ins Schwarze.

Doch viel öfter berücksichtigte ihre Eingebung die Unmenge von Widersprüchlichkeiten, in der Träume und Wünsche in der rauen Wirklichkeit versanken, nicht.

Daher provozierte er sie.

»Ich habe dich nicht gebeten, einen Strohhalm zu ziehen. Das ist zu einfach. Ich sage dir nur, wer es ist, wenn du mir zumindest ein gültiges Motiv gibst.«

»Die übliche Nervensäge …«

»Warum denn eigentlich Thérèse und nicht Arlette, Papou, Nathalie? Also irgendeiner von den *confrères*?«

Greta trank noch einen Schluck von ihrem Tee.

Und ging wieder zum Angriff über.

»Nur Thérèse kannte das Geheimnis von Manuel. Die Perücke …«

»Die Perücke, was?«

»Die Geschichte des lebenden Kalenders. Was waren ihre genauen Worte? ›Du konntest darauf zählen, wenn du mal an einem solchen Tag das Datum nicht wusstest.‹ Er hat sie einmal in der Woche gewechselt. Sie konnte voraussehen, wann genau er das nächste Haarteil nehmen würde.«

»Halb Béziers hätte das wissen können.«

»Vielleicht. Aber während es für die anderen nur ein witziges Detail sein mochte, über das man klatschte, war es für Thérèse mehr. Sie hatte wirklich darüber nachgedacht. Erinnere dich, was sie zu dir gesagt hat. ›Acht Wochen. Also acht Perücken. Achtmal vor dem Spiegel, um sich aufmerksam zu bewundern. Dieselbe Frisur mit immer längeren Haaren, als würden sie gleichmäßig nachwachsen, wie es natürlich ist.‹ Das war nicht nur ein Farbtupfer.«

»Jeder hätte genau dieselbe Überlegung anstellen können.«

»Wer? Papou? Oder die *confrères*? Ausgeschlossen. Manuel hätte sie die Treppen hinuntergeworfen. Aber sie keinesfalls in seine Wohnung kommen lassen. Nur mit einem Durchsuchungsbefehl der Polizei hätte man in sein Heiligtum eindringen können.«

Lupo sah sie an.

Und Greta lächelte ironisch.

»Sag mir bitte nicht, dass du diese ganze Zeit gebraucht hast, um das zu kapieren. Ich beginne zu glauben, dass diese Thérèse dich verhext hat. Mit so viel nacktem Busen …«

»Versuch nicht, die Schlaue zu spielen. Wir werden ja bald sehen, wie du dich zwischen all diesen attraktiven Omis und Opis bewegst …«

Greta deutete einen Boxhieb an.

Lupo blockte ab und zog sie an sich.

Er betastete sie von oben bis unten. Mit Lust.

Als müsse er sich jeden Zentimeter ihres Körpers wieder aneignen.

Ihre Liebe war immer eine taktile Liebe gewesen. Eine überschäumende Liebe. Zärtlich, wenn auch bisweilen handgreiflich. Zur großen Belustigung ihrer Söhne. Die glücklich waren, dass sie kein empfindsames Wesen als Mutter hatten. Sondern einen wirklichen Kumpel.

Schließlich machte sich Greta los.

Und küsste ihn.

Dann lächelte sie ihn wieder an.

»Gib zu, dass ich dich verblüfft habe.«

»Nicht im Traum. Meinen schlimmsten Feind würde ich nicht eines solch fadenscheinigen Indizes wegen beschuldigen.«

»Nein? Dann hör zu: Es ist sicher, dass die Waffe Aconitum war.«

»Natürlich.«

»Wenn du im Voraus weißt, an welchem Tag dein Opfer seine Perücke aufsetzt, kannst du dein Verbrechen fast zwei Monate im Voraus vorbereiten. Er hatte acht Stück…«

»Vorsicht: Manuel wurde am ersten Mai gefunden, aber er ist am dreißigsten April gestorben.«

»Na und? Wechselte er sie montags, freitags oder sonntags? An welchem Tag genau? Nur Thérèse konnte das wissen. Manuel war unflexibel wie ein Mondkalender. Das haben wir schon geklärt, nicht wahr?«

»Das reicht nicht aus.«

Greta schnaubte.

Lupo, der seinen Intuitionen folgte, musste ihr immer widersprechen. Und er brachte sie damit unvermeidlich in Rage. Auch dieses Mal war er auf einem guten Weg dorthin.

Sie antwortete ihm mit beleidigter Miene.

»In Ordnung, Commissario. Dann hör dir das an. Und unterbrich mich nicht, bis ich fertig bin.«

»Wird gemacht, Euer Ehren.«

»Da ist eine Gruppe von Greisen, die mit einem Bein im Grab stehen. Am ersten Juni soll ihre Welt zerstört werden. Nur wenn Manuel eliminiert wird, hat der Alptraum ein Ende. Sie setzen sich zusammen, sie machen Pläne, sie schmieden Ränke. Doch wenn man sie so weitermachen lässt, dann fügen sie sich mit einem Scheißkerl wie Manuel nur Schaden zu. Besonders Papou.«

»Warum?«

»Still! Und daher nimmt Thérèse die Situation in die Hand.«

»Warum?«

»Aus Liebe. Ausschließlich aus Liebe. Und aus Mitleid. Noch mehr Gründe?«

»Nein, sprich weiter.«

»Sie ist in der perfekten Position: Sie kontrolliert alles, und sie kann das Meiste aus jeder Gelegenheit herausholen. Das Wenige, das sie nicht weiß, entreißt sie Dave und Hassan mit Zangen. Die erste nützliche Information ist, dass Manuel im Falle seines Todes Papou und Nathalie oder Bernard und François beschuldigen wird. Es genügt, eine Reihe von sich überkreuzenden Alibis zu konstruieren, und das Problem ist gelöst.«

»Du vergisst, dass Papou keine Zeugen hat.«

»Das ist eine andere Sache: Er ist der Katharer, der Häuptling, der Allwissende. Er errät die Absichten von Thérèse und exponiert sich bewusst, um den Verdacht auf sich zu lenken. Lassen wir ihn mal beiseite, er hat damit nichts zu tun. Er ist blind, und trotz seiner Kunststücke ist er nicht in der Lage, auch nur einen Schritt alleine zu tun. Er kann nur denken.«

»Du sagst es ...«

»Die zweite Information steht in dem Brief, den Manuel an Muhammad schreibt, dem Mann in Moncalieri, der von ihm dreißigtausend Euro als Bezahlung verlangt. Manuel dankt ihm für den erledigten Job. Und er schließt mit der Bemerkung, die Notizen über die *Grande Mère* seien sehr wertvoll für ihn. Erinnerst du dich?«

»Natürlich.«

»Meiner Meinung nach läuft Thérèse hier zu Hochform auf. Sie nutzt Manuels Bluff, um eine perfekte psychologische Falle zu konstruieren: Es ist unmöglich, nicht hineinzutappen. Denk einmal an den Zettel zurück, den du in der Hand der Leiche gefunden hast.

Le chemin du Graal de Montségur à Turin
Instructions: trouvez-vous ce soir
après la fermeture du musée
à côté de la statue d'Isis:
la Grande Mère est prête à vous offrir son cœur.
N'oubliez pas la donation obligatoire de 30 000 euros.
Si non …

»Weiter.«

»Zwei Schlüsselbegriffe: *Grande Mère* und *30 000 euros*. Manuel denkt sofort an Muhammad. Er zieht die *confrères* überhaupt nicht in Betracht. Noch weniger Thérèse. Und genau darauf zählt sie. Sie ist sicher, dass er hingeht und sich den Spielzug anschaut. Er ist der, der die Fäden in der Hand hält. Er würde es nie ertragen, dass ihn jemand als Marionette benutzt, um ihn tanzen zu lassen.«

»Nehmen wir einmal an, dass du Recht hast. Aber warum sollte sie das in Turin tun, was sie doch auch in Béziers hätte tun können? Thérèse wusste ja mittlerweile, dass die Geschichte vom Gral erfunden war. Und dass die Wahrheit auf alle Fälle ans Licht kommen würde. Entweder durch Hassan oder über Dave. Wie es dann ja auch geschehen ist.«

Greta lächelte.

Sie wusste, dass sie gewonnen hatte.

Das war der letzte Einwand.

Der am einfachsten auszuhebeln war.

»Mein Schatz, aber doch nur, weil es da dich gab …«

»Was?«

»Du bist ein in die Jahre gekommener Junge, der sich eine Flucht in einem Spider und einen schönen Urlaub mit einer jungen, etwas kühnen Kommissarin erträumt …«

»Bleib doch ernst.«

»Ach, alter Lupo, wie ich dich doch kenne …«

»Hör schon auf.«

»In Ordnung, ich verzeihe dir. Aber nur, weil du mich gebeten hast hierherzukommen. Es ist schön zu wissen, dass du mich noch lieber magst als zuvor.«

Lupo küsste sie.

Er war gerührt.

Sie erwiderte seine Küsse leidenschaftlich.

Dann lächelte sie ihn an.

»In Béziers hätte sie den Fall niemals bekommen, da sie befangen war. Sie wäre außen vor gewesen. Mit dir dagegen hat sie immer gewusst, an welchem Punkt sie war. Und als sie begriffen hat, dass es sich nur noch um Stunden handelte, ist sie weggeflogen. Ist von der Bildfläche verschwunden…«

Lupo seufzte.

Und nickte.

Es stimmte.

Thérèse hatte eine perfekte Schachpartie inszeniert. Der Gral, Isis, das Ägyptische Museum und der Duc de Berry.

Die esoterische Seite, um Motive und Auftraggeber zu verschleiern.

Sie hatte Francesca Caccia und dann ihn benutzt, wie Bauern, die man nach vorn schickt. In einem Netz aus präzisen Zügen, die sie sich schon vor langer Zeit ausgedacht und mit unglaublicher Klarheit ausgeführt hatte.

Und doch konnte er sie nicht hassen.

Sie hatte sich bewusst geopfert, um die anderen zu retten.

Eine wahre Tochter…

Lupo nahm Greta bei der Hand.

Und führte sie nach draußen.

»Gehen wir. Es wird Zeit, dass ich dich nach Hause bringe…«

Epilog

Greta zog sich aus.

Und Lupo betrachtete sie.

Bewundernd.

Sie war anders.

Schöner.

Hier, unter der Pergola.

Zwischen den blühenden Oleanderbüschen, in dieser Natur ohne Wände.

In diesem Sonnenuntergang, der auch noch das winzigste Blättchen rot färbte. Vor diesem kleinen Haus auf Rädern, das sie sofort als ihres angesehen hatte. Und das sie um nichts in der Welt wieder hergeben wollte – um zumindest einmal im Jahr dorthin zu fahren …

Die Elster hüpfte neugierig über den Tisch.

Und die Igel liefen durch die Hecke zum Wasser.

Sie umarmten sich.

Dann kam Arlette.

Sofort darauf Papou.

Dann Alain und Nathalie und Bernard und François und Rosie und Patrice. Und alle küssten Greta und empfingen sie wie eine richtige Freundin.

Le Monde Perdu war wieder eine glückliche Oase.

Und für diese Freude waren sie Lupo dankbar. Sie wussten, dass er begriffen hatte. Und dass er immer einer der Ihren sein würde. Und mit ihm seine Frau, die so sanft und so fröhlich war.

Dann löste sich Arlette von der Gruppe.

Sie trat zu Greta und gab ihr einen Brief.

»Der ist für Sie. Machen Sie ihn auf …«

Er war von Thérèse.

Greta sah Lupo unschlüssig an. Doch er ermutigte sie. Sie nickte also und gab ihn Papou. Mit einer kleinen freundlichen Geste, um zu zeigen, dass auch sie ihn als ihren neuen Patriarchen anerkannte.

»Ich bitte Sie, lesen Sie ihn mir vor.«

Einen Augenblick lang machte sich Verlegenheit breit.

Hatte ihr niemand gesagt, dass er blind war?

Doch Papou streckte die Hand aus.

Nahm den Brief.

Und begann zu lesen.

Liebe Greta,

du kannst dich glücklich schätzen, einen solchen Lupo ganz für dich alleine zu haben. Er hat die ganze Zeit über gewusst, dass ich die Schuldige bin. Doch er hat mich gehen lassen. Ich kann dir sagen, dass ich niemals etwas getan habe, um ihn aufzuhalten oder ihn von mir abzulenken. Denn er hat sofort eine grundlegende Sache begriffen: NICHT ICH HABE MANUEL GETÖTET, SONDERN DAS SCHICKSAL. Das Aconit wirkt nicht immer tödlich. Der ZUFALL hat Papou und Nathalie vor ein paar Jahren gerettet. Der ZUFALL hat Manuel heute bestraft. Ich gehe zu meinem Vater. Auch Arlette wird zu uns kommen. Endlich eine vereinte Familie. Ich habe noch zwei Monate alten Urlaub. Doch wir werden zurückkommen: Unser Zuhause ist dort. Abgesehen von diesem Geständnis gibt es keine Beweise. Nur Indizien. Du kannst wählen, ob du ihn zerreißt oder nicht. Es hängt nur von dir ab. Aber der

Juli in Le Monde Perdu ist wunderbar. Und vielleicht ist es das ja wert, deine neue Mobilhome-Nachbarin kennen zu lernen …

Papou gab Greta den Brief zurück.

Und lächelte sie an.

Sie zerriss ihn.

Er strich ihr über das Gesicht.

»Jetzt will ich ein Bad nehmen. Dann würde ich mich freuen, wenn du mich ein bisschen einpuderst. Ich habe eine Schwäche für intelligente Frauen …«